Sur l'auteur

Patrick McGuinness enseigne la littérature française à l'université d'Oxford. Essayiste, il est l'auteur de l'*Anthologie de la poésie symboliste et décadente* (Les Belles Lettres, 2009) et de *Vide-grenier* (Grasset, 2015). Son roman *Les Cent Derniers Jours* (Grasset, 2013) a reçu le Prix du premier roman étranger. *Jetez-moi aux chiens* est son deuxième roman.

PATRICK McGUINNESS

JETEZ-MOI AUX CHIENS

Traduit de l'anglais
par Karine Lalechère

10
18

BERNARD GRASSET

L'édition originale de cet ouvrage a été publiée par
Jonathan Cape London, en 2019, sous le titre :
Throw Me to the Wolves

ISBN 978-2-264-08015-8
Dépôt légal : janvier 2022

Un lieu où c'est toujours maintenant

Près de l'école il y a un pont. Pour se rendre sur les terrains de sport de l'autre côté de l'estuaire, les garçons doivent le franchir. Ce qu'ils font trois fois par semaine, qu'il vente, qu'il pleuve ou qu'il grêle. Il faut vraiment qu'il tombe des cordes pour qu'un événement soit annulé, même s'il s'agit d'un vulgaire match de rattrapage. « Allons, il est l'heure ! Fichu *corpore sano* », grommelle M. McCloud, le professeur principal, un fumeur impénitent parfumé au whisky, qui s'adresse aux collégiens comme à des compagnons de beuverie et semble avoir connu intimement les personnages historiques dont il parle. Il peut discourir sur leur haleine, ce qu'ils ont entre les dents, comment ils marchent ou l'aspect de leurs ongles. Les garçons l'aiment bien, en dépit de son caractère irascible et imprévisible. Lorsqu'il se fâche, il devient féroce et paraît capable de mordre. Il est gros, il a le corps en forme de tonneau, et, quand il se penche pour nouer ses lacets, ramasser une craie ou une cigarette, il chuinte comme un vieil accordéon. Il ne se souvient de rien, mélange leurs noms, arrive en retard et termine en avance, mais les élèves trouvent qu'il raconte de bonnes blagues. Ce qui en clair signifie qu'il raconte des blagues cochonnes. Parmi les grands, certains vont chez lui le soir pour fumer, boire et regarder des films. Lorsqu'ils rentrent, ils sentent l'adulte.

Chacun a de bonnes raisons de se rendre sur le pont. La plupart du temps, c'est pour fumer les cigarettes et boire la vodka ou le gin qu'on accepte de leur vendre au magasin du coin ; plus tard, ce sera pour retrouver des filles ou simplement pour la vue. L'un des garçons, qui a l'âme d'un entrepreneur, ramasse les pages des magazines pornos jetées par les conducteurs ou abandonnées par les masturbateurs des fourrés autour du pont, dans les grottes et sur les rochers près des falaises. Sauf coup de chance, elles sont humides et trempées de rosée. Il les rapporte donc à l'école pour les faire sécher sur le radiateur avant de les vendre. Il y a un barème : les pages entières sont chères, mais il fait une ristourne sur celles qui sont déchirées ou tronquées. Il est également possible de les louer.

Nous sommes proches du port où les cargos, dont on entend la corne de brume quand le vent souffle dans la bonne direction, chargent des tonnes de conteneurs avant de traverser la Manche. C'est un comté bien irrigué, veiné d'affluents, découpé de criques et d'embouchures, sa côte crayeuse tourmentée par les vagues, ses fleuves s'épanchant dans la mer. C'est un comté de ponts, de jetées et de viaducs ; ici, l'eau est une réalité à laquelle on peut difficilement échapper. Lorsqu'elle est haute, les ponts semblent peigner la rivière plus que l'enjamber. Une fois, McCloud les a emmenés voir les viaducs de la Medway, deux voies routières et un chemin de fer, là où bientôt on construira un tunnel vers la France, qui d'après lui rendra les ferries obsolètes.

Le pont réunit les deux moitiés de la ville : l'une raffinée, résidentielle et bourgeoise, l'autre une prolifération de grands ensembles, de zones industrielles et de centres commerciaux. Il y a des *bed and breakfast* destinés aux voyageurs qui arrivent trop tard pour faire la traversée et des pubs pour ceux qui arrivent trop tôt. « Deux cités séparées par un pont, plaisante McCloud chaque fois qu'ils l'empruntent. Vous avez votre passeport, les garçons ? Vous avez fait vos vaccins ? Nous pénétrons dans le continent noir… »

La tentation est grande de regarder la fange de l'estuaire, les fragments scintillants de coquilles d'huîtres dans la vase et le petit fossé avec son filet d'eau, aussi mince que la pluie dévalant une gouttière. Au soleil, la boue gonfle et ondule. Il ne faut pas beaucoup de lumière pour qu'elle paraisse vivante. Et attirante : un coussin de soie brune chatoyant. La tentation est grande de sauter.

Le garçon est fasciné par l'odeur qui s'en élève, charriée par le vent. C'est l'odeur des estuaires : la rencontre des canalisations et du grand large. Le contraste devrait être discordant, pourtant, ici, la combinaison est harmonieuse, comme la cuisine aigre-douce : d'un côté l'engorgement, la stase et la pourriture, de l'autre la fuite, la liberté, l'errance. Il récite le chapelet des noms de ports : Zeebruges, Ostende, Calais, Cherbourg, Dieppe, Rotterdam…

Et on peut toujours sauter. On peut sauter quand on veut. La plupart du temps, on baisse les yeux par curiosité plus que par désir d'en finir, mais on se découvre soudain attiré et on envoie l'esprit en éclaireur pour imaginer ce que ce serait de tomber ; tomber et tomber et tomber. Le garçon est hypnotisé par la vue, par sa plénitude. Peu de choses semblent aussi absolues que ce qu'il aperçoit en bas. Ce n'est pas la mort qui est séduisante : il est loin d'être assez malheureux pour ça, même s'il se plaît à calculer ce qu'il faudrait, le dosage précis, la seringue de la désolation qui se remplit millilitre par millilitre, le thermomètre du chagrin qui grimpe degré après degré… Non, ce n'est pas tant la mort que sa nature hypothétique. C'est l'idée de se voir après qui est fascinante, la perspective de s'élever, de se détacher de son corps comme la pointe d'un stylo abandonne les lettres sur la page, et de contempler sa coquille vide, puis les gens dans le lointain ; même si en réalité ce ne sont pas eux qui sont dans le lointain, c'est soi, ou, plus précisément, on *est* le lointain ; une fois mort, c'est ce que l'on devient.

La mort, il l'imagine semblable aux plans aériens dans les films de guerre qu'on leur montre en classe : le moment où il faut évacuer sans les derniers soldats qui courent en direction de l'hélicoptère, hurlant et appelant, la main tendue vers leurs camarades, les doigts qui se rejoignent et s'agrippent, s'accrochent un instant puis se séparent lorsque l'appareil décolle, d'abord vacillant, avant de se stabiliser et de s'arracher au sol à contrecœur. En bas, les hommes diminuent, rattrapés ou fauchés par l'ennemi, et bientôt ils ne forment plus qu'un point ; la jungle envahit l'écran et il n'y a plus que le ciel.

Mourir présenterait aussi l'avantage de ne plus avoir à traîner partout ce corps bestial, de ne plus être enchaîné à cet animal qui brûle.

Il existe une légende au sujet d'une femme de l'époque victorienne qui aurait sauté du pont et aurait été sauvée par sa grande robe à crinoline transformée en parachute. Elle avait été plaquée ; elle était transie d'amour. Mais, si le suicide a un contraire, c'est ce qui lui est arrivé : elle a survécu, rencontré un autre homme, s'est mariée, a eu trois enfants et s'est éteinte à un âge avancé.

Le garçon sait qu'on aurait peu de chances de réchapper d'une telle chute aujourd'hui, dans la mesure où 1) la vitesse à laquelle l'individu percuterait l'eau le tuerait sur le coup ; 2) son cœur aurait explosé de terreur bien avant, comme les petits loirs qui tombent en syncope quand on les attrape ; ou 3) il s'enfoncerait si violemment dans la vase qu'il s'asphyxierait. C'est l'image de la femme qu'il a en tête lorsque ses amis et lui contemplent le vide, jettent des boulettes de papier, des emballages de bonbons, des mouchoirs ou des pièces par-dessus le parapet et tentent de chronométrer la descente.

Si on tombe de quelques dizaines de centimètres, l'eau est hospitalière. Elle s'écarte pour accueillir le corps. À partir d'une vingtaine de mètres, c'est un roc. Elle le brisera aussi sûrement que s'il s'écrasait au fond d'une carrière. Ils ont appris ça en physique.

Si on laisse l'esprit jouer avec l'idée de sauter, c'est aussi tout bêtement parce que c'est possible : le parapet ne fait guère plus d'un mètre vingt. Il arrive aux épaules de la plupart des élèves. Rien d'une prouesse sportive, si on prend appui sur la main courante en bois : en un rien de temps, tu serais en haut, de l'autre côté, en bas et mort. La chute paraîtrait peut-être sans fin alors qu'elle durerait à peine quelques secondes. Un instant pendant lequel tu pourrais revivre ta vie : jusqu'à la naissance, selon le mythe voulant que les agonisants voient le film de leur existence se rembobiner sous leurs yeux. Tu te demandes si une histoire racontée à l'envers, c'est toujours la même histoire.

Quand tu retournes dans le là-bas et l'alors, quand tu retournes sur le pont, tu penses qu'il faudrait quelques secondes et une vie entière pour atteindre le limon de l'estuaire, les grains frais et brillants aussi fins que ceux d'un sablier. Peut-être pourrais-tu en profiter pour faire quelques changements la seconde fois, qui sait ? Faire des corrections.

Le garçon promène parfois son introspection, qui a besoin d'exercice comme le reste de sa personne. C'est sans doute la seule part de lui qui en fasse réellement, dans ce pensionnat privé où le sport est pourtant censé occuper une place importante. Il y a toujours quelqu'un sur le pont et, bien que ce soit pour lui un lieu d'extrême solitude, il réalise des années plus tard que jamais il ne s'y est retrouvé seul. Ils étaient invariablement plusieurs, parfois une demi-douzaine se livrant à la même activité : regarder dans le vide. Un jour, il a vu quelqu'un recopier sur le revers de sa main le numéro des Samaritans, l'association d'écoute téléphonique dont les coordonnées sont affichées sur les piles à chaque bout du pont. Pour l'instant, le garçon se penche et laisse pendre ses bras, la barre du parapet coincée sous ses aisselles. Sa grand-mère est couturière. C'est elle qui lui a confectionné son uniforme scolaire. Le vent qui plaque ses vêtements contre son corps lui fait penser à un tailleur qui prendrait ses mesures. Mais là, c'est pour lui couper un costume d'air qui épousera parfaitement sa silhouette tout au long de la chute.

Des années plus tard, il revient sur le pont. Autrefois les Samaritans avaient un numéro local ; aujourd'hui c'est un numéro surtaxé en 0845, comme les compagnies d'assurances, les opérateurs de téléphonie mobile et les sociétés de télémarketing. Le parapet est à la même hauteur, mais il est désormais surmonté d'un grillage dont le sommet s'incurve vers l'intérieur. Pour sauter, il faut une échelle.

Quand il remonte le temps, il a l'impression de pénétrer dans une vieille photographie. Il l'imagine sépia, aussi étrangère qu'une carte postale d'antan. À la différence près que c'est une carte postale de sa vie : l'air sirupeux, le lourd mobilier scolaire, le glacis gélatineux des choses vues à travers une potion sucrée de temps et de larmes. S'il plongeait dedans ou passait ses doigts à la surface, elle aurait la texture de la crème, pas la dureté du sol liquide sous le pont. Il se souvient des bureaux en bois et de leurs encriers dont on ne se servait plus depuis longtemps – déjà –, le bord imprégné de coulures noires et bleues. Des bites dessinées à la pointe du compas et des obscénités sous le vernis, gravées dans la chair ligneuse. Tout ça paraît un peu préhistorique aujourd'hui, aussi ancien et tribal que les bisons sur les parois d'une grotte. Les bureaux, on les trouve sur eBay : « Véritable table d'écolier, avec graffitis d'époque », annoncent les vendeurs en gage d'authenticité.

Malgré les tonnes de fer et d'acier, le pont a la finesse de la dentelle et ses câbles sont tendus comme les cordes d'une harpe. Parfois, lorsque le vent les pince, on croirait entendre un chant. C'est le chant de l'air, qui est le bruit de la chute. Le garçon se dit qu'il aimerait l'écouter jusqu'à la fin, il se dit qu'il aimerait une longue, longue chute pour l'entendre indéfiniment, sans jamais atteindre le sol.

20 décembre

« Mon enfance ? »

Il a l'air amusé.

« Je n'ai pas eu d'enfance. Je parlerais plus volontiers d'un début de vie sur le thème de l'enfance. Enfin, je ne manquais pas de jouets, loin de là, c'est seulement que la relation que j'entretenais avec eux était plutôt de l'ordre de la gestion d'une collection : j'étais moins un enfant qu'un conservateur de musée. Je les astiquais, les admirais, les rangeais. Je les empilais, les nettoyais et les exposais. Mais est-ce que je jouais avec ? Je ne pense pas. »

Il s'interrompt, regarde la pièce autour de lui, comme s'il en étudiait la palette chromatique : gris coquille d'œuf laqué d'une fine couche de transpiration.

« Et je gardais les boîtes. »

Gary veut l'interrompre, mais trop tard. Nous ne sommes pas synchrones ; tout est déréglé.

Gary : « On n'en a rien à foutre de votre enfance, espèce de bouffon, tout ce qui nous intéresse, c'est elle, comment vous l'avez tuée et l'endroit où se trouve le corps. »

Le corps ou *elle* ? Et quelle différence ? Pourquoi est-ce que je me pose toutes ces questions infimes, aussi fines que la partie effilée d'un cale-porte ? C'est le corps, à présent. Quel que soit l'endroit où il se trouve, *elle* n'est plus là.

« Gary, laisse-le finir.

— Vous m'avez interrogé au sujet de mon enfance, vous le savez très bien ; c'était contenu dans la question, même si ce n'était pas la question à proprement parler. »

Constatant que nous ne réagissons pas, il poursuit à son rythme, avec assurance et une pointe de moquerie.

« Il y a une photo de moi en train de regarder sous un de ces manèges individuels qu'on trouve parfois devant les supermarchés, un cheval ou une voiture qui se balancent. Dans une station balnéaire quelconque, sans doute Gravesend[1] la bien nommée. Enfin, peu importe le lieu, je suppose, même pour moi. Je mets une pièce dans la fente, je m'agenouille et j'examine la mécanique, les essieux qui tournent, les rouages qui s'engrènent… Le châssis, si l'on veut. Drôle de mot. Bizarrement, il me fait penser à chassieux. Vous savez que ça vient du latin pour chiure ? Enfin, passons. Ce que je veux dire, c'est que je jouais avec l'idée de jouer, mais je ne crois pas avoir jamais joué. Faut-il en déduire que je jouais avec l'idée des jouets ? Peut-être.

— Putain », siffle Gary entre ses dents.

M. Wolphram regarde le plafond, prend une inspiration, hume l'air rance, expire et ajoute :

« Je n'y ai jamais réfléchi. Ce n'est pas parce que vous avez les questions que j'ai les réponses. »

Quand on interroge un suspect, la clé de la réussite, c'est de lui laisser du temps, de dérouler devant lui un silence infini, sans limites, sans abri, pour le rendre

1. Littéralement « envoyer à la tombe ». (*Toutes les notes sont de la traductrice.*)

nerveux. Mais il retourne le procédé contre nous. Il nous fixe tour à tour jusqu'à ce que nous baissions les yeux : moi, Gary et le policier déconcerté qui monte la garde derrière nous. Puis, lorsqu'il est prêt :

« Pourquoi est-ce que vous m'avez posé cette question ? »

Pourquoi ? Peut-être parce que j'avais envie d'entendre parler de mon enfance. Car, même si l'homme que nous interrogeons l'ignore ou ne s'en souvient pas, il était présent.

*

M. Wolphram, éclat froid sur une peau si pâle qu'elle paraît presque bleue, comme une veine sous la chair. Du marbre. Ou du sel. Oui : le bleu des cristaux dans une mine de sel. De grands yeux, peut-être noirs (ce n'est pas que je ne les vois pas, la pièce est lumineuse, c'est seulement qu'ils ne révèlent pas la nuance précise de leur opacité), calmes, ironiques. C'est à peine s'il cille. Ce n'est pas un jeu et pourtant il joue. Si on lui donne trop de mou, il va nous faire tourner en bourrique. Si on le tient trop serré, il s'amusera de la contrainte. Dès qu'il y a des règles, tout se transforme en jeu.

Il parle en longues phrases fluides à la syntaxe impeccable. Il puise dans un dictionnaire intime où tout est coloré d'autre chose, chaque couleur déteignant sur la suivante. Comme un nuancier de peintures haut de gamme où l'on ne trouve ni noir, ni blanc, ni rouge, ni bleu : juste une série d'entre-deux, avec des noms composés.

Et cette voix : quand nos cauchemars sortiront en audiolivre, il en sera le narrateur.

Il a de la peinture sur les mains. Je le remarque seulement maintenant, bien que ce soit moi qui ai relevé ses empreintes. Plus tard, quand nous la ferons analyser, nous découvrirons comment elle s'appelle : Souffle Taupe, un gris brossé velouté.

Il y a quelque chose qui atténue, module, imprègne chacune de ses émotions. Quoi ? Quelque chose qui n'est pas de l'ordre de l'émotion justement. Est-ce qu'il en sait trop pour se permettre d'éprouver quoi que ce soit ? Est-ce que c'est ça ? N'a-t-il aucun sentiment ou les connaît-il si bien qu'il ne les ressent plus ? *Un début de vie sur le thème de l'enfance*… D'où sort-on une phrase pareille ? D'avoir appris le nom des choses avant de découvrir les choses elles-mêmes.

Mais est-ce important, en fin de compte, l'ordre dans lequel on les apprend ?

On étouffe dans cette pièce. Gary transpire, perdant patience et kilos.

M'a-t-il reconnu ? Je n'ai pas tant changé que ça et ce n'est pas si vieux.

En réalité, ça l'est, si on se réfère au temps des horloges et des calendriers. Mais si on mesure d'après… d'après quoi, au juste ? Notre temps interne ? Le temps du cœur et du sang ? De la doublure de nos vies ? Dans ce cas, alors, c'était hier. C'est toujours hier, dans la doublure de nos vies.

Il n'a pas changé. Il a ce côté conserve en saumure propre à certains enseignants : une peau d'oignon presque translucide qui rappelle le papier à cigarette mouillé. Ses cheveux sont du même gris anthracite qu'il y a une trentaine d'années, raides et brillants, la frange juste au-dessus des sourcils, tellement fins qu'ils révèlent les contours du crâne. S'il a vieilli, c'est ailleurs, pas sur le visage. Les vêtements sont identiques, eux aussi. En fait, le costume pourrait être le même, la même cravate rouge sur la même chemise noire. Ses poignets reposent sur le bord de la table et il semble rouler quelque chose de minuscule entre le pouce et l'index de chaque main.

Il y a une espèce de psy dans la pièce, masque professionnel et sourcils bureaucratiquement froncés. J'ignore si c'est lui qu'elle observe ou si c'est nous.

*

Il utilisait la culture comme un couteau à cran d'arrêt. C'est ce dont je me souviens. Un coup suffisait. On ne sentait pas la douleur avant de voir le sang. Ou plutôt : on ne sentait pas la douleur avant de réaliser que le sang était le nôtre. Il désignait quelqu'un, n'importe qui, l'entaillait et, pendant le reste du cours, c'était un requin blessé que les prédateurs flairaient à des kilomètres à la ronde. C'était ça : le sang qui s'échappait, pareil à de la fumée dans l'eau.

Ses sautes d'humeur étaient du feu derrière la glace.

Mais ça, je le leur dirai plus tard.

*

Ce matin, la presse à sensation nous a livré son lot d'histoires habituelles : les implants mammaires d'une épouse de footballeur explosent au cours d'un vol pour Dubaï, une célébrité loquace vend son silence au plus offrant sur Twitter, une émission de télé-réalité envoie des ados accros à l'iPhone et l'iPad vivre parmi une communauté religieuse style amish dans le Derbyshire. Des trucs légers, l'écume des tabloïdes : rien de nouveau aux nouvelles.

Les quotidiens dits « de qualité » se veulent au-dessus de la mêlée. Sauf que Gary sait qu'il n'y a plus ni dessus ni dessous, que nous sommes tous plongés dans la même confusion. Il fustige une tribune du *Times* qui s'interroge sur ce qu'il faut faire des enfants quand leur nounou rentre voir sa famille en Europe de l'Est.

« Encore un papier écrit par une connasse à tête de jument, une Camilla ou une Imogen qui se plaint du coût des femmes de ménage à Fulham et de la hausse des frais d'inscription dans les écoles privées. Sur quelle planète est-ce qu'ils vivent, ces gens ?

— La planète des Autres ? » dis-je mollement, histoire de participer au dialogue.

La journée s'annonce longue, morne et usante. Un peu de camaraderie ne nous fera pas de mal.

« On est cernés par la planète des Autres, Prof… À perte de vue : la planète des Autres. »

Il y a une pause, puis un silence, tandis que Gary cherche – en vain – une conclusion lapidaire.

C'est Noël, et Noël est une période violente. Pas la violence des thrillers ou des séries policières. On n'a ni Poirot ni Miss Marple, ici. Pas besoin. C'est la violence terne et sourde du quotidien. Elle ne brille pas et n'est pas compliquée, qu'il s'agisse de comprendre le mobile ou de trouver le coupable. Inutile d'aller chercher Columbo. Elle est simplement là, une fuite de noirceur ordinaire qui suinte, ruisselle et s'accumule, jusqu'au jour où ça déborde.

C'est notre vie sous-jacente, rien de plus, et parfois, elle remonte des profondeurs pour nous entraîner avec elle. La « ligne bleue », c'est le surnom qu'on donne à la police, ici. Mais je nous vois plutôt comme un ménisque qui contient le trop-plein un instant, l'arrête le temps que la cavité se remplisse. Le liquide enfle et pousse l'air ; il tremble, atteint la limite, passe par-dessus bord et se met à goutter.

Il goutte à présent. Il a goutté.

Deux cas de violences conjugales, un pyromane, quelques cambriolages. Une solderie attaquée à la voiture bélier. Les voleurs eux-mêmes ont revu leurs ambitions à la baisse, leurs aspirations adaptées à l'austérité ambiante. Émeutes du Black Friday dans les supermarchés. Hystérie de l'écran plat, ruée sur l'électroménager. La technologie nous ramène à l'état animal par un autre chemin.

Et à côté de ça, sous le travail de la police, sous les tribunaux qui forment la tuyauterie invisible du système, il y a la violence contre les femmes. Surtout à Noël. C'est la pulsation qui fait vibrer l'air, un battement de basses provenant d'une voiture ou d'un sous-sol qu'on ne parvient pas à localiser. Ou qui a disparu le temps qu'on arrive sur les lieux. Épouse, fille, petite amie, les coups récurrents, « l'accident » qui se répète, les vingt ans d'accidents, la cruauté acharnée des mots, les femmes aux nerfs à vif, à l'esprit disjoncté, terrorisées, la chair tendre martelée comme une escalope. Cette violence ordinaire, nous la voyons tellement souvent, Gary et moi, que c'est notre première pensée. Nous avons tort.

Le lendemain matin, lorsque le téléphone sonne, je suis en train de barrer cinq cases sur le calendrier. Ce sont mes congés de Noël. À l'approche des fêtes, je suis toujours fébrile. Il suffit d'une affaire, d'un crime un peu inhabituel, pour qu'ils soient annulés, *reportés*, dit-on, à une date indéterminée, un point miroitant à l'horizon que je n'atteindrai jamais. Je sais que c'est encore raté. Si quelqu'un peut deviner de quoi il retourne à la sonnerie du téléphone, c'est bien moi. Celle-ci m'annonce de grands bouleversements.

Pas besoin de sirène, nous informe-t-on. Le message est clair : la sirène hurle pour gagner du temps, hurle qu'il reste du temps. Malgré tout, nous ne traînons pas. Gary conduit. Je regarde défiler les vitrines, l'école privée sur la colline, le vieux zoo fermé depuis des années, mais où je crois encore entendre l'aboiement des otaries et sentir l'odeur du poisson. Après le pont, nous dépassons les friches industrielles, les grues abandonnées, les immeubles inachevés dont la construction a été financée par la bulle et interrompue par la crise. Les boutiques de marques converties en magasins discount. Puis ce que Gary appelle le Brexit-land. « Comme New York, ce n'est pas qu'un lieu, c'est un état d'esprit », dit-il. Il rit, un petit glapissement jaune et sec, puis fredonne « Je me retrouve seul au Brexit-land », détournant les paroles de « Bedsitter », de Soft Cell. J'ignore d'où il connaît cette chanson, car il devait être au berceau à sa sortie. Pas moi : je m'étais offert le 45 à l'époque, bien que n'ayant rien pour l'écouter. Et même moi, j'étais en retard. Je l'avais acheté d'occasion et il portait le nom d'un autre sur la pochette, les rayures d'un autre sur le vinyle.

On l'entend parfois, quand on rediffuse les « Top of the Pops » des années 1980 ou les émissions de variétés dont on a coupé l'animateur, parce qu'il est tombé en disgrâce, mort ou en prison. « L'émission sans le présentateur », dit ma nièce, consciente qu'il y avait quelque chose entre les chansons, entre les numéros, derrière les paillettes, le showbiz et les blagues. Simplement, elle ignore quoi. Marieke est sensible à ce qui n'est plus. C'est pour cette raison que le zoo lui plaît tant, le zoo vide et hanté. L'écho des animaux fantômes dans les enclos condamnés. Voilà pourquoi elle aime rendre visite à Mme Snow. À cause de tout ce manque. « L'absence n'est pas silencieuse, dit-elle. C'est un bourdonnement : *écoute…* »

Ensuite nous traversons une zone de verdure, puis les cités-dortoirs, avant d'atteindre ce que le GPS appelle la « route sans nom ». Nous savons que nous sommes arrivés, parce qu'il y a une ambulance, une voiture de police et deux Ford banalisées. Tout est relâché, lent. Ça sent le *trop tard*. Une personne invisible fume et l'odeur me parvient en petites bouffées irrégulières, en dépit de la distance. Des sacs plastique transpercés par les épines sont emberlificotés dans les ronces. Les mûres attendent d'être ramassées depuis des mois : d'abord aussi dures que des boutons, puis molles et à présent couleur fil d'araignée, desséchées et ratatinées sous une épaisse couche de moisissure. Les gens ne viennent pas ici pour cueillir des baies.

Nous ne nous hâtons pas. Nous sommes encore dans les limbes, entre le moment où la chose est arrivée et celui où elle va devenir un fait. Je sens les événements qui s'amassent là, juste de l'autre côté de la découverte que nous allons faire, et je voudrais prolonger ce court trajet, suspendre l'instant. Cela m'aide à réfléchir et je me dis : *Tu ne peux pas t'attarder indéfiniment entre les temps, profites-en au maximum.*

Puis ceci :

Deux agents prennent le témoignage d'une femme qui tient un chien au bout d'une laisse à enrouleur. Son museau pointe vers le chemin ; quoi qu'il ait trouvé, il veut y retourner, aller voir ça de plus près.

« Pourquoi est-ce que ça tombe toujours sur des gens qui promènent leur chien ? grogne Gary. Tu parles d'un cliché à la con. »

Je ne réponds pas.

« Enfin, ne nous plaignons pas. Ça pourrait être des exhibitionnistes, genre des adeptes de la levrette au grand air. T'imagines le tableau ? » ajoute-t-il avant de faire le tour de la voiture pour m'ouvrir la portière.

Ce n'est pas de la déférence et ça n'a rien à voir avec la hiérarchie. C'est simplement que je ne suis pas tout à fait là.

« Ce serait dommage de contaminer la scène de crime, non ? » poursuit-il, urinant contre le véhicule avant d'emprunter le chemin.

Sa pisse sent le café, et ce n'est même pas encore l'heure du petit déjeuner.

Je connais cette route. Je ne sais pas comment elle s'appelle, mais je la connais.

Le témoin attendra. Nous lui parlerons en temps opportun. Ou du moins en temps voulu, car le temps n'aura plus rien d'opportun, à présent : le seul avantage d'arriver trop tard, c'est qu'on peut choisir l'ordre dans lequel on accomplit les tâches. C'est toujours ça. La consolation des vaincus. Nous nous occuperons bientôt de la femme et de son chien, puis la presse prendra le relais. Lynne Forester sans doute avant tout le monde. *Mad Lynne*, la surnomme Gary : Lynne la Dingue. Si c'est ce que je pense, là-bas derrière les arbres, ce que nous craignons de découvrir. Il n'est jamais trop tard pour Lynne.

Ça se passe presque toujours de la même manière. Le chien est détaché ; une piste parmi mille autres l'attire soudain dans les fourrés ; il détale, refuse d'obéir quand on l'appelle ; son maître le trouve en train de fourrager… quoi ?

Allons voir.

Je traîne les pieds, mais je connais le chemin.

C'est un petit matin froid et humide de décembre, et les projecteurs sont allumés. On les voit briller un peu plus loin ; il y a aussi une tente blanche éclairée et des silhouettes blanches. Flashs, ruban de balisage.

« La maison du père Noël », lance Gary. Je sais que je devrais rire, m'efforcer de l'amadouer. Pour une fois que ce n'est pas graveleux. Alors, je souris. Je le surprends qui glisse vers moi un regard de biais. Sourire, c'est mieux : il s'imagine que je retiens un rire. Mon sourire forcé passe pour un rire réprimé. Ça devrait nous permettre de tenir quelques heures. On a fait le plein de convivialité. Ce ne sera pas de trop.

Il se méfie de moi, un flic besogneux qui a gagné ses galons à l'université. Je me méfie de lui, un cliché ambulant, vestige d'un autre temps : un gros tas limite raciste et carrément sexiste, qui sue l'eau de poulet reconstitué et sent le jus de viande. S'il était un pub, pour le vendre aux bobos et aux touristes, on dirait qu'il est *audacieusement rétro*, voire *vintage*, mais certainement pas *bistronomique*. Cela dit, s'il est un cliché pour moi, j'en suis un pour lui. C'est juste que Gary sort tout droit d'un feuilleton policier des années 1970, où ça fume, cogne les suspects, boit en service, méprise la paperasse et traite les femmes de « gonzesses ». Gary adore ces trucs-là. C'est son style. Un comportement acquis. Et, parce qu'il est plus jeune que moi, il ne connaît cette vie que par la télé. J'appelle ça sa *personnalité acquise*, du haut de ma propre personnalité acquise.

« Celle-là, il n'y a plus rien à faire. Morte de chez morte. »

Le côté terre à terre des spécialistes des cadavres, oui, mais dépourvu de raillerie. Celui-ci a quelque chose de particulier. Je l'entends à la voix monocorde, à l'arrière-fond de tristesse. Nous le savons tous.

Quelqu'un est penché sur la victime. Je ne vois que les pieds, mais il s'agit bien d'une femme : une jambe tendue, l'autre repliée en arrière, dans un gracieux mouvement de danse. Du charleston. Une show-girl dans une comédie musicale des années 1930, un corps sorti d'une rivière. Sans trop savoir pourquoi, je songe : *Jamais deux fois dans le même fleuve*, puis je murmure : « Jamais deux fois dans le même fleuve. » De plus en plus, je formule à voix basse tout ce qui me passe par la tête. Quelqu'un capable de lire sur les lèvres n'ignorerait rien de mes pensées.

La rivière, la vraie, n'est pas loin. Même si les crues ont ralenti, l'eau reste rapide et violente par ici. Elle crache et bouillonne sur son lit caillouteux. Ça fait un bruit d'autoroute. La M25 qui écume de rage.

« Je ne peux rien confirmer dans l'immédiat, et je n'utiliserai pas de nom, mais vous pouvez partir du principe que c'est elle. »

Je le sais. Je l'ai appris à la fac : c'est difficile de reconnaître un mort. Aux premiers temps de la photographie funéraire, on affichait les portraits des cadavres à l'extérieur de la morgue, et les badauds s'arrêtaient pour les regarder comme s'ils faisaient du lèche-vitrine ou assistaient aux courses. Certains établissements invitaient même les curieux à entrer. Des familles entières endimanchées allaient voir les morts. C'était le Tinder des cadavres : swipe, swipe, like, swipe, ajouter aux favoris, bloquer, envoyer un message… Mais beaucoup étaient incapables de reconnaître un parent décédé. Cela n'avait aucun rapport avec l'état du corps. C'était juste l'absence de vie qui lui donnait l'air d'un autre. Comment l'expliquer sinon ?

Je me souviens de ma première affaire, un jeune homme tué par un chauffard : le père s'est approché et l'a regardé attentivement. Il était là pour l'identifier. Il a secoué la tête. Il ne s'agissait pas de son fils. Il se trompait, c'était évident, néanmoins, il fallait suivre le protocole, faire semblant de le croire, nous excuser, reprendre la liste des personnes disparues où nous avions trouvé son nom. Le père a rappelé quelques heures plus tard. C'était bien son fils, mais, en l'admettant, il avait l'impression d'appuyer sur un interrupteur, *son interrupteur d'arrêt.* Il n'avait pas pu. C'était « presser le bouton qui rendait la mort réelle au lieu de la maintenir dans l'irréel ». C'est là que vivent les fantômes : pas dans un endroit physique, pas dans une maison sinistre et mystérieuse ni dans un cimetière. Ils habitent dans le temps qu'il faut pour que le fait extérieur de leur mort devienne un fait à l'intérieur de nous. Voilà pourquoi accepter qu'ils sont partis est une libération pour eux au moins autant que pour nous.

Mais qui sait ce que font les morts une fois libres ? Où ils vont ?

Personne ne parle. L'un des agents griffonne dans un carnet, mais c'est surtout pour s'occuper les mains et les yeux.

« Elle est bizarrement tordue et revêtue », écris-je. Revêtue ? Je me sens idiot, raye la phrase et la remplace par : « On a tenté de la cacher dans des sacs à ordures ménagères. » Je biffe pour mettre « sacs-poubelle ». Je me demande pourquoi je m'astreins à ces euphémismes, à ce jargon bureaucratique, alors que c'est à moi que je m'adresse, pour moi que je prends des notes.

Revêtue ? Et puis quoi encore ?

Plus tard, j'en arriverai à la conclusion que je m'efforçais de l'étendre sur un lit de mots aussi délicatement que possible, car je savais ce qui se passerait lorsque les journaux s'empareraient de l'histoire. « Comme une poupée cassée dans un sac-poubelle ! » écrirait Lynne Forester. Mad Lynne ne l'avait pas vue, n'avait même pas vu les photos à ce moment-là, mais ce serait les mots qu'elle jetterait en pâture au pays.

Elle n'allait pas perturber ses lecteurs avec des affèteries comme *revêtue*.

« Je suis déjà passé par là », dis-je.

Je vois Gary qui est accroupi à côté de moi relever brusquement la tête. Contrairement aux autres, il a compris. Il est intuitif, attentif aux émotions et aux subtils changements d'humeur. Ça ne correspond pas à l'image qu'il a de lui-même, aussi nous appliquons-nous tous à ne pas le remarquer.

Malgré tout, j'aurais dû lui en parler tout de suite.

« On est tous passés par là, dit le légiste sans lever les yeux, sans tourner la tête. Chaque mort est différente, chaque mort est la même.

— Non, je parle de cet endroit. Je suis déjà venu. »

Cette fois, ils me regardent tous. Je leur expliquerai plus tard.

*

C'est curieux de voir à quel point on humanise l'acte de hanter : on en fait un phénomène essentiellement grégaire, si dérangeant ou effrayant soit-il. Ceux qui nous hantent ne sont qu'une nouvelle version de nous-mêmes. Ils sont simplement passés de l'autre côté. Les fantômes sont des créatures domestiquées, à l'instar des chiens et des chats, parce que nous les avons inventés (peut-être en pensent-ils autant de nous) pour copier nos actions, qu'ils répètent (la répétition est essentielle à la vie du fantôme qui, comme l'animal familier et l'enfant, a besoin de rituels) lentement, mais souvent, avec une précision étonnante. Ce sont les réitérations spectrales de nos batailles, gagnées ou perdues, et nous leur attribuons un trait que nous n'aimons pas voir chez nous : une incapacité à passer à autre chose, la tentation irrépressible de revenir en arrière. C'est nous qui les hantons. Tout ce qu'ils demandent, c'est la permission de partir.

Voilà pourquoi on ne peut pas hanter un lieu où l'on n'a jamais été, pas correctement en tout cas. Il y a bien des fantômes qui ont erré dans une autre histoire, d'autres qui ont hanté des inconnus, mais le résultat dans ce cas est comique, comme des acteurs se trompant de pièce.

Enfant, je les trouvais décevants précisément pour cette raison : parce qu'ils étaient trop construits, trop faits de ce qu'ils avaient laissé derrière eux – trop faits de nous. C'est notre manque d'ambition pour eux qui me décevait, comme si, en dépit de tout ce que nous savions de l'inconnu, nous n'avions rien trouvé de mieux que d'en faire les dépositaires de nos histoires inachevées. J'aurais aimé qu'ils s'éloignent un peu plus, se détachent de nous, mais non : ils étaient limités par leurs habitudes qui étaient les nôtres. Une occasion ratée, pensais-je, pour nous dans notre imagination aussi bien que pour eux dans leur réalité imaginée.

C'est parce que hanter est avant tout une façon de marquer son appartenance. Pour certains d'entre nous, c'est la seule qui soit.

Mes fantômes sont des lieux. Et celui-ci en fait partie : une friche intermédiaire, une interzone anonymisée par le GPS, avec d'un côté des terrains de sport scolaires et de l'autre une rivière marron bordée de boue et festonnée de sacs en plastique, de pots de peinture et de roues de vélo. On est seulement à quelques kilomètres des Downs du Kent, une « région d'une beauté naturelle rare », l'Angleterre dans toute sa splendeur verdoyante. Les sites comme celui-ci sont les cousins pauvres des Downs, l'envers du décor.

Il y a des appareils électroménagers qui scintillent dans les fourrés et, juste derrière, la rivière lessive ce qui ressemble à une porte de réfrigérateur. Pas très loin en amont, au-delà des arbres si serrés que même nus ils masquent la vue, se cache le pont.

Les décharges sauvages ont un charme bien à elles, avec leur lente, triste et furtive accumulation des débris de notre quotidien. D'abord, le bord du terrain est inauguré modestement par un vieux téléviseur, ou plus majestueusement par un réfrigérateur-congélateur de deux mètres de haut, puis le reste suit, comme la limaille attirée par un aimant. Les gens savent, ils ne peuvent pas résister ; à la tombée de la nuit, encapuchonnés de honte, phares éteints, ils arrivent sans bruit au volant de leur voiture ou de leur camionnette et déversent leurs merdes. Ce n'est pas vraiment un endroit, alors, quelle importance ? Mais, à la fin, c'est un showroom, un Walmart de la jungle, un centre commercial futuriste où le futur est venu puis reparti. Il ne se décompose pas, ne se biodégrade pas, ne se composte pas, ne s'érode pas. La terre rejette tout : les gaz du réfrigérateur, l'acide de la batterie, le MDF, le canapé en skaï des échangistes et le matelas taché transpercé de ressorts rouillés.

C'est un lieu-non-dit, un lieu qui n'a pas lieu d'être, un lieu où l'on n'a pas lieu de mourir.

En ce qui me concerne, je vis dans le présent ; c'est là que je mange, bois, dors et me réveille, dépense mon salaire et emmène ma nièce au parc ou faire les magasins. Mais mon chez-moi, c'est le passé. La plupart des gens n'y font que des excursions : une heure ou une minute de flânerie, une photographie oubliée par-ci, une chanson ou une odeur perdue par-là, pour très vite revenir à la vie telle que nous pensons la vivre : en marche avant.

C'est parce que la plupart des gens sont des touristes de la mémoire. Moi, je m'y suis installé et, chaque fois que je fais un tour dans l'ici et maintenant, j'ai l'impression d'être un expatrié qui rentre après des années d'exil, aussi sidéré par l'aspect immuable du vieux pays que par les changements survenus en son absence.

Grands passés, petits passés

J'ignore qui a dit que le passé était un autre pays, mais, quand on examine les photos de classe, les années 1980 sont certainement une autre planète.

Gary a sorti trente ans de photographies appartenant à M. Wolphram et nous les examinons. Il ne sait pas encore pourquoi et moi non plus, mais comme on dit (ou ne dit pas, pas encore en tout cas, car Gary vient de l'inventer) : « Tout est une preuve jusqu'à preuve du contraire. » C'est le même principe que « Tout homme est présumé innocent jusqu'à ce qu'il ait été déclaré coupable », mais à l'envers. Après tout, poursuit-il, « les gens ont plus de droits que les choses, pas vrai ? *Pas vrai* ?

— Oui », admets-je avec un manque de conviction qu'il remarque et partage sans doute : car M. Wolphram n'a aucun droit. En ce qui le concerne, la chasse est ouverte. Tout va y passer : sa sexualité, s'il en a une, son célibat, ses années d'études – surtout celles-ci. Pour l'instant, il n'est question que de l'interroger, mais déjà la presse a déterré les archives : des photos scolaires de la première d'une pièce de théâtre qu'il a mise en scène, du jour de la remise des diplômes (austère, sans décor, lui en toge, avec un rouleau de papier à la main), lui jouant de la guitare avec Horspath Driftway, son groupe éphémère à Oxford, et même, allez savoir d'où les journaux les sortent, deux ou trois clichés de vacances de lui enfant. Maigres jambes frissonnantes avec la bosse des genoux comme un nœud sur une corde.

Seul.

Sans jouets.

Sans parents non plus, souligne Gary. Ni frère ni sœur.

Sur la première photo, il est renfermé, les yeux détournés pour se cacher. L'effacement classique de l'enfance : il imagine que, s'il ne voit pas, il ne sera pas vu. Il est seul, le regard qui se dérobe, mais aussi le corps ; la personne entière qui se dérobe. Sur l'autre, comme pour compenser, il nous fixe bien en face. On pense aux fils d'aristocrates tuberculeux sur les photos anciennes, dont le visage exprime un désir réprimé et sans espoir, qui ressemble à de l'arrogance et qui en est peut-être parfois. On le retrouve dans les grands yeux de poulain des enfants Romanov, tandis que les balles attendent bien au chaud dans les chambres des fusils bolchéviques. Les minutes s'égrènent tandis que quelque part le cliquetis du télégraphe envoie l'ordre de les faire poser pour un portrait de famille, puis de les exécuter et de dissoudre dans la chaux les cadavres délicats à la blancheur de savon. C'est à ce genre de visage que je songe : livide et diaphane, pareil à la lune pâlissant à la lumière du jour.

« Il ne manque que le costume marin et la gouvernante », lance Gary.

Nous lisons les photographies de gauche à droite, comme les phrases, comme les mots. Cependant, de chaque côté du cadre, c'est du temps qu'on voit, pas de l'espace. L'avant et l'après, qui bordent ce monument de papier dédié au *maintenant* défunt.

Il a… quoi ? Neuf ans ? Dix ? Ce qui signifierait que le cliché date de la fin des années 1950. Du noir et blanc, bien entendu, mais une variété de noir et blanc qui suggère qu'il n'y avait pas d'autre couleur à l'époque. Le *noir et blanc de l'Angleterre des années 1950* est une teinte à part entière qui mériterait sa place dans la palette des gris, quelque part entre les nuances appuie-tête sale et aisselle de pigeon. « Quand est-ce qu'on a inventé la couleur ? » m'a demandé un jour ma nièce. Les adultes ont éclaté de rire, pourtant nous avions tous compris le sens de sa question.

Les enfants n'ont aucun mal à imaginer les momies, les hommes des cavernes et les Incas. Cléopâtre, la locomotive à vapeur de Stephenson, Staline et Hitler, les bas-fonds londoniens du XVIIIe et la guillotine : aucun problème. Les dinosaures parcourent les jungles oniriques de leurs chambres, aussi patauds et ruminants qu'à l'époque où ils arpentaient leur décor de cinéma jurassique. Il ne faut pas s'inquiéter pour les dinosaures. L'espèce est peut-être éteinte, mais elle ne s'est jamais aussi bien portée.

En revanche, amusez-vous à décrire à un enfant le frottement d'un vinyle entre deux pistes, le sifflement d'une bouilloire ou le cliquetis de la tête de lecture d'un magnétophone à cassettes dans une voiture. Avez-vous essayé ? Le véritable gouffre, il est entre aujourd'hui et hier, entre maintenant et naguère, pas entre maintenant et jadis.

Marieke parle de « grand passé » et de « petit passé ». Elle sait que c'est le second qui est perdu, que le premier se débrouille très bien sans nous. Il a des musées et des documentaires pour veiller sur lui. Il a le gouvernement, l'école, l'armée pour défendre son pré carré… Le petit passé, lui, n'a rien. Lorsqu'elle me demande la différence entre ce qui a été oublié et ce qu'on n'a jamais connu, la question est tellement basique que je suis incapable d'y répondre. « C'est comme l'émission de variétés où il manque les présentateurs », dit-elle.

Marieke dit aussi : « En apparence, c'est pareil, non ? Deux riens. Deux absences. Ce qui a disparu ressemble beaucoup à ce qui n'a jamais existé. » C'est vrai, dis-je, m'adressant à moi-même : *0* est un fait, mais *1 moins 1 = 0*, eh bien… c'est une histoire, c'est l'histoire de tout.

Mon enfance et la sienne ? Le voilà, le gouffre.

C'est pour ça qu'ensemble nous avons créé ces archives, les archives du petit passé, les bruits perdus d'un quotidien qui a sombré directement dans… nulle part… dans le néant. Ce qui l'intéresse, et m'intéresse aussi, ce sont les choses qui étaient partout mais dont on ne se souvient pas. Sigrid me dit que j'ai transmis ça à sa fille. Transmis quoi ? « Tu lui as transmis ton… » Elle hésite, le terme est excessif, trop grand pour ce à quoi elle pense, néanmoins, ce à quoi elle pense continuera peut-être de grossir et finira par remplir le mot, peut-être est-ce même déjà le cas. Alors elle me l'offre : « … ton affliction. »

Marieke est ma nièce, la fille de ma sœur. On prononce Marika. Ça signifie Petite Marie. Qu'en sera-t-il lorsqu'elle sera adulte, je l'ignore, mais en néerlandais, on garde le diminutif. On le porte jusqu'à la fin. Quelque part, pour quelqu'un, et peut-être surtout pour soi-même, on reste éternellement l'enfant que l'on a été.

Marieke a douze ans et elle est déjà grande pour son âge : un mètre soixante-sept. Collecter des sons est son activité préférée. Sa mère ne manque jamais de me rappeler que c'est à cause de moi, que c'est moi qui lui ai offert un enregistreur numérique de la taille d'un briquet pour son neuvième anniversaire. Depuis, elle enregistre tout : une chasse d'eau, le tintement électronique quand on appuie sur le bouton pour demander l'arrêt du bus, l'un de ses professeurs grondant un élève. Elle épie le monde assoupi, recueille les preuves. C'est le nom qu'elle leur donne : les preuves. C'est encore moi le fautif, car elle est fascinée par mon travail, plus que je ne le suis moi-même, et elle pense un jour pouvoir assigner le monde entier en justice, grâce aux éléments qu'elle aura accumulés.

À présent qu'elle a épuisé les bruits les plus communs – sirènes, avertisseurs, cris d'oiseaux –, ses goûts sont devenus plus pointus. Une fois, je l'ai surprise qui laissait l'appareil dehors pour enregistrer le brouillard en train d'envahir le jardin. « Le brouillard ne fait pas de bruit », lui ai-je dit. « Non, mais il transforme les autres bruits. Écoute. » Je n'entendais rien hormis la tombée furtive d'une nuit banale, le frémissement des arbres sous la brise, le trottinement feutré d'un animal dans l'herbe, le ronronnement des voitures et les sirènes de train qui serpentaient dans le lointain. Marieke me dit que c'est ça le son du brouillard, cette sourdine. Je ne suis pas d'accord et elle s'énerve, pose sa tartine de Nutella – elle étale la pâte chocolatée jusqu'au bord de la tranche, à la limite de la croûte, comme un plâtrier habile enduirait un mur – et vérifie en ligne. Triomphante, elle me montre la page trouvée sur son site préféré, *La Science de tous les jours* :

Q : Le brouillard modifie-t-il les bruits ?

R : Excellente question ! Et la réponse est oui. Le brouillard est constitué de minuscules particules d'eau en suspension dans l'air. Le son se propage sous forme d'ondes et de vibrations, et

les gouttelettes en absorbent une partie, si bien que le son qui nous parvient est plus faible ou va moins loin. Les tonalités aiguës sont encore plus affectées par le brouillard. C'est pour cette raison que les cornes de brume des navires sont très graves : pour parcourir de plus grandes distances et être entendues de plus loin.

Je capitule, une fois de plus. Sa curiosité est insatiable mais sélective. Elle est indifférente à la mode et à la musique pop, à ses camarades et à la dictature du groupe, aux peluches et aux poupées, aux jeux vidéo et aux dessins animés. Tout ce qui est clairement destiné aux enfants, elle l'ignore. Professeurs compris.

Marieke s'enregistre en train de réfléchir, la machine contre la tempe, pensant dur et fort à tout ce qu'elle aime. La liste est longue et elle y passe des heures. Elle plaquerait son appareil devant la bouche d'un monde à l'agonie, si elle croyait pouvoir recueillir son dernier souffle.

Parfois, cela lui cause des ennuis. Les profs n'apprécient pas, d'autant plus qu'il y a la question de « la protection des données », comme ils disent. On insinue qu'elle pourrait être obsessionnelle ou autiste, ou encore souffrir de l'un de ces innombrables troubles mentaux pour lesquels on ne cesse d'inventer de nouveaux acronymes. Sigrid lui a fait passer des examens, et, lorsqu'elle était petite, des spécialistes se déplaçaient à l'occasion pour l'observer quand elle jouait à l'école ou à la maison.

Je pense qu'elle est simplement curieuse ; curieuse, avec une capacité de concentration hors du commun qui lui permet de se focaliser sur ce qui l'intéresse et d'évacuer tout le reste.

Je la prends deux fois par semaine le soir, souvent pour la nuit, lorsque ma sœur sort avec des amis ou va à la pêche en ligne. Pendant qu'elle patauge, embourbée jusqu'au cou dans l'inépuisable vivier des rencontres virtuelles, Marieke et moi, nous enregistrons.

*

De retour dans l'ici et maintenant, il n'y a plus moyen de se cacher, plus moyen de se dérober. Ni pour M. Wolphram ni pour nous. La presse a retouché les photos qu'elle est parvenue à se procurer. Les journalistes sont sans doute allés voir ses voisins et ses anciens collègues de travail, les ont payés en espèces ou en flatteries. Ils l'ont « bizarrifié », pour reprendre le mot de Gary. C'est difficile de mettre le doigt sur ce qu'ont fait les iconographes, en tout cas, il a l'air en état de choc, tétanisé par les flashs, et il suinte la culpabilité.

Mais est-ce la même chose que d'être coupable ?

« Un homme entendu dans l'affaire du meurtre aux sacs-poubelle : la police interroge un enseignant, lit-on dans l'*Evening Post* en ligne. Bientôt une arrestation ? » On reconnaît la patte de Lynne Forester. En incrustation, un gros plan de M. Wolphram tiré d'une photo prise à la sortie d'un concert dans les années 1980. De grands yeux, une expression de surprise et de colère, la pâleur de sa peau décolorée par le flash. Il porte un chapeau, un nœud papillon noir et un manteau qui, légèrement gonflé par le vent, ressemble à une cape. Plus tard, ce sera l'une des photos étalées à la une. « M. Drac' », le surnommera un journal.

C'est presque comique, quand on songe que ce sont eux qui vont se repaître de son sang. Cela dit, oui, on dirait un peu qu'on a ouvert son cercueil par surprise.

Il ne le sait pas encore, pourtant il ressemble déjà à ce qu'il est : une proie.

Bientôt ils trouveront aussi quelqu'un pour mentir à son sujet. C'est une question de jours, d'heures, peut-être. Je n'ai pas lu la presse populaire en ligne, et les éditions imprimées ne sont pas sorties, mais, même dans les quotidiens sérieux, on les sent venir : la calomnie et la diffamation, l'insinuation et la rumeur. C'est comme les infiltrations, la pourriture brune ou les vers du bois : les métaphores ne manquent pas. N'importe quelle forme inexorable de décomposition s'attaquant sans pitié aux fibres et érodant la matière fera l'affaire.

Quand le service de presse de la police nous a envoyé le lien vers l'*Evening Post*, Gary n'a pas bronché. Et il ne bronche toujours pas : il pense que M. Wolphram est coupable et que cela peut nous aider. Mais pour l'instant on n'en est pas encore là et, sous son assurance, Gary n'est pas totalement à l'aise. « OK, ils s'acharnent un brin », dit-il. Un brin. Comme on ferait un brin de toilette avant de sortir, ou un brin de causette avec le voisin sur le pas de la porte par une belle journée ensoleillée. À présent, la nouvelle prolifère sur les sites d'informations, sature les moteurs de recherche et entame son circuit hypnotique sur les bandeaux en bas de l'écran, qui tournent en boucle sous les présentateurs et leurs canapés télévisuels.

... UN HOMME INTERROGÉ DANS LE CADRE DU MEURTRE DE ZALIE DYER... IL S'AGIRAIT D'UN ENSEIGNANT DE LA VILLE... LA LIVRE PLONGE DEVANT L'EURO... UN HOMME INTERROGÉ DANS LE CADRE DU MEURTRE DE ZALIE DYER... IL S'AGIRAIT D'UN ENSEIGNANT DE LA VILLE... UN FATBERG DE LA TAILLE D'UN FERRY... UN HOMME INTERROGÉ DANS LE CADRE DU MEURTRE DE ZALIE DYER... IL S'AGIRAIT D'UN ENSEIGNANT DE LA VILLE...

Le sang de Gary a beau s'échauffer quand il songe à ce qu'a fait M. Wolphram, il n'est pas aussi sûr de lui qu'il le souhaiterait. Son sang *bout*, dit-il. Il s'interrompt, cherche un mot un cran plus fort, puis se rabat sur *littéralement*, qui est toujours le cran au-dessus.

Littéralement : pensez au sang qui grésille dans une poêle à steak fumante et vous saurez ce qui se passe à l'intérieur de Gary, le long de ses bras et de son cou, sous sa peau ; il n'y a pas de liquide dans ses veines, mais des globes rouges solides, boules de billard frappées par une queue invisible. On les entend se cogner et se heurter.

En dépit de l'horreur que lui inspirent M. Wolphram et les individus de son espèce (c'est ce qui arrive quand on est déclaré suspect, on relève soudain d'une *espèce*), il estime que c'est à la police de le démolir, et non à la presse ni aux citoyens-justiciers, qui tournent déjà autour de sa maison avec leurs bombes de peinture, leurs briques et leurs battes de base-ball. Comme tous les gens injustes, Gary revendique l'avantage injuste d'être le seul à avoir le droit d'être injuste.

Mais le voilà saisi de scrupules. Il veut que le coupable soit arrêté et jugé *dans les règles*, et, si cela ne tenait qu'à lui (*sissan'tenaikamoi*), on rétablirait la peine capitale exprès pour l'occasion – administrée par ses soins. Malheureusement pour lui, ça n'en prend pas le chemin. Pas d'aveux pour commencer, et pas de preuves. Les emplois du temps ne coïncident pas. D'accord, il n'a pas d'alibi, mais quel genre d'alibi pourrait avoir un homme qui vit seul, ne regarde quasiment jamais la télé, passe deux appels par semaine à une vieille tante à Hastings (on a les factures détaillées : 18 h 45. Jeudi et dimanche, toujours entre dix-sept et vingt-trois minutes), et écoute chez lui des coffrets d'opéra sur un matériel hi-fi coûtant un mois de salaire ?

Il a aussi des vidéos et des DVD de films scandinaves. *Pas ce genre-là, Gary, pas ce genre-là*. Ce qui ne lui fait pas marquer de points, au contraire, parce qu'« un peu de porno, ça serait plus normal ».

M. Wolphram aurait pu être un pervers ordinaire amateur de porno, mais voilà qu'il se révèle un pervers pornophobe, un ennemi de la chair, asexué et insensible.

Quand l'innocence est aussi louche, on n'a que faire de la culpabilité.

Nous avons également la liste de ses dépenses. La banque n'a pas traîné : albums de musique classique, DVD de cinéma européen, livres de poésie et denrées de premier choix venant de supermarchés de premier choix. Les habitudes de consommation d'un solitaire nanti : peu, souvent, cher, pointu. Téléphone mobile ? Smartphone ? iPod ? Il vide ses poches mais elles sont déjà vides, alors il les retourne et elles pendent absurdement comme des chaussettes accrochées à sa taille, répandant des confettis de mouchoirs en papier et de bourre.

« Je n'en ai pas. »

C'est tout vu : M. Wolphram sera notre Ogre-Ermite érudit.

En attendant, dehors – comme ceux que nous enfermons, nous appelons le monde réel « dehors » –, on estime que c'est une affaire réglée. Emballez, c'est pesé. Ou, comme le dirait Mongolito, « Emballez, c'est plié ».

Mongolito, c'est l'idiot du poste ; sa bêtise est si générique et banale que personne n'a pris la peine de lui attribuer un sobriquet plus personnel, même pas Gary, qui pourtant les distribue du haut de son bureau, tel le premier homme baptisant les animaux dans la Genèse. « Afin que tout être vivant portât le nom que lui donnerait Adam. » Mongolito est donc resté Mongolito. « Il fait ce qui est écrit sur la boîte », dit Gary (qui n'a pas de surnom), citant un slogan d'une marque de produits de bricolage dont le génie est de faire de la publicité avec le caractère superflu de celle-ci. À son arrivée, le chef, qui pouvait avoir de brusques accès dictatoriaux, était appelé Fidel Castro. Ce n'était pas très original, cependant, lorsque la nouvelle de sa vasectomie s'est répandue, Gary a tout de suite vu les possibilités d'amélioration. Depuis, c'est Fidel Castra, ou tout simplement Castra, ce qui relève un peu le niveau de son répertoire habituel. Castra est là, derrière les grandes parois vitrées de son aquarium, lent et déprimé mais toujours attentif. « Comme un putain de poisson rouge dans son bocal », soupire Gary. Castra cède donc parfois la place à Poisson rouge, ou, quand Gary est d'humeur à puiser dans un registre policier plus classique, à l'Homme de fer, « parce que, s'il a des jambes, personne ne les a jamais vues », précise-t-il, en référence à une série des années 1970 dont le héros était en fauteuil roulant.

Poisson rouge passe pour plus intelligent qu'il ne l'est réellement, en cultivant l'air de garder ses pensées pour lui et de ne les partager qu'à contrecœur. S'il fait illusion auprès de ses supérieurs, il ne trompe pas ceux qui travaillent avec lui. Je me suis fait avoir pendant trente secondes. « Indéchiffrable », ai-je dit le jour de mon arrivée. « Cherche pas, y a rien à déchiffrer », m'a aussitôt corrigé Gary.

Il ne prend pas la peine de donner des surnoms aux avocats, c'est dire s'ils sont bas sur son échelle des êtres vivants. Pour lui, c'est « le branleur de service » et « l'autre branleur de service ». Je dois le mien,

Prof, à mon diplôme en crimino et psycho. Parfois, il m'appelle aussi University Challenge, en référence au jeu télévisé le moins glamour du pays. Les questions sont difficiles et il n'y a pas d'argent à gagner, ce qui, prétend Gary, décrit aussi parfaitement sa vie. « Les doigts sur le buzzer ! » a-t-il crié le jour de mon arrivée. Nous nous apprécions plus que nous ne voulons bien l'admettre. Les jours où j'assure, il me complimente d'un « Le Prof a les doigts sur le buzzer, aujourd'hui ». Mais ça fait quelques semaines que je ne l'ai pas entendu.

Je rentre et je les laisse tous, Castra, Mongolito et le nouveau, Dave, dit Petit Écran, qui se comporte comme s'il jouait dans une série policière qui n'a jamais dépassé le stade du pilote. Et aussi Gary. Pendant que M. Wolphram passera la nuit au poste, il s'exaspérera tout seul à son bureau, jusqu'à l'heure de pouvoir commander un plat à emporter qu'il mangera devant son ordinateur, puis, vers minuit, il regagnera son appartement, où il dormira mal, se coupera en se rasant, sautera le petit déjeuner et gueulera après la radio. Le stéréotype du flic de base.

Gary Petit Écran. Nous tous Petit Écran.

Nos vies se rétractent pour s'adapter à la télé. Dans un premier temps, les caméras ont reculé pour filmer en plan d'ensemble et faire rentrer plus de choses, puis, sans même nous en apercevoir, nous avons réduit nos existences à la taille de l'écran.

Est-ce ce qui s'est passé ?

Nous savons que dehors l'histoire fait son chemin. Les choses ont démarré en douceur, on n'a pas encore donné de noms, mais c'est évident : « Un homme qui aurait travaillé dans un établissement d'enseignement secondaire de la ville… » Puis le jargon officiel : *interrogé dans le cadre de l'enquête*, *entendu par la police, des liens avec la victime*. Jusque-là, pas de détails, simplement les fuites et les suintements signifiant que demain ou (si on a de la chance) après-demain, ce sera sur toutes les chaînes télévisées du pays. De toute manière, son visage est très reconnaissable et, bien qu'on n'ait rien dit de plus, les commentateurs s'en donnent déjà à cœur joie sur Internet.

C'est la cohorte de la haine : les tarés, les grincheux, les bons samaritains, les psys de la pause-café, les rageux et les provocateurs, les homophobes et les racistes remplis de bière, exhibant leurs pseudos et leurs noms de guerre électroniques : FiertéBlanche, Glaivedelavérité, Brexitron, Chasseurdeféminazi. Les Majusculateurs précoces et les adorateurs du triple point d'exclamation. Le drapeau anglais dans le nom d'utilisateur Twitter. Les lions et les aigles.

« Au moins, c'est démocratique, dis-je sans originalité.

— Les chiottes, c'est démocratique », rétorque Gary.

Ses métaphores ont toujours été plus ou moins liées à la production et à la gestion des déchets, mais depuis le fatberg, ça vire à l'obsession.

Ce ne sont pas les machines qui m'effraient, mais les gens qui se transforment en avatars à l'autre bout de la ligne, plus totalement humains, une nouvelle race de centaures : mi-chair, mi-... écran tactile, pseudo, profil. Il y a deux ans, nous avons enquêté sur une affaire de cyberharcèlement. Lorsque nous avons trouvé le coupable, ce n'était pas un adolescent boutonneux ni un bouffeur de burgers obèse inadapté. Ce n'était pas un geek solitaire blafard qui se branlait dans un sous-sol comme on en voit dans les films. C'était un homme séduisant de quarante et un ans, intelligent, marié, père de deux enfants inscrits à Chapelton College, avec un bon emploi dans les assurances et une maison proche de l'université. Chaque soir, il passait une heure ou deux à persécuter les adolescents sur Facebook, Twitter, Instagram, partout où ils se trouvaient. Ce n'était pas difficile : les jeunes se regroupent dans le viseur Internet du psychopathe de la vie quotidienne comme les antilopes autour d'un point d'eau ; il n'y a qu'à viser avec sa souris, cliquer et se servir.

« Tout frais chez vous en un clic », promet un supermarché en ligne. Ce pourrait aussi être le slogan des chasseurs d'enfants sur le Web.

Il s'en prenait principalement aux ados qui vivaient près de chez lui. Je suppose que ça l'excitait de penser qu'il les croiserait peut-être en allant travailler, qu'il les frôlerait dans le bus ou en ville le week-end. Il leur conseillait de se tuer, leur répétait que leur famille et leurs amis les détestaient. Il les orientait vers des sites consacrés au suicide. Il prenait même de leurs nouvelles et leur demandait ce qu'ils attendaient, les encourageait : « Allez, vas-y, tu rendras un service à toi et aux autres… » Aucun n'a franchi le pas, ou du moins pas dans un laps de temps qui nous aurait permis de relier le geste aux mots, ce qu'ils ont fait à ce qu'il a dit. Dire et faire : quel est le délai, à quel moment peut-on affirmer que le premier n'a pas influencé le second ? Au bout d'un an ? Cinq ? Dix ? Y a-t-il une prescription claire en ce qui concerne les paroles et leurs conséquences ?

Lorsque nous avons débarqué chez lui pour l'interroger, il préparait des spaghettis à la bolognaise et jouait avec sa fille de huit ans qui grimpait sur son dos et le frappait avec une cuillère en bois. Son garçon de treize ans faisait ses devoirs, sa femme buvait un verre de vin blanc frais, le tenant délicatement par le pied, comme dans les publicités. Ses bras et son cou affichaient le reste d'un bronzage tropical de mi-semestre, entretenu par des visites à l'institut. En fait, la scène entière ressemblait à une publicité : pour la famille, la réussite, les enfants, la prospérité, la faculté d'avoir toujours en main les atouts du jeu de cartes sans cesse redistribué de la vie, sachant que la plupart du temps c'était vous qui les battiez. Il nous a emmenés dans son bureau, nous a tout montré et a avoué sans hésiter. « C'était juste pour m'amuser, a-t-il dit. Comment est-ce que j'aurais pu imaginer qu'ils le prendraient au sérieux. C'était un jeu de rôle. » Sa vie était lumineuse. Quelles ténèbres en lui cela venait-il combler ?

Il avait été prudent : rien de sexuel. Il n'y avait ni manipulation psychologique ni tentative de séduction, cette mise en condition qu'on appelle aujourd'hui le *grooming* dans le domaine de la pédophilie en ligne, un mot qui désignait autrefois en anglais une activité innocente, le soin apporté à sa toilette, un rituel évoquant les magasins de vêtements pour hommes d'antan. Quand Petit Écran a épousé une femme de douze ans son aînée, Gary, son témoin, a fait un discours où il félicitait « la mariée et le groomé [1] ». Mais rien de tel dans cette affaire : uniquement de la malveillance, de la curiosité perverse et de la cruauté désinvolte. Et nous sommes permissifs avec la malveillance, la méchanceté, la haine… parce que la loi ne peut pas réguler ce qu'elle ne peut pas définir. Il a plaidé que c'était une forme de jeu virtuel et le juge lui a donné six mois avec sursis. « Je ne l'ai jamais fait dans la vraie vie », a-t-il déclaré. La *vraie vie*. C'est de plus en plus difficile d'entendre cette expression, d'établir

1. *Groom* désigne aussi le jeune marié en anglais.

le lien entre la vraie vie et… ce qu'il en reste après quelques heures devant une console ou un clavier.

« J'ai vu deux meurtres, m'a confié Gary. J'ai vu les méfaits de la drogue et de l'alcool, des crânes fracassés et des trous de mémoire. Des morts oubliés de tous, qui se décomposaient sur un canapé ou derrière des avalanches de courriers publicitaires, les doigts grignotés par leur chat. Des trucs minables, des trucs déprimants, des faits divers bouche-trous, entre les morts célèbres et les poursuites de bagnoles bling-bling à la télé. Des morts que personne n'aimait, voire que personne ne connaissait. Pourtant, la seule affaire qui me réveille encore la nuit, c'est ce bon père de famille dans sa "résidence de prestige" qui conseille aux gosses des autres de se foutre en l'air. »

Si une histoire est en mesure de prendre la place de celle-là en *prime time* de ses cauchemars, c'est l'enquête actuelle. Pas parce qu'elle est sanguinolente – au contraire, elle est d'une propreté effrayante –, mais à cause des recoins de l'esprit humain qu'il nous faudra encore explorer avant de la clore.

Le fatberg

Les médias sont sur la piste des anciens élèves et collègues de M. Wolphram, en quête d'anecdotes à transformer en scoops. S'il s'avère innocent, ils passeront à autre chose, le jetteront sur le bas-côté de l'information et il n'aura plus qu'à regagner clopin-clopant le semblant de vie qu'on lui aura laissé. L'*Evening Post* a déjà publié quelque chose, mais on est parvenus à convaincre la rédaction de se réfréner un peu. Il y a un prix, bien sûr. Et ce prix s'appelle Lynne Forester. « C'est marrant, Mad Lynne a quatre-vingt-dix mille abonnés sur Twitter, ce qui fait quarante pour cent de plus que le lectorat de son journal. »

Les quotidiens nationaux tournoient autour de la ville ; ils flairent les relents de décomposition de l'information. Des corbeaux attirés par le corps d'un animal écrasé au bord de la route.

Dehors, il tombe une bruine légère qui dépose une fine couche de salive sur le visage. Une gaze de brouillard enveloppe l'air, donnant l'impression de voir le monde à travers une moustiquaire humide. Moins il semble probable que nous aurons un Noël blanc cette année, plus les paris sont optimistes. Nous avons tous misé cinq livres sterling sur la neige. On se remonte le moral comme on peut.

Il y a des camions et des lumières partout, et pendant un instant je crains que l'emballement médiatique ne nous ait déjà rattrapés. Mais les flashs stroboscopiques viennent des engins municipaux, de leur dispositif de signalisation caramel, pas des véhicules de la télévision. Il y a des travaux.

Juste là, entre la place principale et le poste de police, on creuse la chaussée pour nettoyer les tonnes de graisse qui se sont figées dans les égouts et les canalisations. C'est le résidu de millions de fritures et de rôtis dominicaux, un magma blafard qui rampe dans les entrailles urbaines. Je l'ai vu aux informations régionales, qui présentaient une carte des égouts, une ville sous la ville avec ses avenues et ses rues. C'est là, à quelques mètres sous nos pieds, que caillaient et se solidifiaient tous les déchets dont nous pensions nous débarrasser. « C'est comme de se regarder dans un miroir de merde », dit Gary, qui met dans le mille sans avoir besoin de faire appel à Freud, à Jung ou au mythe de Narcisse : « Au lieu des cuisines, des toilettes et des chambres, c'est la graisse et les excréments, les couches, les capotes et les tampons. Tout ce qu'on fait à la surface a son pendant en dessous. »

À présent qu'on a ouvert le sol, le goudron éventré luit sous la pluie fine, encadrant une boursouflure suintante, mi-solide, mi-malléable, une masse ondoyante jaune-beige marbrée de brun, un porc-épic géant hérissé de bouteilles, de feuilles d'aluminium, de papiers et de morceaux de plastique.

Le « fatberg », l'a-t-on surnommé, mais, à la différence des icebergs, le fatberg ne vêle pas. Il grossit, gonfle, se dilate et s'étend, indifférent au réchauffement climatique et aux variations de température. Noël blanc ou Noël gris, pour lui, c'est du pareil au même.

Gary a vu une interview du responsable du chantier qui déclarait que, si on ne se dépêchait pas de l'évacuer, on allait finir par se prendre notre propre merde dans la gueule avant même d'avoir tiré la chasse. « Je paraphrase », a-t-il cru bon de préciser.

Les pompiers découpent le fatberg au Kärcher. Les fragments sont ensuite chargés à la pelleteuse dans des camions-bennes, ou ramassés à la pelle par des hommes portant des masques de protection. Il faudra neuf jours. Les jets haute pression taillent en blocs manipulables la masse veinée, couturée et fissurée, qui évoque un gisement minier à ciel ouvert. Parfois, un morceau de la taille d'une valise se détache et tombe sur le trottoir, où il glisse sur sa propre mousse comme du lard dans la poêle. L'odeur n'a rien à voir avec la puanteur d'ordures et de charogne à laquelle on pourrait s'attendre : elle est douceâtre, légère, assez discrète pour qu'on renifle encore une fois par curiosité. C'est quand l'information atteint le cerveau, quand la connaissance coïncide avec la sensation qu'on a envie de vomir. Alors, on ferme tout ce qui laisse pénétrer l'extérieur : les yeux, les narines, les oreilles, la bouche.

Parmi les palmes de perches à selfies, une jeune mère prise de nausées éclabousse les pneus couleur réglisse d'une poussette haut de gamme. Tout le monde veut se photographier, créant une ola de téléphones portables. #Fatberg. #selfieFatberg.

Les journalistes sont sur place, prêts pour le décrochage de 18 heures. Enfin, une voix venue du centre du pays annonce : « Et maintenant, vos informations régionales. » Ils sont à l'avant-garde du fatberg. Ou tout simplement du « berg », comme on dit sur les réseaux sociaux.

« L'autre », dit Gary qui se refuse à utiliser son nom, car il sait que nommer quelqu'un, c'est lui donner une réalité en tant que personne, et cela l'effraie. Si M. Wolphram est une personne, alors Gary ne pourra pas lui dire et lui faire ce qu'il veut. « Il a vingt-quatre heures grand max avant que la presse ne s'empare de l'histoire. Après ça, elle va l'écorcher vif et rejeter ses os, hacher menu sa petite vie minable et lui faire regretter tous les livres et les opéras qui encombrent sa grosse tête d'œuf. »

Je pense : *Vu ce qui l'attend, c'est presque pour son bien que j'espère qu'il est coupable. Est-ce que c'est complètement tordu ?* Ou du moins, je crois le penser, car je me rends compte que j'ai parlé à haute voix.

« Non, ce n'est pas tordu », répond Gary doucement.

Il s'approche de la fenêtre, se grattant le cou avec un stylo-bille.

« On vit quand même dans un drôle de monde, quand la seule chose qui sépare un type du lynchage, c'est une boule de merde et de gras aussi grosse qu'un supermarché. »

*

Michael Wolphram a soixante-huit ans. Il a pris sa retraite anticipée il y a dix ans, quand l'école est devenue mixte. « La corrélation n'implique pas la causalité », dit la loi, mais ce n'est pas ce qui arrêtera la presse. Et nous non plus, à vrai dire.

À mes yeux, il n'a pas changé, même si je me rends compte – j'ai fait un calcul rapide – qu'il devait avoir la trentaine à l'époque où je l'ai connu. Plus jeune que je ne le suis aujourd'hui. Est-ce toujours ainsi, avec les professeurs ? Ils semblaient si vieux, alors, si loin devant. Des années plus tard, on a l'impression de les avoir dépassés, comme deux paquebots vus de la rive : ils se rejoignent, l'un disparaît derrière l'autre, puis resurgit, gagnant du terrain, avant de laisser le second sur place.

Peut-être ai-je vieilli et pas lui ; peut-être l'ai-je désormais doublé ; peut-être le Temps choisit-il à qui cela va arriver et comment.

Il n'a pas pris de poids, ses rides ne sont pas plus nombreuses et ses cheveux ne le sont pas moins. Il s'habille avec la même élégance de retraité qu'à l'époque où il enseignait. Les photos le *bizarrifiant* font ressortir la jeunesse presque surnaturelle de son visage. Dans la mesure où il porte un chapeau sur la plupart d'entre elles – un de ses éternels feutres ou chapeaux mous –, on imagine sans mal un espion sournois ou un méchant de série B en partie dans l'ombre, appuyé contre un réverbère, les traits éclairés par une allumette.

Le monstre idéal. En plus, il lit des livres.

Lorsque nous l'avons fait entrer par la porte de derrière, les photographes étaient prêts. Une voix s'est élevée par-dessus la mêlée, couvrant les cris, aussi claire et retentissante qu'un pétard : « Je veux une photo du cartable ! » J'ai regardé et, oui, il avait une de ces sacoches en toile de jute comme on en distribue gratuitement dans les librairies. « J'aime les livres ! » clamait l'inscription, avec un cœur rouge à la place du mot *aime*, le nom et l'adresse du magasin – dans une galerie marchande de la vieille ville – fièrement imprimés en dessous. Depuis, la librairie a fermé. On a lancé des briques contre la vitrine, mis de la merde dans sa boîte aux lettres. J'♥ les livres, ou « un monstre secrètement obsédé par les livres », selon la formule de Mad Lynne Forester.

Autrement dit : un homme qui aime lire.

Dans l'appartement de M. Wolphram, le lendemain matin, nous disposons d'environ six heures avant qu'il ne fasse la une. Ou que la une ne se le fasse. Reléguez le fatberg en bas de la page : place au Monstre.

La police scientifique est venue et repartie, et, bien que les techniciens n'aient pas fait de commentaire, je devine qu'ils n'ont rien trouvé. Mais un rien qui n'arrange personne, un rien qui n'est ni une absolution ni une preuve. Il ne nous aidera pas à inculper M. Wolphram ; il ne le mettra pas hors de cause. Les combinaisons de plastique blanc ont passé l'après-midi à entrer et sortir de chez lui, sous le regard des voisins qui les mitraillaient avec leur téléphone. Il n'y a pas encore de journalistes, mais quelques personnes ont dû vendre leurs clichés à l'*Evening Post*, car le site du quotidien a déjà publié ses premières images.

Petit Écran examine les coffrets d'opéra, sifflant quand il reconnaît un nom.

Gary fouille des boîtes pleines de photographies. Il est de bonne humeur. La découverte est prometteuse : des enfants, des collégiens avec ou sans uniforme, des compétitions sportives, des représentations théâtrales scolaires et des piscines. Gary se met au travail, détendu. Il pense avoir trouvé. Trouvé quoi ? « Je n'en sais rien. Trouvé tout court. »

Mais, pour l'instant, c'est plus que court, c'est le néant. Les photos sont on ne peut plus convenables : une boîte à chaussures pour son enfance, huit photographies marinant dans un air rance. Nous y reviendrons. D'abord, les trois autres boîtes : longues photos scolaires roulées avec leurs panoramas de visages flous, portraits de classe, articles de presse, programmes de concerts. Nous avons examiné l'ordinateur de M. Wolphram. Il ne contient rien de compromettant. En fait, il est presque vide – « suspect », selon Gary –, mais, après analyse, il apparaît que rien n'a été effacé et que rien n'a été téléchargé, hormis des programmes de concerts et de cinémas, des brochures de vacances, des partitions, des plaquettes d'informations scolaires. En d'autres termes, *pas du tout suspect*. Gary rétorquerait que c'est précisément le pas suspect qui est suspect. Il n'y avait pas d'historique supprimé non plus. Ses recherches étaient spécifiques – renseignements sur des livres et des éditions particulières, musique classique, écrivains – et rédigées laborieusement. Il semblait écrire à une personne réelle au lieu de saisir des mots-clés dans une machine : « Où puis-je trouver du feutre pour têtes de marteaux de piano dans le Sud-Est ? »

« Est-ce qu'il s'imagine qu'il y a un petit homme à l'intérieur qui tape les réponses si on demande poliment ? » a grogné Gary en donnant un petit coup sur l'écran.

Ses recherches, presque chacune d'elles, correspondaient à des articles qu'il achetait dans des magasins physiques avant qu'ils ne ferment. Tout ce que M. Wolphram aime semble avoir trouvé refuge sur Internet, des espèces menacées dont l'habitat dans les rues commerçantes a été détruit : livres d'occasion, vinyles et bacs à 33 tours, saphirs, nettoyant pour tête de lecture, câbles pour rasoir électrique, bols de rasage. La mode *vintage* a donné une seconde vie à certains de ces objets dans des boutiques spécialisées, dont il ignore sans doute l'existence.

« Alors, comme ça, on est un surfeur du Net ? » lui a demandé Gary.

M. Wolphram n'a pas entendu la raillerie, seulement la question autour. Il y a réfléchi comme si nous attendions une vraie réponse. Était-il dérouté par l'image du surf ? Parce qu'il semblait réellement l'examiner. Était-il possible qu'il ne l'ait jamais rencontrée ? Peut-être. Il paraissait moins sûr de lui, tendu et mal à l'aise.

« Non, je ne me décrirais pas ainsi. Plutôt un plongeur des profondeurs. »

Il avait un petit air fier, heureux d'avoir retourné la métaphore à l'envoyeur, heureux d'avoir de nouveau les mots de son côté, à leur place.

Il a cligné des yeux et risqué un sourire. Alors, l'espace d'un instant, Gary lui-même a dû se rendre compte qu'il faisait de son mieux, que c'était un retraité naïf et candide, qui finalement – après la malice et les sarcasmes du premier interrogatoire – commençait à comprendre que ce n'était pas un jeu. C'était son deuxième jour au poste. Nous ne lui avions pas dit que nous allions réclamer une prolongation de la garde à vue, mais il le savait. Il ne cessait de consulter sa montre. Avec toutes les séries policières, on aurait pu imaginer qu'il aurait une appréciation plus juste de la situation.

« On vous attend ? » a demandé Gary.

Il n'y avait pas à se méprendre sur le ton de sa voix à présent : menace et mépris.

M. Wolphram a baissé la tête. Il a réfléchi.

« Non, je n'ai personne », a-t-il dit enfin, avec l'air surpris de quelqu'un qui réalisait seulement maintenant qu'il vivait dans un monde où les gens étaient attendus. Il a jeté un nouveau coup d'œil à sa montre, puis tiré sur sa manche comme un écolier venant de trahir qu'il attendait la fin de la classe avec impatience. « Personne. »

Voilà pourquoi Gary est si heureux d'avoir trouvé les photographies, d'avoir trouvé ce qu'il appelle « sa planque ». Si on éprouve le besoin de « planquer » quelque chose, c'est que c'est mal, de la contrebande.

Ça sent mauvais pour le suspect. Gary est intelligent, même s'il fait de son mieux pour le cacher, car il pense que c'est efféminé, voire « un peu pédé ». Au minimum « métrosexuel ». Pour rien au monde, il ne voudrait être pris pour le genre d'homme qui commande des olives ou des petits pois au wasabi dans un bar. Il est également gentil. Mais, parce que la gentillesse ne correspond pas à son image de flic cynique et endurci qui n'a pas de vie en dehors du boulot et parle à coups de formules chocs empruntées à la presse à sensation, nous avons tacitement décidé de prétendre qu'il ne l'était pas. Ce qui n'est pas difficile en ce moment, car il se montre particulièrement répugnant et insensible. Il porte ses vêtements de la veille et sent la colère. Il s'acharne contre M. Wolphram, le harcèle et le malmène, d'abord verbalement, puis avec des regards et des silences. Gary sait y faire – je l'ai vu à l'œuvre –, à tel point que les gens finissent par souhaiter qu'il les frappe, rien que pour briser la glace – avec leur crâne si nécessaire.

Chez M. Wolphram, il étudie ses trouvailles assis en tailleur. Il les lève à la lumière et les repose. « Un plongeur en eaux profondes, ricane-t-il. Très bien, commandant Cousteau, montre-moi ce que t'as sous le pont. »

Il tient quelque chose. Il pense tenir quelque chose. Enfant + peau nue + photos = *quelque chose*. Il serre les dents et aspire l'air ; ça fait un bruit de purge de radiateur. Les espaces entre ses incisives sont comblés par du tartre couleur fond de bouilloire. De temps en temps, il en déloge un morceau avec le bout de son stylo, l'émiette sur son bureau, puis d'une pichenette l'envoie rejoindre le néant de la pièce où finissent les cheveux, les squames et les mucosités nasales avant d'entamer leur transformation en poussière. « Tu ne t'es jamais demandé où ça allait, Prof ? » me demande-t-il. Ce n'est pas une interrogation métaphysique, mais une question très précise. « Les pellicules et les poils, les rognures d'ongles, les petites peaux, les crottes de nez ? Toutes les raclures, les sédiments ? »

C'est une obsession chez Gary. *Où ça va*, comme il dit. Toutefois, pour lui ce n'est pas lié à l'âme, à l'esprit ou à la mortalité. Il s'intéresse spécifiquement aux déchets et aux ordures, à ce qui est éliminé, rejeté et usé. « On boit la pisse et l'eau de vaisselle de la semaine dernière, après qu'elles ont été filtrées par le système, et on les boira des milliers de fois avant d'avoir quarante ans. On continue de bouffer des trucs morts qu'on chie et on laisse des machines nettoyer tout ça, jusqu'au jour où on se retrouve avec un méga bouchon et un putain de fatberg sous les pieds. » Il s'interrompt. « En fait, j'ai la réponse à ma question : ça ne va nulle part. Ça reste. »

Le fatberg est devenu le prisme à travers lequel Gary voit le monde. Quand il ne travaille pas, il passe son temps sur Internet. Il cherche d'autres fatbergs : il en a trouvé au Mexique, au Texas, en Slovénie, en Chine et en Inde. Des cousins du nôtre, qui s'étalent sur les sites d'informations de leurs pays et provoquent le même dégoût fasciné. Le texan est en forme de losange, une curiosité qui fait penser à un sous-marin de suif sale. À force d'enfler, le mexicain a soulevé des plaques d'égout, comme un dandy ôtant son chapeau devant une dame. Mais ils ont tous un air de famille. Le contenu varie sans doute un peu d'un fatberg à l'autre, en fonction de l'alimentation, des infrastructures et du climat ; cependant, le principe reste le même : l'histoire sans fin de nos déchets.

Gary a même punaisé une photo sur le panneau en liège à côté de son bureau, là où on affiche habituellement le portrait d'un conjoint ou les dessins que les enfants ont faits à l'école.

Pour lui, c'est un *memento mori*, comme le crâne sur un secrétaire dans un coin d'un tableau de la Renaissance. *Eram quod es, eris quod sum* : *Je fus ce que tu es, tu seras ce que je suis*. Bave de fatberg, viande évacuée, compost de cimetière.

Ensuite, il nous gratifie généralement de sa théorie sur la civilisation : « Depuis que le premier homme a moulé son premier bronze, on cherche à fuir notre merde. On était tous nomades avant d'inventer les égouts. Pendant des milliers d'années on s'est déplacés pour mettre de la distance entre nous et nos excréments jusqu'au jour où, miracle ! on a inventé le traitement des déchets, alors on s'est installés, on a construit des maisons, des galeries d'art… des universités pour les mecs dans ton genre. Des boutiques de jouets et des postes de police. Des supermarchés et des grands magasins, Waitrose et Bloomingdale's. Pourtant, on chie toujours dans la rivière. Et ce n'est pas une image : on n'est pas accroupis au bord, on a les deux pieds dedans. C'est pas moi qui le dis, Prof, c'est Discovery Channel. »

Pour l'instant, chez Wolphram, il est silencieux, totalement absorbé par sa tâche. Il a fait deux tas : les enfants et les adultes. Photos habillées, moins habillées, mais aucune déshabillée.

J'en prends un paquet. Elles sont bien empilées, entourées d'un élastique comme des cartes à jouer, avec des Post-it sur lesquels sont notées les dates. Gary a épluché 1979-1982, sans succès. Il en a quand même mis quelques-unes de côté. Je vois bien ce qui l'intéresse : les garçons en tenue de sport ou en short maculé de boue. Il y en a une avec deux gamins ôtant leur maillot de foot, une autre de l'équipe de natation.

De loin, on dirait une rangée de morceaux de viande dans la vitrine du boucher : cinq côtelettes pour dix livres sterling. La chair de poule qui leur hérisse la peau est un bon indicateur du froid qu'il fait. Du froid qu'il faisait quand on nous obligeait à nager dans des piscines découvertes en plein mois de janvier.

Je sais ce qu'il veut et c'est ce que nous souhaitons tous : trouver ce qui nous permettra de faire le déplacement du cavalier, de passer directement de l'amateur de photos de jeunes garçons au tueur de femmes. Deux cases en avant, une sur le côté. C'est comme ça qu'on résout les affaires, ou du moins celles qui ne relèvent pas du prêt-à-porter du crime. Tout ce qui ne figure pas dans ce que Gary appelle « le menu à prix fixe » – le mari qui tue sa femme, le comptable qui escroque son employeur, le professeur qui couche avec son élève –, alors, c'est le déplacement du cavalier.

Resituées dans leur contexte, ces images sont parfaitement innocentes. Elles ne représentent qu'une fraction des archives photographiques de M. Wolphram, retraçant méticuleusement ses années à Chapelton. Il était rédacteur en chef du magazine de l'école. Ses cartons sont donc remplis de clichés et de brochures, d'articles découpés et d'épreuves de l'époque pré-numérique où la mise en pages se faisait à la main. Il y a aussi un livre sur la PAO dans sa bibliothèque, vingt ans de numéros du *Chapeltonien*, et des bulletins d'information adressés aux anciens élèves à travers le monde.

Gary sait qu'il faut extraire les photos de leur contexte. Pour faire ressortir toute leur noirceur sous-jacente.

« Ça va ? Tu vas attraper des crampes, accroupi comme ça. Tu veux que je t'aide ?

— Éclate-toi, Prof. Je n'arrive pas à mettre le doigt dessus, mais il y a un truc pas net, je le sens, tous ces dossiers, ces cartons, ces cartes d'indexation et ces papiers genre Mozart avec leurs gribouillis…

— Des partitions musicales…

— Les banjos aux murs…

— Des luths.

— Les vieilles affiches de ciné, les DVD et les cassettes vidéo, les films étrangers, les comédies musicales de Fred Astaire et Ginger Rogers… C'est ton monde plus que le mien, ça, c'est sûr. »

Si tu savais, Gary, si tu savais à quel point involontairement, candidement, tu as raison. Mais bientôt, promis. Tu seras le premier informé.

Je prends les années 1983-1987. Pour accéder au bureau, je dois enjamber des tas de papiers : des dissertations corrigées, des poèmes polycopiés, des plans de cours et un dossier intitulé « Évaluation pédagogique ». Il y a une pile de photocopies nommées « Observations des élèves » et une lettre du directeur sur les « Objectifs révisés » de l'établissement. Ils ont au moins dix ans et commencent à jaunir. Je suis curieux de savoir comment un homme qui ne peut pas répondre à une question sur son enfance sans se demander s'il jouait ou gérait ses jouets s'en sort dans un monde où « qualitatif » signifie « de qualité », et où les professeurs sont des « médiateurs de connaissances ».

L'appartement est cher et spacieux. Il se trouve au rez-de-chaussée d'un ancien hôtel particulier du XVIIIe siècle dans Parktown Crescent, le quartier le plus chic de la partie la plus chic de la ville. Toute la rue est classée. C'est le genre d'endroit où les voisins téléphonent à la police si on utilise une couleur non homologuée sur le porche. Ou, dixit Gary, « le genre de coin où les mecs s'appellent *Cecil* ».

Pourquoi sommes-nous ici, à fouiner chez Wolphram, tandis que les gens d'en face nous surveillent de leur fenêtre et prennent des photos ?

Wolphram et Zalie sont voisins. Nous ignorons s'ils s'appréciaient ou même s'ils se connaissaient au-delà d'un bonjour ou d'une aimable banalité lorsqu'ils se croisaient, mais nous savons qu'il l'a aidée quelques fois à porter ses courses et qu'il l'a déposée au terminal du ferry l'été dernier : il se rendait en France en voiture et elle allait chercher son petit ami à la descente du bateau. Tim. Il habite à Saint-Omer et il vient la voir deux ou trois fois par mois, prenant tantôt le ferry, tantôt l'Eurostar. Il n'a pas quitté la France depuis quinze jours, nous l'avons donc éliminé d'office.

Nous savons également d'après les SMS de Zalie que Wolphram et elle se sont parlé la veille de sa disparition. Nous savons qu'elle pense qu'il est *un peu spécial* et qu'il n'est *pas très bavard*, car elle a envoyé un message à Tim pour lui dire que la conversation était poussive et qu'elle n'arrivait pas à déterminer s'il était timide ou arrogant.

Nous trouverons des traces de Wolphram chez elle et des traces de Zalie dans sa voiture à lui. Mais nous ne pourrons pas en tirer de conclusion. À moins qu'il s'agisse de sang, de peau ou d'un nombre de cheveux anormalement élevé. Ou encore d'une dent.

Nous sommes chez lui à cause de la façon dont il a répondu à nos questions, à cause de la façon dont il a parlé d'elle, comme si elle était morte, avant même qu'on découvre le corps. C'est son usage des temps qui l'a trahi. Il est étonnant qu'un homme possédant une telle maîtrise de la langue ne parvienne pas à décider s'il la *connaissait* ou la *connaît*, si elle *habite* ou *habitait* à côté. Si elle *avait* ou *a* un petit ami.

Le temps est important quand il s'agit de la mort. C'est l'un des éléments qui permettent aux psychologues et aux experts en phonologie de noter les incohérences dans le récit d'un meurtrier : l'utilisation accidentelle du passé ou l'emploi trop insistant du présent, son soulagement lorsque le corps est découvert parce qu'il n'a plus à se surveiller et peut enfin parler de sa victime au passé – passé où il l'a confinée.

M. Wolphram a dû trier ses papiers, car il y a un sac de recyclage vert déjà à moitié plein. On en examinera le contenu. Tout comme le flottement temporel et la tendance à s'attarder sur la ligne qui sépare *était* de *est*, le besoin de nettoyer, de jeter, de remplir des sacs et de purger est un réflexe de culpabilité.

Après avoir effectué des prélèvements d'ADN chez Zalie, nous en faisons ici. Chez elle, c'étaient les brosses à cheveux, les draps, les taies d'oreiller, le rouge à lèvres, un paillasson, la vaisselle sale et la panière à linge ; même la râpe à pieds sur le rebord de la baignoire avec ses peaux mortes pareilles à des copeaux de parmesan. Les rognures d'ongles oubliées sur le réservoir de la chasse d'eau. Bientôt, à Swindon, dans une zone industrielle surveillée par des agents de sécurité, un laboratoire privé les analysera pour recenser tous ceux qui sont entrés dans son appartement au cours de ses derniers jours. Les traces de ceux qu'elle a vus et peut-être touchés se matérialiseront sur un écran d'ordinateur sous la forme de séquences de 0 et de 1, de brins colorés s'enroulant comme des guirlandes de fanions.

En attendant, Gary, Petit Écran et moi fouillons la coquille vide de sa vie en combinaison de plastique blanc.

J'ai chargé Dave de trouver d'où venait l'argent de Wolphram, car l'homme est riche. Sa retraite, si confortable soit-elle, ne suffirait pas. Même s'il a acheté son appartement jeune, ce qui est le cas, l'entretien doit coûter une fortune : hauts plafonds, moulures, cimaises. Les sols sont couverts d'une épaisse moquette grège, la même dans chaque pièce. Dans la chambre, il y a un lit deux places mais une seule table de chevet, ainsi qu'une penderie renfermant quatre costumes, trois pantalons droits, trois vestes et quatre cravates rouges identiques. On y trouve aussi un foulard de soie rouge suspendu à un crochet. Sur une coiffeuse s'alignent un feutre à bords étroits et trois borsalinos, chacun posé sur un support. Ce sont des têtes de modiste en bois anciennes, juste assez précises – yeux sculptés, crête du nez, menton pointu – pour faire sursauter Gary lorsqu'il ouvre les rideaux et tombe sur ces quasi-visages. Il y a un smoking, une chemise et un nœud papillon encore dans l'enveloppe de polythène du pressing. Je jette un coup d'œil au ticket de caisse. Le costume a été nettoyé deux jours plus tôt. Trois après la disparition de Zalie, un après la découverte du corps. Commet-on un meurtre en tenue de soirée ? Uniquement dans les romans de Dorothy L. Sayers. Malgré tout, je me promets de vérifier ce qui se jouait ce jour-là dans tous les théâtres et les salles de concerts entre ici et Brighton.

Il y a une pièce où il n'y a rien, pas seulement vide, mais jamais remplie : murs nus, aucune empreinte là où des chaises, des tables ou des lampes auraient pu aplatir la moquette. Pas l'ombre d'un meuble, pas même un crochet à tableau ou la trace poussiéreuse du cadre d'un cadre. Il a testé différentes peintures sous le rebord de la fenêtre, et les pots d'échantillon sont bien alignés par terre, le sol protégé par un vieil exemplaire du supplément littéraire du *Times*. Dans la cuisine, il y a un exemplaire de chaque élément dans l'égouttoir et un second dans un tiroir. Personne ne l'attend.

Des livres de cuisine sont rangés sur une étagère, classés par pays plutôt que par titres ou par auteurs. J'en prends un. Il est marocain. Quelques éclaboussures mouchettent les pages et certaines recettes sont marquées et annotées d'une écriture fine qui n'est pas la sienne. Peut-être y avait-il quelqu'un qui l'attendait à une époque ? Quelqu'un qui l'attend de temps en temps ?

Plus tard, je comprendrai pourquoi sa table de chevet à droite du lit me gênait, pourquoi elle détonnait. La plupart des gens en ont deux, qu'ils soient en couple ou célibataires. Je ne crois pas me tromper. Est-ce par souci de symétrie ? Sans doute, même si la solitude est asymétrique. Ou justement parce qu'elle l'est.

Sa vie se concentre dans le bureau-salon où se trouvent ses livres, ses disques, ses trois guitares – deux acoustiques, une électrique –, un luth, une télévision et un magnétoscope. Des partitions éclectiques tapissent plusieurs rayonnages : *Chansons de David Bowie*, *The Kinks – accords pour guitare*, pièces pour orchestre de l'Armée du Salut, madrigaux anglais et harpe galloise, Thomas Tallis. Wagner coudoyant les Who. La musique occupe un pan de mur entier, les livres les trois autres. Il y a même des étagères au-dessus et autour de la porte, et un escabeau pour atteindre les ouvrages sous le plafond. Un livre langoureusement abandonné attend à côté d'une méridienne d'époque, comme dans un film ou un tableau. Il y a aussi un grand fauteuil en métal dont le cuir noir doux et usé s'est fait au corps d'un homme qui lit beaucoup, un homme qui vit seul et plus que seul. Un lampadaire à abat-jour chromé s'incurve au-dessus, offrant un cône de lumière blanche parfaitement orienté. Une chaîne stéréo, âgée d'au moins vingt ans et composée de trois éléments – platine disque, double lecteur de cassette, amplificateur –, est reliée à des enceintes qui m'arrivent à la taille, canons visant le siège. Le dernier album qu'il a écouté, si l'on en juge par celui qui se trouve encore sur la platine, la pochette par terre, appuyée au fauteuil, est *The Kinks are the Village Green Preservation Society*. Je remarque une empreinte discrète dans la moquette, là où le meuble TV est régulièrement déplacé pour lui faire face.

L'appartement est sobrement meublé, mais il n'y a que le meilleur : acheté une fois pour une vie entière. Contrairement à ses voisins nantis, le style et la décoration lui importent peu. Chez lui, le luxe est destiné à l'oreille, à l'œil et à l'esprit plutôt qu'au corps.

La salle de bains est immaculée. Elle a la blancheur idéale d'un igloo dans un livre pour enfants. L'équipe de la police scientifique a retiré les toilettes et la baignoire, et emporté le receveur de la cabine de douche. Elle a recueilli des bouchons de cheveux et des agglomérats visqueux de savon, de crasse et de résidus du quotidien. Je m'attends à une profonde réflexion de Gary sur la surface impeccable de nos salles de bains et la crasse qui se loge entre les carreaux, mais il se contente de regarder, puis hoche la tête et se remet en chasse.

Toutes les photographies de Wolphram sont rangées dans des cartons et des dossiers ; il n'y en a aucune d'exposée, ni sur les étagères ni aux murs, hormis celle qui est posée sur la table de salle à manger. Elle est là, aussi solitaire que la dernière tombe dans un cimetière rasé. Deux femmes coiffées de grands chapeaux de paille, la quarantaine, posent à côté de topiaires, devant une tour élisabéthaine. Je sais qu'il s'agit de Sissinghurst, parce que tout le monde – même Gary – a été à Sissinghurst, l'incontournable sortie scolaire, l'excursion familiale du dimanche à laquelle nul jeune Anglais n'échappe. Sur la photo, il fait beau et les femmes sont heureuses. C'est une image simple et lumineuse, et précisément pour cette raison je suis surpris de la trouver ici. Elle est également chaleureuse. Je la mets dans un sac que je tends à Petit Écran.

« Trouve de qui il s'agit, s'il te plaît.

— C'est dans son dossier, proteste Dave qui aspire à une tâche plus télégénique, à une existence entière plus télégénique. Ce sont ses tantes et celle qui est toujours en vie habite à Hastings. On a toutes les infos.

— Recommence. Et reviens me le dire. »

À la différence de Gary, je sais ce que je cherche. À présent, pendant qu'il s'affaire au bout de la pièce et que Petit Écran effectue à contrecœur une corvée policière tout ce qu'il y a de plus réglementaire, et pour cette même raison tout ce qu'il y a de plus futile, je suis aussi seul que je peux espérer l'être sur une scène de crime potentielle. J'ôte l'élastique et étale les photographies. Il doit y en avoir deux dizaines. Il en reste quelques-unes en noir et blanc, des intruses d'une autre époque, pourtant ce sont celles en couleurs qui paraissent fausses. Les teintes des années 1970 sont délavées et exsangues. Il y a aussi des Polaroïd, avec leurs épais cadres blancs, pris à des soirées ou des manifestations sportives. Je me souviens qu'ils commençaient à s'estomper au moment de leur apparition, comme si on leur avait administré une dose de Temps préliminaire alors qu'ils émergeaient de l'appareil, leur peau d'encre humide et gluante. On les tenait par le bord et les secouait pour qu'ils sèchent plus vite, et parfois ils gardaient l'empreinte d'un pouce. Dans les années 1980, les couleurs sont différentes, primaires et tape-à-l'œil. Gueulardes.

Tout le monde a l'air perdu, éthéré, même sans la patine extraterrestre propre à l'adolescence.

Qu'est-ce que je cherche ? Qui ?

Les voilà : Ander et Danny, ensemble, comme toujours, au début du moins. Je vois les autres également et je n'ai pas oublié leurs noms, même si, à l'exception d'un ou deux, ils sont aussi insignifiants que les figurants d'une scène de bataille dans un film historique.

Je les mets de côté pour examiner les photos suivantes.

Il y a une douleur et une frustration que l'on retrouve un peu chez les enseignants. Je m'en rends compte à présent, mais, à l'époque, comme tous les adolescents, j'étais prisonnier de moi-même, le centre de mon monde en feu. Je ne voyais rien d'autre, n'éprouvais rien d'autre. Pourtant, c'est là, dans tous ces regards tristes-furieux. Il y a des choses qui nous paraissent si évidentes aujourd'hui, qu'on a tendance à oublier que ne pas les voir faisait partie intégrante de ce que nous vivions, car, pour cela, il aurait fallu être à l'extérieur, être à l'extérieur de soi-même.

Il va falloir que je le dise aux autres bientôt. Il n'y a plus beaucoup de temps. Je le sens qui se contracte autour de moi, comme un emballage sous vide.

Danny et Ander

Ils arrivent le même jour : le 1er octobre 1983. Tout le monde arrive ce jour-là, mais d'une certaine manière Danny et Ander arrivent ensemble. Se connaissaient-ils avant ? C'est l'impression qu'ils ont et les autres aussi. Les professeurs également, car l'air de rien ils remarquent ce genre de choses, ils les remarquent d'autant plus qu'ils savent ce qu'elles signifient, ou ce qu'elles signifieront lorsque les corps distordus par l'adolescence grandiront et que les esprits à l'étroit s'échapperont. Dès le départ, on les assied à côté en classe et leurs lits de dortoir sont voisins. Danny est un Irlandais de Newcastle et il en a le nom idoine : Daniel Patrick McAlinden. Mais Daniel Patrick McAlinden affirme qu'il n'est pas irlandais et il doit savoir de quoi il parle.

Ander est… Ma foi, il l'expliquera plus tard. Il doit d'abord aligner les mots, les trouver et les mettre dans l'ordre.

Danny a un papa irlandais et une mère anglaise. C'est comme ça qu'il les appelle : *ma mère* et *papa*. Papa travaille sur ce qu'il reste des chantiers navals de Wallsend, où son propre père s'est installé après avoir quitté Belfast à cause du chômage. Sa mère est employée au café-restaurant de Fenwick. Avant elle était serveuse, maintenant elle est à la caisse, du moins quand son état le lui permet, car elle est malade ou de santé fragile. Ce qu'elle a n'est pas très clair. Ou c'est juste que personne ne l'a dit clairement à Danny. De toute manière, même s'il est au courant, il ne risque pas de le dire, parce que ce serait lui donner une réalité. S'ils en savent autant sur lui dès le début, c'est qu'il leur raconte tout d'un coup. Il ne parle pas comme eux, oui, et il doit encore s'expliquer. Il a une bourse, il appartient donc à cette catégorie – supérieure intellectuellement, inférieure socialement – qui met mal à l'aise la bourgeoisie britannique.

Bien qu'il ait l'accent de Newcastle, tout le monde pense que c'est un accent irlandais à cause de son nom. Il n'est pas irlandais, corrige-t-il, dans la mesure où il est né à Newcastle et que sa mère est anglaise. *En plus*, poursuit-il, *en plus*… il n'est jamais allé en Irlande. Et de toute manière, s'il y allait, ce serait en Irlande du Nord, puisque c'est de là que viennent les siens. De toute façon, les gens entendent ce qu'ils veulent : si on a un nom irlandais, aussi irlandais que Danny McAlinden, alors on a l'accent irlandais, parce qu'on est perçu comme tel. « Cela tombe sous le sens », affirme M. McCloud, qui devrait pourtant savoir que ce n'est pas si simple, lui qui a un nom écossais et l'élocution d'un aristocrate anglais dans une pièce radiophonique. C'est un accent fabriqué, mais il ne le perd jamais, car il parle ainsi depuis si longtemps que, en dessous, il n'y a plus rien. Derrière le masque de l'expression… il ne reste qu'un masque sans expression. Danny leur livre sa biographie. Il espère que maintenant que c'est fait, il n'aura pas à la répéter tout au long de sa scolarité. *En plus*, explique-t-il à Ander, une biographie, ce n'est qu'une addition de faits. Ce n'est pas une vie.

Ander est néerlandais, avec un patronyme anglais dont il a hérité sans jamais véritablement l'adopter : Alexander Widdowson – « un magnifique nom du XVIe siècle, authentiquement britannique », selon M. McCloud. Il semble fier pour lui. La mère d'Ander est hollandaise, son père anglais. Jusque-là, ils vivaient à Gand, mais avec le nouvel emploi de son père à l'autre bout du monde, il a atterri ici. L'anglais d'Ander est rouillé sans avoir jamais brillé, fragmentaire sans jamais avoir été entier.

McCloud aime à dire que les garçons qui viennent de l'étranger – il montre la Manche lorsqu'il veut évoquer une contrée lointaine – sont des *flotsam* et des *jetsam.* L'anglais d'Ander n'est pas assez bon pour qu'il connaisse ces mots, mais dans la mesure où il les a toujours entendus ensemble, il suppose qu'ils ont un sens plus ou moins similaire. Il vérifie dans le dictionnaire. *Flotsam : débris d'une épave, d'un navire qui a coulé. Jetsam : débris jeté volontairement par-dessus bord par l'équipage pour alléger le chargement.* Ils ont beau se ressembler, ils sont si différents qu'on ne devrait pas les associer ainsi dans une même phrase, pense Ander. McCloud en est-il conscient ? Il semble si drôle, si naturel, si bienveillant. Il paraît affectueux quand il le dit. Parfois, il les prend par les épaules pour les réconforter, pour qu'ils ne souffrent pas trop d'avoir été rejetés sur les plages qu'il écume. Ander ignore s'il a échoué là par accident ou pour délester l'embarcation. Il faudra qu'il pose la question à ses parents, puisque l'équipage, c'est eux. À moins qu'ils ne soient le navire ?

« Pourquoi Ander ? demande Danny. Pourquoi pas Alex ? Ou Sandy ? Comme tous les Alexander…

— Parce que Ander, en néerlandais, ça signifie *autre, l'autre…* Quand ma petite sœur a commencé à parler, elle m'appelait l'autre : Ander. Tout le monde a trouvé que c'était drôle et ça m'a resté.

— C'est resté, le corrige Danny. Pas ça m'a resté… »

Il toise Ander, cherche l'origine de ses maladresses. Est-il étranger ou lent d'esprit ? *Les deux me vont*, pense Danny. *C'est juste qu'on aimerait bien savoir à quoi s'en tenir avec les gens.*

« Alors, c'est comme ça que tu as commencé ? Tu étais un autre ?

— Pourquoi pas ? Ça reflète assez bien ce que je ressens », réplique Ander.

Il plaisante. Enfin, pas tout à fait, car c'est un sentiment qui ne le dérange pas, d'autant plus qu'il le suppose partagé par tous, à leur âge. Mais le regard que lui renvoie son camarade ne révèle rien d'une expérience contractuelle commune. Au moins, Danny est rassuré : *Il n'est pas lent, juste étranger.*

Ander connaît ce regard. Il y a droit dès qu'il parle anglais, même si, en général, il ne sait pas ce que les gens préfèrent : l'étranger ou l'idiot. C'est difficile d'être sûr, avec les Anglais. La plupart du temps, pense-t-il, ils aiment autant l'idiot. Surtout s'ils ont vraiment affaire à un étranger.

Il a souvent eu à choisir entre les deux, et chaque fois il a décidé d'être l'*étranger*. Parfois, c'est précisément ce qui fait de lui un idiot. L'idiot, lui, utilise la même devise que les autres, c'est juste qu'il en a un peu moins ; alors que l'étranger… eh bien, l'étranger passe son temps au bureau de change, et il se fait plumer au départ comme à l'arrivée : il veut en dire plus qu'il ne le peut et, lorsque tout a été converti, il en reste encore moins.

Il y a un silence. Danny se tait et Ander le comble en répétant : « Ça reflète assez bien ce que je ressens la plupart du temps. » Cette fois, il essaie d'avoir l'air désinvolte et drôle.

« Pas moi. »

Danny a répondu avec assurance, mais aussitôt il fronce les sourcils et enroule la langue derrière sa lèvre inférieure. *Penseusement*, songe Ander, dans cet étrange idiome intermédiaire qu'il s'est créé pour faire la transition entre son néerlandais maternel et l'anglais public qu'il a besoin d'apprendre. Ander a toujours l'impression d'être mal doublé quand il parle.

Au moins, Danny a l'obligeance de se demander si, *parfois*, il se sent un autre.

« Je plaisante... », dit Ander, bien que ce soit faux.

Les présentations sont faites. Après ça, c'est intuitif ou du moins non dit. Aucun des deux ne demande à l'autre qui il est, d'où il vient ni qui il a le sentiment d'être.

Ils se lient à quelques élèves qui eux non plus ne rentrent pas dans le moule. Il y a Gwil Isaac, né dans une famille de paysans gallois, qui comme Danny est boursier et dont les parents ne paient pas les frais de scolarité. Neil Hall, un garçon doux qui aime la musique gothique, les chanteurs androgynes, le maquillage, les chemises à motifs cachemire, et qui a un peu honte d'être le fils d'un avocat richissime. Richard Nicholson, l'intellectuel de la classe qui porte des lunettes sans correction, uniquement pour ressembler à un poète qui a fait la guerre d'Espagne dont il parle tout le temps. David Sweeting, un petit génie tellement silencieux qu'on se demande si c'est par timidité ou parce qu'il n'accorde aucune réalité à ce qui se passe en dehors de sa tête, se joint parfois à eux, quand il se souvient qu'il a des amis. Ils l'aiment bien, même s'ils ne sont pas sûrs qu'il croie à leur existence.

Ander et Danny sont tous les deux nuls en sport, chacun à sa manière. Ander est simplement mauvais : il ne court pas vite, ne rattrape rien et se montre incapable de donner un coup de pied, de batte ou de raquette dans quoi que ce soit. Il y a quand même une place pour lui, car, comme on dit ici, le sport est *intégrateur*, il est *ouvert à tous*. Par *ouvert à tous*, on entend *obligatoire*. C'est ce genre d'école, le genre *Mens sana in corpore sano*. En ce qui concerne le corps sain, Ander est tout en bas de l'échelle. C'est toujours lui qu'on choisit en dernier quand les équipes se forment, après George Cobbleson, le diabétique grassouillet, après Rupert Flynch, qui a un pied bot et qui est maigre comme un clou, et même après Tristan, le garçon à la « valise spéciale » qui contient un kit médical mystérieux, dont il est incapable d'expliquer le fonctionnement. « Il y a des cadrans », dit-il d'un air désemparé, l'ouvrant pour révéler une machine qui rappelle une radio dans un film de guerre, avec des tuyaux couleur foie. Sa mâchoire ressemble à un pare-chocs cassé, d'où son zézaiement. L'avant de son palais est inaccessible pour sa langue et sa bouche est toujours pleine de salive.

Il souffre, il irradie la souffrance : elle suinte de ses pores, il marche dedans et des flaques de souffrance se forment à ses pieds dès qu'il s'immobilise. Mais personne ne l'embête ; on le contourne, sans le toucher ni lui parler ; il a son espace vital dans lequel les autres ne s'aventurent pas. C'est le vide que l'on crée autour de soi quand on a mal.

Tout le monde le laisse tranquille, même les garçons les plus brutaux. Les salauds n'aiment pas se sentir superflus.

Parmi ces derniers, il y a Leighton Vaughan, un rugbyman du sud du pays de Galles, qui déteste Gil parce qu'il parle gallois. Vaughan, lui, est un Gallois apprivoisé, domestiqué. Il est le fils d'un conseiller municipal de Newport, et les profs de sport l'adorent, car son père leur envoie des billets pour les matchs à l'Arms Park de Cardiff. Il arrive qu'on le prenne à penser ou du moins à se triturer les méninges en une laborieuse parodie de réflexion. On devine alors la mélancolie de ceux qui réalisent qu'ils sont prisonniers de leurs propres clichés et ne savent pas comment s'en dépêtrer.

Vaughan traîne la plupart du temps avec Hugh Lewis, qui a le regard d'un garçon qui prépare une fusillade meurtrière à l'école. Ils ont réuni une clique qui leur ressemble et se reconnaît en eux.

Dans la cour circulent des mots cruels que souvent ils ne comprennent qu'à moitié, voire pas du tout : gogol, handicapé, avortement... Ander et Danny ne les emploient pas et nul ne les emploie à leur sujet. Pour eux, c'est une musique de fond, une chanson dont ils surprennent des bribes au fil de la journée : petit déjeuner, cours, récréation, cours, déjeuner, cours, cours, cours, sport...

Puis arrive le soir. Quand le temps se dilate et qu'il n'y a nulle part où se cacher.

Pour l'instant ce n'est pas un problème. Ils sont trop occupés à suivre les changements qui s'opèrent en eux, dans leur corps et leur esprit, à se demander si c'est toujours eux dans cette tête, au bout de cette main, si cette peau leur appartient réellement ou si elle a été remplacée par une chemise de flammes.

Ils ont treize ans, bientôt quatorze. Ander se souvient de ce mythe grec, l'histoire de la tunique qui a tué Hercule, la tunique de Nessus, et c'est l'effet que sa peau lui fait, une tunique qui se consume sur lui en lambeaux ardents. Parfois, il a même l'impression de détecter une odeur : s'il se lèche le bras et le renifle, comme après la piscine pour retrouver les effluves du chlore, il jurerait que ça sent le feu.

*

« Hé ! Il a des goûts un peu olé olé ! » s'écrie Gary à l'autre bout de la pièce.

Je me tourne et le vois avec un tissu noir, un capuchon de velours ou un sac avec un cordon coulissant à la base.

« Ça sert à quoi, à ton avis ?

— Je n'en sais rien, réponds-je, ce qui n'est pas totalement faux. Qu'est-ce qu'il contient ?

— Rien, Prof, rien du tout. De la poussière. Des cheveux, peut-être… »

Il le retourne et en fait tomber des choses trop petites pour avoir un nom.

« C'était juste là, plié au fond d'un tiroir de son bureau.

— On envoie ça aux experts ?

— Ouais, c'est pour les *essperts* », confirme-t-il.

*

Chaque dimanche soir, les pensionnaires qui ne rentrent chez eux que pour les vacances doivent écrire à leur famille. Assis dans une immense salle glacée, sous la surveillance chagrine du professeur de garde, ils rédigent leur lettre sur le papier réglementaire, à l'encre bleue réglementaire, au stylo-plume réglementaire.

Ce qu'ils expriment dedans doit également être réglementaire, car, à la fin, après les « Bons baisers » ou le pathétique « Avec mon meilleur souvenir » (*« Mon meilleur souvenir » ?* songera Ander des années plus tard. *J'adressais « mon meilleur souvenir » à mes parents, les gens qui m'avaient fait et dont j'étais la chair de la chair, comme si c'étaient des semi-inconnus de la banque ou du conseil municipal ?*), ils doivent laisser l'enveloppe décachetée. S'ils veulent se lâcher, rompre la digue des sentiments, ils ont le droit d'écrire « Grosses bises ». Ou comme le dit malicieusement McCloud quand il est de garde : « Grosses baises ».

Dans la soirée, chaque semaine du trimestre, le directeur adjoint lit les lettres.

Monk est le seul enseignant de l'établissement titulaire d'un doctorat et il fait en sorte que tout le monde le sache. Il aime qu'on lui donne du « docteur », et celui qui l'oublie reçoit en guise de rappel l'une des punitions dont il a la spécialité. L'élève la « reçoit », mais en réalité c'est un cadeau que celui que l'on surnomme « le Doc » s'offre par son intermédiaire. Il a un faible pour la « frisette-toupinette », qui consiste à agripper entre le pouce et l'index une mèche de cheveux dans le cou ou juste au-dessus de l'oreille, et à tourner en décrivant des petits cercles qui s'élargissent progressivement, comme on agiterait un cierge magique au ralenti devant un feu de camp. Il tire, levant le bras lentement afin que sa victime soit contrainte de le suivre pour devancer la douleur : d'abord se soulever de sa chaise, puis se mettre debout et enfin sur la pointe des pieds. Quand on ne peut pas aller plus haut, il continue d'enrouler et de tirer, jusqu'à ce que la mèche lui reste entre les doigts.

Les garçons apprennent très vite que, moins il y a de cheveux, plus c'est sensible : une poignée fait moins mal qu'une fine boucle prise à la naissance du visage, là où la peau tendue du crâne se relâche, où le réseau nerveux se fait plus dense. C'est une douleur aiguë, brûlante, une brûlure de viande grillée à feu vif. Plus la souffrance est manifeste, plus il est susceptible d'arrêter : en bon sadique, il aime se donner l'illusion d'être clément. À l'inverse, tant que l'élève reste stoïque et silencieux, il continue. Danny et Ander s'entraînent à tenir ; car c'est bien de cela qu'il s'agit, de *tenir*, un petit rodéo cuisant pendant lequel on s'astreint à crier dans sa tête, à penser *putaindemerde*, à inspirer et à s'accrocher. Mais ils finissent toujours par lâcher, comme Neil Hall et Rich Nicholson, par laisser la douleur les jeter à terre, même s'ils se cabrent et bravent le professeur aussi longtemps que possible. Braver l'autorité, c'est bien, encore faut-il savoir s'arrêter avant de se briser les reins. Le seul qui soit parvenu à fatiguer le Doc, à tenir jusqu'à ce qu'il se lasse ou se rende compte qu'il avait l'air ridicule, c'est Gwil le Gallois. Mais ça lui a coûté pas mal de cheveux autour des oreilles et sur la nuque, là où la peau est désormais à vif, hérissée de piqûres d'épingle, avec des caillots de sang dans les follicules.

Le contact est réduit au minimum, le Doc y veille. La plupart des professeurs leur flanquent des raclées brouillonnes, approximatives : une gifle sur l'oreille, un coup de pied aux fesses, une brutalité distraite dispensée par accès, avec une imprévisibilité parfois rassurante, car elle suggère que ce n'est pas après *vous* personnellement qu'ils en ont, mais après le corps en tant que chose. Le Doc, non : il a une approche savante du châtiment. Il est précis et soucieux du détail. La douleur qu'il inflige comporte des notes de bas de page. Chez certains tortionnaires, le claquement du gant procure autant de plaisir que la souffrance qu'il annonce. Il est de ceux-là. Il recense même les punitions dans un petit carnet sur son bureau. Les pages sont divisées en trois colonnes : date et nom du supplicié, faute et type de correction.

Gwil prétend que le Doc les relit la nuit et se touche. « Ce n'est pas impossible », répond Danny.

Si la lettre du dimanche soir n'est pas, selon ses propres mots, *mature et adulte*, si *elle ne présente pas l'élève et l'école sous leur meilleur jour*, alors, gare. Ander est souvent obligé de réécrire la sienne. L'un des petits plaisirs du Doc est d'en choisir une et de la lire d'une voix enfantine ou sur un ton larmoyant théâtral. C'est une manière de s'assurer qu'ils n'en révèlent pas trop, qu'ils ne mettent pas trop d'eux-mêmes sur la page. Humilier les corps ne suffit pas, il faut aussi rabaisser l'âme. Ou ce qu'ils supposent être leur âme. Ander voit la sienne comme un mélange de lui et de ce qu'il aimerait être, *avec en plus* (*en plus*, comme dirait Danny) tout ce qu'il voudrait faire, autrement dit, être adulte et partir d'ici. Plus toutes ses pensées, pas seulement les plus abouties, mais celles qui sont floues, fragmentaires et aussi celles dont il a un peu honte et qu'il écarte. Quand le Doc regarde les garçons, on a l'impression qu'il lit en eux, qu'il fore dans l'huile brute de leur être, la matière visqueuse, pure et non filtrée à l'intérieur.

D'abord, Ander est trop triste pour terminer une lettre. Ses parents lui manquent et il veut le leur dire. La première fois, il écrit en néerlandais, sa langue, la langue de sa mère, et aussi – plus pour longtemps – sa langue maternelle.

Le Doc lui dit de recommencer, en anglais.

Le jour où ses parents l'ont déposé à l'école, ils ont garé la voiture sans couper le moteur, une manière de signaler que les adieux seraient brefs, de les écourter, pour avoir une raison de ne pas s'attarder, de ne pas le voir mettre le bras devant les yeux, cacher ses pleurs dans le creux de son coude, comme quelqu'un qui se protège du soleil. Ces oreillers, a-t-il pensé ce soir-là dans le dortoir, alors qu'il s'allongeait sur son lit au matelas défoncé, au métal dont la peinture s'écaillait, aux ressorts rouillés par des générations de pipi au lit… ces oreillers : retenaient-ils toutes les larmes qu'on avait versées dedans ? Il a mis l'oreille tout contre, comme il aurait fait avec un coquillage pour écouter l'océan, et il a entendu les sanglots des autres. Alors, il a laissé couler ses larmes à son tour, son petit affluent rejoignant le grand fleuve qui se jette dans la mer.

Au début Ander se demande ce qu'il fait ici, pourquoi il s'évertue à parler un anglais approximatif, à manger une nourriture marronnasse vêtu d'un uniforme qui le gratte, en compagnie de garçons à l'hygiène douteuse et de professeurs qui s'assurent qu'ils portent bien des sous-vêtements avec un zèle qui lui semble, même à l'époque, disproportionné par rapport au problème. Il ne connaît pas encore le mot *zèle*, ni *disproportionné.* Plus tard, une fois l'anglais assimilé, le vocabulaire acquis, il reviendra sur tous ces moments pour les compléter, pour remplir les trous, les espaces blancs où le sentiment, la sensation étaient là, mais pas le terme correspondant.

Aujourd'hui, si les mots sont tous bien en place, c'est surtout parce qu'il est trop tard, parce qu'ils sont arrivés après la bataille, comme les pompiers qui ne trouvent plus que des décombres fumants. Ils sont presque trop bien en place, en réalité. Car, souvent, il lance le mot puis laisse l'émotion se condenser autour. Ce qui n'est pas le bon ordre, il en est sûr.

Quand il songe à son enfance, il la compare à une grille de mots croisés, avec des cases vides qui attendaient les lettres pour désigner les sentiments qu'il éprouvait et les sensations qui traversaient son corps, ou qui demeuraient à l'intérieur et ne voulaient plus partir. Pendant une brève période, à l'école, il s'est retrouvé sans voix, car il était déjà trop loin de la langue d'avant et pas assez proche de la nouvelle. *Tussen twee oevers*, se dit-il en néerlandais, puis en anglais : *Between two shores*. Entre deux rives.

Des petites choses le travaillent : les camions néerlandais qui se dirigent vers les docks, le nom des ports, *Ostende*, *Zeebruges*, *La Haye*. Que se passerait-il s'il se cachait dedans ? Ou dessous ? Un jour, il repère un poids lourd à destination de Folkestone garé près du terrain vague sous le pont, dont le chauffeur dort dans la couchette douillette au fond de la cabine ornée d'un drapeau du FC Bruges, et il se glisse sous le véhicule pour vérifier s'il y a un endroit où s'allonger, quelque part où s'agripper. Il se cale entre le pare-chocs et le châssis, se faufile dans l'espace entre la roue de secours et le plancher, tenu par les sangles qui tremblent un peu lorsqu'il s'installe. Puis le moteur démarre. Aussitôt il se dégage, roule par terre et regarde le camion s'éloigner.

À la dérive, pense-t-il. *À la dérive*. Même s'il a passé beaucoup de temps à dériver avant de mettre un nom dessus.

Qu'est-ce qui vient en premier ? ne cesse-t-il de se demander. Le mot ou le sentiment ? Le sentiment change-t-il soudain parce qu'il a un nom ? Oui, pense-t-il, celui-ci le contient, lui donne une limite pour qu'il ne bave pas, ne déteigne pas sur un autre sentiment. *Homesick* en anglais, par exemple, littéralement : malade du pays. Alors qu'en néerlandais, c'est une douleur, une souffrance : *heimwee*. C'est quand même mieux qu'être malade.

Il souffre. Il a le mal du pays.

Il se demande quand on va construire ce tunnel sous la mer dont McCloud leur rebat les oreilles. Il prétend que les trains iront sous l'eau, qu'on pourra se rendre en Europe sans quitter sa voiture.

Au début il dit ce qu'il éprouve et ce qu'il pense, ne se sert pas des mots pour mettre une distance entre ses émotions et la bouche qui les décrit, une barrière entre ses sentiments et les endroits où il les ressent. Alors, on lui demande de revoir sa copie. La même mésaventure arrive à Gwil, qui écrit en gallois et dont les lettres sont systématiquement déchirées et jetées par le Doc. « Recommencez en anglais. Vous vous croyez chez les culs-terreux ? » Mais Gwil est inébranlable et refuse de céder. C'est une impasse : chaque fois il s'assied devant son stylo et son papier, chaque fois il remplit la feuille et chaque fois elle finit à la poubelle. Résister le stimule. Finalement, il change de méthode et n'écrit plus rien, les mains sur la page blanche. En revanche, il ne manque jamais de mettre l'adresse de ses parents sur l'enveloppe. Martyr peut-être, idiot certainement pas : il a une carte téléphonique dont il se sert pour appeler sa famille et qu'il prête aux autres quand ils en ont besoin.

Le Doc déteste Gwil et se méfie d'Ander, de Richard Nicholson, de Neil Hall et de tous ceux qui n'arrivent pas prêts à se couler dans le moule. Sa tête de Turc, cependant, c'est Danny. « Pourquoi ? » demande Ander au premier trimestre. « À cause de l'Irlande », répond Gwil. Ander acquiesce. Il ne comprend pas, mais ne veut pas passer pour un ignorant.

Les graffitis et les bribes d'informations entendues à la radio ou vues à la télé finissent par l'éclairer. Les graffitis sur le pont, les graffitis à l'arrêt de bus, les graffitis dans les toilettes, les graffitis dans Park

Street, High Street et près de la gare routière. Cela lui permet de faire des progrès en anglais par la même occasion.

Pendez les 6 de Birmingham.

Crève de faim, sale Irlandais.

Et *Incarcération immédiate !*, qu'il doit chercher dans le dictionnaire et qui lui semble décrire une situation pas très différente de la leur, à Chapelton.

« Ça a un rapport avec le graffiti ? demande-t-il un jour à Danny.

— Quel graffiti ? » répond-il en sursautant.

Mais il sait. C'est juste qu'il préfère l'ignorer, qu'il ne voit pas pourquoi cela devrait avoir un lien avec lui.

Crève de faim, sale Irlandais.

« Il y en a aussi à l'arrêt du bus à côté du terrain de sport », ajoute Gwil.

Danny réfléchit.

« Peut-être », concède-t-il enfin d'un ton se voulant évasif.

Il est toujours là, sur le flanc de la pile. *Crève de faim, sale Irlandais.* En essayant de l'effacer, la municipalité n'a réussi qu'à le graver plus profondément. Le pochoir représentant Bobby Sands avec une cible sur le front a été plus facile à nettoyer. Il a disparu dans les années 1990. Mais *Crève de faim, sale Irlandais* fait à présent partie de la pierre, comme les lettres au centre des sucres d'orge. On pourrait y aller à la pioche et l'inscription serait toujours là, même s'il ne restait de la pile que l'épaisseur d'une dent.

*

Le Doc n'aime pas les boursiers, parce qu'ils connaissent le monde extérieur – les fermes, les cités de banlieue ou les villes – et parce qu'il a peur que ce qu'ils ont appris là-bas ne les rende moins malléables.

« Voyons ce que les Féniens écrivent à leur famille », dit-il, s'emparant de la lettre de Danny.

Avec un accent irlandais aussi mauvais que caricatural, il lit à voix haute ses phrases inoffensives d'un ton méprisant, invitant les autres à rire. Ce que beaucoup font. Il ressort la blague de rigueur sur les grévistes de la faim et lui demande si ses parents ont mangé cette semaine, ce mois-ci, ce trimestre. Danny commence à redouter les repas où sont servies des pommes de terre, parce que les professeurs et certains élèves, ceux qui lisent un peu, ceux qui connaissent l'actualité, plaisantent et le montrent du doigt.

Le Doc rappelle aux garçons que le pont de la ville, celui qu'ils traversent chaque jour, a été attaqué par des terroristes irlandais à deux reprises. « D'abord en 1939 alors que nous nous apprêtions à déclarer la guerre au fascisme, et une fois encore l'an dernier, quand nos soldats se battaient aux Malouines. J'espère que vous vous en souvenez chaque fois que vous franchissez le pont, monsieur McAlinden. »

Danny apprend donc à ses dépens à ne pas trop se confier, à ne pas laisser l'encre pleurer sur le papier. Ander et les autres apprennent par l'exemple.

Pour Ander, l'anglais devient la langue des faux-semblants, un lieu avec des mots où il peut se cacher, où personne ne le connaît, où il vit incognito.

La mère de Danny est malade. Ils ne savent pas exactement ce qu'elle a parce qu'on ne le leur dit pas, mais ils sont conscients qu'elle ne se rétablira pas. Quelques plaisantins réclament *l'arrêt de la grève de la faim*. Le Doc rit. Un rire de professeur vaut dix rires d'élèves, alors la blague devient populaire. Faim, grève de la faim, nourriture solide, jeûne, nourrir de force. Danny encaisse. Il ne riposte pas. Il est une surface qui absorbe la lumière et ne la réfléchit pas.

Un enfant qui a un parent malade, une mère ou un père en phase terminale donne toujours l'impression de porter un poids invisible. Danny est donc déjà sur la retenue avec la plupart des gens. La maladie de sa mère est constamment présente, telle une ombre vespérale sur leurs jeux et leurs discussions. Ses lettres doivent y faire allusion, sans évoquer sa nature fatale. C'est la manière anglaise.

Le Doc est un petit homme bigot avec l'âme d'un préfet de classe[1]. Ou de quelqu'un qui, du temps où il était élève, rêvait de l'être et n'y est jamais parvenu. Les individus de son espèce enseignent pour atteindre les cercles de pouvoir dont ils ont été exclus la première fois, parce qu'ils étaient trop méprisés et isolés. Ils enseignent pour se venger, pour pouvoir éternellement rectifier leur enfance ratée. Les écoles sont pleines de gens comme lui. Tout le monde les reconnaît : adolescents, ils étaient les derniers à se faire des amis, les derniers à acheter de l'alcool et à être invités à sortir, les derniers à baiser.

Alors, ils retournent à l'école et hantent leur vie tout en étant persuadés qu'ils la revivent : des plaintes d'enfants qui traversent l'existence dans des corps d'adultes.

Monk entretient des relations privilégiées avec M. Goodship, le chef d'établissement, qui incarne l'idéal auquel il aspire dans cette vie, mais aussi avec

1. Dans les écoles britanniques, élève à qui l'on confie diverses responsabilités, et chargé notamment du maintien de la discipline.

les préfets dont il convoitait la place dans la précédente. Il fait régner la discipline par procuration, et, en tant que directeur adjoint, dispose d'une phalange d'élèves pour veiller à son application. La punition est parfois officielle – cent lignes, retenue, corvée de W.-C. –, mais il arrive aussi qu'elle soit un peu plus irrégulière.

Chapelton est un mini-État, qui, à l'instar de tous les établissements de ce type, s'appuie sur le modèle de l'administration coloniale : une structure pyramidale où l'autorité se diffuse par percolation, avec au sommet un chef déconnecté de la réalité, maintenu dans l'ignorance par un groupe restreint d'assistants qui détient les leviers du pouvoir. Juste en dessous d'eux se trouvent les enseignants normaux, qui ne s'intéressent pas à la discipline et désirent simplement faire leur travail, ou ne pas le faire sans être embêtés. Ensuite, on a les élèves, groupe au sein duquel règne une hiérarchie rigide, composé des préfets, épaulés par les sous-préfets – l'armée des béni-oui-oui, physiquement imposants et intellectuellement lâches, petits chefs sadiques en devenir. Et en bas : tous les autres.

Monk est particulièrement doué pour « retourner » les fauteurs de troubles. Il s'est rendu compte que les anciens rebelles faisaient les meilleurs bras droits de l'autorité et il se targue d'être capable de renifler le conformiste à l'intérieur de chacun d'eux. En échange de petits privilèges – être avertis des pubs qui vont être contrôlés pour qu'ils puissent les éviter, leur trouver un endroit où fumer, les payer en alcool ou en espèces, les emmener faire un tour dans sa voiture de sport –, ils font régner la discipline. Il choisit parmi les costauds et les idiots, les cruels et les rusés, les avortons, les frustrés et les cas pathologiques. Il ne se trompe jamais. Il lit en eux.

L'anglais d'Ander est tordu, agrammatical, un vrai fourre-tout. Mais il apprend vite, prend l'accent si rapidement qu'au bout d'un an, il donne le change. Malgré tout, quand il parle dans cette langue, il a toujours l'impression d'enfiler les vêtements d'un parent défunt. Son anglais a l'odeur des friperies, l'aspect des affaires laissées trop longtemps pliées.

Il ne peut pas rester lui-même dans un endroit pareil, pas en apparence, en tout cas. La surface doit changer ; il peint une nouvelle identité sur la vitre pour pouvoir continuer à vivre derrière. Il songe au vitrail de la cathédrale de Gand, à quelques rues de l'école qu'il fréquentait autrefois : terne et sombre à l'extérieur, mais incandescent à l'intérieur, d'où il est censé être vu. Le verre n'a jamais été transparent à ses yeux, cela ne lui demande donc pas un effort surhumain de l'imaginer opaque depuis qu'il est ici.

Il adopte la prononciation affectée qu'il entend autour de lui et à la radio, que certains enseignants appellent encore la *TSF*. Cela lui confère un avantage : en quelques secondes il peut imiter n'importe qui. Il a du succès auprès des autres garçons qui rient beaucoup. Les professeurs en revanche ne trouvent pas ça drôle. C'est perturbant d'être parodié, de se voir renvoyer sa propre voix parfaitement reconnaissable malgré la caricature. De la raillerie par ricochet.

Le timbre nasal de Monk craquette et change de registre lorsqu'il est en colère ou excité, autrement dit la plupart du temps. Les élèves adorent le singer, parce que sa voix est d'une absurdité exotique et compliquée. Mais Ander est le seul à obtenir un résultat satisfaisant.

Au début, c'est gênant, car il commence ses phrases comme n'importe quel jeune Anglais, puis les mots ne suivent pas, les blancs se multiplient, les trous qu'il n'a pas encore appris à remplir. C'est sa langue et ce n'est pas la sienne.

Pendant les premières semaines, Ander et Danny pensent qu'on ne les remarque pas. *Faire profil bas*, c'est l'expression qu'apprend Ander. Que Danny lui apprend. Ça lui évoque une autre formule entendue dans un film de guerre : *pas de gestes brusques*. Se faire petit, raser les murs. Mais Danny étant Danny, il est un geste brusque à lui tout seul : il est sûr de lui, charmant, éloquent.

Ils connaissent l'histoire du garçon qui, après un match, a été suspendu au-dessus du vide sur le pont. Avant ça, il était déjà solitaire : maigre, triste, sans ami. Bien qu'ils n'aient pas assisté à la scène, ils en ont entendu parler. Un jour, alors que tout le monde rentrait après le foot, des secondes l'attendaient et l'ont fait basculer par-dessus le parapet. Ils l'agrippaient par les chevilles, encore en tenue de sport, fouetté par le vent tandis qu'il battait l'air, en apesanteur. Un détail ressort de tous les récits répétés à l'envi : il s'est chié dessus et, comme il avait la tête en bas, la merde lui a coulé dans le dos, le cou, sur son visage terrifié. Dans les cheveux. Il était plus lourd qu'ils ne le pensaient, si bien qu'ils ont dû s'y mettre à quatre. Ils ont même cru pendant un instant qu'ils allaient le perdre. Lorsqu'ils l'ont remonté, il était couvert de crotte et de pisse. Il s'est effondré au milieu du pont, pleurant et vomissant.

Le lendemain, il n'était plus là. Une voiture l'attendait devant le portail de l'école, et son père, un ancien de Chapelton, est venu le chercher sans un mot, sans doute pour l'envoyer dans un établissement similaire quelques jours plus tard.

Danny, Ander et les autres savent reconnaître les signes avant-coureurs du harcèlement quand ils s'amoncellent à l'horizon. *Il y a de l'orage dans l'air*, c'est l'expression consacrée, mais, en réalité, on pense plutôt à un orchestre qui s'accorde : une note puis une autre, encore une note isolée, deux instruments à l'unisson ; les autres les rejoignent et se déploient ; enfin, une pause et on imagine que c'est terminé ; mais non, ils prennent juste une inspiration, tout le monde prend une inspiration avant que ça ne démarre pour de bon ; alors, que le mouvement soit lent ou rapide, qu'il monte en intensité ou qu'il retombe, c'est là, désormais, constamment, et ça dure. À moins d'en finir…

… En tout cas, c'est ainsi qu'Ander s'en souvient.

Si seulement il pouvait revenir à ce moment-là, s'il pouvait prendre un autre tournant. Ne pas prendre de tournant : cela aurait suffi.

Mais il va trop vite. Dans sa tête, il ne cesse de faire des sauts en avant, dans la vie qui aurait pu être la sienne lorsqu'il est arrivé à l'école, et d'autres en arrière, dans celle qui était la sienne avant que son père ne change d'emploi, avant que sa famille ne déménage à l'autre bout du monde. N'importe quoi pour s'évader du présent, pour s'extraire un instant du *maintenant*. Il sait qu'il a tort, qu'on ne peut pas mélanger les temps ainsi. Ils ne peuvent pas se toucher, sinon, c'est le court-circuit.

Ander est grand, ses mouvements manquent de coordination, son corps lui échappe. Danny est différent : il est mince, bien dans sa peau, donne l'impression qu'il devrait danser ou faire du mime, au lieu de patauger sur le terrain, de la boue jusqu'aux chevilles, les chaussettes roulées sur les baskets. Il est nul en sport, mais d'une manière qui suggère qu'il est bon ailleurs, alors qu'Ander est un cas désespéré dès qu'il participe à une activité requérant ses bras et ses jambes, ou du moins une activité où ils jouent le rôle principal.

Personne n'utilise le mot, parce qu'il a des résonnances vaguement sexuelles, vaguement excitantes, et parce que certains d'entre eux ne le connaissent pas, ou ne sauraient pas l'employer. Ander, si. Mais uniquement dans sa tête. Jamais il n'oserait le formuler à haute voix : Danny est *gracieux*. Il a un visage de fille. Les cheveux aussi noirs et brillants que la peinture sur la rambarde du pont, la peau crème. Il n'y a pas de filles à l'école, elles seront admises seulement quelques années plus tard, donc, pour les garçons, toute ressemblance avec des personnes existant ou ayant existé ne saurait être que fortuite et, biologiquement parlant, approximative. Mais Ander les comprend ; il ressent la même chose qu'eux. Si les autres se moquent de son ami, c'est avec une timidité distante qui révèle à quel point ils ont envie de le toucher. Et Danny le sait ; il en sait beaucoup. On dirait presque qu'il a eu une autre enfance avant celle-ci, dont il se souvient partiellement et dont il répète les gestes partiellement.

En cours, ils sont rivaux, mais chacun a son domaine de prédilection. Ander est doué avec les chiffres, Danny avec les mots.

Derrière l'école se trouve le zoo de la Medway, même si *zoo* est un bien grand mot. L'endroit ressemble plutôt à une ménagerie dépenaillée, une bibliothèque animalière de bric et de broc. Créé dans les années 1930 pour le divertissement de la bourgeoisie locale et des Londoniens venus passer la journée, il s'achemine lentement vers sa fermeture, perdant un pensionnaire après l'autre, tandis que la ville prolifère autour de lui. Il n'a accueilli aucun nouvel animal depuis 1981, et ceux qui meurent ne sont pas remplacés. Son dôme Art déco, son vivarium moderniste et ses volières silencieuses occupent un terrain convoité par les promoteurs qui le lorgnent comme des héritiers surveillant un parent âgé dont dépend leur fortune. À leur manière discrète, les animaux semblent le sentir. « Le couloir de la mort », le surnomme M. McCloud. La boutique de cadeaux vend des cartes postales fanées du zoo au temps de sa splendeur, des souvenirs de pacotille de ses bâtiments célèbres et des sucreries qu'il faudrait épousseter avant de les manger. La vieille dame qui tient le magasin a la cataracte et certains élèves en profitent pour chaparder sans vergogne sous ses yeux, sachant qu'elle voit ce qu'ils font, mais pas qui ils sont.

L'arrière de Chapelton donne sur la maison des singes, l'enclos des pingouins et l'îlot de béton où un famélique ours polaire jaune nicotine décrit des huit de l'autre côté du fossé qui le sépare du public. La plupart des gros animaux sont seuls désormais, célibataires, désappariés. Hors de vue, derrière un haut mur surmonté de barbelés, se trouvent les phoques et, quand il fait froid, ce qui s'avère être le cas en ce premier trimestre d'automne, l'odeur du poisson continue d'imprégner l'air bien après l'heure des repas. Parfois, ça suffit pour avoir envie de vomir et les garçons retiennent leur respiration quand ils passent devant. On s'attendrait à ce que le froid chasse la puanteur, alors que c'est le contraire : il l'aiguise, la rend plus pénétrante. En été, ils découvriront que l'odeur est plus riche, mais aussi plus douce.

*

« Je me demande à quoi ressemblaient ses cours, dit Gary. Imagine, se retrouver face à ces yeux acérés… »

Je ne me le demande ni ne l'imagine, et je m'abstiens de répondre.

« Il n'aurait jamais tenu dans mon bahut, avec les élèves qu'il y avait. On nous apprenait l'anglais comme si c'était une langue étrangère. En fait, c'était l'impression que j'avais avec certains poèmes qu'on étudiait. »

Il prend un livre et le feuillette.

« Je me souviens de ça : les petits marque-pages que mettaient les profs pour retrouver facilement la page d'une année sur l'autre, jusqu'à ce que le livre s'ouvre tout seul. »

De quel livre s'agit-il ? Cette question, je la formule dans ma tête.

« Écoute un peu. »

Il se racle la gorge, met la main sur la poitrine et prend une pose qui se veut lyrique :

Il lui semble que le monde est fait
de milliers de barreaux et au-delà rien...

« Alors, je t'explique, c'est l'histoire d'un mec qui est impuissant et qui voit tous les autres types bander autour de lui.

— C'est un zoo, Gary, dis-je avec humeur.

— Je sais, Prof, je sais... J'essayais juste de te dérider un peu. »

Il repose le livre et s'efforce d'être sérieux.

« On devrait parler à ses anciens élèves et à ses collègues. Pour étoffer un peu notre dossier... avant que les journaux débarquent et qu'ils aient lu trop de conneries sur lui. Histoire de se faire une idée du bonhomme avant que l'image soit totalement déformée. »

*

Au milieu du deuxième trimestre, ils étudient un poème qui parle d'une panthère en cage avec un professeur qui remplace leur enseignant habituel. Il semble débarquer d'une autre planète. Il accroche son manteau et ils constatent qu'il sort un mouchoir pour essuyer la craie sur le bureau avant de poser avec soin son chapeau. Ils remarquent la façon dont il se coiffe et ils ne peuvent pas décider s'il est désespérément ringard ou à l'avant-garde d'une nouvelle mode rétro. Il a des favoris et des cheveux plus âgés que lui ; raides et plats, de la couleur du mercure, ils lui arrivent aux sourcils. Il est mince, anguleux, exotique ; pourtant, personne ne se moque de lui, même dans ce monde où les enseignants n'ont que deux manières de s'habiller : bon marché et mal ou cher et mal. Ce n'est pas qu'il n'y ait pas matière à rire chez lui, au contraire, il n'y a que l'embarras du choix, entre la coiffure, le chapeau, le pantalon de costume étroit, la cravate rouge avec son épingle, et les chaussures pointues. Mais dès qu'il ouvre la bouche, les élèves voient leur esprit rebelle se faire la malle.

Il leur demande de quoi parle le poème. Il emploie un certain ton, qui pour Ander est « la voix du cours de poésie » : grave, sérieuse et en même temps insaisissable et indirecte. Il ne s'agit pas d'une panthère, en déduit-il. « La première loi de la thermopoétique, lui expliquera Danny après la classe, c'est qu'un poème ne parle jamais de ce dont il parle. » Il décide que ça pourrait lui plaire.

Le prof commence par le leur lire. C'est important de l'entendre, affirme-t-il, de projeter la voix. Il insiste sur *projeter* et fait mine de leur lancer quelque chose. L'homme est fin, frêle d'apparence, avec de longs doigts. Quand il ouvre la bouche, rien ne prépare à ce timbre profond de baryton, comme le fond d'un tonneau de bon whisky ou le culot d'une pipe. C'est une voix qui se crée un espace, quel que soit le bruit autour. Même les trublions du dernier rang arrêtent de se bousculer, de péter et de presser des cartouches pour envoyer de l'encre sur le col de leur voisin.

La salle empeste l'encaustique de mauvaise qualité, le déodorant et le cul mal torché. Mettez ça en bouteille et vous aurez les années 1980 de tout un pays sous forme de spray. L'odeur des filles en moins. Le professeur a ouvert toutes les fenêtres, malgré les bourrasques. Les garçons sentent le zoo, entendent les animaux. Lorsqu'ils se tournent vers le bâtiment où les singes sautent, se battent, gambadent et se branlent, ils ne mesurent pas à quel point ils leur tendent un miroir.

Le professeur ne leur donnera qu'un cours. Il remplace M. Trundley, qui utilise un rétroprojecteur et leur fait prendre des notes en silence à partir des transparents sur lesquels il a photocopié des pages de livres. Ses cours sont un parcours du combattant de l'ennui. « Hypnos », le surnomme McCloud, d'après le dieu du sommeil grec, parce que même ses collègues ont les paupières lourdes dès qu'ils l'aperçoivent. Ils n'ont jamais entendu le remplaçant parler, bien qu'ils l'aient croisé dans les couloirs. Il enseigne aux premières, normalement, et on ne le voit jamais arbitrer les matchs ou faire courir les garçons sous la bruine. Il ne trottine pas en soufflant dans un survêtement minable, sifflet à la bouche, pendant les cours de soutien où Ander et Danny vont tous les lundis, mercredis et vendredis après-midi, pratiquant le sport au programme ce jour-là, mais avec une telle maladresse que seules la forme et la taille du ballon permettent de deviner de quel jeu il s'agit. Il ne raconte pas de blagues idiotes comme McCloud, ne s'efforce pas de faire copain-copain avec eux, ni d'avoir l'air cool en faisant des références au foot ou en étalant ses connaissances sur la musique pop. On ne le voit jamais raser les murs, traîner les pieds à l'école ou dans la rue, avoir l'air perdu et ridicule dans un magasin, mal déguisé en civil. Soit il est là, impérieux, visible, maîtrisant la situation, soit il n'est pas là. Ander pense qu'il est lui aussi *gracieux*, parce qu'il ne s'énerve pas, ne trébuche pas, ne fait jamais tomber quoi que ce soit et ne dit jamais ce qu'il ne faut pas. Ça, surtout. Il a une façon de parler : comme un livre. Mais un livre qu'on aurait envie de lire, précise Danny.

Il s'habille… c'est difficile à décrire, tant il est différent de ses collègues, disons qu'il s'habille avec une rigueur et une constance qui s'apparentent sans doute à une forme de style – dans le milieu enseignant, tout au moins. Il ne ressemble pas aux autres profs avec leurs vieilles vestes blanches de craie, leurs cravates élimées et leurs chaussures promettant *un meilleur maintien* ou *plus de confort*, qui couinent dans les couloirs comme des gonds mal huilés. Il ne ressemble pas non plus à la clique d'Oxford et de Cambridge, avec leurs richelieus, leurs blazers et leurs cravates, leur délire avec la régate, et cette manière qu'ils ont d'appeler l'université concurrente « l'autre endroit ». Ceux-là sont des imposteurs même quand ils sont authentiques, incapables de voir qu'ils sont des imposteurs justement parce qu'ils sont authentiques.

Il écoute Wagner et regarde des films sous-titrés de quatre heures. Ander et Danny le découvriront plus tard, lorsqu'ils seront invités à son club culturel. Même le terme « club culturel » aurait l'air prétentieux si ce n'était pas lui qui s'en occupait. Ils ont entendu qu'il passait des disques des Who et de Bob

Dylan aux premières, qu'il interprétait des morceaux de Bowie à la guitare ou sur le piano de l'école, et leur faisait étudier les paroles comme si c'étaient des poèmes. Si on va chez lui, paraît-il, il met Nick Drake, puis William Byrd pour comparer les accords. Il fredonne quand il joue, ce qui crée une atmosphère intime et donne l'impression qu'on est dans sa tête, derrière sa voix.

Ander écoute et réunit toutes ces bribes d'informations. Il espionne les professeurs et les premières dans le bus ou dans les magasins. Les natifs entendent, l'étranger surprend les conversations.

Malgré tout, Wolphram n'est pas cool et ne s'efforce pas de l'être. Il est austère, ne s'embarrasse pas d'aimables platitudes et ne gaspille pas de mots pour dire l'évidence : le temps, la nourriture, les résultats sportifs de l'école. Il paraît fragile et déplacé partout, sauf dans sa classe. Il est d'une méticulosité absurde : toujours impeccable, portant des vêtements coûteux et inadéquats, « comme un musicien qui aurait quitté un groupe juste avant qu'il ne perce » pour reprendre la formule de McCloud. Ce qui ne tarde pas à se transformer en rumeur : on raconte qu'il était en route pour la gloire et qu'il a tout planté, que les autres membres sont devenus millionnaires pendant qu'il est coincé ici, à enseigner l'anglais et la musique.

Il ne s'avachit jamais sur sa chaise, ne se penche pas sur la table et, certains jours, il enchaîne les cours debout. Il a une façon d'être, de marcher et de s'asseoir qui donne l'impression qu'il tâche de limiter au minimum la surface de contact entre sa personne et le monde.

On le laisse tranquille, même dans l'impitoyable microcosme scolaire, où chacun s'efforce de découvrir ce que les autres essaient de dissimuler pour le saccager, parce que c'est là qu'ils gardent tout ce qui leur reste d'eux-mêmes. On prend ce qu'ils aiment et on le retient contre eux. Mais Wolphram passe au travers, malgré ses costumes ridicules et ses chapeaux, ses films étrangers et ses disques. C'est peut-être ça être cool, ne pas être raillé pour ses particularités qui ne sont pas cool, pense Ander. Alors, comment décrirait-il ça ? M. Wolphram semble… *planer* au-dessus des contingences du quotidien : les réunions, les cours, les pets nauséabonds, les cris, les survêtements sales, les graffitis sur la porte des chiottes et l'odeur de branlette rance.

En résumé, tout ce que M. Wolphram fait, tout ce qu'il dit est en italiques. Il est lui-même en italiques.

Ander n'est pas sûr de savoir ce qu'on entend par *respect*. S'il devait le définir, il dirait que c'est craindre un peu quelqu'un sans motif précis. Ce n'est peut-être rien d'autre, le respect, dans cette école du moins : avoir peur de quelqu'un qui ne vous a pas (encore) donné de raison de le craindre. Et peut-être est-ce le mot qui convient à Wolphram, car il n'est pas des professeurs qu'on aime, mais plutôt de ceux qu'on n'a pas envie de décevoir. Ander ne veut pas qu'il ait une mauvaise opinion de lui. Il commence à maîtriser le jargon de l'école et s'amuse à le déchiffrer. Danny et lui passent des après-midi à s'en moquer. *Promouvoir les qualités de leadership*, par exemple, signifie *encourager les sadiques de cour de récréation*, ces garçons à qui les enseignants donnent des responsabilités pour qu'ils en abusent et exercent autour d'eux les petites persécutions qu'ils nomment « discipline ». M. Wolphram n'est pas comme ça. Il tire son autorité des mots qu'il emploie, oui, mais aussi de sa patience.

Il ne craint pas le silence.

Comme maintenant.

Il lit le poème au sujet de la panthère :

… Il lui semble que le monde est fait
de milliers de barreaux et au-delà rien.

La démarche feutrée aux pas souples et forts,
Elle tourne en rond dans un cercle étroit,
c'est comme une danse de forces autour d'un centre
où se tient engourdie une volonté puissante[1].

Ander a l'impression que la voix de l'homme libère le poème. Ce qui est paradoxal, dans la mesure où il est question de l'opposé de la liberté. À la fin, M. Wolphram se tait. La pause s'étire. Un garçon va pour parler, mais il lève la main pour l'en empêcher : « Prenons le temps de nous en imprégner. »

Le silence – il a quelque chose d'infini même s'il ne dure que quelques secondes. Il n'appartient pas aux catégories habituelles : ni gênant, ni pénible, ni apathique, ni insolent.

S'il s'agissait juste d'une panthère dans une cage, dit Danny, qui est le premier à s'exprimer, on ne serait pas là à en discuter. Il faut bien que ce soit *d'abord* au sujet d'un animal en cage, l'interrompt Ander, et *après* à propos d'autre chose, ou ce ne serait pas vraiment un poème. Il est surpris d'entendre sa voix, au point que, pendant un instant, il n'est même pas sûr que ce soit bien la sienne.

« C'est un peu le contraire de parler normalement », poursuit-il.

1. Rainer Maria Rilke, « La Panthère », *Œuvres 2*, traduction de Lorand Gaspar, Le Seuil.

C'est boiteux et maladroit. De toute manière, songe-t-il alors que les mots s'entrechoquent dans sa bouche, pourquoi voudrait-on faire une chose pareille ?

Pourtant, le professeur a l'air curieux. Le glacis d'indifférence disparaît, car il les regarde vraiment, maintenant. Il cligne lentement les yeux. C'est le mouvement d'un bouchon de canne à pêche, à peine perceptible, mais cela suffit pour celui qui sait : un frémissement d'intérêt, la conscience qu'il y a quelque chose là-dessous.

« Continuez. »

C'est un encouragement. Ce qui est également nouveau pour eux.

Alors, Ander dit que c'est comme l'ours polaire dans l'enclos, qui se souvient peut-être des grands espaces blancs de son enfance, mais que ça fait aussi penser aux gens qui ont des *désirs* (ça lui fait drôle d'employer ce mot, il en est tout chose et il est heureux qu'il y ait un endroit où il puisse le faire, même si ce n'est qu'une discussion sur la poésie), et dont le monde rétrécit jusqu'à ce qu'ils oublient les barreaux et pensent qu'il n'existe rien en dehors de leur cage. Ce ne sont pas exactement les mots qu'il emploie, pas à l'époque, pourtant il s'en souvient comme s'il les avait prononcés.

Pour finir, on n'a même plus besoin des barreaux, ajoute-t-il. Comme quand on retire le seau du pâté de sable et que celui-ci tient tout seul. Il ne sait pas d'où il sort cette comparaison ; c'est un détail qui lui reste des fins d'été à Ostende, le sable déjà mouillé comme s'il n'avait même plus *besoin* de la mer. Comme la vase sous le pont. Il pense qu'il va aimer la poésie, cette façon de progresser avec les mots sans pour autant aller vers l'avant. Ça lui plaît qu'on puisse expliquer les choses par ce qu'elles évoquent et non uniquement par ce qu'elles sont.

Tout le monde se tait. Le professeur hoche la tête.

« Vous partez du principe que l'ours est né libre ? Ou la panthère ? Mais peut-être ne connaissent-ils que les barreaux.

— Peut-être que… Je ne sais pas… peut-être que ce n'est pas un souvenir, alors. C'est quelque chose qu'ils ressentent, un genre d'instinct ?

— Peut-être. Et à quelle cage fait-il référence, à votre avis ? Quels barreaux ?

— La salle de classe ! crie quelqu'un, provoquant un éclat de rire général.

— La salle de classe. En effet, c'est une forme de cage. Et pas uniquement pour les élèves, répond M. Wolphram, promenant son regard sur eux pour voir s'ils ont saisi sa modeste plaisanterie.

— Le travail, lance un autre. Les horaires de bureau.

— Très certainement. »

Le premier sourire de M. Wolphram.

« Se marier », propose Jonny Lansdale, dit Jonny Brochette, le Don Juan de la classe qui prétend avoir tripoté la meilleure amie de sa sœur.

Jonny Brochette doit son surnom au javelot qui l'a blessé un jour pendant une compétition. Tout le monde s'en souvient, à cause de son père, qui s'est précipité sur le terrain, pas pour voler à son secours ainsi qu'on l'imaginait, mais pour le gifler parce qu'il gênait les athlètes.

Le sourire est toujours là. M. Wolphram regarde Ander, l'air de dire : *Vous avez commencé, à présent terminez.*

« Quel genre d'instinct ? »

Ander veut donner la bonne réponse, si tant est qu'il y ait une bonne réponse.

« Le corps, les choses qu'il veut sans qu'on le sache… les choses qu'il fait sans qu'on le veuille…

— Ou parce qu'on les veut ? » suggère le professeur.

Plus personne ne parle. M. Wolphram laisse sa remarque et celle d'Ander en suspens et leur offre son explication du poème. Ils ont raison, il ne s'agit pas de la panthère. La panthère dans la cage est… un mot que le garçon entend pour la première fois. Il se demande comment il a pu vivre aussi longtemps sans le connaître : quatorze ans, c'est long quand on n'a pas le mot juste… une *métaphore*.

« C'est un poème sur l'enfermement, sur ce qui nous emprisonne. Aujourd'hui, on dirait que la panthère souffre de zoochose, ou de zoopsychose, le comportement anormal que l'on observe chez les animaux – comme l'ours polaire – enfermés dans un environnement artificiel où ils n'ont ni l'espace ni l'habitat pour exercer leur corps et leurs sens. Mais peut-être n'a-t-on pas besoin d'être un animal en cage pour souffrir de zoochose ? »

À la fin du cours, lorsque la cloche sonne, tout le monde semble tétanisé. On n'entend pas le claquement des manuels et des feuilles rangés à la hâte, ni le grincement des chaises, ni la cavalcade habituelle. Personne ne bouge avant que M. Wolphram n'ait refermé le livre et ne les ait remerciés.

C'est la première fois et ils ne savent pas pourquoi on les remercie. Ils sortent à pas lents et hésitants, avec le sentiment d'en vouloir plus. Mais plus de quoi au juste ?

Lorsque M. Wolphram quitte la salle, Danny souffle à Ander : « C'était bizarre. » Le garçon se demande s'il parle d'une chose en particulier ou de l'heure qui vient de s'écouler.

Le lendemain, ils ont une heure trente d'anglais. M. Trundley est de retour avec ses yeux morts, ses chaussures moches et ses transparents. La panthère est oubliée ; en revanche, les barreaux, pas.

Hommages

Ils sont là tous les deux, Ander et Danny, dans la boîte à photographies de M. Wolphram, tantôt ensemble, tantôt dilués dans la masse, parmi les figurants – on est tous au second plan de quelqu'un d'autre –, mais jamais seuls.

« Je te sens dans mon dos, Gary… »

J'ai étalé les photos devant moi et, quand j'entends sa respiration haletante et le couinement humide de ses grosses chaussures à picots signaler son approche, je les rassemble en tas.

« T'as trouvé quelque chose ? Si je ne te connaissais pas mieux, je dirais que tu t'attardais dessus, Prof… que tu t'attardais sur une boîte remplie de portraits de jeunes garçons… »

Il se penche vers moi sans me laisser le temps de les ranger.

« Regarde-moi ces deux-là. Des vrais petits lords Fauntleroy. Je parie que celui de gauche avait intérêt à faire gaffe dans les douches…

— Je fais mon boulot, tu l'as dit toi-même : s'il y a quelque chose à trouver, ça sera dans ces boîtes. »

Il m'examine d'un air suspicieux, hésitant à détourner les yeux, de peur que je n'escamote quelque chose.

Et il a raison. Il surveille les photographies et je ne les lâche pas.

« T'as vu quelque chose qui te plaisait ? »

Holà, Gary.

Il tend la main. Il pense toujours qu'à force de fouiller, on finira par tomber sur de la pornographie enfantine. Ces photos ne lui offriront pas ce qu'il cherche, mais je ne veux pas qu'il les voie, alors je les garde face à ma poitrine, sans trop d'insistance pour ne pas donner l'impression que je les cache.

« Demain, Gary. Je crois qu'on ne trouvera rien ici aujourd'hui, mais demain, peut-être… demain je te laisserai examiner le reste de la collection et tu pourras te faire ta propre idée. »

Il recule et prend un DVD appartenant à Wolphram.

« Catherine Deneuve, dit-il en brandissant *Belle de jour*, de Buñuel. Voilà un cas intéressant : une nana sublime et pourtant je n'ai jamais réussi à finir une branlette en pensant à elle.

— Je te remercie pour ce commentaire rafraîchissant et nuancé, qui met en lumière un aspect de son jeu dont on ne parle pas assez souvent. Tu pourrais peut-être faire une conférence sur le sujet au ciné-club européen de la fac ? »

Il rit mais ne bouge pas et me dévisage. Il a vu quelque chose, c'est juste qu'il ne sait pas quoi. C'est ce qui échappe à la plupart des gens : Gary est constamment en train de réfléchir, constamment en train d'observer. On peut le baisser, pas l'éteindre.

« Tu vas ranger ces photos avant qu'on parte ? Ou est-ce que t'as l'intention de bosser dessus à la maison ? »

Il pose sur moi le regard clairvoyant du type à qui on ne la fait pas, ce qui est ironique dans la mesure où justement il n'a pas les éléments qui lui permettraient d'y voir clair.

Je vais le laisser dans le noir encore un peu.

Je range les photos et je referme la boîte. Nous quittons la pièce ensemble. J'aurais aimé passer plus de temps en leur compagnie, mais ce n'est pas grave. Elles n'iront nulle part, même si l'histoire qu'elles racontent est en perpétuelle évolution, si elle continue de vivre et de fermenter dans l'obscurité.

Le couloir est inondé de lumière. Dehors le soleil brille sans retenue, il incendie la fenêtre en demi-lune au-dessus de la porte d'entrée et jette des flammes au plafond et en haut des murs.

Je suis prêt à sortir. Gary parle. À moi, autour de moi, par-dessus moi.

« L'avantage de bosser chez les bourges, c'est qu'on apprend toujours des mots nouveaux. Tu vois, cette espèce de lucarne là-haut, ajoute-t-il, les yeux sur la vitre que je regardais. Ça s'appelle une imposte. J'ai vérifié dans le dico. Et le montant vertical au milieu, c'est un meneau. Tu savais ça ? Est-ce que tu vis dans une maison à imposte et meneau ? Imposte et Meneau… On dirait un tandem de flics. Qui est qui, à ton avis ? Je te verrais bien en Imposte, à vrai dire. Moi, je suis carrément Meneau. »

Je m'apprête à lui offrir un sourire d'apaisement condescendant, mais je n'en ai pas le temps. Alors qu'il tourne la poignée et que je pousse la porte, un crépitement de flashs argentés nous accueille. Suivi d'une dizaine d'autres, des appareils photo jusqu'au bout de l'allée. Du bruit, des cris, des questions : qui, où, quoi, comment… le nom de la victime, du suspect, les nôtres, nos grades.

Nous abritons nos visages, clignant des yeux pour dissiper les points brillants qui nous aveuglent. Six journalistes et quelques photographes. Pas grand-chose à côté de ce qui nous attend ; pourtant, la surprise nous plaque contre la porte que nous avons claquée derrière nous. Nous sommes les derniers à sortir et je ne sais plus si nous avons les clés.

Mon premier réflexe est de retourner à l'intérieur. Gary m'en empêche.

« En avant, Prof. On va jusqu'à la voiture. On n'a aucune info à leur donner, de toute manière. Tu as vu ça à la télé. Surtout, par pitié, évite le *Pas de commentaire*. »

Il me pousse dans le dos et nous descendons les marches de pierre, prenons l'allée de gravier et franchissons le portail de fer à deux battants que nous avons oublié de refermer derrière nous. Les journalistes s'écartent sur notre passage. J'ignore pourquoi ils n'essaient pas de nous suivre, mais, quand je me retourne, je distingue leurs silhouettes figées qui, avec le rouge flamboyant du soleil à l'arrière-plan, semblent des marionnettes jetées dans un brasier. De l'autre côté de la rue, cinq voisins dressés sur la pointe des pieds se dévissent le cou pour voir ce qui se passe. « Un jour, les êtres humains ressembleront à des girafes, à force de s'étirer pour mater les accidents et les célébrités par-dessus la foule », dit Gary. Ils sont eux aussi totalement immobiles, comme mis en veille à l'issue de leur journée. Mon coéquipier m'ouvre la portière et je me tourne vers la maison pour poser mes fesses sur le siège. Je remarque alors un bouquet appuyé au pilier du portail voisin, la base des tiges entourée de papier aluminium froissé. On dirait qu'on a réuni deux modestes bouquets. Je reconnais ceux du supermarché. Ce sont les premières fleurs de Zalie.

Elles n'étaient pas là à notre arrivée. Je le sais parce que j'ai vérifié. Je vérifie toujours. On pourrait tracer une carte de la ville, de n'importe quelle ville, n'importe quel village et tout ce qu'il y a entre les deux – terrains vagues et grands ensembles modernes, bandes d'arrêt d'urgence et parcs de mobile homes – à l'aide des bouquets, des peluches et des messages sous plastique. Et les ponts. Chaque pont expose ses menues offrandes. On ne peut pas faire ce travail longtemps sans dessiner sa propre carte du malheur. Les arrêts de bus, les gares, les parkings, les pubs, les stades de foot, les coins de rue et les ruelles envahies par des orties qui vous arrivent à la taille, où les chiens vont seuls pour chier et renifler les traces de leurs congénères.

Des *hommages*, dit-on. Des *autels*. Quand est-ce que ça a commencé ? Ont-ils toujours existé ? Je ne m'en souviens pas. Je ne le crois pas.

Je ne prétends pas qu'avant la mort restait à sa place ; je dis qu'elle *avait* sa place. Bien sûr, on s'organisait en fonction d'elle, c'est inévitable ; cependant, elle obéissait à un *zonage*, comme disent les urbanistes. Nous nous partagions le territoire ; c'était inscrit dans la longue trêve que nos ancêtres avaient négociée avec elle. Quand j'étais enfant, c'étaient les cimetières et les crématoriums ; on avait sa tombe, sa stèle, son urne dans sa niche, et c'était là qu'on laissait ce qui nous semblait pertinent : nos derniers mots, leurs derniers mots, les grands et les petits non-dits, les fleurs, les cartes, une pierre, du pain, des jouets, notre ours en peluche. *Leur* ours en peluche. Une bougie. Une simple bougie, c'est encore ce qui brille le plus.

Les tombes de célébrités avaient leurs amateurs, mais, là encore, le phénomène était circonscrit : les bouteilles sur la sépulture d'Oscar Wilde, les cigarettes et les joints sur celle de Jim Morrison (les graffitis désespérés : « Jim, tu étais mon seul ami ! »,

« Oscar, tu nous as libérés ! »). Peut-être est-ce là que tout a commencé… mais quoi, au juste… ? L'étalage ? La mort et le deuil considérés comme une propriété collective, au même titre que les Jeux olympiques ou la famille royale.

Nous avions délimité la mort ; nous l'avions reléguée dans des endroits que nous avions conçus pour elle, sous terre ou dans des parcs mémoriels. La morgue, le salon funéraire, le corbillard, le cercueil, l'urne : ils sont là pour qu'on puisse donner un coup de balai et reprendre le cours de sa vie, faire le ménage là où on vit et emmener les gosses à l'école, aller au supermarché ou au PMU sans avoir à passer devant le lieu du crime, qui sans cesse nous rappelle que *la mort a frappé ici, qu'elle est venue, regarde bien, vois-tu encore le trou, là où il y avait quelqu'un et où un instant plus tard il n'y avait plus personne ?* Pour qu'on puisse prendre ses repas dans la salle à manger où le père de quatre enfants s'est étouffé et est tombé tête la première dans son rôti dominical, pour qu'on puisse se promener au bord de la mare où le petit garçon s'est noyé alors qu'il essayait d'attraper le frai de grenouille gélatineux. Pour qu'on puisse acheter la maison où le mari battait sa femme, le pavillon-témoin de brique rouge au fond de l'impasse en apparence parfaitement ordinaire, mais qui en réalité suinte la peur et la violence refoulée. C'est pour ça que ces endroits existent, pour qu'on puisse rentrer chez soi et continuer à y vivre.

Nous savions que nous étions de simples locataires. La mort était le propriétaire. De temps en temps, elle entrait en notre absence avec son double pour réparer le chauffage ou faire un état des lieux, mais en gros elle nous laissait tranquilles jusqu'à la fin du bail. Aujourd'hui, elle fait comme chez elle. Sa mainmise est insidieuse. Voyez-la qui s'insinue partout et voyez comme nous lui facilitons la tâche avec nos monuments, nos plaques et nos bouquets de fleurs, nos ours et nos Schtroumpfs. Elle nous a colonisés. Elle nous bombarde d'amour et nous la câlinons, lui écrivons des cartes de vœux : *Prends nos rues et nos maisons*, lui disons-nous. *Tu as déjà emmené ceux que nous aimons, prends le reste, viens vivre avec nous.* La mort a changé d'agence de com pour changer son image de marque. Avant, l'agence s'appelait religion. Aujourd'hui, elle flirte avec le showbiz.

Certains de ces bouquets, de ces *hommages*, sont discrets. Ils sont disposés aux abords de l'événement, ne gênent personne, quelques fleurs, parfois cueillies dans un jardin ou dans ce qu'il reste d'un pré. Je les aime bien. (Même si *aimer* n'est pas le bon mot.) Ils nous font signe, attestent notre mortalité, mais ils savent aussi qu'il faut du tact et de la distance, que nous ne pouvons pas nous entêter à revendiquer ce qui ne nous appartient pas.

D'autres, en revanche, sont criards et éhontés, ils débarquent comme un chien au milieu d'un jeu de quilles, avec des messages en lettres capitales et des peluches géantes coûteuses. Ils paradent en smoking et en robe à paillettes, piétinent le chagrin de gens qui ne leur sont rien, boivent leurs larmes sous perfusion de journaux télévisés.

« T'es toujours avec nous, Prof ? »

Qu'il s'agisse d'empathie ou de sympathie (de toute manière, l'une exclut-elle l'autre ? Sont-elles incompatibles ? Soit on souffre *comme*, soit on souffre *avec*, mais un sentiment ne peut pas se trouver dans deux endroits différents en même temps, si ?), comment sait-on quand on a franchi le point au-delà duquel on ne peut plus souffrir à la place de quelqu'un ou avec lui, jusqu'où on peut l'accompagner avant de le laisser disparaître dans ce lieu du chagrin où il doit se rendre seul ? Comment sait-on quand on atteint le point de non-partage ?

Il devrait y avoir moyen d'établir un protocole pour encadrer ces étendues de jouets et de bougies chauffe-plats qui poussent sur la scène du dernier drame en date, du malheur le plus récent, de la star de demain décédée, quand la mort se transforme en open bar pour les parasites du deuil, en grande fête avec une *piñata* de douleur en papier journal. Il faudrait un code de bonne conduite, un arbitre du chagrin. Et il dirait : « Rien ne brille avec plus d'intensité qu'une lampe solitaire à une fenêtre. »

Maintenant, on a des champs de bougies à piles, comme on en trouve dans les restaurants et les pubs.

Quand Gary est au volant, pour échapper à son bavardage ou à ses récriminations sur la circulation, je prends une théorie et je l'examine sous tous les angles. En voici une :

C'est une thèse sur la propagation du deuil public et privé. Un événement est un caillou jeté dans l'eau et les gens affectés sont les ondes. Jusque-là, pas de problème. Plus on est proche du point d'impact, plus les vaguelettes sont visibles. D'abord, on a les cercles nets et serrés, puis, à mesure qu'on s'éloigne et que les ondulations s'espacent, ce n'est plus un mouvement, juste un frémissement à la périphérie, une onde d'onde qui se distend, à peine une ride à la surface. À ce moment-là, on a atteint les voisins des voisins de la victime, le marchand de journaux, l'ancien camarade de l'école primaire.

Tout le monde veut en faire partie, avoir sa place sous le soleil noir de l'histoire.

Quelle onde suis-je ? La vague de qui ?

Le caillou est tombé et je suis à plusieurs cercles du point de chute. Six, dirais-je, si le premier englobe les amants, les parents et les enfants, le deuxième les frères et sœurs, le troisième les meilleurs amis, le quatrième les amis proches, les cousins et la belle-famille, le cinquième les simples copains et les collègues de bureau avec qui on va boire un verre, le sixième…

« L'autre connard de la télé. »

Je ne sais pas de qui parle Gary, et ce n'est pas le descriptif qu'il a choisi qui va m'aider. Mais il me rapatrie dans l'ici et maintenant, ce pays étranger où je suis né, avant que j'aie pu suivre mon idée jusqu'au bout.

« Encore dans ton monde ? »

Oui, le sixième cercle. C'est ça. J'ai compté.

Le bouquet devant le portail de Zalie : deux jours plus tard, il est toujours là, un parmi des centaines d'autres, au milieu des bougies et des jouets, comme une armée d'argile veillant sur un mausolée. Certaines de ces offrandes sont recherchées. Il y a des articles de jardin décoratifs, des animaux en plâtre ou des carillons, et même une fontaine solaire dont le plastique a l'aspect de la pierre usée. Combien de temps avant de pouvoir les jeter ? Qu'est-ce qui fait qu'un « délai convenable » est *convenable* ?

Autrefois, c'était le temps qu'il fallait à l'âme pour atteindre le lieu où elle séjournerait pour l'éternité. À présent, ça dépend du passage des éboueurs ou du moment où la municipalité décrète que les objets constituent un risque d'incendie ou qu'ils bloquent le trottoir.

Il y a néanmoins un détail qui distingue cette composition : à côté des fleurs fraîches, on en trouve d'autres qui ont déjà commencé à se faner, dont les têtes tombent et les pétales se racornissent. Celles qui sont visiblement mortes avec celles pour l'instant invisiblement mortes : c'est la première fois que je vois ça. En général, on enlève les vieux bouquets et on les jette. C'est la forme, le langage de ces témoignages. Ce n'est pas le cas ici, et il semble que cela révèle quelque chose d'important même si je ne suis pas sûr de saisir quoi.

« Où on va ? » me demande Gary lorsqu'il constate que je suis revenu de cet endroit dans ma tête où il dit que je suis chez moi.

Il est comprimé sur le siège du conducteur, et son énorme silhouette donne l'impression que la voiture est minuscule. Il est obèse comme peuvent l'être certains Anglais. La peau est tendue sur la graisse ; il n'y a rien qui déborde, rien qui pend, alors que les Américains ressemblent plus à des saucisses éclatées, avec leurs bourrelets flasques qui écrasent le col, s'échappent des manches, retombent sur la taille et avalent la boucle de ceinture. Son ventre et ses bras sont fermes, sa peau semble ignorer qu'il est gros. Si on appuyait dessus avec le doigt, elle couinerait comme une baudruche sur le point de crever. Il est alerte de corps et d'esprit, pense vite, bouge vite. Il est tout instinct et masse. Et si le premier lui fait défaut, ce qui arrive rarement, la seconde ne le trahit jamais.

« Tu veux bien me poser chez Mme Snow ? »

Gary désapprouve ces visites, mais il a renoncé à se plaindre. « Délire à deux tarés, dit-il, un terme qu'il préfère à *folie à deux**[1]. Enfin, deux tarés et un fantôme. »

« J'attends dehors ? » demande-t-il.

Je lui dis que non. Il est tard, la nuit va tomber, il ferait mieux de rentrer à la maison.

---

1. Tous les mots en italiques signalés par un astérisque sont en français dans le texte.

« Ah oui, la maison », dit-il, dessinant des guillemets avec les doigts.

Pour aller chez Mme Snow, il faut longer le zoo, quelque huit cents mètres de plâtre blafard, comme un glaçage craquelé sous lequel transparaît la brique, le mur surmonté de barbelés qui s'efforcent de le suivre laborieusement, avant de renoncer. La ville se désembourgeoise peu à peu. Les traiteurs cèdent la place aux épiceries, les magasins de luminaires design ou de papier peint s'effacent devant les bureaux de paris et les salles de jeux vidéo. Le vent soulève des détritus sur les perrons. Mais les maisons elles-mêmes sont bien entretenues.

Le zoo est fermé depuis dix-huit ans. Lorsque le dernier ours polaire est mort, en 1993, il ne restait qu'une tortue géante, quelques phoques, un rhinocéros atteint de mélancolie et des perroquets qui persistaient à s'échapper de leur volière miteuse pour harceler les habitants de la maison de retraite – la Résidence Senior des Trois Ports –, voisine de l'école. À l'époque, le zoo avait été rebaptisé réserve, afin de diminuer les attentes, tout en appelant à la compassion. Le personnel lui-même déclinait. Lorsque ses grandes grilles de fer forgé se sont refermées pour la dernière fois, l'âge moyen des employés était de cinquante-quatre ans. C'était l'année de mon entrée dans la police. Je me souviens des articles dans le journal, de l'annonce de sa démolition imminente. Des photographies de la tortue et du rhinocéros relogés au zoo de Londres.

Conçu pour ressembler à une ville de l'ère spatiale, le zoo a vu son béton blanc et ses angles épurés se ternir et s'écailler. La mosaïque qui décorait ses avenues a été volée ou vandalisée. À la fin, les animaux arrachaient des bouts des murs qui les enfermaient.

Les enfants jetaient des pierres contre le dôme de verre au centre de la place principale. Aujourd'hui, les bâtiments modernistes sont moisis et humides. Dans le bassin des pingouins, les fines rampes en spirale qui ressemblaient à de fragiles pelures s'effritent. Elles sont devenues le domaine des skateurs, qui les taguent de noms de gangs et de slogans. Malgré tout, il émane du lieu une certaine splendeur optimiste. On dirait un lotissement construit pour une population qui n'existe pas encore.

Dans les années 1980 et 1990, l'architecture aérée du zoo ne fournissait aucune protection contre les renards urbains qui commençaient à s'aventurer en ville, et qui aujourd'hui s'ébattent librement dans les parcs et sur les terrains vagues. Ils tuaient ce qu'ils trouvaient, le plus souvent des pingouins, des macareux et des flamants. Les mouettes et les rats, les blaireaux et les corbeaux ont suivi, attirés par la nourriture et l'odeur, ne se souciant guère de leurs chétifs compétiteurs exotiques.

Prédateurs à l'intérieur, prédateurs à l'extérieur : la Société de réhabilitation de la Medway dirigée par la famille Lansdale était en embuscade. Pendant les années 1980, elle a proposé à plusieurs reprises de racheter le site, pour construire deux cents appartements au cœur de la ville. Mais les propriétaires s'accrochaient à leur zoo délabré. Peut-être aimaient-ils les animaux – c'était ce que nous pensions quand nous étions enfants –, même s'il est plus probable qu'ils espéraient en tirer un meilleur prix. Tant et si bien qu'ils ont laissé passer leur chance.

Les Lansdale ont perdu gros avec la crise de 1992. Leur nom étant leur bien le plus précieux, ils l'ont vendu, avec leurs grands magasins et leurs boutiques chic à Hastings et Tenterden, gardant suffisamment de parts pour rester riches. Il a continué à figurer sur les enseignes, les sacs et les uniformes. Après les Lansdale, les multinationales, les liquidateurs d'actifs, les experts en assurance et les acheteurs de dettes ont jeté leur dévolu sur le zoo. C'est à cette époque que la population a découvert qu'elle pouvait se faire baiser par un patron paternaliste qu'elle connaissait et qu'elle apercevait parfois, qui vivait assez près pour qu'on puisse l'insulter, cracher et pisser par la fente de sa boîte aux lettres, mais qu'elle pouvait aussi se faire baiser à distance, anonymement, algorithmiquement, par une calculatrice et des graphiques à l'autre bout du monde.

Pour finir, ce qui a sauvé le zoo c'est qu'il a été classé. Personne n'a rien vu venir : tandis que les promoteurs se disputaient et que les comptables jonglaient avec les chiffres, on a annoncé que le site avait une valeur architecturale unique et qu'il devait être protégé. « Un élément emblématique du patrimoine culturel du Sud-Est », selon la Commission des monuments et bâtiments historiques. Aujourd'hui, il est intouchable mais aussi inutilisable, et il continue de se dresser là, évoquant les ruines d'une civilisation perdue. Ou, dans les bonnes conditions de luminosité, les fondations d'une civilisation à venir.

« L'eldorado des bobos », selon Gary, qui n'a pas tort. C'est une véritable attraction pour les urbanistes des zones négligées. Il s'écoule rarement un mois sans qu'il serve de décor à une séance photos ou à un film. En général de science-fiction ou policier. Une fois, on y a tourné un épisode de *Doctor Who* où les héros se retrouvaient sur une planète qui représentait l'an 2050 tel qu'on l'imaginait en 1936. Même le futur vieillit, et la manière dont nous le concevons trahit notre âge. Rien ne nous relie autant à notre époque, rien ne nous ancre autant dans notre *ici et maintenant* que notre vision de l'avenir. Le zoo est là pour nous le rappeler. C'est le futur vu par le passé.

Le portail est ouvert, aujourd'hui. Le marché de Noël s'y est installé pour le mois. Stands d'artisanat et baraques à frites. Gary ralentit.

« Tu as eu l'occasion d'y aller quand il y avait des animaux à la place des bougies parfumées ?

— Oui, quelques fois. Souvent, à vrai dire.

— C'était comment ? »

Vera

Mme Snow attend, comme toujours, même si ce n'est pas moi qu'elle attend.

Son thé est fort et elle ne met jamais assez de lait. Sa bouilloire chante dans la cuisine, un jodler irrégulier et insistant qu'elle laisse résonner à travers la maison. Elle ne bouge pas avant que le sifflement ait visité chaque pièce, transpercé chaque recoin d'air mort.

Elle me donne une tasse, s'assied et se tait. Nous construisons le silence sur lequel nous parlerons. C'est l'une des raisons pour lesquelles je viens ici, pour puiser le silence à sa source, pour m'imprégner du tic-tac distendu de son horloge, qui semble ajouter du temps au monde au lieu de le décompter. Lorsque Marieke m'accompagne, c'est ce qu'elle enregistre en premier, comme un ingénieur du son évaluant le bourdonnement d'une pièce. « Le silence n'existe pas, dit-elle. Écoute… »

Mais je n'entends rien.

« Heureuse de vous revoir, me dit Vera Snow. Cela fait… combien ? Trois semaines ? »

Je confirme : trois semaines. Mme Snow aime que l'on révise les bases : le temps, la politique, les lignes de bus supprimées et autres détails révélateurs de l'état du pays, les gros titres de la presse populaire, les disputes entre voisins.

« Marieke n'est pas là, aujourd'hui ?

— Elle est au club de loisirs. Elle déteste y aller. On ne la laisse pas enregistrer, elle en est réduite à jouer. Ou à faire semblant. Mais qu'est-ce qu'on peut faire ? La dernière fois, elle a reconnu qu'elle s'était bien amusée, c'est plutôt encourageant. »

Mme Snow n'a pas Internet et le quotidien régional n'a pas encore été livré, je suis donc surpris quand elle m'interroge.

« Vous croyez que c'est lui ?

— Je commence à espérer que oui.

— Et Gary ? Qu'est-ce qu'il en pense ? »

Elle l'a rencontré. « Ce n'est pas un diminutif de Gareth, pas le genre », a-t-elle dit la première fois qu'elle l'a vu.

« Il pense comme moi. »

Elle ne répond rien, sert une troisième tasse de thé qu'elle pose devant le fauteuil vide, dont l'appuie-tête est orné d'un napperon de dentelle à franges. Une têtière telle qu'on en voyait dans les trains autrefois, avec le logo de la société de chemin de fer, qui recueillait la brillantine, les pellicules et la crasse capillaire des passagers.

Elle fait un signe en direction du siège.

« Nous n'en sommes pas si sûrs, n'est-ce pas ? Pas sûrs du tout », dit-elle en secouant la tête.

Je ne l'interroge pas sur ce « nous », car je sais qu'elle parle de son mari, mort depuis près d'un an. Si on regarde la situation de l'extérieur, ce dont je ne suis plus capable, elle est en plein déni. Vue de l'intérieur, où j'ai commencé à la rejoindre, elle se bat contre la mort et elle n'est pas nécessairement en train de perdre.

Je fais partie de la comédie de Vera, désormais. Je sens la présence de Victor. Aujourd'hui, son fauteuil paraît un peu plus chaud, il faut bien le reconnaître. Plus *occupé. Empreint. Habité.* Le marque-page dans son roman semble avoir avancé d'une dizaine de pages depuis ma dernière visite. Il a toujours été un lecteur lent, ce n'est donc pas si mal, surtout pour un mort. J'imagine même que je le sens – que je sens son odeur, je veux dire. Même si je ne l'ai pas connu de son vivant.

Le voisin de Vera prétend les avoir entendus discuter, pas elle qui parlait toute seule, mais lui aussi : sa voix bienveillante et prudente, les phrases qu'il laissait en suspens.

« J'ai dû rêver, a dit l'homme, hésitant. Ou bien c'était la radio.

— Certainement, oui.

— Pourtant, c'est arrivé deux ou trois fois depuis », a-t-il ajouté, quêtant une approbation ou un démenti que j'aurais été bien en peine de lui offrir.

Une personne seule peut perdre la tête. Deux peuvent partager le même délire. Mais on ne parle pas de *folie à trois**, si je ne m'abuse ? Un c'est une exception, deux une coïncidence, trois ça devient une habitude. Trois, c'est le début de la multitude.

La perruche de Victor, Joey, a très mal vécu sa disparition. Elle a cessé de pépier et perdu toutes ses plumes, sauf sur le crâne. Gary dit qu'elle ressemble à un testicule avec une coiffe aztèque. Elle se déplace lentement, gratte le fond de sa cage, grimpe péniblement aux barreaux avec son bec. Avant, ils laissaient la porte ouverte pour qu'elle puisse voleter dans la maison. Elle avait même un perchoir sur la cheminée. Depuis que Victor est parti, elle n'a pas mis le nez dehors.

D'entrée de jeu, Vera Snow a su que la mort de son mari ne représentait pas un obstacle insurmontable à la poursuite de leur vie commune. Elle avait du chagrin, bien sûr, beaucoup, parce qu'elle l'aimait ; ils étaient mariés depuis quarante-huit ans et chacun riait toujours aux blagues de l'autre. Surtout les plus éculées, surtout les plus mauvaises. « Parce que c'est important », disait-il. « Parce que c'est important, acquiesçait-elle. On se sent plus proche de quelqu'un avec qui on partage une blague idiote, parce que chacun doit y mettre du sien. »

Sa mort n'offrait aucun avantage et, puisqu'il n'avait pas été malade, il n'y avait même pas le soulagement stoïque de voir son calvaire s'achever. *Non*, pensait-elle. *Quel que soit l'angle sous lequel on aborde la question, c'est fâcheux.*

Comme elle disait à leurs amis : « Il était là, et l'instant d'après… eh bien, il était toujours là, mais mort. »

Elle se souvenait de l'ambulance. Pas de sirène, bien sûr. Elle se souvenait de la manière pitoyable dont elle avait accueilli les secours, la façon dont elle s'était excusée de les déranger, ses explications embarrassées : « Je pense qu'il est mort, j'ai vérifié, mais je me disais que vous pourriez me donner un deuxième avis. » *Un deuxième avis ?* s'était-elle aussitôt reprise. Qu'est-ce qu'elle croyait ? Qu'il s'agissait d'une estimation pour la rénovation d'un loft ? Pauvre cruche ! Un devis pour une nouvelle salle de bains ? Elle se comportait comme si elle rapportait un article défectueux au magasin, comme si elle avait appelé un plombier. Robinet qui goutte, siphon bouché.

Non, elle n'avait pas besoin de « deuxième avis ». De toute manière, la mort était le deuxième avis.

Surtout, pensait-elle, c'était embarrassant. La mort en tant que telle, soit : elle était absolue et avait une netteté séduisante pour certains esprits. Le sien, notamment. Elle avait toujours été une personne ordonnée, aimant les faits, et elle était consciente que, si ces derniers étaient solides et nets, c'était parce que la vie autour ne l'était pas. Donc, en ce qui concernait l'ordre, elle n'avait rien à reprocher à la mort. En revanche, tout ce qui venait avec, quel bazar ! Le corps, les papiers, le stockage du cadavre, l'organisation de l'enterrement, les placards à vider, les comptes bancaires à fermer. Les chaussettes dépareillées, le livre inachevé, la boîte entamée d'anticoagulants sur la table de chevet. La grille de mots croisés à moitié remplie. Du désordre et de l'embarras.

Elle avait surpris une conversation entre les membres de l'équipe de secours, qui pensaient qu'elle n'écoutait pas. C'était à ce moment-là qu'*il* était devenu *le corps*. Comme si, au milieu de toute cette propreté, *il* s'était éclipsé en douce, la partie de Victor qui disait « moi », « je » et « nous ». Et avec lui, la partie d'elle qui lui disait « tu ». La mort avait emporté ses pronoms personnels.

Après réflexion, elle avait décidé qu'elle ne voulait rien avoir à faire avec tout ça. « Avec cette… » Elle s'était interrompue un instant : elle avait souvent du mal à trouver le mot juste. « Cette… *mascarade*. » Voilà. *Mascarade*.

« Très peu pour moi, merci. »

La première chose à faire était de réunir des alliés, et on pouvait les trouver dans les lieux les plus inattendus. Elle pouvait les trouver, pensait-elle, dans les endroits mêmes qui semblaient conspirer contre elle.

La vie quotidienne, par exemple : le journal de 13 heures allait-il s'interrompre parce que son mari était mort ? Le bus 31 cesserait-il de passer ? Le concierge de l'école (y avait-il encore seulement un *concierge* ? a-t-elle songé au moment où elle formulait la phrase dans sa tête) mettrait-il le cadenas sur le portail ? Les magasins fermeraient-ils pendant une heure, un jour, une semaine ?

Elle s'était quand même demandé si on en parlerait à la télévision, dans le bulletin local : « Victor Snow est décédé chez lui de manière soudaine, ce matin, à l'âge de quatre-vingt-quatre ans. » *Et tout de suite, vos informations régionales*, annoncerait-on au moment du décrochage. Ce serait peut-être vers la fin, après les problèmes de sécurité de l'aire de jeux de Strood, mais avant la retraite de la dame de quatre-vingt-dix ans qui faisait traverser les enfants à Hythe.

Le fait est que ni rien ni personne ne se souciait de Victor. Ou rien et pas grand monde. La première tâche était donc de recruter (c'était le mot qu'elle employait, pas sur le moment, mais après, lorsqu'elle s'était rendu compte qu'il fallait donner des explications aux voisins, à la police, aux assistants sociaux) la complète indifférence du monde et d'en tirer le meilleur parti – pour elle et pour lui.

Aujourd'hui, chez Vera, l'horloge continue de tictaquer, on écoute toujours les émissions de radio préférées de Victor, et la série policière qu'il enregistre parce qu'elle passe trop tard et qu'il regarde le lendemain après le dîner sera diffusée ce soir comme d'habitude. Ils ont des cassettes VHS et leur télé est l'un de ces modèles des années 1980 comme on n'en voit plus que dans les bennes à ordures. « Quelques dizaines de postes de ce genre et on pourrait construire une digue avec », plaisantait-il. Avec celui de M. Wolphram, ça fait le deuxième magnétoscope que je vois récemment, plus qu'au cours des vingt-cinq dernières années. Sur l'écran de l'appareil programmé pour la semaine, une série de pointeurs numériques comme autant d'hameçons. Une ligne lancée par Victor vers les jours suivants, les jours qu'il ne connaîtrait pas et où il ne serait pas, hormis sous la forme de ces lignes jetées vers l'aval, dans une vie qui continuait sans lui : mardi 22 heures, mercredi 21 heures, le film de seconde partie de soirée. Qu'elles restent là, a pensé Vera, qu'elles ferrent l'avenir.

Que le laitier continue de délivrer leurs deux pintes et leurs six œufs. Que le chien continue à aboyer, les téléphones à sonner, les trains de marchandises à filer vers nulle part.

Que rien ne s'arrête, que tout continue comme avant. *Comme avant*, se répète-t-elle sans cesse. *Comme avant.*

Je connais Vera depuis onze mois. Onze mois et huit jours, pour être précis. Les huit jours sont peut-être importants, ou peut-être pas. En tout cas, il s'est passé quelque chose depuis ma dernière visite, il y a quelques semaines. Elle me fait moins penser à une veuve en état de choc qu'à une épouse inquiète.

Je la regarde, avec son thé et ses biscuits, ceux que Victor aimait, parce qu'ils étaient assez bons pour qu'on ait envie de les manger, mais pas suffisamment pour qu'on les dévore d'une traite, le paquet qu'elle referme avec une pince à linge pour qu'ils gardent leur croustillant. Je la regarde et je vois une femme qui attend simplement le retour de son mari.

D'accord, elle attend son retour d'entre les morts, pourtant elle se débrouille pour le faire d'une manière tellement ordinaire, avec un tel sens du quotidien, que je ne serais pas autrement surpris de le voir franchir le seuil, s'excusant de son retard, expliquant qu'il a été retenu. Il aimait se promener le long du zoo, jeter un œil à l'intérieur s'il était ouvert. Voilà : il n'a pas vu le temps passer.

Vera n'avait pas l'air – au premier abord – d'être le genre de personne à ruer dans les brancards de la mort. C'était une vieille dame qui ressemblait vaguement à la reine : poudrée et affable, de la bonté dans le regard, programmée pour accomplir son devoir. De ces femmes qui coupent les roses fanées, écoutent les conseils de jardinage à la radio et laissent la télé allumée même quand elles ne la regardent pas, « parce que ça fait de la compagnie ». Le genre de visage qu'on verrait bien sur les billets d'une devise internationale.

Quelque chose m'a séduit dans sa situation – la résistance et la futilité de celle-ci – et depuis nous lui rendons visite régulièrement, Marieke et moi. La maison était froide et vide. Elle semble plus pleine, à présent, plus vivante et plus chaleureuse. À chacun de nos passages, l'air est plus lumineux, plus habité.

Lynne Forester

M. Wolphram accuse le coup, depuis hier.

« Il nous fait une petite NOA », dit Gary.

Son abréviation pour Nuit Obscure de l'Âme. C'était ce que nous souhaitions, malgré tout je suis surpris. Il n'a pas vu la presse, n'a pas eu accès à un ordinateur ni à un téléphone, mais il sent que ça se resserre autour de lui et il a changé. Il bafouille « Bonjour », se lève, se rassoit, se relève, commence une phrase : « Pourriez-vous me dire s'il vous plaît… ?… Combien… ?… Quand aurez-vous… ?… Quand pourrai-je… ? »

D'une manière ou d'une autre, on en revient toujours à la même question et on finit tous par la poser : *pourquoi moi ?*

Il grimace devant ce qui est – il le sait nécessairement, grâce aux séries et aux films, il doit bien en regarder, non ? – un miroir sans tain. De l'autre côté, nous l'observons, et nous voyons aussi l'homme à l'intérieur en train de devenir fou.

Il a un tic qui est apparu : il n'arrête pas de secouer la tête. Il proteste déjà, nie, réfute des accusations imaginaires. Quant aux véritables accusations, elles arrivent.

Il a passé une nuit blanche à se ronger les ongles et s'arracher les petites peaux. Il n'a pas mangé, en revanche il a bu l'eau et le thé qu'on lui a portés. Le découpage du fatberg l'a empêché de dormir, dit-il. S'il ne se plaint pas de la manière dont nous l'avons traité, c'est qu'il n'ose pas : il devine que Gary va arriver pour ce qu'il appelle le « deuxième round, le round sans arbitre ». Je sais que mon collègue ne risque pas de s'en prendre à lui physiquement, mais le suspect l'ignore et c'est le but du jeu. Gary a laissé l'*Evening Post* dans la salle d'interrogatoire et il guette sa réaction derrière le miroir.

M. Wolphram ne bouge pas, hormis pour tourner la tête avec des gestes saccadés de moineau et se mordiller les ongles. Ses lèvres remuent. Il répète ses réponses, imagine les questions. Il se divise, se détache de lui-même : il pose une question, s'efforce d'y répondre, la repose. Il a l'air dément. On lui a pris son chapeau, sa cravate, ses lunettes de lecture, et il a les yeux écarquillés. Mais il n'y a rien à voir, à part les murs suintants et le miroir, le thé froid et le Formica ébréché. Alors, son regard se promène sans trouver nulle part où se fixer.

Si la presse publie un cliché de lui avec ces yeux sortis tout droit d'un film d'épouvante et ces longues mains pâles qui dépassent de leurs manches noires, alors, le pays tout entier se lèvera pour le lyncher. Je les vois de là, défilant avec des torches et assiégeant le poste jusqu'à ce qu'on le leur livre. On se croirait dans un western, la vie réduite à un western : une foule, de la haine et une corde.

Il n'a pas réclamé d'avocat, parce qu'il espère toujours qu'on va le relâcher. Mais le relâcher où ? Dans quoi ? Il n'y a pas de retour en arrière. Autant attraper un animal, incendier son habitat, puis le libérer dans ce désert dévasté. Innocent ou coupable, il n'y a plus que des lendemains calcinés pour lui. Il suffit de lire les graffitis sur les murs autour de chez lui, les menaces de mort dans la section Commentaires sous les articles de journaux.

Lynne Forester a été maligne. Elle a devancé la presse nationale. Elle a les angles et les contacts. Elle a aiguillé ses voisins pour qu'ils parlent de sa « bizarrerie », affirment qu'ils avaient « toujours pensé qu'il n'était pas net », qu'il avait « une drôle de façon de regarder les gens ».

Ses yeux : on avait l'impression qu'il essayait de voir à travers vos vêtements…

Il ne vous regarde jamais dans les yeux quand il s'adresse à vous… il a le regard fuyant…

De longs doigts… C'est ce dont je me souviens… des ongles d'une saleté suspecte…

Il était très intelligent et propre, avec des ongles longs d'une propreté suspecte, manucurés…

Toujours en train de regarder à sa fenêtre…

« On le surnommait The Wolf, le Loup. » Demain, des anciens élèves témoignent…

Elle va vendre diverses déclinaisons de son reportage à la presse à sensation, par petits bouts, bien sûr, pour faire durer le plaisir, comme les gardiens de zoo nourrissent les tigres et les ours : un morceau après l'autre, des kilos de viande découpés en lanières et lancés par poignées que les animaux peuvent rattraper dans leur gueule.

Il a fallu lui donner la primeur des informations. C'est ce qui arrive quand on passe un accord avec un journaliste. On lui promet qu'il sera notre interlocuteur privilégié, et en échange il s'engage à faire des comptes-rendus aussi proches que possible de notre version des faits. Lynne a été choisie parce qu'elle est d'ici, féroce et déjà sur le coup. Elle aurait obtenu les informations d'une manière ou d'une autre. Alors nous faisons de notre mieux pour qu'elle reste dans notre camp, même si son seul camp, c'est le sien.

On nous a ordonné de travailler avec elle et Poisson rouge a organisé un rendez-vous. C'est lui qui l'accueille. D'abord dans son bureau, où on le voit hocher la tête et rire nerveusement pendant la discussion, puis il la conduit dans le nôtre, où elle s'assied à la table de réunion.

Je n'ai jamais rencontré Lynne. Gary, si, et il la déteste avec cette admiration prudente que l'on réserve aux gens qui agissent mal avec talent.

Je suis surpris : elle ne ressemble pas à la pourvoyeuse de clichés inculte qui transparaît dans ses articles. Quand elle parle, on comprend vite qu'elle n'entretient aucune illusion sur son métier, et qu'on ne peut ni la déstabiliser, ni la vexer, ni l'offenser, car, quoi qu'on lui dise et quoi qu'on dise d'elle, elle le dit depuis plus longtemps. Ce n'est pas non plus une journaliste lisse en pantalon tailleur impeccable. Elle a des cheveux noirs hérissés, coiffés dans le style gothique, porte un fond de teint blanc, avec un épais trait d'eye-liner qui creuse ses yeux, un rouge à lèvres de ce pourpre sombre propre aux salles à manger de manoirs. Elle me fait penser à une chanteuse punk des années 1980, sauvage et délicate. Elle est tout en noir, hormis un pull en mohair cobalt, qui, lorsqu'elle ôte son manteau, donne à son corps un miroitement bleu flamme de gaz.

Elle doit avoir un ou deux ans de plus que moi. Comme Gary, elle est originaire de la ville, mais son accent, bien que présent, est plus raffiné. Le temps que j'enregistre tous ces détails, elle est entrée, a traversé la pièce et s'est assise devant nous. Gary la salue d'une bordée d'obscénités qui ne la font pas broncher.

Pour elle, ce n'est pas plus choquant qu'un *Comment allez-vous ?*.

« Je sais ce que vous pensez de moi », annonce-t-elle.

Elle regarde Gary, et c'est tant mieux, car en ce qui me concerne, je ne sais pas ce que je pense de Mad Lynne. Mais une chose est sûre : elle n'est pas folle.

« Comment est-ce que vous faites, Lynne ? » demande-t-il d'un air écœuré.

Il désigne la pile de titres, certains les siens, d'autres copiés sur les siens. Il s'empare de l'*Evening Post*, le tenant à bout de bras comme une couche-culotte pleine de merde ou un morceau de fatberg.

« À vous lire, ça semble si facile, un talent naturel…

— Apportez-moi un thé ou un café – peu importe, je ne fais plus la différence –, et je vous révélerai quelques-uns de mes secrets. »

Gary revient avec du thé, l'air plus dégoûté que jamais. Et aussi intéressé.

« Voici comment ça marche : vous avez besoin d'informations ? Il n'y a qu'à demander. En général, vous les obtenez. Les gens veulent faire partie de l'histoire. Et je leur en donne la possibilité. Le passant. Le cousin éloigné. Le voisin qui habite cinq numéros plus loin. L'ami d'enfance qui ne s'est jamais douté de rien, mais qui, si la somme est suffisante… ma foi, il peut très bien avoir des soupçons a posteriori. Ils sont toujours prêts à parler. Oh, *attendez*… il vous faut autre chose ? Des sous-entendus ? Quelque chose qu'ils ne savent pas, ne pensent pas, mais dont vous avez besoin pour pouvoir l'écrire ? Là, c'est un peu différent. En même temps, pas tant que ça.

« Vous êtes confortablement installés ? poursuit-elle, imitant le conteur dans une émission pour enfants. Alors j'y vais.

« D'abord, emmenez-le dans un de ces cafés bourrés de trentenaires appétissantes qui se font la bise sans se toucher et de mamans sexy qui sirotent des cappuccinos, vous voyez le genre, *smack smack*, un chocolat chaud pour les enfants et des *biscottis*. Vous vous souvenez de cette chaîne galloise, les National Milk Bars ? J'adorais. Ils ont tous fermé. Maintenant, on a des bars à jus, des smoothies verts, des cocktails détox, des zones de jeux et des puzzles géants au sol. Les papas se croient dans un roman de Tony Parsons, les mamans pensent qu'elles sont le genre de femmes qui font fantasmer les pères dans les romans de Tony Parsons.

« Une cave à vin, ça le fait aussi, un pub gastronomique, un bar à bière. N'importe quoi, tant que c'est branchouille, en gros. Un endroit avec du bio, de la bière et des barbus. Le truc, c'est qu'ils se sentent un peu classieux, parce qu'ils vont descendre très bas, racler le fond et oublier toute dignité. Alors, il faut les entourer de belles choses, de choses qui font rêver. Il faut qu'ils se sentent classieux, comme si c'était vous qui les obligiez à prendre l'argent. Déjeuner coûteux. Hôtel avec des chocolats sur l'oreiller. Donnez-leur le sentiment qu'ils sont importants, qu'ils sont les héros d'un film sur eux. S'ils veulent être un peu tourmentés, un peu déchirés, laissez-les faire : ne les interrompez pas trop vite en agitant les billets sous leur nez, parce que, s'ils ont honte, ils auront l'impression d'être des gens convenables. Il faut y aller en douceur. C'est pareil que la pêche. Ne tirez pas brusquement sur la ligne. Suivez leur rythme, pour mieux les ferrer.

— Et voilà, il faut toujours qu'il y ait une métaphore sur la pêche », lance Gary.

Lynne l'ignore.

« C'est les petits-bourgeois les pires. Les prolos ne sont pas aussi rapaces qu'on le croit.

— Gardez vos leçons pour vous, Lynne. Je méprise ce que vous faites, mais, selon ce que vous allez nous dire, je trouverai peut-être ça vaguement intéressant.

— Pas de pression, donc… Très bien, je les emmène là. J'ai testé l'endroit avant, parce qu'ils aiment que ce soit un peu rétro, tant qu'ils sont sûrs que c'est bien rétro et pas juste vieillot. C'est mieux comme ça, non, une étiquette plus chic ? Tout est une question de mots. Écoutez : *Il y a un vieux boui-boui au coin de la rue. On y va ?* Et : *On m'a parlé d'un petit café rétro super sympa, ça vous dit ?* Cappuccino ou grand crème ?

« D'abord, vous les laissez prétendre qu'ils ne font pas ça pour l'argent. Il faut qu'ils puissent s'en convaincre, ça leur permet de se lâcher. On se raconte tous des histoires, d'une manière ou d'une autre, mais parfois, on a besoin d'un coup de pouce. *Trompons-nous ensemble*, comme dirait l'autre. C'est de Jacques Lacan, au fait… Quoi qu'il en soit, ils sont à l'aise financièrement, tout va bien pour eux. Et puis finalement ils se lancent, parce que vous savez quoi ? Avoir de l'argent, c'est juste une manière d'en manquer.

— Profond… », dit Gary avec aigreur.

En réalité, c'est tout à fait le genre de choses qu'il pourrait dire. Une maxime qui lui ressemble, et ça ne lui plaît pas de l'entendre chez quelqu'un d'autre.

« Vous leur accordez cinq minutes, puis vous dégainez le chéquier et vous le faites claquer sur le comptoir, reprend Lynne en tapant la paume sur la table. Ils sursautent comme si on leur avait tiré dessus. *L'exclusivité*, vous déclarez, et vous faites une offre. Plus personne n'utilise de chéquier. Dommage, car c'est un accessoire génial : ils le voient sur la table, vous regardent remplir le chèque à la main. Les virements ne font pas réels et l'argent liquide est sale. Le chéquier ? Un peu archaïque, *old school*, c'est clair, mais exactement ce qu'il faut. »

Elle s'interrompt. Nous examine. Et nous disons ce qu'elle veut entendre : « Continuez.

— Alors, vous vous laissez aller contre votre dossier et vous attendez qu'ils percutent : ils imaginent les zéros qui remplissent leur relevé de banque – c'est marrant, les zéros, plus il y a de rien, plus il y a de fric –, et ils commencent à fantasmer. Pour certains, ce sont des vacances, pour d'autres, c'est une véranda, des frais de scolarité, de quoi se rapprocher d'une retraite anticipée… J'ai tout vu, toute la gamme : de la somme qui change la vie au petit plus pour partir en week-end. Mais ils ont tous un point commun.

— Quoi donc ? » demande Gary un peu trop vite.

Il est fasciné. Elle le tient.

« Ça ne va pas vous plaire, dit-elle, aguicheuse, inclinant la tête sur le côté. Je trouve ces gens non pas parce qu'ils sont profondément mauvais, faibles, idiots ou tout bonnement cupides – peu importe qu'ils soient riches, pauvres ou entre les deux –, je les trouve parce qu'ils sont *là*. Parce qu'ils sont partout. »

Gary est silencieux. Furieux. Déprimé. Lynne parle une langue qu'il croyait avoir inventée.

Elle reprend :

« Mais écoutez : à un moment, il y a un déclic qui se produit dans leur tête. Ils en veulent soudain à la personne qu'ils vont baiser, calomnier et détruire. Ils lui en veulent parce que cette personne les met dans la position de la baiser, de la calomnier et de la détruire. *C'est dégueulasse*, pensent-ils. La colère brille dans leurs yeux : *Comment ce salaud ou cette salope ose-t-il me placer – moi, leur ami ! – dans une position pareille ?* Et c'est parti. Ils balancent tout.

« C'est toujours le même topo. J'attends et je les laisse énumérer leurs objections, cocher les cases dans leur tête, comme un gosse avec un TOC qui vérifie tous les interrupteurs avant d'aller se coucher. Et puis, ajoute-t-elle, formant un pistolet avec ses doigts, pan ! Top départ. Plus moyen de les arrêter. L'argent est une compensation pour eux, à présent, une compensation parce qu'ils ont été transformés en menteurs… Le chéquier est un pansement sur leur dignité blessée.

— Vous n'en avez vraiment rien à foutre, de la vie des gens.

— Ils commencent par la vérité, et je joue le jeu, je prétends que c'est ce que je veux et ils prétendent qu'ils ne veulent rien me dire d'autre… puis on passe aux spéculations basées sur la vérité qui sont un pas dans la bonne direction (*Je ne l'ai jamais entendu dire ça, mais…*), et enfin on arrive au mensonge pur et simple. Parce que, quand on reçoit de l'argent, la vérité et les mensonges ne sont pas opposés. Ce sont juste des points sur un continuum… aussi éloignés ou aussi proches que vous le souhaitez.

— C'est une philosophie dégueulasse.

— Ce n'est pas une philosophie, Gary, rétorque Lynne avec un triomphalisme de salle de colloque. Parce que la philo, c'est des trucs sur lesquels on a des théories mais qu'on ne peut pas prouver. Alors que ça, on a tellement de preuves qu'on n'a même pas besoin de théorie. À quoi bon perdre son temps à le prouver ? »

Elle se lève pour partir. Avant de sortir, elle fouille dans son sac. Elle en tire un exemplaire de l'*Evening Post* qui sortira dans l'après-midi.

En haut, il y a une photo de M. Wolphram, décontenancé, au moment où il donne la – mauvaise – réponse qui l'a mis dans cette galère : il était devant chez lui et a vu Zalie partir avec des amis. Soit il ment, soit il confond. C'est ce qui a tout déclenché.

Lynne a mis la vidéo en ligne sur le site du *Post*. Elle est déjà sur YouTube. Trois mille vues depuis la nuit dernière. Son article contient aussi quatre images extraites du film, dramatiques et menaçantes à souhait. Wolphram devant les caméras avec son cartable, donnant une réponse syntaxiquement parfaite, mais chronologiquement incohérente, à propos de la disparition de sa voisine. Un menteur accompli ou simplement un orateur accompli qui se trompe ?

Son visage semble exploser chaque fois qu'un flash d'appareil photo l'illumine. On pense à une maison sous les éclairs dans un film d'horreur.

Un détail de la photographie principale a été agrandi en dessous, comme dans les catalogues d'art qui zooment sur un carré particulier de la toile : des mains blanches et fines, des ongles longs (des ongles de guitariste, mais quelle importance ? Désormais, ce seront des ongles de pervers), d'autant plus visibles dans toute leur abomination que les manches de sa veste sont assez courtes et qu'il touche le bord de son chapeau d'un geste protecteur. Les minces poignets. Les épais poils sombres sur le revers de la main. Il a la chair grise et moite d'un poisson au congélateur. Les yeux d'une anguille. Le décor a été retouché, la rue et les maisons effacées, tout ce qui pourrait apporter un contexte et de la normalité remplacé par la silhouette noire des bâtiments de l'école, si bien qu'il a l'air d'un vampire dans un film d'épouvante à petit budget.

« Ils l'ont *Boris Karloffé* », dit Gary.

Il prétend avoir vu Zalie sortir avec deux amis deux nuits plus tôt, ce qui est impossible puisqu'elle avait disparu depuis quatre jours et qu'elle était morte depuis presque aussi longtemps. Il ne parvient pas à accorder les chronologies, l'avant et l'après ; les deux morceaux de temps brisés ne correspondent pas.

Malgré tout, je ne pense pas qu'il mente. Mentir c'est s'efforcer de faire passer quelque chose de gros dans un petit trou de la langue, et ce n'est pas ce qu'il fait. Il semble plutôt qu'il se soit trompé de bonne foi et que maintenant il ne puisse plus ni reculer ni avancer. S'il revient sur sa déclaration, nous allons lui demander pourquoi il nous a donné de fausses informations ; s'il s'entête, il va s'emberlificoter dans ses mensonges et nous finirons par le prendre sur le fait. La seule solution, c'est de ne plus bouger, mais personne ne peut rester immobile dans un poste de police. Pas avec Gary penché sur lui, la presse qui monte le son des sous-entendus et notre Poisson rouge/Homme de fer/Castra national harcelé par ses supérieurs qui exigent des résultats avant le Nouvel An. Idéalement avant Noël. L'homme qui pointe un pistolet sur ma tempe en a lui-même un sur la tempe, et ainsi de suite, dans une succession sans fin de canons et de tempes. Le pays – la *nation*, ainsi que la BBC l'appelle désormais à tout bout de champ – a besoin d'un dénouement avant que les cadeaux ne se matérialisent sous le sapin, avant que la chorale de Westminster ne se racle la gorge, avant le discours annuel de la reine.

« Il a pu se tromper, dis-je. C'est stressant, devant les caméras.

— Ou il a pu mentir. Combien de fois est-ce qu'on a vu ça ? SLC, tu t'en souviens ? On a appris ça à l'école, Prof. Un cas classique de SLC. Un homme, un mari fou d'inquiétude, lance une alerte pour retrouver sa femme disparue, vue pour la dernière fois alors qu'elle partait prendre l'avion ou le train. Appel public, apparition à la télé, fleurs devant la maison et compassion à gogo. Sortez les mouchoirs.

Les proches, le quartier et la ville tous solidaires pour lui apporter leur soutien. Et attends, qu'est-ce qui se passe ? Bon sang mais c'est bien sûr : c'était le mari. L'époux en pleurs brisé, Monsieur *La-vie-ne-sera-plus-jamais-comme-avant*. Oui. Celui qui *aide la police et a lancé un appel à témoins émouvant…* Elle n'est jamais partie, n'a jamais pris l'avion pour Alicante. N'a jamais quitté le Sussex afin de prendre *un peu de temps pour elle*. Elle n'est jamais allée passer un week-end à la capitale pour recharger ses batteries : elle est Sous Le Chèvrefeuille.

Il a raison. Toutes les statistiques le confirment. *SLC. Souvent Le Conjoint*. Sous Le Chèvrefeuille, la version revue et corrigée par Gary, ne dit pas autre chose. Ce qu'elle a perdu en exactitude, elle l'a gagné en immédiateté. C'est la magie de la garification.

« Sauf qu'il n'est pas le mari. Autant que je sache, il n'est le compagnon de personne, et surtout pas celui de la victime.

— C'est le voisin. C'est sous son chèvrefeuille. Symboliquement parlant. Nous savons qu'il est allé chez elle : il nous l'a dit. Nous savons qu'il ment au sujet de la dernière fois où il l'a vue. Ils étaient à quelques mètres l'un de l'autre. Il entendait sa chasse d'eau. Il l'entendait entrer et sortir. Peut-être que ce n'est pas tout ce qu'il a entendu… »

Je baisse les yeux vers le bureau et je tripote la lanière d'un badge, seul vestige d'une journée de formation où le chef nous a envoyés en avril dernier : *Synergies sur le lieu de travail*.

« Prof, dans les films et les romans, quand un type se réveille le matin et qu'il y a le cadavre d'une femme couverte de sang à côté de lui, ça veut dire qu'il ne l'a pas tuée. Dans la vraie vie, c'est qu'il l'a tuée. »

Gary a raison. Les policiers et les thrillers, avec leurs retournements, leurs rebondissements et leurs révélations de dernière minute au tribunal... c'est juste un endroit de la culture où on a mis la complexité qui manque au monde.

Alors, nous avons décidé de nous pencher sur le cas de M. Wolphram, avec le concours des psys, des experts en phonologie et des spécialistes du langage corporel, et nous l'avons conduit au poste.

Il a dit qu'il la connaissait « un peu », qu'il l'aidait à sortir les poubelles, l'avait emmenée ici ou là à l'occasion. Puis, sur la défensive, il a ajouté qu'il n'avait jamais eu aucun problème avec elle, même s'ils n'étaient « pas amis, non, personne ne pourrait prétendre une chose pareille ». Il voulait simplement dire qu'ils n'étaient pas proches, mais il l'a formulé de telle manière qu'on pourrait comprendre qu'ils étaient en mauvais termes. Un mobile ? Dans ce cas, pourquoi est-ce qu'ils ne s'entendaient pas bien ? Quel est le mobile du mobile ?

Il n'a rien d'autre à dire, pourtant il n'arrête pas d'apporter des précisions, jusqu'à ce qu'on se retrouve devant un amoncellement de détails, un empâtement d'informations inutiles. « Que des arbres et pas de forêt », décrète Gary lorsque nous réécoutons l'enregistrement. Le psy de la police admet que c'est louche. Le menteur a tendance à en rajouter.

« Il est peut-être coupable, mais pas de ça », interviens-je.

Ils m'ignorent.

Une chose à la fois : cet interrogatoire, maintenant.

Je me demande si c'est la même personne qu'hier. Première séance : il répondait volontiers, certes, mais avec des circonvolutions, de manière indirecte et – comment dire ? – retorse. Toujours par la bande.

Il ne s'agissait pas de mensonges à proprement parler, plutôt de réponses parallèles. Quand on est politicien, ça peut passer : c'est ce qu'ils font tous, ils se défendent d'avoir commis des choses dont personne ne les a jamais accusés pour qu'on ne regarde pas là où il faudrait. Mais ce n'est pas une bonne tactique pour un suspect. Deuxième entretien : il s'est montré sournois, cherchant presque à nous ridiculiser, avec ses histoires sur son enfance et sa vie, tournant en dérision le caractère prévisible de nos questions, comme si nous étions tous des Dave Petit Écran, comme si c'était lui qui nous analysait et non l'inverse.

Troisième interrogatoire… C'est ce que nous allons voir.

Tout est différent à présent. Lynne a d'abord écrit : « M. Wolphram, 68 ans, un professeur à la retraite qui enseignait l'anglais et la musique à Chapelton College, un pensionnat privé d'élite, serait la dernière personne à avoir vu Zalie Dyer vivante… » Puis on a eu : « Le voisin excentrique de Zalie, un célibataire du nom de M. Wolphram… a un penchant pour les vêtements coûteux et les smokings… » À présent, dans une « mise à jour » en ligne publiée il y a vingt-six minutes, on lit : « M. Wolphram, 68 ans, a préféré prendre sa retraite anticipée quand l'établissement pour garçons où il exerçait est devenu mixte. Depuis trente-quatre ans, il vit en face de l'école, dans un ancien hôtel particulier du XIXe siècle, près du mythique zoo de la ville. »

Gary : « Il faut reconnaître ça à Mad Lynne. Dans la rubrique Satyre, elle a réussi à cocher toutes les cases : les filles, les garçons, un célibataire excentrique, un vieil hôtel particulier. Tout ça, et les animaux en prime !

— Pas les animaux, il n'y en a plus au zoo depuis des années. »

Lynne met constamment les informations à jour, ajoutant une touche par-ci, une touche par-là pour singulariser Wolphram.

Dessinant en filigrane le portrait d'un meurtrier.

En fait, même pas en filigrane. Il est là, qui saute aux yeux sur la page, l'histoire déjà écrite, le nœud coulant prêt à se resserrer autour de son cou. Tout le monde sait que c'est lui. Et à présent que la presse commence à se lasser du fatberg, elle va le tailler en pièces.

Nous nous apprêtons à entamer le troisième interrogatoire.

« C'est carrément tendancieux, dis-je en montrant le journal ouvert. Elle le désigne alors que personne n'a été mis en examen. Les gens vont se faire des idées.

— Prof, répond Gary du ton qu'il emploierait pour expliquer quelque chose à ses enfants, s'il en avait. Il n'y a qu'une idée dans cette affaire, et elle est juste. »

Nous pénétrons dans la salle.

À notre entrée, M. Wolphram bondit de l'attelage table et chaise vissé dans le sol. Il me regarde, se tourne vers Gary, puis me regarde de nouveau, dans les yeux ; cette fois, il a vu ; alors, d'une voix différente il dit : « Je vous connais. » Il est debout, à présent, et il semble plus grand, plus calme.

Danny et Ander

À l'école, les choses ont changé. Au début, la nouveauté rendait chaque jour précis, les angles acérés. Les gens, les lieux, les sentiments, tout était neuf et distinct. Même si ça faisait mal, ce n'était pas grave, c'était comme ça que tu te sentais vivant. Et tu apprenais. Le matin quand tu ouvrais les yeux, mais aussi la nuit pendant que tu dormais, il se passait toujours quelque chose : les garçons qui pleuraient dans leurs cauchemars ou pissaient au lit, et se réveillaient dans leurs draps refroidis, découvrant l'odeur de l'urine poisseuse et de la peur, le chant des oiseaux à l'aube, le cliquetis du camion de lait à 5 heures. Les sanglots qui semblaient éloignés, à quelques lits de là, dans le dortoir voisin. Tu écoutais, essayais de repérer d'où ils venaient, plaignais les malheureux, jusqu'au moment où tu réalisais que c'était ton visage qui était noyé de larmes, alors, tu n'avais plus qu'à avoir pitié de toi, de l'enfant que tu étais…

Au bout de trois trimestres, la vie à l'école a épuisé son répertoire.

Ils sont passés dans la classe supérieure. À quatorze ans, ils sont en troisième. Leur professeur principal, M. Moreton, est imprévisible et il suinte l'alcool. C'est un brave homme lorsqu'il est sobre, plutôt équitable, même si c'est plus par apathie que par goût de la justice. Mais ils aiment autant ça. C'est quand il est ivre que les choses se gâtent, parce qu'il commence à faire attention. À eux. Son surnom n'est ni subtil ni original – Mortata – et ses méthodes ne le sont pas non plus : il tripote les élèves, les prend par les épaules et, s'il les punit, il frappe dur et s'attarde sur les fesses. Il les met sur ses genoux où ils peuvent sentir son érection contre leur ventre. Elle est discrète, mais on ne peut pas s'y tromper et, selon son niveau d'excitation, l'effet est tantôt celui d'un doigt qui appuie sur les côtes, tantôt celui d'une pierre sous la chaussure, comme les petites bosses sur les passages piétons pour que les aveugles les sentent. Bien que son pantalon soit toujours propre et impeccablement repassé – c'est un ancien militaire –, son entrejambe pue les poubelles. Les garçons rationalisent ce qu'ils voient, parce que c'est ça aussi être à la base de la pyramide : on décide à leur place de ce qui est normal.

Ander a compris que la difficulté ici n'était pas tant de définir les extrêmes que la normalité, le quotidien, et de vivre avec. Ce n'est pas une révélation qui lui tombe dessus un beau matin. D'ailleurs, pendant longtemps, il n'en est même pas conscient. C'est plus tard, quand il regardera en arrière, ce qu'il choisira de faire très jeune – bien avant d'avoir assez vécu pour qu'il y ait beaucoup à voir –, que la vérité lui apparaîtra clairement.

Mortata a le visage d'un soldat de plomb peinturluré, dont les teintes un peu trop riches et soutenues bavent sur des zones où elles n'ont pas leur place. Ajoutez à cela le rouge de l'alcool sur les joues et le nez friable aux craquelures violacées, et vous obtenez quelqu'un qui ressemble à une marionnette sale. Il y a toujours quelque chose qui rappelle des miettes de pain humides dans les plis où se rencontrent les différentes parties de sa figure : entre la mâchoire et le lobe de l'oreille, entre les narines et la lèvre supérieure, entre les paupières et l'arcade sourcilière. Cette pâte à modeler jaunâtre à la jointure de ses traits donne l'impression qu'ils ont été cimentés avec du fromage. Parfois, quand il ôte ses lunettes pour se frotter les yeux, des morceaux restent collés à ses doigts. Il a aux coins de la bouche une matière blanche qu'il nettoie d'un coup de langue, ce qui donne envie de vomir à Ander. Peut-il affirmer – l'un d'eux le peut-il ? – qu'il a franchi la ligne ? Et s'ils savaient où se trouvait cette ligne, s'ils savaient qu'il en existe une tout court, pourraient-ils dire quoi que ce soit ? Après tout, personne n'a été blessé, il n'y a pas de sang. Certains se débrouillent même pour oublier, ou pour reléguer ce qui les gêne dans un endroit d'eux qu'ils appellent l'oubli.

Ce n'est sans doute pas un hasard si la phrase qui l'a le plus marqué à l'école est justement : « Oublie ça. » Il l'a entendue sur tous les tons : affectueux et serviable (mets-le de côté, laisse-le derrière toi, ne t'encombre pas et décide de ce que tu veux garder dans ton histoire), insouciant et fataliste (laisse tomber, on y a tous eu droit, passe à autre chose), impitoyable (tu n'es personne, il faut être quelqu'un pour se souvenir, il faut être quelqu'un qui est *quelqu'un* pour avoir le droit à la mémoire).

D'abord, ce sont les autres qui lui ont dit d'oublier, puis c'est lui qui se l'est dit.

Voilà peut-être pourquoi, alors que des décennies se sont écoulées, il a aujourd'hui l'impression d'avoir été condamné à se souvenir éternellement, comme un très jeune Faust qui aurait conclu autrefois un accord pour rendre le présent supportable : en échange d'une enfance où il pourrait imaginer un avenir meilleur, viendrait le moment où il devrait offrir son avenir à son passé et retourner l'habiter. C'était le pacte.

Ander se rappelle les efforts qu'il a faits pour oublier, essaie de se souvenir comment il était avant de débarquer ici. Comment c'était quand il était petit, avant qu'il ne devienne anglais. Autrefois, son passé était comme un film, où les actions et les événements étaient ininterrompus, reliés entre eux et vécus. Plus maintenant. Désormais, ce sont des photographies éparpillées, et il a du mal à les remettre dans l'ordre et à se remémorer ce qui s'est produit entre elles. Sa mémoire est composée d'images fixes. D'éclats. De morceaux qui ne s'emboîtent même plus. Tout est cassé et il n'est pas certain que l'ensemble ait jamais formé un tout.

Il est devenu anglais. Et c'est en anglais qu'il écrit à sa famille : il n'a plus besoin de formuler ses phrases en néerlandais puis de les traduire, ainsi qu'il devait encore le faire il y a seulement quelques mois. À présent, elles lui viennent… *naturellement* (il n'est pas sûr que ce soit le mot qu'il veuille ; oh, c'est le mot juste, ce n'est pas la question, mais est-ce celui qu'il *veut* ?) en anglais. Il n'emploie plus le néerlandais que pour griffonner quelques mots à la fin de ses lettres à l'intention de sa sœur, de quatre ans sa cadette.

Quand ils se parlent au téléphone, Sigrid lui dit qu'elle a hâte d'être en pension en Angleterre. Il leur raconte que c'est génial, qu'il est très content, que les profs sont de vrais *personnages*. C'est ce que les parents ont envie d'entendre. Sa voix est toujours forte et pleine, alors que la leur est si faible qu'il a l'impression d'un lavabo qui se vide. Avec ses petites perforations, l'écouteur en bakélite ressemble à une bonde. Le déclic quand ils raccrochent émet un bruit mouillé, comme quelqu'un qui avale sa salive, comme Mortata lorsqu'il ouvre la bouche et que ses lèvres se décollent. Au revoir, dit-il, *Vaarwel*, et c'est fini jusqu'au mois prochain.

Le fil qui le relie à eux s'amenuise de jour en jour. Ce n'est pas uniquement l'adolescence et la distance. Ça, c'est ce que se racontent les parents. Lorsqu'il rentre à la maison – *heim*, l'appelait-il encore il n'y a pas si longtemps –, il est un enfant en pilotage automatique, un garçon-machine qui fait et dit tout ce qu'il faisait et disait autrefois. Le garçon automatique mange les mêmes plats et regarde les mêmes émissions, si bien que personne ne se rend compte qu'Ander a été remplacé. De toute manière, après ce qui s'est passé à l'école, ils ne voudraient certainement plus de lui.

Celui qui prêterait attention à ses yeux verrait qu'ils sont comme laqués. S'ils sont les fenêtres de l'âme, ainsi qu'il l'a lu quelque part, alors les siens sont des ouvertures murées sur lesquelles on a peint des fenêtres.

*

« Je vous connais », répète M. Wolphram. Cette manière qu'il a de se tenir… Il a l'air grand, se penche en avant, pose les deux mains sur le bureau, si bien que seul le bout de ses doigts touche la surface, et il me dévisage jusqu'à ce que je cligne des yeux et me détourne. Gary est juste derrière moi et j'aperçois la grosse tache rose et floue de son visage à la limite de mon champ de vision.

« Vraiment ? » dis-je.

Ce n'est pas ce qu'on fait de mieux, en matière de repartie. Tant pis. L'important, c'est d'éviter le regard de Gary. De toute façon, si ce n'est pas moi qui pose les questions, ce sont les autres qui m'en poseront.

« Je ne me souviens pas encore de votre nom, mais oui, j'en suis sûr. »

Il semble grandir encore quand il parle, comme si on le gonflait avec une pompe.

« Je peux vous replacer, et plus ou moins vous dater. Français ? Néerlandais ? Allemand ? Le milieu des années 1980.

— On n'est pas en train de causer millésimes, l'interrompt Gary. On peut sortir un instant, s'il te plaît ? ajoute-t-il à mon adresse.

— Vous étiez toujours deux, si je ne m'abuse ? » poursuit M. Wolphram d'une voix douce.

Je suis sur le point de répondre. Ma bouche est déjà ouverte.

« Prof ! Dehors ! ordonne mon coéquipier en me tirant par le coude.

— En fait, pas toujours. Pas à la fin, ajoute M. Wolphram en me regardant disparaître.

— C'est quoi ce bordel ? » demande Gary une fois sorti de la pièce.

C'est une bonne question, peut-être la meilleure depuis le début de cette affaire. Néanmoins, je préférerais ne pas avoir à y répondre.

J'aurais aimé pouvoir aller un tout petit peu plus loin, refaire un tour dans son appartement, recueillir encore quelques preuves (des preuves de quoi ?), prendre un peu plus d'élan.

Mais le temps qui m'était imparti est écoulé, alors, je lui raconte tout, autrement dit qu'Ander c'était moi, que c'est toujours moi, même si, quand je pense à moi autrefois, je pense lui. Quand je me parle de moi, c'est *il*, pas *je*. Je change de pronom lorsque je change d'époque à l'intérieur.

« J'ai étudié là-bas. Dans cette école. C'était un de mes profs. J'avais à peu près treize ans quand je l'ai connu et je ne l'ai pas revu après mon départ. »

Gary secoue la tête.

« Ça fait presque trente ans, maintenant. »

Je compte ; ce n'est pourtant pas faute d'y avoir réfléchi et d'avoir remué le passé, mais je ne l'ai pas fait jusque-là, je n'ai pas calculé le temps écoulé depuis la dernière fois que je me suis assis dans une classe devant M. Wolphram. Dix-huit ôté de quarante-sept.

« Vingt-neuf ans exactement.

— Et tu avais l'intention de me le dire quand ? Ou bien tu n'avais pas l'intention de me le dire ?

— Si, Gary. Je ne voulais pas embrouiller les choses, c'est tout. C'était il y a une éternité ; très bien, j'ai été l'un des milliers de gamins à qui il a enseigné, et après ? Ça ne change rien à mon travail aujourd'hui.

— Tu ne voulais pas embrouiller les choses ? Mais c'est toi qui es embrouillé. Tu parles tout seul, tu marmonnes des bribes de poésie à ton bureau, tu contemples le fatberg par la fenêtre et tu passes tes soirées avec une vieille toquée qui est persuadée que son mari est revenu d'entre les morts. Le seul truc qui est à peu près normal et sain dans ta vie, c'est ta nièce, et même ça, tu réussis à le gâcher en lui faisant écouter des sifflements de bouilloire et des bruits d'aspirateur. »

Il se tourne, cherche un objet dans lequel donner un coup de pied, et choisit la plinthe, sur laquelle il laisse une trace caoutchouteuse de semelle de godillot policier. Ce n'est pas la première fois, car il y en a toute une rangée le long du couloir.

« Tu as raison. Mais je ne voulais pas en parler parce que ça n'était pas pertinent…

— Sauf que ça l'est, tu le sais aussi bien que moi : si tu avais le moindre lien avec lui, tu devais le dire d'entrée de jeu. Au lieu de quoi, t'étais là avec ta tronche de flic distrait, à l'écouter palabrer sur les jouets avec lesquels il ne jouait pas, à l'écouter comme un putain de… » Il s'interrompt, il a compris. « Comme un putain d'écolier.

— Il parlait de la même manière en cours, exactement pareil : avec précision, dans une langue parfaitement maîtrisée, des phrases pleines de virgules, mais toujours grammaticalement correctes. Il ne perdait jamais le fil. Il posait les rails de la phrase puis faisait rouler les mots dessus comme un long train exotique. »

Gary porte la main à son front, paume vers le ciel, mimant une pâmoison.

« Oh ! comme c'est poétique… Si je comprends bien, c'est un maître de la langue anglaise, donc les règles normales ne s'appliquent pas ? C'est un suspect, Prof. Dans une affaire de meurtre. Tu vois de quoi je parle ? Ce truc quand une personne en coince une autre et la zigouille ? C'est mal vu, en général, même quand il s'agit de poètes. Qui sait ce qui s'est passé dans cet appartement ? Tu étais là à fouiner, à déplacer ci et ça. Et tu as délibérément caché tes liens avec lui. Qu'est-ce que tu comptes faire si ce qu'on a trouvé est déclaré irrecevable à cause de toi ?

— Ce n'est pas un lien, Gary, un peu de sérieux. Il a été l'un de mes profs il y a trente ans : dans une autre vie. Je ne l'ai pas revu depuis, il ne m'a pas revu. Il ne m'avait même pas reconnu. Jusqu'à maintenant. Je suis tout à fait capable de faire la part des choses. »

Ce n'est pas vrai, mais c'est ce qu'on est censé dire. Je l'ai vu à la télé.

« Il vient de te reconnaître. D'ailleurs, c'est un peu étrange, quand on y pense, il t'a vu pendant des heures, vous étiez face à face, tu lui posais des questions et il te reconnaît seulement maintenant ? »

Il m'examine, la tête penchée sur le côté, cherchant ce qui a changé dans mon visage, mon comportement, mon maintien.

« Et après ? La mémoire fonctionne comme ça. Ce n'est pas nécessairement une révélation fulgurante, c'est un lent réveil…

— Rien à braire de tes théories. Le fait est que quand tu étais chez lui, je pensais que tu enquêtais sur un meurtre. Alors que tu te faisais un petit trip nostalgique. Il ne manquait que ton uniforme à la con…

— Ça dépend de ce qu'on entend par nostalgique, mais oui. J'avais déjà pris cette rue, cette allée de gravier, j'avais gravi ces marches et pénétré dans cet appartement. Et c'était bien moi sur certaines de ces photos.

— J'hallucine ! Et tu avais sans doute été dans cette putain de chambre, vu ce qu'on raconte sur ces bahuts privés.

— Non, ce n'était pas son genre. Il n'y avait pas l'ombre d'une ambiguïté. Et de toute manière, quand il se passait *ce genre de chose*, ce n'était pas dans leur chambre. »

Il y a un silence. Il change de tactique.

« Tu sais ce que je pense, parfois ?

— Non, Gary, je n'en ai aucune idée.

— Je pense que le pays tout entier vomit les années 1970 et 1980, et nous, on fait le ménage. Ça gicle autour de nous, ça nous éclabousse les pieds et on nettoie.

— Tu as vu trop de reportages sur le fatberg…

— Non ! Essaie plutôt de me suivre… Pendant vingt ans, le pays s'est empiffré et c'était génial : la musique, le showbiz, la politique… c'était délicieux, c'était cool, c'était classe. Les punks, les mods, le glam, les nouveaux romantiques… les garçons maquillés, les filles aux cheveux courts, "Top of the Pops", "Swap Shop", "Blue Peter"… Bon, d'accord, il y avait des trucs pas jolis jolis, mais on n'a rien sans rien. C'était tellement nouveau tout ça, normal qu'il y ait eu quelques erreurs, des cafouillages, des tripotages… »

Il a l'air surpris quand je ris à *tripotages*, parce que, pour une fois, il ne l'a pas fait exprès. À blagueur, blagueur et demi. Puis ça fait tilt.

« Ah, OK, très drôle. Ce que je veux dire c'est que la vérité, la voilà : nos profs étaient des pédophiles, nos DJ, nos présentateurs et nos entraîneurs de foot des prédateurs, nos travailleurs sociaux des vautours, les écoles et les hostos des refuges pour dépravés, les services de l'enfance prostituaient ceux qu'ils étaient censés protéger, la police ne valait pas mieux, quant aux politicards, soit ils en faisaient autant, soit ils regardaient ailleurs. »

Je ne le contredis pas. L'exagération est une langue comme une autre et il la parle couramment. De toute façon, il n'a pas fini.

« Et maintenant ça remonte, on a un goût âcre et dégueulasse dans la bouche, ça nous brûle quand on a des haut-le-cœur, mais on continue comme si de rien n'était. Et puis, il y a nous, Prof, toi et moi : on fait une putain de colonoscopie du pays, on est la minuscule caméra qui plonge dans la merde pour aller voir ce qui est encore coincé là-dessous, ce qui obstrue le système… »

Gary n'est pas un littéraire, mais il sait où trouver ses métaphores.

« Super. Pourquoi est-ce que tu ne mettrais pas en place un atelier de poésie pour les flics ? Je serai le premier à m'inscrire. »

Il ne répond pas et me plante là pour aller parler à Castra, Poisson rouge ou quel que soit le nom qu'il lui donne en ce moment. Il va lui demander si on peut me laisser sur l'affaire, si je peux continuer à être associé à l'enquête. Je les vois tous les deux derrière la vitre, leurs gestes cinématographiques outranciers. Doigt pointé, téléphone reposé bruyamment, coup de pied dans la poubelle.

M. Wolphram a l'air calme. Voire serein. Me reconnaître lui a peut-être fourni un repère. Il paraît même fort. Il n'a toujours pas jeté un coup d'œil aux journaux laissés par Gary. Il sait que c'est ce qu'on attend de lui, alors il ne le fait pas.

« On l'appelait The Wolf – le Loup... », affirme l'un des « anciens élèves » déterrés par Lynne Forester. Je me creuse la mémoire. Est-ce vrai ? Personne ne l'a jamais surnommé ainsi, à ma connaissance. Peu importe, maintenant, c'est son nom. *Le Loup de Chapelton*. Il n'y a qu'à voir les verbes choisis par Mad Lynne : il *rôde*, *gronde*, *dévore du regard*. Sa chevelure argentée est un pelage au clair de lune. Ils disent qu'il est *vain*, *maniaque de l'ordre et de la propreté*, *étrangement cérémonieux*, qu'il a *des goûts vestimentaires ruineux*, apporte *un soin obsessionnel à son apparence*. Son appartement, photographié devant un ciel crépusculaire, est sa *tanière*. On n'a pas idée de s'appeler Wolphram, aussi. C'était couru d'avance. À présent, des bribes de rumeurs et d'anecdotes s'attachent à sa personne, complètent sa réputation jusqu'à ce qu'il ne reste rien d'autre.

Le Loup : ils ont fait de lui un prédateur, un charognard sexuel dont les yeux brillent dans la nuit.

Personne ne l'a jamais appelé *le Loup*.

Nous laissons Wolphram mariner, mijoter, rissoler, caraméliser dans la salle d'interrogatoire avec les journaux à scandale, tandis que nous réfléchissons à ce que nous allons faire.

*

Sigrid est toujours au travail, c'est donc moi qui vais chercher Marieke au club de loisirs où elle se rend le matin. Elle adore le poste de police, les cloisons vitrées, les rangées interminables d'écrans, les papiers qui jonchent le sol, les couloirs de salles d'interrogatoire. En général, elle s'assied et lit près de l'accueil, où on laisse des jeux de société auxquels il manque des pièces et des jouets auxquels il manque des membres ou des roues. Il y a aussi un sapin de Noël au pied duquel sont disposées des boîtes vides dans des emballages cadeaux.

« Qu'est-ce que tu as envie de faire ? »

Elle est étonnée de me voir, car je n'étais pas censé venir la chercher.

« Qu'est-ce qui se passe ?

— On n'a pas besoin de moi au travail aujourd'hui. Et peut-être que demain non plus.

— Qu'est-ce que tu as fait ? »

À quoi bon lui cacher la vérité ?

« J'ai oublié de dire à mon supérieur que je connaissais l'homme que nous soupçonnons de meurtre. C'était il y a très longtemps, quand j'étais enfant – c'était un de mes profs –, et il pense que ça risque de m'empêcher de faire mon métier correctement.

— C'est parce que tu le connais encore, décrète-t-elle.

— Où est-ce qu'on va, alors ?

— Chez Mme Snow », répond-elle avec enthousiasme.

Dans la voiture, elle me pose la question rituelle :

« Tu te souviens comment on l'a rencontrée ? »

Même si elle était présente, elle aime entendre l'histoire. Elle aime qu'on la raconte, puis elle aime qu'on la raconte encore. Elle adore le même et les variations autour du même.

« Comment est-ce que je pourrais oublier ? »

Je parle en conduisant, et elle intervient pour ajouter un détail, me corriger si j'exagère ou si je me trompe. J'exagère et je me trompe délibérément, parce que je sais que ça lui fait plaisir.

Nous avons fait la connaissance de Vera au supermarché.

Nous marchions, Marieke et moi, lorsque deux policiers nous ont dépassés en courant, des agents du poste que je n'avais jamais vus ou dont je ne me souvenais pas. Ils se sont engouffrés à l'intérieur du magasin.

Nous les avons suivis. Je m'attendais à un banal vol à l'étalage. Un gringalet en survêtement élimé plaqué contre le mur par deux gardes de sécurité ou un aspirant héros, avec un triste butin de boîtes de conserves dans les poches. Ils piquent ce qui ne coûte pas cher. Ce n'est que dans les films que les voleurs visent haut, qu'ils sont autorisés à rêver. Cela dit, on ne sait jamais ce qui peut se passer : on pourchasse un petit voyou dans la rue et il rend ce qu'il a pris avec un soupir, voire un rire ; on en rattrape un autre et il se retourne pour vous taillader le visage. Certains mordent, parce que c'est tout ce qu'il leur reste pour se défendre : leur crachat, leurs microbes, la menace de leur salive – hépatite, tuberculose, VIH. La bouche est l'arme ultime des désespérés, de ceux qui sont rongés par la maladie ou la drogue. Je surveille les mains, bien sûr, mais c'est la bouche dont je me méfie le plus.

Il y avait du grabuge aux caisses. Des gens criaient, quelques hommes en colère, des visages s'égosillant à la une contre les migrants, les parasites, la fraude aux allocations : des hommes avec l'indignation à fleur de peau, heureux de la trouver ici, au bout d'un tapis roulant de supermarché, sous la forme d'une vieille dame qui ne pouvait pas payer ses achats.

« Si vous n'avez pas d'argent, ne venez pas faire vos courses !

— L'aide alimentaire, c'est pas pour les chiens !

— Elle devrait être à l'asile, cette vieille folle ! »

Vera était assise sur une chaise, les mains posées sur son chariot écossais. Elle s'efforçait de garder un air impassible, mais on voyait qu'elle prenait sur elle. Cela exigeait d'autant plus de force de caractère qu'elle n'était pas insensible aux vociférations. Pourtant, elle restait là, tremblante, se mordant les lèvres, ne cédant ni aux larmes ni à l'envie de fuir.

Chaque insulte la faisait cligner des yeux. Ses modestes courses étaient empilées devant elle. Pain, thé, viande en boîte, un rôti de bœuf proche de la date de péremption en réduction, quelques légumes. Une bouteille de xérès de la marque distributeur et – touche de raffinement – un appétissant cake aux fruits secs premier choix. Les gens ne supportent pas que les pauvres achètent des produits de luxe. S'ils ne font pas les poubelles et ne regardent pas la tapisserie au lieu de la télé, ils appartiennent à la catégorie des mauvais pauvres. Alors : pas de cake.

« Quel est le problème au juste ? demande la policière, se baissant pour parler fort et lentement, bouche tournée vers l'oreille de Vera, s'adressant à un cornet acoustique imaginaire.

— Je n'ai pas de quoi payer, répond Vera de manière à ce que tout le monde entende.

— Vous êtes venue faire des courses et vous n'avez pas d'argent ?

— Non, elle ne peut pas payer ! hurle quelqu'un au bout de la file. Et on attend tous qu'elle débarrasse le plancher pour pouvoir rentrer chez nous.

— Elle fait ça toutes les semaines, explique la caissière en sari, gênée, parce que c'est sur elle que ça tombe, une fois de plus. Chaque fois qu'elle vient, on a tous peur qu'elle passe à notre caisse. Elle sort son portefeuille, nous montre qu'il est vide et le pose là. Comme aujourd'hui. »

Elle le soulève et l'ouvre. Il contient une carte de bus, une carte de bibliothèque et rien d'autre, même pas des petites pièces dans la partie porte-monnaie.

« On dirait qu'elle joue la comédie, sauf que c'est sérieux, elle n'a pas un sou.

— Nous avons été patients, mais c'est toujours pareil, intervient le gérant du magasin. C'est la première fois qu'on appelle la police… Ce n'est plus possible. Les gens se plaignent, vous voyez bien. Ça fait perdre à tout le monde un temps énorme… et le temps, c'est de l'argent. Au bout du compte, ce sont les clients qui paient. »

La policière a la main sur l'épaule de Vera, comme si elle craignait qu'elle ne parte en courant. Les deux représentants des forces de l'ordre suintent l'embarras par tous les pores de leur peau. Ce n'est pas une intervention à haute dose d'adrénaline. Mais c'est une situation de crise.

« Pourquoi est-ce que vous allez dans un magasin si vous ne pouvez pas payer ? » insiste l'agente.

C'est la question que tout le monde se pose, car cette vieille dame n'est pas une voleuse, ni une scélérate, ni une vulgaire délinquante. Vera ne répond pas tout de suite. Elle regarde autour d'elle pour s'assurer qu'on l'écoute.

« Tout simplement parce que je n'ai pas d'argent. Je suis veuve. Je touche une retraite de base. Une fois que j'ai payé le chauffage et le loyer, je n'ai plus de quoi acheter à manger…

— Il doit y avoir des endroits où on peut vous aider. »

L'agente pense épiceries sociales et associations caritatives, mais ne veut pas prononcer les mots. Tout le monde écoute, à présent. Le magasin est silencieux. Ça ressemble à du théâtre de rue, et pendant un instant, je me dis que c'est peut-être le cas, que quelqu'un enregistre la scène pour la télé, ou pour une expérience psychologique… Certains clients, qui avaient commencé à filmer avec leur téléphone à l'arrivée de la police, ont laissé tomber lorsqu'ils ont réalisé qu'il n'y avait pas d'affrontement en vue.

« Il y a des endroits, oui, mais ce n'est pas le problème, vous comprenez ?

— Ah bon ? Alors c'est quoi, le problème ? » demande quelqu'un au fond, un jeune homme à la voix assez sonore pour être entendue à l'autre bout du magasin.

Si on avait vraiment affaire à la télé, il ferait partie de l'équipe, car il vient de tendre une perche à Vera.

Elle se hisse sur la pointe des pieds, s'adressant à la foule.

« Le problème, c'est que si les gens comme moi ne continuent pas à aller dans les magasins, les gens comme vous finiront par oublier notre existence. »

Tout le monde se tait. La policière a lâché l'épaule de Vera.

« C'est pour ça que je suis là, pour vous rappeler que nous existons, même si nous n'avons pas d'argent à dépenser. Nous n'allons pas rester chez nous, nous n'allons pas nous réfugier dans les centres d'hébergement et les soupes populaires pour nous faire oublier. Nous n'allons pas nous cacher pour que vous puissiez continuer à vivre comme si de rien n'était. »

À présent, elle hésite, parce qu'elle n'a pas prévu de dire autre chose, mais comme elle a attiré leur attention, les gens en attendent plus.

Finalement, son flottement rend son discours encore plus efficace. La nouvelle rhétorique, c'est de ne pas avoir de rhétorique, de se retrouver à court de mots à l'endroit précis où l'on était supposé se lancer dans une envolée verbale.

Vera s'assied. Elle a terminé.

Je suis peut-être vieille, pauvre et seule, veut-elle dire, *et mes désirs se sont peut-être amenuisés jusqu'à s'aligner sur mes besoins les plus essentiels, mais je ne disparaîtrai pas par les fissures, je ne me cacherai pas chez moi, je n'irai pas chercher un colis alimentaire pour vous épargner ma vue. Nous sommes des milliers, des centaines de milliers, et nous ne sommes pas des rats, nous n'irons pas nous terrer dans nos trous.*

Bien que Marieke ait tout enregistré, elle aime que je lui raconte la scène. Ainsi, l'histoire respire différemment autour des faits qui la composent. J'ai dit aux policiers que je m'occupais de Vera, que je la ramènerais chez elle et réglerais les éventuelles retombées judiciaires.

Et nous voilà chez Vera, buvant du thé et mangeant des biscuits avec elle, Joey la perruche et Victor le fantôme. C'est une coïncidence si je suis passé devant ce supermarché, ce jour-là à cette heure-là. Je dis *coïncidence*, mais ce n'est qu'un nom pour désigner la manière dont le monde se resserre autour de nous, dessinant des cercles de plus en plus étroits dont nous sommes le centre.

J'ai rencontré Vera – à l'évidence – parce que je devais la rencontrer.

Tandis que je bavardais avec elle, ce premier jour, Marieke errait d'une pièce à l'autre avec son dictaphone, regardant si Victor était là. Elle espérait enregistrer une ou deux respirations, quelques mots qu'il aurait laissés derrière lui. Elle en a conclu qu'il était « principalement dans le salon ». Vera était du même avis.

Depuis, je lui rends visite régulièrement et Marieke se joint souvent à moi. Sigrid désapprouve et Gary pense que c'est une histoire de fous. Et après ? Marieke aime les biscuits et elle aime les lieux hantés.

Nous sommes donc là tous les trois, avec quelque chose qui n'est plus tout à fait une absence.

Marieke est montée au premier avec son enregistreur pour voir si Victor s'est « propagé ». Elle prétend qu'elle peut entendre « l'arrière de sa voix ». Vera est satisfaite. « Moi aussi », dit-elle.

Aujourd'hui, toutefois, elle veut m'aider dans mon enquête.

« Cela va sans doute vous paraître cynique, inspecteur, j'espère que vous ne le prendrez pas mal, commence-t-elle d'un ton hésitant. Mais, si votre professeur est le genre d'homme qui fait aux petits garçons ce qu'ils insinuent, alors, il y a de fortes chances qu'il ne soit pas le genre d'homme à faire des choses aux femmes adultes. »

Elle se tourne vers le fauteuil de son mari en quête d'un assentiment qu'elle doit obtenir, car elle poursuit avec plus d'assurance.

« Mais qu'est-ce que j'en sais ? N'importe qui est capable de n'importe quoi, si les conditions sont réunies. Ce n'est pas ce qu'on vous apprend à l'école de police ?

— Je n'ai pas eu besoin de l'école de police pour apprendre ça, madame Snow, mais oui, je vois ce que vous voulez dire. »

Elle a en grande partie raison : en ce qui concerne le comportement sexuel, on a généralement des domaines de prédilection, en revanche la violence est plus générique. Cependant, je ne suis pas là pour discuter de Wolphram et de Zalie avec elle.

« Est-ce que je peux faire quelque chose pendant que je suis là ? »

J'ai pris l'habitude d'exécuter des petits travaux pour elle : déboucher la gouttière de la véranda, changer les fusibles, le genre de tâches dont se chargeait Victor et dont il pourra de nouveau s'occuper quand il sera… quoi ? Guéri ? Un peu moins mort ?

J'ai cessé de remettre en question la réalité de Vera ; il est plus facile de céder et, à l'occasion, de la partager avec elle. De toute manière, je ne vais pas prétendre que cela ne me fascine pas.

« Merci, vous êtes bien aimable. Mais nous n'avons besoin de rien, n'est-ce pas ? »

Elle regarde le fauteuil, puis me sourit.

Nous terminons notre thé en silence. Celui de M. Snow reste là, intact, refroidissant sur la table basse près de la cheminée artificielle encastrée. À côté, il y a sa dernière grille de mots croisés. Le dernier trait au stylo dans la rangée de cases en haut à gauche est plus long que dans mon souvenir – à moins que j'essaie de m'en persuader –, et peut-être commence-t-il à ressembler au début d'un nom, à la hampe d'une lettre. L ? P ? E majuscule ? La partie avec les définitions a été découpée. Les mots écrits de l'autre côté apparaissent en transparence ; ils ne sont pas encore lisibles, mais ils cherchent leur chemin à travers le papier. Comme une eau trouble dans laquelle on devinerait des formes sous la surface, sans pouvoir dire si ce sont elles qui troublent l'eau en s'agitant, ou si ce sont les turbulences qui laissent à penser qu'il y a quelque chose en dessous.

Quant aux mots dans la grille, je les regarde en espérant y trouver un sens, sans succès. On croit toujours que l'autre côté a des choses importantes à nous révéler, alors qu'il n'y a aucune raison que ce soit le cas. Ce n'est pas aux morts de donner du sens. Au contraire, ce doit être un soulagement pour eux de ne pas avoir à le faire. Malgré tout, je scrute les lettres et les trouve aussi banales et imperméables que le lino de la cuisine de Vera : « ticket », « soies », « standing ».

Elle l'appelle, élargissant les moindres fissures dans les ténèbres pour qu'il puisse passer.

Je pense qu'il revient, petit à petit.

Ou il est mort, elle est devenue folle, et moi avec.

Cinéma européen

Un après-midi, M. Wolphram décide de consacrer le cours d'anglais à un film. Un long film scandinave sur un frère et une sœur dont le père meurt et dont la mère épouse un ecclésiastique dur et autoritaire. C'est à peu près tout ce que les garçons comprennent, sans compter que c'est sous-titré, ce qui n'arrange rien à leurs yeux. Pour commencer, M. Wolphram leur annonce qu'il dure cinq heures (« trois cent douze minutes », dit-il plus exactement) alors qu'il glisse la première VHS dans le magnétoscope posé sur un chariot, mi-corbillard, mi-cinéma, qu'il a pris dans la salle des professeurs.

Au fond de la classe, les garçons sifflent et se filent des claques sur l'arrière du crâne. Ils n'arrivent pas à décider si passer quatre-vingt-dix minutes dans le noir à péter et à graver des bites en bas-relief sur les bureaux vaut mieux qu'un cours où au moins il y a une pause, de la lumière, et où ils sont en terrain connu : environnés d'un ennui familier. Ils s'ennuient facilement, ou, plus exactement, ils ne s'attendent pas à être intéressés. Lorsqu'ils se lèvent le matin pour aller en classe, le mieux qu'ils peuvent espérer, c'est un ennui nouveau, toute une série d'ennuis divers et variés : ennui scientifique, ennui tube à éprouvette, ennui lexical, ennui arithmétique, ennui Jésus, ennui toge et sénat, ennui rois et reines. Voilà le programme. Tout compte fait, un film, un film scandinave qui plus est, où il y aura peut-être des nichons et du cul, leur changera les idées.

Ce n'est pas le cas. Même sans savoir qu'il dure cinq heures, on sent tout de suite le film interminable. Chaque instant est multiplié par deux ou trois, vu sous tous les angles. On a injecté une mousse temporelle expansive entre toutes les prises de vues, dans les ressorts de l'intrigue, de l'action, des dialogues. L'après-midi cinéma européen de M. Wolphram s'annonce mal et tout le monde se demande ce qui lui est passé par la tête. Les garçons du dernier rang se battent, quelques-uns s'éclipsent pour aller aux toilettes et tardent à revenir ; un ou deux parviennent peut-être à caser une branlette. Certains gloussent, rient et lancent autour d'eux ce qui leur tombe sous la main. M. Wolphram est sorti. Il ne supporte sans doute pas de les voir se moquer d'un film qu'il aime. Mais alors, pourquoi a-t-il décidé de le leur montrer ? Même Ander et Danny, qui estiment que les garçons comme eux ont une responsabilité, que c'est leur devoir de l'apprécier et de donner l'exemple, ont du mal.

Il y a quelques élèves sérieux dans la classe. Dave Sweeting au premier rang, qui a de bons résultats partout, sans distinction ni préférence. Neil Hall, le semi-goth qui s'est percé l'oreille avec un compas et du déodorant en guise d'anesthésique et qui depuis trois mois a le lobe incrusté de cristaux bordeaux veinés de pus vert autour du trou infecté. Gwil Isaac, le cinéphile qui a des affiches de films sur son petit bout de mur dans le dortoir. Rich Nicholson, le poète de la classe. Même eux ne tiennent pas en place. « Jusque-là, on n'a vu qu'une paire de fesses – un mec – et pas l'ombre d'un nichon », lance quelqu'un du fond. Il y a une scène où un type souffle trois bougies en pétant à travers ses sous-vêtements tarabiscotés, le genre de caleçons longs un peu tachés, gris à force de lavages, qu'on porte dans les films censés se dérouler autrefois dans les pays froids.

Puis, sans crier gare, il y a comme une prise de pouvoir, un coup d'État insidieux et ils cessent de parler, se mettent à regarder, froncent les sourcils pour déchiffrer les sous-titres, tentent même d'écouter la langue sans les lire. Ander et Danny s'en rendent compte les premiers : ils font attention, et ils ne sont pas les seuls. La lenteur du film est ponctuée par autre chose, qui est dur et sombre, des éclats tranchants de joie et de détresse. Le désarroi des enfants à la mort du père, quand ils se retrouvent prisonniers du monde glacé que leur beau-père a créé autour de lui, à la fois rempli de Dieu et vide, a quelque chose de désespéré et de fascinant. Ce qui frappe Ander, ce sont les échos : la maison est immense, les parquets sont en bois, et les murs résonnent. C'est un monde conçu pour qu'on se sente minuscule. *Comme ici*, songe-t-il, *c'est exactement pareil autour de moi. Les échos dans le film sont identiques à ceux de l'école. Ils vous donnent le sentiment d'être abandonné et en même temps observé, écouté, incapable de faire un geste sans déloger votre propre bruit et son fantôme*.

M. Wolphram réapparaît une heure et demie plus tard et appuie sur « pause ». La bande s'arrête avec un bourdonnement. Il leur annonce que tous ceux qui veulent voir la suite peuvent venir demain après-midi, samedi : il sera là.

Le samedi est précieux. C'est du temps libre, la possibilité d'aller en ville et d'acheter de l'alcool au magasin éloigné de l'école. Croire qu'ils vont sacrifier volontairement leur week-end pour regarder fondre ce glacier temporel scandinave sur un écran pendant encore trois heures et demie relève de la démence. Et dans une salle de classe, en plus. « C'est ça, à demain », dit Jonny Brochette, mal à l'aise. Les autres l'ignorent ; ils sortent lentement, s'arrachent difficilement à leur chaise, s'attardent près du magnétoscope et de M. Wolphram qui les observe et hoche la tête à l'adresse de chacun. « Ouais, c'est ça ! » répète Jonny, en quête d'un assentiment qu'il n'obtient pas.

Pourtant, le lendemain, ils sont là : pas seulement Ander et Danny, mais aussi Neil, Rich et Sweeting, quelques élèves des rangs du milieu, ainsi qu'une bonne partie des garçons qui hier pétaient et riaient, se comportaient comme si cette séance n'était qu'une longue plaisanterie fastidieuse. Ils entrent à la queue leu leu, en silence, un peu honteux d'être, pour une fois, studieux et impliqués. Certains ont apporté des bonbons et des chips. Jonny Brochette a versé du xérès dans une brique de jus d'orange. Il a également des gobelets en plastique, pour vendre ses rafraîchissements comme une ouvreuse à l'entracte. M. Wolphram entre, et s'il est surpris de les trouver aussi nombreux, il n'en montre rien. Sur une classe de dix-huit, treize sont présents, pour voir un film scandinave sous-titré qui n'est pas au programme, ne leur sera d'aucune utilité pour le cours d'anglais ni pour les examens, et qui va occuper presque tout leur samedi.

Malgré tout, ils sont venus et ils restent jusqu'au bout. Ander voit le jour diminuer dehors, l'après-midi décliner, mais il s'en moque. Ils s'en moquent tous. Ils sont fascinés, même s'ils ne comprennent qu'à moitié, ils sont attirés par la rébellion de glace qui habite le jeune garçon. Il est sermonné, battu et enfermé, pourtant il ne plie pas et tout son être exprime la révolte. Il lit à travers le jeu des adultes, à travers leur Dieu, à travers le palais de verre qu'ils ont bâti en eux pour l'honorer.

Quand Ander entend le garçon, Alexandre Ekdahl, dire « s'il y a un Dieu, c'est de la merde et de la pisse et je lui botterai le cul », il se sent défaillir d'excitation. Léger.

Il a la sensation de s'évaporer.

Un cuoer brisé

Les rapports de la police scientifique ne nous révèlent rien que nous ne sachions déjà. Il y a simplement plus d'éléments. Ce sont des faits, mais pas des faits susceptibles de nous aider : elle a été dans la voiture de M. Wolphram, il a pénétré dans son vestibule. Elle *était*, il *est*. On a des cheveux principalement, une empreinte digitale ici ou là, pas de peau, pas de sang, aucun signe de violence ou de sexe. Des cheveux et du sébum dans l'entrée indiquant que Zalie Dyer a été plaquée contre le mur. On a relevé d'autres traces dans les deux appartements, des visiteurs pour l'instant anonymes. Nous les avons classées en attendant de pouvoir effectuer des comparaisons. Gary veut faire des prélèvements chez tous les habitants de la rue, mais à quoi bon ? dit Poisson rouge. On tient notre homme, non ?

Elle a été frappée une première fois à la gorge, très violemment, puis à la tempe, sans doute lorsqu'elle s'est détournée. Ensuite elle a été étranglée. A priori, le meurtrier a exercé une pression constante que rien n'a interrompue, ni les efforts de la victime, ni une quelconque hésitation de sa part à lui. Habituellement, il y a plusieurs marques, ce qui signifie qu'il a desserré son étreinte (toujours *il*, malgré la dernière formation sur l'écriture inclusive dans la rédaction des rapports) et s'y est repris à plusieurs fois, un poil plus haut ou plus bas, sans réaliser qu'il n'appuyait pas exactement au même endroit. Les médecins légistes, en revanche, sont capables de repérer la ligne fatale, puis une ou deux autres, au-dessus ou au-dessous.

On en apprend beaucoup sur le temps en étudiant les hématomes. C'est une analyse dans le temps, sur la mémoire de la chair.

On ne peut pas tirer grand-chose des résultats de Zalie, si ce n'est que le meurtrier était fort et qu'il n'a pas relâché sa prise, n'a pas hésité, n'a pas changé de position bien qu'elle se soit débattue de toutes ses forces. La mort n'a pourtant pas été rapide. Par ailleurs, la pression a été appliquée vers le bas, et non pas vers le haut ou horizontalement, ce qui signifie qu'il était plus grand qu'elle.

M. Wolphram l'est, mais l'est-il assez ? Nous avons également mesuré ses mains. Il a demandé pourquoi, bien que connaissant la réponse.

On nous a ordonné de nous concentrer sur M. Wolphram, il n'y a donc aucune urgence en ce qui concerne les voisins. On s'occupera d'eux plus tard. En attendant, notre principal suspect est M. Wolphram, et Poisson rouge veut que nous cherchions d'éventuels témoins. Le porte-à-porte n'a rien donné pour l'instant et les caméras de surveillance n'ont pas été d'un plus grand secours. Il est prévu que la famille et son petit ami lancent un appel télévisé. Il y aura aussi une reconstitution des derniers mouvements de Zalie. J'espère être déchargé de l'affaire assez longtemps pour y échapper, mais je ne voudrais pas que ça s'éternise non plus. Ils vont rejouer ses dernières heures : la traversée du pont pour se rendre au Harcourt Arms où elle a bu deux verres avec des amis, le trajet de retour, l'arrêt au supermarché où elle a acheté un plat tout prêt pour deux jamais ouvert, retrouvé dans un sac sur la table et à présent au laboratoire.

On a réquisitionné une agente venant d'un autre poste de police, dont la taille et le gabarit correspondent à ceux de la victime, et on s'est procuré des vêtements aussi proches que possible de ceux qu'elle portait ce soir-là : bonnet gris avec pompon en fausse fourrure, manteau vert arrivant aux genoux, jean et baskets blanches.

On a l'historique de son ordinateur. Qui s'avère plus intéressant que celui de M. Wolphram. Il révèle trois recherches pour « harcèlement » et une pour « voyeur ». Elle n'a passé que quelques minutes sur chaque site, et n'est pas allée très loin dans son exploration. Elle s'est rendue sur une page de la police donnant des informations générales sur la sécurité en ligne, l'identification et le blocage des numéros de téléphone, l'adresse d'une association de soutien pour les femmes. Elle a aussi consulté le site du service d'écoute national contre le harcèlement. La dernière recherche remonte au 29 novembre, trois semaines avant sa mort. Cela ressemble plus à de la curiosité qu'à un véritable appel au secours. Malgré tout, je compte suivre cette piste. Les images des caméras de surveillance à chaque extrémité du pont et une brève séquence devant le supermarché sont tout ce dont nous disposons. On la voit traverser le pont à grands pas dans un sens, puis dans l'autre un peu plus tard, et entrer et sortir du magasin. Sinon, ce ne sont que les maisons, les autocollants Voisins vigilants, les voitures de luxe et les parkings d'une banlieue résidentielle aisée.

J'ai fait son dernier trajet de mon côté, comme si les rues, les trottoirs, l'air même recelaient une trace des événements. En mettant nos pas dans les siens, on croit pouvoir revenir en arrière, et trouver l'instant où, à un autre tournant, dans une autre rue, par une autre nuit de décembre, elle serait encore là, en train de faire ce qu'elle aurait dû faire : appeler ses parents, se préparer pour le retour de son petit ami, rentrer des courses pour le réveillon. Rédiger un e-mail d'absence du bureau. Dans Castle Street, à mi-chemin entre le pont et chez elle, il y a un nouveau graffiti. C'est juste en face du supermarché où elle a acheté le dernier repas qu'elle n'a jamais mangé, jamais ouvert. Au moins, la caméra de surveillance ne laisse aucun doute sur ce point : on la voit passer devant le numéro 44, suivre le haut mur de pierre derrière lequel un long jardin mène à une demeure du XIXe siècle de trois étages, avec deux 4 × 4 garés dans l'allée. Lorsqu'elle longe ce mur d'une dizaine de mètres pour rentrer chez elle, il est nu. Le lendemain, nous révèle la caméra, on peut lire SALLY TU M'AS BRISÉ LE CUOER en énormes lettres. On ne connaît pas l'heure précise à laquelle le message a été tracé – la caméra s'éteint entre minuit et 6 heures du matin –, mais à 23 heures, il n'y a rien. Et à 6 heures, il est là.

« Le type qui a fait ça devait être sens dessus dessous, dit Gary. Au point de ne plus savoir écrire. Je parie qu'il n'a pas fréquenté ton bahut, Prof.

— C'est le chagrin, réponds-je. Ça met les mots en vrac là où on les sent.

— Sans déc ? Désolé, je suis qu'une brute qui connaît rien aux émotions. »

Plus tard, nous irons au 44 Castle Street pour parler à Sally, la briseuse de *cuoers*, parce que, si son amoureux transi était en train de taguer son désespoir cafouilleux, il a pu voir quelque chose.

Je retourne au domicile de Zalie, mais pour regarder dehors, cette fois, pas dedans.

Danny et Ander

Parce qu'ils font partie des meilleurs en anglais, ils ont cours avec M. Wolphram sur son territoire. Certains professeurs, les plus qualifiés, ne changent pas de salle. Leur classe est leur QG, aussi personnelle que leur chambre, peut-être plus, dans le cas d'enseignants comme Mortata et le Doc. Ils la décorent, accrochent des posters et elles sont nimbées d'une aura particulière. M. Wolphram a des affiches de cinéma : *Quadrophenia*, *Blow-Up*, *L'Année dernière à Marienbad*, et celui dont Ander a oublié le titre, où la mort joue aux échecs avec un chevalier. Il y a des poèmes et des portraits d'écrivains, des expositions dans des galeries étrangères et des concerts. Il y a une affiche encadrée annonçant le passage des Who à Knebworth. Elle est signée, mais le gribouillis est si approximatif qu'on ne peut l'identifier.

Il y a une reproduction d'un Caravage, représentant la décollation de saint Jean-Baptiste. Ander ne cesse d'y revenir, de regarder les membres du décapité et du bourreau sous la lumière douce qui tombe au centre du tableau, tandis que l'obscurité à l'arrière-plan révèle peu à peu les détails : le mur enduit de badigeon et la fenêtre à barreaux par laquelle deux prisonniers observent la scène. Autre chose : le mourant a le bras gauche tordu, le coude pointé vers le haut, et le bras droit de l'exécuteur est plié selon le même angle, le coude également dressé. Il y a du sang sur les pavés, mais moins qu'on ne s'y attendrait, et le bourreau tend l'autre bras pour maintenir la tête tranchée de Jean. Ou bien la ramasse-t-il, la tâche une fois accomplie ? Wolphram leur a dit que, lors de sa restauration, on a découvert la signature de Caravage dans le sang. On ne la distingue pas sur la reproduction, cependant c'est fascinant de penser qu'une peinture vieille de quatre cents ans est encore assez vivante pour changer. Le glaive gît par terre, sa pointe reflétant la pâle lumière qui éclaire le tableau. Elle est argentée, alors que partout ailleurs – sur la peau, les visages, le plateau qu'une femme penchée avance pour recevoir la tête – elle apparaît en divers tons d'or. Quel est le détail qui frappe le plus Ander ? C'est la femme horrifiée qui assiste à la scène en se tenant la tête à deux mains, comme si elle risquait de tomber ou peut-être pour s'assurer qu'elle est toujours attachée, encore à sa place et non pas sur le sol ou sur un plateau doré. Ander a lu quelque part que la tête était lourde, beaucoup plus qu'on ne pourrait le croire, si on pense que c'est surtout de la matière molle et une mince enveloppe rigide pour lui donner une forme, pour la contenir. Le crâne n'est somme toute qu'un attrape-rêves fait d'os.

Pourquoi est-il si pesant, alors ? Il le sent qui l'entraîne quand il regarde par-dessus le parapet du pont. La force d'attraction. Il sait bien que c'est ridicule et sans aucune base scientifique, mais il suppose que c'est parce que tout ce qui nous définit se passe dans notre tête, et qu'une bonne partie y reste. Chaque chose a son propre poids, sa propre masse, et elle est plus lourde parce que c'est là qu'on garde tout, et tout, ça doit peser quelque chose.

La salle de M. Wolphram lui fait penser à l'intérieur d'un crâne. Pas de n'importe qui, le crâne d'une personne particulière. Ander imagine qu'à l'intérieur de la tête de Wolphram, c'est comme dans cette salle : des tiroirs et des placards pleins, certains en désordre, d'autres bien rangés, certains objets constamment utilisés, d'autres emballés et oubliés, mais toujours là. Et ce n'est pas parce qu'une chose est à la poubelle qu'elle n'est pas là.

M. Wolphram est le seul professeur dont les étagères abritent des livres qui ne sont pas au programme, et il les prête aux garçons en échange d'une signature dans son petit cahier bleu. Ander n'en a encore emprunté aucun et il est vexé qu'il ne le lui ait pas proposé. Il en a vu quelques-uns qui l'attirent, leur titre en tout cas. *Ces corps vils*, notamment : qui ne serait pas curieux ? Il y a aussi *Une fille dans la tête*. Il a également repéré *Corruption*. Mais il n'a pas trouvé le courage de demander. L'idée qu'il pourrait y être question de sexe, même un peu, même enveloppé de longs mots, lui aère le cerveau et stimule son corps. Le contraire de *Mens sana* : voilà ce qu'il espère. Danny a déjà emprunté trois livres, parce qu'il n'a pas peur de demander. En outre, il est bon en anglais, le meilleur de la classe, et il affiche une confiance en lui que les autres n'ont pas.

Quelques professeurs sont gentils, à leur manière distraite et imprévisible. Un ou deux sont concentrés et professionnels, mais ce sont ceux qui ne restent pas après les cours. Ils ont une vie, des enfants, une épouse ou un mari, et un domicile qui n'est ni un appartement ni une chambre dans l'enceinte de l'école. Les deux seules femmes qui enseignent à Chapelton,

Mme Pizzi en arts et Mme Mason en français, sont traitées comme des êtres exotiques par les élèves et comme si elles appartenaient à une autre espèce par la majorité de leurs collègues masculins. Ander remarque l'agitation hormonale qu'elles provoquent, pas uniquement chez les adolescents, mais aussi parmi le corps professoral. Elles entraînent dans leur sillage les miasmes de la frustration sexuelle, des sous-entendus et des bouderies masturbatoires, qui les accompagnent comme le thème musical d'un film. Leur cul attire regards et soupirs, leur décolleté est examiné, leur regard évité ou soutenu trop longtemps. Les enseignants haussent les sourcils d'un air conspirateur à l'intention des garçons quand elles quittent la pièce, et émettent des commentaires sur leurs vêtements ou leurs chaussures. Parfois, ils incitent carrément les élèves à donner leur opinion sur leurs jambes ou leurs seins. Ils se demandent tout haut ce qu'elles valent au lit ou si elles *sont passées à la casserole* la nuit précédente. En leur présence, obéissant à un réflexe de caste universel, ils gloussent entre eux simplement parce qu'ils sont des hommes et pas elles. Les garçons n'en perdent pas une miette, assimilent tout, jusqu'à ce que ce mélange de menace et de peur sexuelles envahisse leurs classes. Elles doivent être coriaces, songe Ander. Il est content qu'elles le soient car il les apprécie et il ne veut pas qu'elles se sentent malheureuses ou humiliées. Mais est-ce normal ? pense-t-il. Est-ce normal de devoir constamment être coriace ?

Ander est arrivé avec de bonnes bases en français, donc Mme Mason l'aime bien. Il se débrouille en peinture et en dessin, donc Mme Pizzi passe plus de temps sur son travail : une nature morte représentant un ananas, une aquarelle d'un coucher de soleil qu'il n'a jamais vu mais qui devrait exister. Elle-même est céramiste et il apprécie les cours où elle leur apprend à modeler et tourner la terre. L'idée que l'on peut en faire ce qu'on veut tant qu'elle n'est pas sèche, tant qu'elle n'est pas cuite lui plaît. Après, elle ne change plus de forme, on ne peut ni la plier ni la tordre, seulement la casser. Ça lui fait penser à l'argile de l'estuaire qu'il contemple du pont et aimerait recueillir pour la sculpter.

Mais Mme Mason et Mme Pizzi n'habitent pas sur place, et, comme elles ne sont ni l'une ni l'autre professeur principal, elles ne disposent pas d'espace à elles. Elles partent avant la fin de la journée pour aller chercher leurs propres enfants à l'école, et Ander remarque qu'elles n'en ont mis aucun ici, à Chapelton. Il est heureux pour elles qu'elles puissent vivre ainsi, même s'il se sent un peu jaloux lorsqu'il les voit en famille. Le fils de Mme Mason, qu'elle évoque uniquement en français et dans le cadre des cours, jamais sur le ton de la confidence, a quinze ans, va au collège public où il a une petite amie et s'apprête à passer ses O-levels[1]. Ander changerait volontiers de place avec lui. Il passerait n'importe quel examen s'il savait qu'il rentrait retrouver Mme Mason tous les après-midi. Ses notions d'anatomie étant trop fragmentaires pour qu'il puisse imaginer avoir des relations sexuelles avec elle – il connaît les différentes parties mais ne comprend pas comment elles s'assemblent de manière cohérente –, il se représente sa maison. Et déjà, cela lui semble trop intime, trop intrusif. Il y entre par la pensée, mais il veut seulement regarder. Éventuellement

1. Examens par matières que les élèves anglais passaient entre 14 et 16 ans jusqu'à la fin des années 1980, remplacés depuis par le GCSE.

toucher, si c'est possible. Il pense être le seul à faire ça, à donner un sens au monde à partir de bribes de savoir, de phrases entendues, de choses entraperçues, un corps qui n'obéit pas à l'esprit, et un esprit qui de toute façon ne veut pas que le corps lui obéisse.

Un jour, après le cours de français, profitant d'un instant où personne ne regarde, il passe la bouche sur le bord de la tasse dans laquelle elle a bu son thé ; une autre fois, il pose la joue sur sa chaise encore tiède. Il ignore si ce sont des miettes de maternité qu'il cherche, ou de sexe.

Un ou deux enseignants souffrent plus que les garçons. Plus timides, plus fragiles, certainement plus sensibles, quelques-uns ne durent qu'un trimestre ou deux, puis disparaissent. Certains partent d'un coup comme M. Willis, le professeur de géographie, un homme grassouillet, doux, mélancolique et extrêmement chauve. « Un vrai Nagasaki du crâne », disait Danny. Ron Willis a débarqué un jour en cours sans chaussures ni chemise ; il a mis la classe sens dessus dessous, a passé le poing à travers une vitre et tourné le bras jusqu'à ce que la peau se déchire comme une enveloppe, puis a pleuré à son bureau avant d'être emmené sur un brancard par les ambulanciers.

D'autres semblent s'effilocher progressivement : ils se voûtent, leur voix baisse, ils ne réagissent plus aux insultes, aux devoirs rendus en retard, aux absences ; eux-mêmes ratent des cours, leur remplaçant est là plus souvent qu'eux, et soudain leur nom sur le panneau d'affichage ou mentionné pendant l'assemblée matinale est ce qu'il y a de plus concret à leur sujet.

Ils aiment bien le jeune professeur d'anglais, M. Lawnder, mais il est trop délicat pour enseigner. Il est gentil et distrait, sa voix est douce, et il hésite, prend le temps de réfléchir avant de répondre à leurs questions. La plupart d'entre eux n'ont jamais vu ça et prennent cette attitude pour une faiblesse. Lawnder a quelque chose d'un animal blessé. Il a une manière de regarder par terre quand il ne parvient pas à leur faire partager ce qu'il apprécie qui suscite la pitié et donne envie de l'emmener pour le mettre à l'abri. Il est fraîchement émoulu de l'université et semble toujours ailleurs, absorbé par sa vie imaginaire, une vie parallèle où il est un poète admiré parmi des lecteurs sensibles. Il durera deux trimestres, mais ce seront deux bons trimestres, et certains garçons, dont Ander et Danny, le regretteront. Il est moins sévère que M. Wolphram et, avec lui, il y a plus de latitude pour s'éloigner du programme. Ce qui n'empêche pas ces deux-là de s'apprécier et de se partager harmonieusement la classe. De temps en temps, ils organisent des sorties au cinéma pour le club culturel ou une visite à la National Gallery de Londres. On les croise bavardant dans un couloir, riant d'une plaisanterie érudite ou d'un jeu de mots littéraire, s'enthousiasmant pour un livre ou échangeant des recommandations. Un professeur *en liberté*, dit un jour M. Wolphram à son sujet devant la classe, comme s'il parlait d'un animal, et M. Lawnder fait un grand sourire car il sait que c'est un compliment. Mais il n'a pas la force de son collègue, sa capacité à être dans l'école sans en être véritablement. Les poèmes qu'il lit l'affectent – il rougit, pâlit, tremble et essuie même parfois une larme au coin de son œil. Alors que Wolphram est si incisif et technique qu'il semble pratiquer une opération sur le texte, on a l'impression que le poème fait partie de Lawnder. Il tressaille si quelqu'un fait une remarque bête ou grossière. Wolphram, lui, se contente d'ignorer le coupable et de laisser sa stupidité en suspens se retourner contre lui.

Lawnder emmène les garçons visiter le zoo. Il connaît l'architecture par cœur, les matériaux utilisés, le temps nécessaire à l'érection de chaque bâtiment. Il est si naïf qu'il emploie réellement le mot *érection* et semble dérouté par les ricanements des adolescents. Il adore le zoo et le prend constamment en photo. Il estime que les animaux le gâchent par leur présence, en déféquant partout et en laissant traîner des os, des plumes et des mues. « Il doit aussi penser que les gens gâchent les maisons en vivant dedans », ironise McCloud, qui a sans doute raison. Lawnder ne supporte pas les brouettes pleines de fumier et les poubelles Art déco pleines à ras bord de paquets de chips, d'emballages détrempés et de papiers gras.

Il entraîne les garçons dans des débats, leur demande leur avis et les laisse parler. La plupart d'entre eux n'aiment pas ça, parce qu'ils estiment que c'est *son boulot de dire des trucs, pas le leur*. Les élèves sont donc souvent chahuteurs et indociles. La rumeur court qu'on se serait plaint du manque de discipline dans ses cours, ou de l'un de ces mots dont Ander a appris à se méfier : *autorité*, *fermeté*, *respect*. *Des mots de merde*, pense-t-il en anglais, car il pense en anglais, à présent, c'est plus facile, il n'a plus besoin de se traduire constamment, *des mots de salaud*. C'est lui, sa personne tout entière, qui a été traduite.

Un jour, Monk entre pendant le cours et demande à M. Lawnder de sortir un instant avec lui pour qu'ils aient une *conversation*, car sa classe est devenue ingérable et qu'on l'entend à deux couloirs de là, dans le bureau du directeur. Le Doc prend le relais : quatre-vingts minutes à recopier pendant qu'il dicte, un manuel marron à la main.

Il ne tient pas longtemps. Sa véritable passion est le jardinage. Au début du troisième trimestre, il n'est plus là. Ils le croisent de temps en temps, maintenant qu'il travaille pour les espaces verts de la ville. Ils le voient qui roule des cigarettes et ratisse rêveusement entre les parterres de fleurs. Ander a tenté de lui parler une fois, dans le jardin public à côté du pont. M. Lawnder frottait le graffiti incrusté dans la pierre poreuse des piles. *Crève de faim, sale Irlandais.* Il semble que quelqu'un le repeint presque tous les mois : chaque fois, la couleur est plus éclatante, le rouge plus vif, le noir plus funeste. Il ne l'a pas reconnu. Ander a essayé de lui rafraîchir la mémoire à l'aide d'anecdotes, il a mentionné un livre qu'ils avaient étudié avec lui, mais autant vouloir rappeler à quelqu'un un rêve depuis longtemps oublié.

M. Lawnder, M. Willis : tous les deux ont craqué, bien que différemment. Le second a explosé, projetant des morceaux de lui partout sur sa propre vie. Le premier a implosé discrètement, ses contours demeurant si nets qu'on ne s'en rendait compte que de près, en découvrant ses yeux de maison abandonnée, la coquille vide qu'il était devenu. Deux façons de partir, a pensé Ander pendant des années – il le pense encore –, après avoir vu des dizaines de personnes se briser d'une manière ou de l'autre : la rupture centripète ou centrifuge.

Retour à Parktown

J'examine l'appartement de Zalie, un logement avec une baie vitrée en demi-sous-sol à l'avant et une chambre qui donne sur le jardin à l'arrière. Ce sont les deux seuls endroits par lesquels on aurait pu l'observer, dans la mesure où la fenêtre de la salle de bains, qui ne s'ouvre plus à cause de la peinture, est en verre dépoli et décorée de motifs fougère. Son salon « bénéficie », comme disent les agents immobiliers, de fenêtres à guillotine regardant l'ouest, si bien que, par les sombres après-midi d'hiver, les rayons du soleil rasent le gravier et inondent la pièce, éblouissants. Mais il disparaît presque aussi vite qu'il est arrivé, et on se retrouve dans l'obscurité, alors qu'il éclabousse encore les murs de l'appartement du dessus. Pour épier Zalie en venant de la rue, il aurait fallu traverser le jardin à l'avant sur vingt mètres, aux vu et su des voisins. À l'arrière, il aurait fallu pousser un portail en bois, profitant d'un moment où il était ouvert, puis passer devant les poubelles et les vélos pour gagner la pelouse. Le tout en empruntant une allée de gravier qui crisse sous les pas. Un bruit repérable même en hiver avec les fenêtres fermées, car ce n'est pas du double vitrage. Elles sont grandes, en plus, le verre fin, avec un cadre en bois. Probablement classées. Nous avons prélevé du gravier :

il s'agit de Costwolds Shingle (Petit Écran l'a fait analyser) et il y en a des traces dans tous les appartements, sous les chaussures et dans les voitures.

Il n'y avait pas d'autre moyen de l'espionner sans un télescope ou des jumelles, ce qui est à exclure, dans la mesure où il y a deux terrains de sport en face, et où les maisons à droite et à gauche sont trop éloignées. À moins que la distance, le côté flou et approximatif de l'expérience soient précisément ce qui attire le voyeur ; à moins que l'aspect granuleux de l'image ne soit pas un frein au plaisir mais sa condition même. Je ferai des recherches, gardant en tête cette devise de Gary : « Il faut de tout pour faire un monde, surtout chez les tordus. » Le voyeur, le harceleur et le tueur appartiennent à des espèces différentes. Cependant, les cas d'hybridation ne sont pas rares.

Zalie a surtout regardé les premières pages des sites Internet. Elle a peu cliqué sur les sous-sections et les liens. Il est possible qu'une pensée lui ait traversé l'esprit et qu'elle ait voulu vérifier quelque chose. Qu'elle ait agi par curiosité ou pour rendre service à quelqu'un. Qu'elle ait cru qu'on l'observait, puis changé d'avis. Peut-être était-elle réellement observée. Elle a eu des soupçons, puis s'est raisonnée. Elle ne serait pas la première à se persuader à tort qu'elle a tort.

Il y avait – il y a toujours – un profil sur un site de rencontres créé dix-huit mois plus tôt. Il est en sommeil : pas de mise à jour ni de discussion. Et même quand elle le consultait plus régulièrement, elle n'a jamais donné suite à la moindre invitation. Elle a dû renoncer ou laisser tomber quand elle a rencontré quelqu'un. Elle lisait les messages mais n'y répondait pas. Cela correspond plus ou moins au moment où elle a commencé à fréquenter Tim, son petit ami. On lui posera la question. Sait-il qu'elle était inscrite sur un site ? Est-ce ainsi qu'ils se sont connus ? Non, et de toute manière peu importe, me reprends-je aussitôt, puisqu'elle n'a eu aucun échange sur le site. Elle a changé d'avis ou ce qu'elle a vu ne lui a pas plu. Son profil est réduit au strict minimum : elle est végétarienne, aime le jazz, la lecture, regarder le sport et voyager. *Boissons* : cidre et vin blanc, gin-tonic et cocktails, « parfois le même soir !!! ». À l'écran, c'est un personnage consensuel, à l'identité modulaire.

La photo ne rend pas justice à son charme, comme si elle voulait éviter qu'on se focalise sur son physique. Non pas que cela ait découragé qui que ce soit. Son visage est toujours là, frais et heureux : *ZD, 31 ans, Sud-Est*. Je constate qu'elle ne précise ni la ville ni la région. Ce pourrait être n'importe où entre l'extrême sud de Londres au bout des lignes de métro et les sables mouillés de Hastings, n'importe où entre Brighton et Margate ou Southend. Il faut croire qu'elle n'était pas convaincue par la drague en ligne, qu'elle n'était pas sûre de vouloir être trop facilement située. *Aime* : les coffrets de séries, le sport, l'art contemporain, le jardinage. *Musique* : Manic Street Preachers, Super Furry Animals, disco des années 1970. Il y a la possibilité d'ajouter quelques mots sur soi, une citation, une accroche. La sienne : « On ne peut pas savoir tant qu'on n'a pas essayé, et j'essaie ! »

Elle a cent quatre-vingt-trois messages auxquels elle n'a pas répondu et deux cents et quelques non lus. Je demanderai à Petit Écran de les éplucher, de vérifier s'il n'y a rien de bizarre ou de menaçant. Je veux le nom de tous ceux qui ont regardé sa page, qui ont effleuré son profil de leur souris ou l'ont parcouru des yeux. Il va être furieux. Il rêve de courses-poursuites en voiture et je le fais patauger dans la paperasse. Elle n'a eu aucune conversation. Personne ne la connaissait, mais son profil a été vu plus de mille fois, cyber-peloté, reluqué par écran interposé, désiré, caressé via le pavé tactile. Il a été ajouté sur des listes, aux favoris, en marque-page. Il y a des centaines d'invitations et de messages même pas ouverts pour la plupart. D'après Gary, c'est normal. Les femmes reçoivent une multitude de visites, les hommes à peine quelques-unes. Parfois aucune. Son profil a encore été consulté la nuit dernière : « Bruce de Middlesbrough » et « Medway Man ». Il y a un type qui se prétend « vigoureux, ténébreux et hardi ». Gary dit que ça lui évoque les trois nains délinquants sexuels de Blanche-Neige.

Même si elle ne révèle pas grand-chose, c'est suffisant pour alimenter les fantasmes. L'esprit solitaire peut imaginer une existence entière à partir d'informations squelettiques et d'une ou deux photos. C'est également ainsi que fonctionne le harceleur, car c'est un conteur, un dramaturge, un amoureux du détail, un psy amateur, un détective, un conspirateur, un tisseur d'intrigues et un profanateur de vies.

Elle est morte, mais, ici, elle vit toujours : les messages arrivent dans sa boîte, les publicités basées sur son historique de recherches clignotent dans l'angle supérieur droit de l'écran, produites par des algorithmes et conçues pour avoir l'air personnalisées. Il y a un bon de réduction de dix livres sterling sur un site de vente de vins. Il y a un e-mail de son opérateur au sujet de ses prélèvements automatiques. Tant que vous pouvez acheter, vous êtes vivant ; si l'argent est injecté dans les factures, les bouquets de chaînes câblées, le wifi, vous êtes des nôtres.

Vous n'êtes pas mort avant que votre contrat téléphonique ne l'ait décidé.

L'aspect ineffaçable de tout ça provoque chez moi une tristesse nerveuse que je ne peux expliquer qu'en disant que la finalité me manque. Non pas que j'aie jamais su ce que c'était. La finalité serait un début. Le monde n'a jamais eu de bouton d'arrêt, d'accord, mais on pouvait au moins le mettre en sourdine de temps en temps. J'ai également peur que Lynne Forester ne reconstitue la vie en ligne de Zalie et n'en tire quelque chose : profils, achats, tweets, publications Instagram. Le harcèlement, ça la connaît. La presse à sensation jouera la carte du site de rencontres, les relents de disponibilité sexuelle, la vie secrète sous-entendue. Ils ont déjà trouvé des clichés de Zalie en bikini, des photos de vacances où elle est en train de boire ou de danser avec un homme à Lanzarote. Ils ont lancé un avis pour retrouver d'anciens petits amis. « Vous avez eu une relation avec Zalie Dyer ? Vous la connaissiez au lycée ou à l'université ? Nous souhaitons vous parler. Vous pouvez appeler un numéro spécial. *Confidentialité assurée*. »

Harceler Wolphram est une chose. Zalie, c'en est une autre. Il s'agit de traquer les morts jusque dans leurs ténèbres.

Vera ne s'est même pas rendue sur la tombe de Victor, n'y a pas déposé de fleurs. Quant à commander une stèle : « Certainement pas. » Je lui ai demandé pourquoi. Elle a répondu que mettre des fleurs signifierait « capituler », que ce serait « l'enfoncer ». Sur le moment, je n'ai pas compris. À présent, je sais. Les fantômes sont des êtres de lumière, transparents ; nous croyons qu'ils sont faits de souvenirs et se forment dans notre esprit. Dans le monde des choses, hors de notre tête, il faut donc les lester pour qu'ils ne s'envolent pas. Les couronnes et les fleurs sont le lest des tombes. Ce qui empêche les fantômes de se mêler de nos vies.

Je plains la famille, qui, déjà condamnée à digérer la violence de tout ça, la brutalité incohérente du meurtre lui-même, doit subir sa réalité virtuelle, cette identité qui se déploie et se propage, se reproduit à l'infini sur les écrans et dans les bases de données. C'était peut-être mieux du temps où les gens n'avaient qu'un portrait de l'être cher, au mur ou sur la table de chevet, quelques lettres et quelques clichés dans un album.

Zalie n'est plus que traces et informations ; elle est quelque chose qui a débordé et déborde encore. Son identité numérique est toujours là, qui continue de recevoir des informations sur des bonnes affaires, des amoureux potentiels, des profils qui lui correspondent, et des alertes à propos des routes barrées. Deux fournisseurs d'énergie se disputent son chauffage, le député de sa circonscription lui a envoyé sa newsletter de fin d'année. Ses tweets flottent dans l'éther. De temps en temps, quelqu'un retweete l'un de ses commentaires et de nouveaux inconnus se frottent à elle, emmènent des traces d'elle dans leur monde, comme si c'était de la salive, des cheveux, ou la marque de son rouge à lèvres au pub se transmettant de verre en verre, de baiser en baiser, d'une bouche à l'autre. De souris en souris.

Pour Victor Snow, c'était plus simple : au pire, on avait un compte à fermer, un abonnement à annuler. La seconde bouteille de lait. Une prothèse auditive à jeter. Et, en ce qui concernait les retombées plus lointaines, une vaguelette dans la vie de quelqu'un d'autre, un nom à rayer dans le carnet d'adresses de quelques foyers. Le répertoire à côté du téléphone : vous vous rappelez ? On parle de lignes fixes aujourd'hui, comme si elles représentaient une forme de permanence. Qui a encore des postes fixes, avec ces fils en tire-bouchon dans lesquels se logeaient les doigts et qui formaient des nœuds ? M. Wolphram. Vera. Victor de son vivant. Moi. Gary ? Peut-être. Pas Zalie. Elle était déjà mobile. Son appartement ne possédait pas de ligne fixe. Le cordon était coupé depuis longtemps. Elle ne se souvenait sans doute pas d'une époque où les téléphones étaient attachés à quoi que ce soit, même si aujourd'hui ils doivent quand même se poser de temps en temps pour se recharger pendant une heure ou deux, pour faire le plein comme un avion avant de redécoller. Chez Zalie, tout était tweets, e-mails, mots de passe et codes pin. Pas *était* : ça l'est encore. Ils continuent tous de battre derrière les écrans, le long des câbles, ces petits bouts d'elle, le fantôme de son moi informatique parcourant les champs d'algorithmes, en quête d'un compagnon, d'une bonne affaire, d'informations ; de nouvelles sur elle alors que se propage la nouvelle de sa mort.

Son compte Twitter est toujours actif et des centaines de personnes lui ont déjà envoyé des messages privés pour lui faire savoir à quel point sa mort les touchait. Sur son journal Facebook, la liste des condoléances s'allonge. Les gens s'adressent à elle comme si elle continuait à consulter son compte de l'autre côté. Est-ce vraiment ce qu'ils croient ? *Écrivez-moi*, clignote son avatar, *par SMS, par e-mail, sur Instagram : où vous êtes, j'ai été, où je suis, vous serez.*

Avons-nous écouté le répondeur de Zalie ? Je n'arrive plus à suivre : ce que nous avons fait et ce que nous n'avons pas fait, les précautions qui ont été prises et celles qui ne l'ont pas été. Autant que je sache, sa voix est toujours là, embaumée, recevant des messages, recevant les appels qu'on passe quand on sait qu'un ami est mort mais qu'on a besoin d'entendre qu'il n'y a plus personne au bout du fil. Il y a des gens qui font ça, ceux qui ne parviennent pas à le croire, et ceux qui veulent écouter l'absence, qui se demandent si être mort produit un silence différent. Marieke s'est sans doute posé la question.

Le policier à l'accueil fait entrer Mme Snow. Je suis surpris de la voir ici. Elle regarde autour d'elle, s'assied devant mon bureau cerné de cloisons.

Elle sort peu de chez elle. Je me demande si elle a des problèmes avec Victor, mais, dans la mesure où il est mort, on part déjà de très bas.

« Comment ça va chez vous, Vera ?

— La maison est froide, dit-elle, l'air prête à éclater en sanglots. Froide et vide. Ça fait quelques jours que je n'ai pas le sentiment que vous savez. »

Le sentiment en question, dans le langage de Vera, c'est la sensation que Victor est proche, là ou presque là. Pour *être*, il faut avant tout un endroit. Ce qui compte, quand on hante, ce n'est pas le *qui*, c'est le *où*. Alors, elle se débrouille pour que la maison soit toujours chaude et accueillante. Elle lui garde sa place, mais il ne vient plus la hanter.

« À croire qu'il a changé d'avis, Alexander, qu'il ne veut plus faire l'effort. »

Je porte la tasse vide à ma bouche pour ne pas avoir à la regarder dans les yeux. Quand je suis chez elle, je crois presque à la fiction de sa présence, mais, à l'extérieur, je ne vois que la folie ordinaire et désespérée du chagrin. Elle dit : « Tout est… » Elle baisse la tête. « Tout est devenu… » Elle a le mot sur le bout de la langue, puis il jaillit : « … *mou.* »

Derrière moi, Gary se tient à la fenêtre.

« Il va falloir que tu remettes ta séance de spiritisme, Prof. Je suis estomaqué, complètement baba, mais tu restes sur l'affaire. Ordre de Poisson rouge en personne. »

*

L'*Evening Post* lui consacre sa une, avec trois pages d'articles. L'ÉTRANGE M. WOLPHRAM, titre le journal du soir. DES ÉLÈVES SORTENT DU SILENCE.

« Mad Lynne s'est surpassée, commente Gary, posant le quotidien sur mon bureau. Trois pages. Putain, elle n'a pas chômé. Je ne sais pas comment elle s'est débrouillée pour leur tirer les vers du nez, mais c'est du lourd. »

En plus de l'*Evening Post*, elle pointe aussi au *Daily Mail*. Elle est la correspondante du journal, son guide local. L'article offre un bref panorama des meurtres non élucidés de la ville au cours des vingt dernières années. « La police va-t-elle rouvrir des enquêtes à la lumière de ces nouveaux éléments ? » demande-t-elle, détaillant chaque cas et soulignant systématiquement la distance entre le domicile de M. Wolphram et le lieu où le corps a été retrouvé, l'endroit où la victime a été vue pour la dernière fois. Elle dresse également la liste des violences commises dans tout le Kent et le Sussex, à la périphérie de Londres, à Sevenoaks, Turnbridge Wells, Ebbsfleet. Elle s'intéresse plus particulièrement à une affaire. *La police n'a jamais retrouvé l'auteur d'une série d'agressions sexuelles perpétrées au début des années 2000, à proximité de la gare d'Ashford International, près de l'entrée du tunnel à Cheriton. Les recherches se sont orientées sur les passagers qui prenaient régulièrement l'Eurostar. M. Wolphram se rendait souvent sur le continent... Serait-ce le moment de rouvrir le dossier ?*

Je m'en souviens très bien, car j'étais l'un des membres de l'équipe qui n'a jamais retrouvé l'auteur des agressions.

« Du lourd ? Où ça, du lourd ? Il n'y a que du vent, là-dedans. »

Gary ne répond pas, désigne le journal du menton et met les mains dans les poches, le temps que je digère. *Des élèves sortent du silence* : c'est malin. Tout est dans les mots : « sortir du silence » suggère… quoi ? La peur, des horreurs cachées, la honte, la souffrance indicible, le traumatisme et, enfin, la liberté de parler. Ça fait partie des expressions consacrées, à présent, à présent que nous *vomissons les décennies passées*, comme dirait Gary.

Sortir de quel silence ?

« J'ai suivi ses cours pendant cinq ans. Il n'y avait rien de caché, rien à révéler. Pas ce genre de chose, en tout cas.

— Souviens-toi du fatberg, Prof. Il y a toujours quelque chose en dessous. Peut-être que tu l'as juste… tu sais… refoulé ? »

Il dit ça avec son bon gros sourire de Gary.

En première page, il y a une photographie de M. Wolphram avec son cartable, le blanc de la manchette qui tranche sur le costume sombre, alors qu'il rabat son chapeau sur ses yeux. C'est devenu son portrait officiel : un méchant de film noir cadavérique et impeccable, rugissant sous l'éclat des flashs.

La télévision et Internet repassent en boucle la courte vidéo dont l'image est extraite. C'était du temps où il n'était qu'un simple voisin, un éventuel témoin parmi d'autres, quoique déjà le plus singulier. D'autres ont été interviewés : le jeune couple du dessus, Ben Phelps et Chloé dont j'ai oublié le nom de famille, deux dames du quartier qui promenaient leurs chiens, le ménage qui habite trois numéros plus loin, lui avocat, elle pharmacienne. Lynne a interrogé chacun d'entre eux. Certains étaient excités, d'autres jubilants, effrayés ou abattus, mais tous ont tiré le maximum de la situation. Sauf M. Wolphram, et il commet l'erreur de parler un peu trop longtemps, dans une langue un peu trop châtiée, qui sent un peu trop la *préparation*.

À la fin, M. Goodship pénètre dans le cadre avec son terrier. Je fais le calcul. Il y a trois ou quatre terriers de ça, il était directeur d'établissement et j'étais l'un des enfants de son royaume. Il a les joues flasques et l'air amer, cette méticulosité des retraités solitaires qui ne peuvent pas vivre trop loin de leur ancien lieu de travail ni trop longtemps après l'avoir quitté. Il y a un léger souffle de vent et, de temps en temps, la mèche laquée rabattue sur sa calvitie se soulève, comme le couvercle d'une poubelle à pédale. Son double menton, autrefois plein et bouffi, évoque un bavoir de tripes pendouillant sur sa chemise à carreaux et sa cravate de laine. Son autorité ne s'étend pas au-delà de la longueur d'une laisse de chien, désormais. Il passe devant M. Wolphram qui est en train de parler, mais garde la tête baissée. Il doit avoir plus de quatre-vingts ans.

Mon mépris pour lui est pareil à un feu que j'aurais laissé allumé dans une pièce où je savais que je reviendrais. Dans une demi-heure ou dans un demi-siècle, peu importe, car en ce qui concerne les gens de son espèce, mon mépris est commandé par thermostat.

À l'arrière-plan, garée devant chez lui, on distingue la voiture de M. Wolphram qui a depuis été embarquée par la police scientifique. Elle est à l'image de tout ce qui lui appartient : chère, ancienne, en parfait état. Une Jaguar de 1978, un modèle mythique, selon Gary, si bien entretenue que, hormis le kilométrage, elle est comme neuve. Utilisée pour la dernière fois le lendemain de la disparition de Zalie. Elle a laissé des traces sur le siège passager, quelques cheveux sur l'appuie-tête, des empreintes digitales sur la portière et le tableau de bord, mais nulle part ailleurs. Ce qui dans le jargon de l'enquête signifie : pas dans le coffre.

Ainsi que je l'avais prévu, le fatberg est relégué dans un encadré sur le côté. Il semble à l'étroit sur la photo légèrement allongée et floue. « Fatberg : page 4. »

Gary : « Le gras fait maigre, aujourd'hui. »

Il a essayé tous les jeux de mots possibles et imaginables. Ce doit être le dernier en stock.

Les trois premières pages sont essentiellement un one-man show dont M. Wolphram est la vedette. Je regarde d'abord les photos, m'efforçant de déterminer l'histoire qu'elles racontent avant de m'intéresser à ce qui est écrit. En page 2, il y a un gros plan de lui en toge universitaire avec une capuche. Il est plus jeune et porte des lunettes plus étroites, ses cheveux sont plus foncés. Il n'y a pas de date, mais je la connais, au moins l'année et la saison. Le portrait est tiré d'une grande photographie de groupe, toute l'école réunie sous un ciel bleu, sur le terrain de cricket, en face de la chapelle et de la bibliothèque.

Je peux la dater, car je suis là, flouté par le journal, au troisième rang, à quatorze ans, en blazer et cravate, entre Danny et Jonny Brochette. Flouté, c'est la perception que j'ai de moi à l'époque – flouté et floutant –, me voir représenté ainsi ne me demande donc pas un gros effort d'imagination. Les visages des professeurs sont tous distincts, du moins aussi distincts qu'ils peuvent l'être sur une photographie vieille de trente ans, remontant à l'ère prénumérique. Le Doc, M. Barnett, Trundley, McCloud, Goodship et Mortata. M. Willis avant qu'il ne craque et M. Lawnder avant qu'il ne s'efface, Mme Pizzi et Mme Mason. Et tous les autres, dont je pourrais sans doute retrouver les noms, si je voulais m'en donner la peine.

« Tu reconnais quelqu'un ? » demande Gary, presque tendre, presque délicat.

Je montre mes épaules de la pointe de mon stylo.

« Là. »

Je me tiens derrière Mortata, au premier rang des élèves. Il valait mieux être derrière lui que devant. Il y avait des pellicules aussi grosses que des corn flakes sur les épaules de sa robe. Je sentais l'odeur de son pantalon.

Lynne Forester a réuni une belle affiche : deux anciens collègues, quatre anciens élèves, le chef d'établissement, des voisins, et un homme qui travaillait au magasin de disques fermé depuis peu, au bout de Jackdaw Lane. Wolphram était un habitué, un bon client, et je me demande ce que le type qui lui vendait des saphirs, des médiators et des CD peut avoir à dire sur lui. Elle en a d'autres en réserve, je n'en doute pas, car elle doit rationner ses informations, les distribuer au compte-gouttes, continuer à appâter et à titiller. Lynne et consorts peuvent faire ce qu'ils veulent avec le passé. Ou presque. On peut marcher dans les pas d'une morte, mais on ne peut pas lui faire emprunter une autre rue. En revanche, il est facile de prendre l'histoire d'un homme et de la recouvrir d'une couche de culpabilité.

Je m'efforce de reproduire la manière dont nous lisons habituellement le journal, la manière dont il se lit en nous.

Je regarde les images, puis je tourne les pages avec cette attention distraite qui nous pousse à d'abord le feuilleter jusqu'à la fin – quotidien sérieux ou vulgaire feuille de chou, peu importe –, saisissant une ou deux photos au passage, quelques titres, quelques adjectifs : la sténographie du navigateur papier, directement de la rétine au cerveau. Arrivé au courrier des lecteurs, à l'horoscope et à la rubrique sport, je m'arrête pour revenir au début. J'ai déjà une jolie pêche, la première prise de l'œil après le passage du chalut : *dandy*, *esthète*, *étrange*, *louche*, *sexuel*, *mort*, *obsédé*, *garçons*, *homosexuel*, *mauvais caractère*, *déplacé*. Et puis : *Emily Dickinson*, le *poète gay Thom Gunn*, *suicide*, *Sylvia Plath*. C'est la crème sur le lait dans les bouteilles en verre d'antan, quelque chose qui se condense et remonte à la surface, un avant-goût épais et gras de ce que l'on va trouver en dessous. Les mots s'adressent des clins d'œil d'une colonne à l'autre. Ils sont dans la confidence, eux aussi. Ensuite, on a une série de termes relativement innocents en soi, mais contaminés par tout ce qu'il y a autour : *seul*, *solitaire*, *distant*, *intellectuel*, *trop élégant*, *cérémonieux*. Enfin, ce qui serait risible si ce n'était tragique : *livres*, *films étrangers*, *poésie*, *mort*.

Gary m'apporte mon café. Il l'a fait lui-même, sans se servir de la machine. Bien qu'il ne soit pas meilleur, ce petit geste de considération signifie sans doute qu'il a une mauvaise nouvelle.

« Ils le mettent en examen. »

Le Doc

Sa fonction de directeur adjoint autorise Monk à enseigner d'autres matières que la sienne, et, lorsqu'ils laissent tomber le latin, espérant être débarrassés de lui, il réapparaît sous la casquette de professeur d'histoire. Il a toujours avec lui son jack russell qui tremble dans un panier à côté de son bureau, et, de temps en temps, le chien fait le tour de la salle, exhibant son derrière croûteux d'où pendent des amas de poils enchevêtrés de merde. Les *stalacrottes*, les appelle Danny. Les murs de la salle sont tapissés d'affiches de César et d'empereurs, de cartes, de scènes de bataille et de monuments. Le Doc enseigne l'obéissance et une absence de curiosité virile. Si l'école a une philosophie, c'est celle-ci. Ce qui compte, c'est la façon dont se sont bâtis les empires. L'histoire, ce sont les rois, les reines, les têtes coupées et les guerres.

Lorsque Danny lui demande « Est-ce qu'il y avait une autre histoire ? », il rétorque : « C'est à dire ?

— Je n'en sais rien, dit l'adolescent, qui est à présent sûr de lui et averti, mais qui peut aussi faire preuve d'une candeur irritante. Dans les usines et dans les fermes, dans les magasins et chez les gens. »

Monk ôte ses lunettes, se frotte les yeux, les replace sur son nez et le dévisage. Il nous interprète sa version du *professeur patient s'adressant à l'élève obtus*. Tous les scénarios sont répertoriés dans sa tête. C'est une encyclopédie vivante de la méchanceté.

« L'histoire s'intéresse aux événements et aux hommes qui la font. Si vous voulez être travailleur social, attendez d'avoir terminé vos études.

— Mais est-ce que l'histoire n'arrive qu'à certaines personnes ? » insiste Danny.

Le Doc lui lance un regard de biais : Danny est assis au premier rang. Monk a tendance à se tenir contre les bureaux, si bien que les élèves doivent se pencher en arrière aussi loin que leur chaise le permet – ce qui leur donne l'air de fleurs ployant sous la tempête – et, même si l'ironie de la remarque lui échappe, il est conscient qu'elle recèle une pique.

« Je parle de l'histoire avec un grand H. Personne ne s'intéresse aux usines et aux fermes, personne ne veut savoir si les corvées ménagères accomplies par les femmes relèvent ou non de l'histoire… C'est de la sociologie et on n'en fait pas dans cette école.

— Qui décide ce qu'est l'histoire, alors, professeur ? »

Il n'aime pas le tour que prend l'échange. Et encore moins le ton sur lequel il prononce le mot *professeur*, avec une pointe de sarcasme.

« Si vos condisciples vous remettent à votre place de temps en temps, ce n'est pas moi qui leur en tiendrai rigueur, répond-il avec un regard en direction de Hugh Lewis et Leighton Vaughan au fond de la classe, toujours serviables dans ce genre de situation. Et puisque le sujet vous intéresse, nous pourrions discuter de l'histoire criminelle de vos compatriotes terroristes. Peut-être même êtes-vous l'un d'eux, une manière d'agent dormant – après tout, c'est comme ça qu'ils font, non ? Ils éparpillent quelques Féniens dans nos villes, les laissent s'intégrer, se faire des amis, trouver du travail, fonder une famille et BOUM ! »

Il tape sur la table du plat de la main. Tout le monde sursaute, à commencer par Danny.

« Soudain, il y a une dizaine de morts et de blessés, du sang sur les murs, et il n'y a plus qu'à ramasser les restes des victimes à la petite cuillère. À LA PETITE CUILLÈRE ! C'est votre histoire à vous. Souhaitez-vous qu'on l'étudie ? »

Danny est déstabilisé ; il blêmit, puis s'empourpre, une rougeur qui le met au supplice. C'est l'adolescence : on se sent fort, drôle et subversif, on roule des mécaniques, on va trop loin et on finit par se casser la figure.

« Peut-être êtes-vous l'un d'eux ? » répète le Doc d'une voix douce.

Les rires cessent. Il y a un silence pendant lequel la classe prend acte du changement de ton. L'air n'a plus la même densité. Petit à petit, des grondements s'élèvent là où tout à l'heure on avait des ricanements. La taquinerie ordinaire, l'humiliation banale et les petits jeux de pouvoir sont balayés : on est entré dans autre chose. C'est une pause, une accalmie au milieu de la tempête, mais d'ici quelques secondes elle va repartir de plus belle.

« Je ne suis pas irlandais, proteste Danny, sur la défensive et se demandant de quoi il se défend. Et même si je l'étais, je ne vois pas où serait le problème. Je serais fier de l'être, si c'était le cas.

— *Fier*, allons bon ? rétorque calmement le Doc sans le regarder, les yeux sur la classe. Ma foi, vous êtes certainement mieux nourri que la plupart de vos compatriotes. Je pense que nous avons là un sympathisant, peut-être même notre *agent dormant* personnel. »

Vaughan marche avec aplomb jusqu'au premier rang et son poing s'abat sur l'occiput de Danny. On entend le choc assourdi de l'os contre l'os. Ça doit faire mal. Quand il relève la tête, le regard brillant de douleur, les larmes aux yeux, il voit les salopards du fond se marrer. Vaughan se frotte les doigts fièrement et retourne s'asseoir. Absorbé dans son cahier, le professeur fait mine de n'avoir rien vu.

Danny devient insolent. Il est plus intelligent que la moyenne. Il répond et il a une manière de révéler les inconséquences des autres qui les embarrasse d'autant plus qu'il ne le fait pas exprès. Une offense involontaire a quelque chose de dangereux ; elle exaspère encore plus qu'une raillerie ou un mépris ouverts. Pour couronner le tout, il est élégant et indépendant. Ander constate – tout le monde le constate – qu'il semble pousser plus harmonieusement que ses condisciples. Il n'a pas cette allure dégingandée des adolescents qui rappelle les figures du Greco. Il grandit et s'étoffe juste ce qu'il faut ; il n'est pas maladroit, n'a pas de boutons sur le front ni de suées qui le font ruisseler même quand il gèle. En plus, il est mieux habillé. Ou plutôt : les vêtements lui vont mieux. Sans, il n'est pas mal non plus, ce que les autres ne manquent pas de remarquer lorsqu'ils entrent et sortent des douches, ou se changent avant d'aller se ridiculiser sur le terrain de sport.

Donc, oui : ça lui pendait au nez.

« J'ai quelque chose pour vous, déclare Monk avec une mine réjouie à laquelle ils ne sont pas habitués. Approchez-vous, s'il vous plaît. »

Il attend.

« Il n'y a aucune raison d'avoir peur », ajoute-t-il.

S'il était du genre à rassurer, alors, ce serait rassurant. Mais Ander craint le pire.

« Moi ? »

Danny ne sait plus sur quel pied danser. Le Doc sourit et tout son visage semble souffrir, car ses yeux tremblent comme s'ils voulaient jaillir de leur orbite. C'est un sourire qui a beaucoup de dents, songe Ander. Un sourire qui mord.

« Oui, vous, Danny McAlinden. Nous allons mettre certaines de vos idées en pratique. Levez-vous et approchez-vous. »

Danny se méfie, mais il y a encore en lui assez de confiance, ou, ce qui n'est pas tout à fait la même chose, de désir de faire confiance, pour qu'il obéisse et franchisse les deux mètres qui le séparent de Monk.

« Asseyez-vous », dit celui-ci avec douceur.

Il a les mains sur les épaules du garçon – qui est pourtant plus grand que lui – et il appuie.

Danny s'assied.

Ce qui va suivre, Ander ne cessera jamais de le rejouer dans sa tête.

Si on revient ainsi sur certains événements, ce n'est pas parce qu'ils ont eu lieu, mais parce qu'une part de nous pense toujours pouvoir en modifier le cours. Pense qu'il n'y a qu'à trouver le bon raccord, le relief imperceptible sous le doigt pour soulever le ruban adhésif avec l'ongle et le dérouler entièrement.

Le Doc est petit et chétif, mais son sadisme lui donne assez de force nerveuse pour tirer la chaise avec Danny dessus, et le placer au centre, face à la classe. Lorsqu'il est irrité ou excité, il répand une odeur discrète. Elle n'a pas ce côté âcre et écœurant des relents d'intimité et de décomposition de Mortata, on dirait plutôt qu'il fermente, que des bulles se forment lentement sous la surface. Il demande à Danny de se lever et il pose la chaise devant lui, le dossier contre sa taille. Machinalement – ce doit être l'accusé en chacun de nous, notre suspect intérieur –, Danny appuie les mains dessus, comme un condamné qui attend sa sentence. C'est étrange de voir à quel point c'est facile, à quel point on l'a assimilé : mettez un individu face à un groupe, laissez-le seul devant une foule et il adopte automatiquement l'attitude de celui qui s'apprête à être jugé. Le Doc le sait. Les autres sont sur le point de l'apprendre.

« L'un des fondements de notre société moderne, c'est la primauté de la loi et le droit à un procès équitable. »

Danny lui adresse un regard plein d'espoir. Plus tard, les garçons se diront que c'est ce qui l'a perdu, cette confiance et ce sourire, parce que les autres ont vu là un signal, le signal que la chasse était ouverte, que Danny était prêt et qu'il attendait la curée.

Monk : « Prenez cela comme un exercice pratique sur la démocratie. Chacun dans la classe aura la possibilité de venir expliquer devant tout le monde ce qui vous est reproché, ou de parler en votre faveur pour ceux qui le souhaitent. Nous procéderons ensuite à un vote pour décider si vous êtes coupable ou innocent, chef d'accusation par chef d'accusation. Dans la mesure où nous n'avons pas de jury, vos condisciples joueront ce rôle. Je serai le juge, uniquement pour veiller au bon déroulement de la séance. Vous aurez bien sûr la possibilité de vous défendre…

— Je ne… comprends pas… », bafouille Danny, qui commence à paniquer.

Un crépitement d'excitation parcourt le fond de la classe : se voir accorder l'autorisation de persécuter l'un des leurs en toute impunité, dans un contexte dramatique qui plus est, est un cadeau inespéré. L'idée du tribunal est particulièrement délicieuse, car elle confère une atmosphère de rituel et d'irréalité à la brutalité crasse. La sensation d'être tous sous l'emprise d'une drogue.

Certains n'ont pas conscience de ce qui est en train de se passer, mais Ander commence à comprendre, tout comme Neil Hall, quelques rangs derrière lui. Il l'entend lâcher « Merde » entre ses dents. Danny, parce qu'il est sous le feu des projecteurs, a un temps de retard.

« Un procès, monsieur McAlinden, un procès. Vous qui semblez tellement intéressé par tous vos héros communistes, Trotski, Lénine, les Brigades internationales… plus près encore, l'IRA et vos chers mineurs en grève dans leur petit Moscou… C'est l'occasion de nous aider à faire revivre l'une de leurs distractions préférées : le procès spectacle. »

Danny veut regagner sa place, mais le Doc s'interpose.

« Voyons, de quoi avez-vous peur ? Cela fait partie du cours. Considérez qu'il s'agit d'une reconstitution. Le but est de rendre l'histoire plus proche de nous… »

Il pourrait l'écarter – il fait deux têtes de plus que Monk, ce ne serait pas difficile –, mais ce n'est pas ainsi que fonctionne l'autorité, et la soumission non plus. Alors qu'il ne s'est encore rien passé, Danny se retrouve dépouillé de son aura de calme intelligent, de son assurance physique, de son élégance et de son ascendant. Tout ce que les autres lui envient, il va le perdre en public. Le pire, c'est que même ses amis vont peut-être en jouir dans leur for intérieur, simplement parce qu'il faut qu'il tombe de son piédestal, qu'il soit ramené à leur niveau, et partage leur fragilité et leur anxiété. Au bout du compte, ils ne l'en aimeront que plus, à cause de l'humiliation et de la souffrance qu'il va endurer.

Danny veut parler mais il a perdu sa langue. De toute manière, dès qu'il essaie d'émettre un son, le

Doc se moque de son accent. À présent, celui-ci s'attache à créer une atmosphère de tribunal : il réunit une bible sur laquelle les témoins pourront jurer, une robe noire pour le juge, une vieille pipe en guise de marteau. Les accessoires sont tous là, à portée de main. Au point qu'Ander se demande s'il ne l'a pas déjà fait.

« Les reconstitutions historiques sont très à la mode de nos jours. Vous savez, les médiévistes en cotte de mailles, avec épée et bouclier, vous avez bien dû en voir, des batailles en costume à côté du pont… Eh bien, ce sera notre petite version à nous, glousse Monk. Il va aussi nous falloir une équipe de sécurité pour s'assurer que l'accusé ne tente pas de fuir », ajoute-t-il, faisant signe à Lewis et Vaughan.

Les deux garçons s'approchent, compacts, épais, cruels et dociles, se plaçant de part et d'autre de Danny.

Même le chien s'est réveillé.

Pille l'instant

Je remarque que Gary a dit « Ils le mettent en examen ». Pas *nous*. Tandis que M. Wolphram attendait dans une cellule et s'agitait dans la salle d'interrogatoire, Poisson rouge a agi en sous-main, dans son aquarium de fonction, entouré des trophées et des titres de son prédécesseur mort à la tâche, que sa famille n'a jamais réclamés. Notre chef s'en arroge toute la gloire, présumant, à raison, que personne ne vérifie le nom du récipiendaire, se contentant d'admirer les succès dont ils témoignent. Gary a un faible pour : « Meilleur communicant de l'année : vainqueur régional, Derbyshire ».

C'est ce qui lui a donné l'idée du jeu qu'il a baptisé « Récompenses de niche », où les concurrents se voient attribuer des titres superlatifs pour des activités extrêmement pointues, avec des critères d'éligibilité d'une spécificité confinant au rédhibitoire. « Banque moldave la plus compétitive », « Miss Frodsham », « Philanthrope du Yorkshire de l'année » et j'en passe.

« Ils n'ont pas de preuve, dis-je à Gary, usant du même pronom.

— Ils ont un faisceau d'indices, Prof : les traces de la fille dans sa voiture et dans son appartement, ses traces à lui chez elle… Il s'est emmêlé les pinceaux avec les temps et les dates, il nous a raconté des mensonges, ou en tout cas des trucs qui ressemblaient à des mensonges. La Jaguar a été utilisée le lendemain du meurtre, peut-être avec le corps dedans. Elle a fait des recherches sur le harcèlement et elle a consulté des sites sur le sujet. Il est incapable de donner des réponses franches et directes, il n'a pas d'alibi…

— Les gens qui vivent seuls n'en ont pas, en général, nous sommes tous les deux bien placés pour le savoir.

— Je te l'accorde, mais il faut bien dire ce qui est… »

Gary laisse la phrase en suspens car il veut que je la termine à sa place. Alors je le fais.

« Il n'est pas tout à fait *normal*, c'est ça ?

— Ah, Prof… tu m'ôtes les mots de la bouche. »

Nous restons silencieux. Je remue mon café, tapote la cuillère sur le bord ébréché de la tasse. Elle porte la mention « Meilleur papa du Norfolk » et elle appartenait aussi au prédécesseur de Poisson rouge. Tout est dans la spécificité du titre : ce qui est rare est cher.

« Mets-toi à sa place, reprend Gary. On lui demande des résultats. Poisson rouge a besoin de leur donner un nom. OK, c'est un branleur et un lèche-cul qui a extorqué [il prononce *estorqué*] ses médailles à un mort, mais c'est lui qui doit tous se les fader : le public, les journaux, la télé, les chefs qui s'inquiètent pour leur image, les commerçants qui flippent pour les ventes de Noël… Ils le harcèlent, le bombardent d'appels, de tweets, de mails, de SMS… J'ai pitié de lui. Un peu.

— Et il a cédé. Mais donner un nom, ça ne sert à rien si ce n'est pas le bon. Le but du jeu, ce n'est pas de balancer n'importe quelle connerie pour faire plaisir aux gens.

— Le problème, c'est le temps. On a une grosse merde suspendue au-dessus de la tête, qui tient par un fil aussi fin qu'un cheveu de bébé, et elle peut nous tomber sur la tronche à chaque instant, sur toi, sur moi, sur Poisson rouge, sur nous tous…

— Une épée, Gary. L'épée de Damoclès…

— Eh bien, moi, je te dis que c'est une merde. Tu te crois où ? Dans *Le Seigneur des Anneaux* ? Et le but du jeu, c'est de ne pas se trouver dessous quand le fil cassera.

— Peut-être, mais maintenant, il va falloir qu'on passe notre temps à essayer de prouver qu'il est coupable au lieu d'enquêter pour déterminer qui est le véritable coupable, ce qui n'est pas la même chose.

— Il n'y a qu'à espérer qu'au bout du compte ça revienne au même, répond Gary en haussant les épaules. Écoute, la probabilité que ce soit lui est quand même élevée. Tu sais comment ça marche : mari, petit ami, proche ou voisin. Le petit ami était de l'autre côté de la Manche, les proches à Newcastle, et le voisin… Justement, le voisin est bizarre, il ment, c'est un maniaque de la propreté et du rangement, et la fille a laissé son ADN chez lui et dans sa voiture. On ne peut pas nier les faits : qu'est-ce qu'on peut en déduire ?

— C'est bien joli, mais ce ne sont pas des faits. Les faits, c'est précisément ce qui nous manque. Tu sais aussi bien que moi qu'on ne devrait pas le mettre en examen. Même s'il est coupable, on n'a rien de solide. On a à peine fini d'interroger les voisins, on n'a pas vérifié tous les ordinateurs, on n'a pas encore parlé sérieusement avec les témoins et on n'a pas reconstitué le dernier trajet de la victime. Il y a peut-être une dizaine de personnes là-dehors dont les souvenirs vont être parasités. »

Gary baisse les yeux vers le bureau, prend un stylo et remue son café avec.

« Le problème, c'est le temps, non ? On n'a plus le temps, alors ils l'ont mis en examen. Fourre-toi ça dans le crâne et fais ton boulot.

— Plus le temps par rapport à quoi ? C'est quoi le critère ? Les articles de Lynne Forester ou la résolution de l'affaire ? De toute manière, ce n'est pas comme s'il nous avait consultés.

— Il n'a pas à le faire. C'est son job. L'image de la police, les relations publiques et les explications, c'est sur lui que ça tombe. C'est lui qui a la pression. Tu n'as qu'à regarder les choses différemment : on a besoin de le mettre en examen pour pouvoir le garder et on a besoin de le garder pour pouvoir le mettre en examen. Et quand il aura jeté un coup d'œil à la presse, il nous en sera reconnaissant, parce que, s'il sort maintenant, il va se faire tailler en pièces. C'est du gagnant-gagnant ! »

Gary s'empare de la télécommande et met la chaîne d'infos en continu : des journalistes et des photographes se bousculent devant chez M. Wolphram. Il y a un attroupement permanent de voisins, une petite foule cossue en manteaux coûteux, et quelques badauds en survêtements et maillots de foot qui sont venus en bus pour voir la « scène de crime ». Bientôt quelqu'un bombera À MORT SALE PÉDOPHILE, mais tant que la police est là, ils se contentent de crier. Trois agents mal à l'aise montent la garde devant la maison. C'est de l'information en direct et en continu, et le crépuscule que je contemple par la fenêtre de ce bureau est le même que celui qui tombe sur l'appartement de M. Wolphram à moins d'un kilomètre à l'ouest, enveloppe le portail en fer forgé et descend sur le gravier. Toutes les fenêtres sont noires ; même le couple bavard à l'étage a fui l'attention des médias.

Au début, ils trouvaient ça excitant d'être aussi proches de l'action. (Comment s'appellent-ils déjà ? Ben et Claire ? Chloe ? C'est ça : Chloe et Ben.) On le lisait dans leurs yeux. Ils avaient eu l'occasion de voir ça à la télé, mais maintenant… *maintenant, ça se passe chez nous !* Ils étaient loquaces et je suppose qu'ils envoyaient des SMS, tweetaient, et postaient des photos sur Instagram qui nous montraient entrant et sortant du bâtiment dans nos combinaisons blanches stériles. Elle a même dit, comme tous les témoins à un moment ou un autre, comme nous le dirions peut-être si l'horreur nous frôlait : « Quand je pense que ça aurait pu être moi dans ces sacs-poubelle, abandonnée au milieu de nulle part. » Alors, son petit ami a passé un bras rassurant autour de ses épaules, lui caressant le haut du sein, juste en dessous de la clavicule. Elle a pris sa main, nous a regardés et a frémi, révélant ce qu'elle imaginait être une détresse palpable (elle avait sans doute les mots *détresse palpable* dans la tête à cet instant), mais qui était en réalité le frisson d'excitation du rescapé. Ils ont posé quelques questions, affectant une véritable émotion. Ils ont tenté quelques grimaces horrifiées qui se voulaient sincères, même si tout ce qui les intéressait, c'étaient les détails qui leur permettraient de briller dans les dîners en ville ou d'alimenter les scénarios *ça aurait pu être moi*. Il se passionnait pour la criminalistique, elle désirait savoir si Zalie avait été tuée là, dans la maison, ou ailleurs. L'attention excessive qu'il portait à des points précis – des questions de détective amateur, mais méthodiques et curieusement centrées sur l'aspect scientifique des recherches – contrastait avec l'excitation lubrique de la femme.

« Tout le monde est flic aujourd'hui », a dit Gary sur le trajet du retour.

De toute manière, il semble qu'ils aient déserté les lieux. Ils ont sans doute fini par se lasser de toute cette publicité.

Je regarde donc la maison s'assombrir en direct et en continu. C'est étrangement apaisant. Les nuages que je vois du bureau passeront là-bas dans deux ou trois minutes. Tous ces événements se déroulent en temps réel : M. Wolphram au poste, l'avocat en route dans sa berline, une veste de costume suspendue à un crochet à l'arrière, la police devant chez le prévenu, moi qui bois mon café, Gary qui plante des épingles sur la carte au mur, Poisson rouge au téléphone : tous, nous assistons à l'événement et nous en faisons partie. Même les voisins, à qui rien n'est arrivé mais qui ont goûté à la célébrité, et pour qui désormais il se passe constamment quelque chose. Tout est toujours en temps réel (existe-t-il un temps qui ne le soit pas ?) avec les chaînes d'information en continu.

Tout ce *maintenant* et pourtant d'une certaine manière il est toujours trop tard.

La vérité est sur la place publique ; les mensonges aussi. Ils se ressemblent.

Nos parents et nos grands-parents devaient aller chercher le journal le matin pour découvrir ce qui s'était passé durant la nuit. S'ils voulaient en savoir plus, ils pouvaient écouter les titres toutes les heures à la radio. Pour eux, être à la pointe du *maintenant* signifiait acheter l'*Evening Post* ou un autre quotidien du soir en sortant du travail et le lire dans le train ou dans le bus. Ils étaient conscients que le monde n'arrêtait pas de tourner entre les actualités : des gens mouraient et étaient tués, des guerres étaient déclarées, des trains déraillaient, des hôtels explosaient et étaient reconstruits, des équipes de foot perdaient et gagnaient. Ils n'étaient ni idiots ni ignorants, et je ne suis pas sûr qu'ils comprenaient moins bien ce qui se passait que nous, qui sommes gavés d'informations en temps réel. Gary dit que vivre dans un présent diffusé en direct vingt-quatre heures sur vingt-quatre modifie la manière dont nous l'habitons.

Quand j'étais à l'école, je me fiais à l'horloge du centre commercial de Port Vale Road pour mettre ma montre à l'heure. Je savais que j'allais perdre du temps, que ma petite montre finirait par ralentir, que j'oublierais de la remonter ou que les piles s'useraient, alors, régulièrement, je me rendais sur place, et, selon l'expression consacrée, je la réglais sur la grande horloge, qui était elle-même réglée sur une horloge plus grande, et ainsi de suite, jusqu'à l'horloge suprême, l'horloge de toutes les horloges. Où était-elle ? me demandais-je. Sur la Lune ? Le Soleil ? Ma mission accomplie, je m'éloignais de la fausse horloge *d'époque* à côté de Wimpy et de Woolworths, des magasins à présent morts, mais au nom toujours vivant, ma montre réglée à la seconde près, de nouveau à l'heure, synchrone avec le temps. C'était comme si j'avais fait le plein. Pourtant, à peine avais-je fait trois pas que je savais qu'elle n'allait pas tarder à fuir, à ralentir, que je transportais du sable et de l'eau dans mes mains, un estuaire entre mes doigts, que c'était la seule véritable histoire qu'elle pourrait me raconter. Tout ce qu'elle pouvait réellement me dire du temps, c'était le temps passé, le temps perdu, et pour finir plus de temps du tout.

Une fois, à la fin d'un cours, M. Wolphram m'avait dit : « Vous êtes manifestement du côté de ceux pour qui le verre est toujours à moitié vide. Mais face à la fuite irréversible du temps, on peut aussi décider d'en tirer tout ce que l'on peut : *carpe diem*, cueillez le jour. »

Phrase que de bonne foi j'ai déformée pendant des mois, répétant « Pillez le jour ». Ce qui revenait sans doute au même. Comme cet autre grand mot d'adulte que je comprenais de travers au début, à l'époque où l'anglais était pour moi une succession de malentendus éloquents : la retournité. On disait *pour l'éternité*. J'entendais *pour la retournité*.

Je me souviens du verre à moitié vide, parce que c'est la seule fois où M. Wolphram a employé un cliché devant moi, lui qui nous mettait habituellement en garde contre ceux-ci.

« Encore dans ton monde, Prof ? »

Mon café est à présent assez froid pour être bu. Je l'avale en une lampée et fais claquer la tasse sur la table avec assez de force pour paraître catégorique, mais pas au point de risquer de la casser.

« Tu es plutôt verre à moitié plein ou verre à moitié vide, Gary ?

— Ça dépend de ce qu'il y a dedans. C'est une information cruciale pour répondre…

— Exactement, et c'est l'information qu'on ne livre jamais quand on pose la question… »

Je me lève d'un air décidé et j'enfile mon manteau sous le regard déconcerté de mon coéquipier.

« Allons voir ce qu'est devenu le couple du dernier étage, qu'est-ce que tu en dis ? Chloe et Ben. J'ai comme dans l'idée qu'un journal leur a mis le grappin dessus et les a emmenés en lieu sûr pour leur extorquer leur histoire avant de les relâcher avec un joli paquet de billets.

— Moi qui te croyais barré dans un de tes safaris intérieurs. Mais non, ça turbinait à plein régime…

Toute cette *horlogerie** qui tictaque dans ton cerveau… OK, je me renseigne.

— Puis on va interroger le type au *cuoer* brisé, au cas où il aurait aperçu quelque chose. Et après, on reviendra ici parler à M. Wolphram. D'ici là, il aura vu son avocat.

— Ça, c'est un Prof comme je les aime. Un Prof avec un plan d'action.

— Je veux également les témoignages de tous les habitants de la rue, les voisins, les livreurs, les coursiers, les distributeurs de prospectus, les éboueurs, les voyeurs, les curieux derrière leurs rideaux, les commères de service… plus tout ce que Petit Écran a pu trouver en épluchant les profils sur le site de rencontres. »

Gary passe un appel. On le met en attente.

Je pensais que Chloe et Ben étaient partis pour fuir l'attention des médias. J'aurais dû deviner que ce qu'ils cherchaient, c'était un autre genre d'attention, plus intéressante et plus rémunératrice.

« Ouais, bien vu : envolés. Hier soir. J'ai appelé Ben sur le numéro qu'il nous a laissé. Je suis tombé sur un message qui demande d'adresser toutes les questions à Lynne Forester de l'*Evening Post*. Elle a dû les installer dans un hôtel de luxe ou un appartement, le temps de leur soutirer l'information qui l'intéresse. »

Wolphram est de retour dans la salle d'interrogatoire. Il ne s'est pas rasé depuis près de deux jours, et sa barbe naissante remonte presque jusqu'à ses tempes, se glisse dans le col de sa chemise. Il ressemble à un bandit intellectuel mexicain dans un western spaghetti, ou au prisonnier qui aide les autres détenus à écrire à leur dulcinée. Sa peau est brillante, luisante de sueur, les pores larges et ouverts. Au bout de ses longs doigts délicats, ses ongles sont rongés au sang. Sans corde à pincer ni page à tourner, il est perdu, totalement démuni sous la lumière crue.

Tout ce qui lui reste, c'est une montre, dont il tourne le bracelet autour de son poignet, réglant le volume dans sa tête. Il semble méditer. De temps en temps, il ferme les yeux lentement, langoureusement, et les rouvre, s'attendant peut-être à découvrir quelque chose de différent, donnant une chance au monde de se réorganiser pendant qu'il ne regarde pas. Parfois, il se balance d'avant en arrière très doucement au-dessus de la table, où deux thés intacts ont refroidi dans leur fin gobelet de plastique côtelé.

Je vais demander qu'on le place sous surveillance suicide. On dirait qu'il veut s'extraire de son corps. Il est si frêle, si pâle et apeuré, si maigre qu'il pourrait se glisser hors de sa peau comme on déserte sa maison : on verrouille la porte et on met la clé dans la fente de la boîte aux lettres.

« Il ressemble au dernier homard dans un resto chic, avant que le cuisinier le sorte de l'aquarium pour le faire bouillir, commente Gary, non sans une certaine tendresse. Je prendrai une bouteille de chablis et le professeur Thermidor, s'il vous plaît… »

Il a été interrogé à trois reprises au cours de la nuit. Ils ont attendu que nous soyons partis, Gary et moi. Poisson rouge et Petit Écran s'en sont chargés, mais les procès-verbaux montrent qu'ils n'ont rien tiré de lui : 23 h 30, 1 h 45, 3 h 30. Chaque fois pendant une heure.

On croirait lire un dialogue du théâtre de l'absurde, avec cette menace diffuse qui plane sur les pièces de Pinter.

Poisson rouge : « Vous n'êtes pas accusé de quoi que ce soit, vous pouvez donc parler librement.

— Je n'ai rien à ajouter à ce que j'ai déjà dit, à de multiples reprises, et de différentes manières. »

M. Wolphram a beau être exténué, il garde la main sur les mots, même sur ceux des autres, car Poisson rouge commet l'une des erreurs de base de l'interrogatoire : poser des questions qui n'en sont pas.

« C'est bien le problème. Vous répétez toujours la même chose, mais nous aimerions que vous changiez de chanson, n'est-ce pas, sergent Binns ? »

Je réalise que je ne connaissais pas le nom de famille de Petit Écran ; c'est le genre de personne pour qui cela ne fait pas une grande différence.

« Oui, on veut entendre autre chose. Et vous vous rendriez service à vous aussi, dit-il, essayant de jouer au méchant flic.

— J'aimerais autant me rendre service en en disant le moins possible, pas vous ? Et c'est certainement ce que mon avocat me conseillera quand j'en demanderai un. Ce que je n'ai pas fait pour l'instant, vous l'aurez remarqué, car je coopère en tant que témoin. Si je suis entendu à un autre titre, je peux compter sur vous pour me le faire savoir, bien sûr ? »

Poisson rouge pousse un soupir de série policière.

« Quand avez-vous parlé à Zalie Dyer pour la dernière fois ?

— Probablement le 18 ou le 19 décembre. Dans la matinée.

— De quoi avez-vous parlé ?

— Je ne m'en souviens pas. Les banalités d'usage, les menus propos qu'on échange entre voisins : les poubelles, le recyclage, les informations déprimantes du jour. C'était une personne d'un commerce agréable, et nous serions certainement devenus amis si nous avions eu l'occasion de faire plus ample connaissance.

— À quelle heure le matin ?

— Dix heures trente. Ou trente-cinq. Je suis allé acheter le journal vers 10 heures et je suis rentré une demi-heure plus tard. Elle sortait sa bicyclette de l'abri.

— Dix heures trente ou trente-cinq, c'est très précis, dites donc », intervient Petit Écran.

Là, ce n'est plus le bon flic et le méchant flic, c'est à qui sera le plus con.

« L'heure est toujours précise, sergent. Ce sont les gens qui ne le sont pas. »

Il y a un long silence pendant lequel j'imagine Poisson rouge et Petit Écran se regarder d'un air paniqué, le visage ruisselant de sueur, puis la bande est coupée. On parle encore de « bande », bien qu'en réalité il s'agisse d'un enregistreur numérique, si sensible qu'on entend M. Wolphram respirer par les narines, comme autrefois, quand le cours s'achevait : la tête droite, la poitrine gonflée, les livres refermés.

« Eh ben ! lance Gary qui écoutait par-dessus mon épaule. Ils se sont fait taper sur les doigts ou quoi ?

— Tu vois ce que je veux dire ? Ce n'était pas exactement un de ces profs qui faisaient peur aux élèves, mais on n'avait pas envie de l'embêter.

— Si je pouvais faire ça avec des mots, je n'aurais pas besoin de cogner sur les gens. »

Bien qu'il n'ait jamais frappé qui que ce soit, il aime invoquer le fantôme de la violence dès que la situation se complique. La violence est son idée d'un argument décisif dans une discussion.

M. Wolphram est peut-être brisé et isolé, assis dans cette salle d'interrogatoire, il est peut-être troublé et agité, mais si on l'attaque, il se redresse. Il a de la ressource. D'où elle lui vient, je l'ignore, cependant, s'il n'avoue pas, soit il est innocent, soit il a la volonté de résister et rien ne l'entamera.

Séance suivante : Poisson rouge et Petit Écran semblent plus fatigués que lui. Ils s'essaient maintenant à la psychologie de comptoir et le questionnent sur son enfance. Une approche que Gary et moi avons déjà tentée ; c'est même par là que nous avons commencé, avec le succès que l'on sait.

M. Wolphram : « Je ne comprends pas pourquoi les gens cherchent toujours des réponses dans l'enfance. Ce doit être un reliquat de l'époque où nous pensions que les êtres humains formaient un tout cohérent comme les histoires et les romans. »

Petit Écran (un peu largué) : « Tenez-vous-en aux faits, monsieur, on se charge des théories.

— C'est précisément vos théories qui m'inquiètent, sergent, mais si ce sont des faits que vous voulez… »

Il prend une longue inspiration avant de se lancer.

« J'ai grandi plus ou moins seul. Mes parents sont décédés – séparément, de même qu'ils avaient vécu – quand j'étais enfant : ma mère lorsque j'avais six ans, mon père quatre ans plus tard. Leur mariage était de ceux qui rendent le divorce superflu. À la mort de ma mère, on m'a envoyé chez deux de mes tantes, à Hastings. Mon père était un militaire de carrière, strict sans réelle raison pour l'être – je n'étais certainement pas un rebelle –, et il aurait voulu un fils déjà adulte. Vous savez, quand les gens disent de quelqu'un : « Il a été le père que je n'ai jamais eu » ? Eh bien, je pourrais dire cela de mon vrai père. Je ne l'ai jamais véritablement eu. Ce qui ne me posait pas de problème particulier, honnêtement. »

Il s'interrompt, pousse un soupir las.

« Bon, j'ai déjà dit peu ou prou la même chose à vos collègues : le gros en colère et celui qui n'a pas l'air d'écouter. Au moins, avec eux, il y avait un semblant d'échange. Ai-je besoin de continuer ? »

Silence.

« Très bien. Mes tantes étaient à l'Armée du Salut. Encore des militaires, d'une certaine manière. Je suis athée depuis aussi longtemps que je me souvienne, néanmoins je les aimais et elles m'aimaient. C'était très simple, en réalité. L'une d'elles est toujours en vie et je la chéris tendrement. Mais vous le savez et peut-être lui avez-vous déjà parlé. »

Une pause.

« Vous lui avez parlé ? »

Poisson rouge et Petit Écran se taisent, parce qu'ils ignorent la réponse. Ils ne se sont pas renseignés, ne sont pas préparés, de vrais amateurs. (Non : nous ne lui avons pas parlé, mais nous allons le faire.) Ils n'ont même pas jeté un œil aux procès-verbaux que Gary et moi leur avons laissés. Il n'est pas nécessaire d'être fin connaisseur de silences pour se rendre compte que ces deux-là n'ont pas inventé la poudre, qu'ils sont dépassés et font n'importe quoi. M. Wolphram le sait, parce qu'il le flaire. Cela ne doit pas être si différent de l'enseignement : à force, on repère tout de suite qui a lu les textes, qui a fait ou non ses devoirs. Poisson rouge et Petit Écran sont juste des fumistes du dernier rang.

« Dois-je continuer ? »

C'est lui qui mène l'interrogatoire. Voyant qu'ils ne répondent toujours pas, il poursuit.

« Je comprenais ce que faisaient mes tantes, même si je ne croyais pas aux raisons surnaturelles qui motivaient leurs actes. L'église, la fanfare, les cantiques, le fait de nourrir les plus démunis, le combat contre la pauvreté, la misère… Toutes ces choses-là, je les comprenais et je les admirais. Elles agissaient par bonté et parce qu'elles se souciaient véritablement des autres, pas à cause de Dieu. Si elles avaient appris que Dieu n'existait pas ou qu'il avait eu un regrettable accident, elles ne se seraient pas arrêtées pour autant. Pour moi, c'était une preuve supplémentaire de leur altruisme. Dieu était un prétexte pour elles : tout plutôt que s'enorgueillir de quoi que ce soit. Que dire de plus ? Elles étaient profondément bienveillantes et la bienveillance est une qualité difficile à entretenir. À la différence de l'amour, qui est séduisant et dépend de stimulations, la bienveillance repose sur la constance, la durée, la capacité à continuer même quand on est à bout de souffle ou que le cœur n'y est plus. »

Gary est intéressé, à présent. Il ne se moque pas de lui, ne rit pas, ne l'accuse pas d'être un pédé, un satyre ou un violeur d'enfants. Il éteint l'enregistreur.

« Laurel et Hardy sont à la ramasse, Prof. Ils auraient besoin d'un orfèvre des mots comme moi. Je te l'aurais entortillé… les doigts dans le nez.

— Rallume, s'il te plaît. »

Il s'exécute.

« Mes tantes étaient croyantes, mais elles n'étaient ni rigides ni bigotes. On riait beaucoup chez elles et elles me laissaient faire et dire ce que je voulais, lire ce qui me plaisait. C'était tout sauf des grenouilles de bénitier. »

Fin de l'interrogatoire.

« Tu ne penses pas qu'on devrait aller voir sa tante ? me demande Gary dans la voiture, alors que nous filons vers Castle Street.

— À quoi bon ? Si on tient notre homme, je veux dire…

— Deux précautions valent mieux qu'une. Elle aura peut-être des anecdotes intéressantes à son sujet, et, de toute manière, les journaux vont la pister. Je l'imagine déjà : un bon feu de cheminée, du thé, peut-être un gâteau maison – fait par une voisine appelée

Olive –, des photos de lui partout, en short, avec un seau et une pelle, des sucres d'orge… »

Il a raison. Ils ont dû la retrouver et faire son siège. Il y a peu de chances qu'elle accepte leur argent mais il n'est pas impossible qu'elle se laisse convaincre par leurs mensonges : « Nous vous protégerons des autres journalistes qui ne cherchent qu'à détruire sa réputation, vous pourrez donner votre version de l'histoire, il a besoin de quelqu'un qui le soutienne », et j'en passe. Si ce n'est déjà fait, cela ne va pas tarder. Tout va très vite, à présent, et le pire reste encore à venir : mise en accusation, avocat, journal télévisé, unes et éditoriaux, vieux amis prêts à mentir contre rémunération, confrères se désolidarisant, déclarations officielles de l'école…

Il n'y a personne lorsque nous arrivons à Castle Street. On a demandé aux riches propriétaires de ne pas toucher au graffiti, si bien qu'on ne voit que ça, les lettres floues tracées à l'aérosol sur le mur. J'espère qu'ils sont furieux et gênés. Gary descend de la voiture et décrète qu'il a besoin de se dégourdir les jambes. Il y a un boucher à proximité. Il était là quand j'allais à l'école à côté. Il a survécu tant bien que mal aux supermarchés et aux centres commerciaux qui ont poussé tout autour de la ville. Et à présent que les vieilleries ont le vent en poupe, que les vinyles, les *scotch eggs*, les bières de brasseur et les barbes sont revenus au goût du jour, les affaires ont repris. Mais la clientèle a changé. Celle d'avant n'a plus les moyens de se fournir ici, et de toute manière elle a déménagé. On l'a déménagée.

Gary aime bien le quartier, parce que ses parents y faisaient leurs courses du temps où il y avait encore des gens comme eux dans cette partie de la ville. Il a dû aller acheter une tourte ou un feuilleté à la saucisse, le genre de spécialités qu'on trouvait avant le gel des subventions pour les logements sociaux et l'arrivée des sushis et des *chaï latte*.

Il revient avec une tourte au porc dans chaque main, râlant à cause du prix.

« Le symbole de la gentrification, Prof. »

Il prend une bouchée si large qu'il ne lui reste que le bord friable de la croûte entre le pouce et l'index. Tout en mâchant, il poursuit sur le ton du narrateur d'un documentaire historique.

« Prends n'importe quel menu de pub : plus c'est produit localement, plus c'est cher. »

Gary a une théorie sur tout et, à l'heure des repas, c'est généralement à la mondialisation que va sa préférence.

« D'abord, ils tuent tout ce qui est local, ferment la boucherie et la boulangerie, le pub avec la bière qui avait un goût d'œuf, puis, quand il ne reste rien, on voit débarquer un kéké barbu en chemise à carreaux appelé Max, qui recommence à vendre les mêmes trucs qu'avant. Trois fois plus cher. À des types comme toi. Les gens comme moi vont au supermarché pour acheter des produits qui viennent de l'autre bout de la planète parce que c'est tout ce qu'ils peuvent se payer. »

Un morceau de croûte est tombé dans l'entrejambe de son pantalon. Sa bouchée avalée, il le ramasse et l'engloutit avant de poursuivre.

« Tu sais ce qu'on dit : l'histoire se répète toujours deux fois, la première fois on appelle ça la vie, et la seconde un style de vie. »

Il ouvre le journal.

« Tiens, un de ses anciens élèves. Tu l'as peut-être connu. Jonathan Lansdale, années 1980. Il était avec toi ? Ça te dit quelque chose ?

— Jonny Brochette. Qu'est-ce qu'il raconte ?

— Devine…

— Je n'ai pas envie de deviner. Lis-moi l'article. Et en entier, s'il te plaît. Pas de Gary's Digest. Avec les mots exacts.

— Le titre aussi ? Je te fais un résumé si tu veux, on gagnera du temps : *Le bouc lubrique obsédé des bouquins au gnouf*. Tu as l'idée générale.

— Non, la totale : titre, sous-titre, paragraphes. Et le nom de l'auteur en prime. On a tout notre temps. »

Il se racle la gorge, avale un peu de boisson énergétique à l'orange et ouvre le journal sur le volant de la voiture.

L'ÉTRANGE M. WOLPHRAM

Un reportage de Lynne Forester, chef de rubrique.

M. Wolphram, le principal suspect dans l'affaire du meurtre de Zalie Dyer, était un homme solitaire, entiché de littérature et toujours tiré à quatre épingles. Il interrogeait ses élèves sur leur puberté. Page 3. Un regard étrange. Page 6. Une étrange coiffure. Page 7. D'étranges vêtements. Page 8. D'étranges chapeaux. Page 8. Étrange. Page 10. Un solitaire excentrique. Ses confrères se souviennent d'un « original, amateur de poésie ». Page 4. « Il était obsédé par David Bowie. » Page 5. Il regardait des films en noir et blanc. Il servait de l'alcool aux jeunes garçons. Page 5.

« Et voilà : un fatberg de mots », dit Gary avant de poursuivre sa lecture à voix haute.

L'un des anciens élèves de M. Wolphram, Jonathan Lansdale, homme d'affaires et entrepreneur, a gardé le souvenir d'un professeur

excentrique prompt à s'emporter. « Il était tordu, confie M. Lansdale, 48 ans. Nous avions tous peur de lui, car il pouvait se montrer violent. Il nous passait des films bizarres et nous demandait si nous avions des relations sexuelles. »

« C'est vrai ?

— Non… Jonny Brochette entrepreneur, c'est la meilleure de l'année. À l'époque, son commerce, c'était de récupérer les magazines pornos trempés au bord de la rivière. Il les faisait sécher sur le radiateur et les vendait de son "bureau", autrement dit des toilettes à côté du département de géographie. Je me souviens encore de sa grille tarifaire. Continue, Gary.

— Ça veut dire non, ou "Je n'en sais rien, en tout cas il ne m'a jamais posé la question" ? Tu es sûr que ce n'est pas simplement qu'il ne s'intéressait pas à toi ? On vit dans un monde détraqué. Au point où, aujourd'hui, ne pas avoir subi de violences sexuelles est la nouvelle forme de violence.

— C'est non. Aux deux questions.

— Si tu le dis, Prof. »

M. Wolphram avait la réputation d'aimer la poésie, et il nous faisait lire des poèmes sur le sexe et la mort. Il ramenait des garçons chez lui en dehors des heures de cours pour écouter des opéras et des poèmes enregistrés. Il avait les premiers albums de David Bowie, nous passait Pink Floyd, le Velvet Underground… De la musique d'adulte, des groupes de drogués. Comme « Heroin », du Velvet Underground.

« Et ça, c'est vrai ?

— Cette partie, oui. À la différence près qu'il ne *ramenait* pas de garçons chez lui, il les invitait, et beaucoup venaient.

— Tu as remarqué ? *En dehors des heures de cours.* C'est malin : tout de suite, ça fait louche, comme si c'était un peu secret, un peu cochon. De la musique d'adulte… Des poèmes sur le sexe et la mort… Je suis pas spécialiste, mais est-ce que tous les poèmes ne parlent pas que de ça ?

— Continue. On fera le cours de critique littéraire plus tard. »

Un ancien élève qui demande à rester anonyme…

« Ben voyons, je parie qu'il ne restera pas longtemps anonyme quand il s'agira d'encaisser son chèque, l'enfoiré ! »

… se souvient* : *« Nous allions chez lui. L'appartement était toujours sombre. Il était manifestement riche, avec des équipements dernier cri : chaîne stéréo, télé, magnétoscope… Des enceintes énormes. Il ouvrait une bouteille de vin et nous faisait boire avant le début du film. »

« T'entends ça ? *Toujours sombre*, *nous faisait boire.* »

« Nous n'avions pas le droit de boire, c'était contre le règlement de l'établissement, mais nous n'osions pas dire non. S'il avait l'impression que nous ne suivions pas en cours, il nous lançait des livres dessus et criait. Tout le monde le craignait. »

« Il criait ?

— Non. Oui. Une fois. Seulement une fois.

— Tu avais peur de lui, Prof ? »

Mon regard qui fixait un point derrière Gary revient sur lui. Je suis content qu'il me pose cette question, car cela m'aide à mettre des mots sur quelque chose que je n'ai jamais formulé.

« J'avais… non, je n'avais pas peur. En plus, il avait du bon vin et ne nous en proposait jamais plus d'un verre. Je l'aimais bien. Nous l'aimions tous bien. C'était ce que je croyais, du moins. Mais peut-être que je recherchais juste son estime et que les deux se sont confondus pendant quelque temps. Je n'avais pas envie de le décevoir, j'avais peut-être peur de ça, peur de le décevoir si je ne saisissais pas quelque chose qu'il nous disait ou nous demandait de lire, ou si je n'appréciais pas ce qu'il nous recommandait. Il voulait vraiment nous faire aimer ce dont il nous parlait, c'était important pour lui. Mais il ne me faisait pas peur, non. Il m'arrivait peut-être d'avoir honte, parce que j'étais lent, que je ne comprenais pas certains mots, que je ne ressentais pas ce qu'il fallait devant un tableau ou en écoutant une musique… ce genre de choses.

— La honte, voilà un sentiment intéressant. Ça manque, de nos jours. Trop d'humiliation, et pas assez de honte… »

Gary regarde une femme et sa fille qui se dirigent vers la maison. Elles ont fait des courses et portent de grands sacs de vêtements à l'enseigne de boutiques de mode.

« Tu penses que c'est elles ?

— Qui ?

— Sally et sa mère. Hé, tu es toujours là ? ajoute-t-il en se tapant la tête. Ce qui nous amène ici. »

Ah oui. Elles ouvrent le portail de métal, le referment derrière elles et se dirigent vers le perron. Nous leur laissons le temps de poser leurs sacs et d'allumer la bouilloire.

La sonnette est une version électronique de Big Ben, un carillon retentissant, dont l'écho laisse supposer que l'entrée est vaste. Il faut une éternité aux riches pour répondre parce qu'ils ont plus de distance à parcourir et parce que, quelque part dans leur mémoire de classe, il y a un domestique pour le faire à leur place.

La jeune fille qui nous ouvre a environ dix-huit ans. Elle a l'air vive, mais distraite. Elle est en train de taper un SMS et ses pouces cavalent sur le clavier. Elle nous regarde, crie « Mamaaan… » et nous plante là.

« On était peut-être censés passer par la porte de service », grommelle Gary, marchant aussi bruyamment que possible.

Il ne s'est pas essuyé les pieds – c'est intentionnel – et laisse sur le carrelage de marbre une traînée d'eau noirâtre.

« Qu'est-ce que tu fabriques, Prof ? lance-t-il, s'énervant déjà. Tu viens ou tu veux poser ta carte de visite sur un plateau et aller attendre dans les cuisines au sous-sol avec la gouvernante ? »

Lorsque Mme Latimer arrive, nous lui expliquons que c'est à sa fille que nous souhaitons parler. Elle se révèle amicale et d'une politesse imprévue. Gary est déstabilisé. Elle l'invite à s'asseoir, lui propose du thé, lui dit de ne pas s'inquiéter pour la flaque dans l'entrée et demande ce qu'elle peut faire pour nous.

Gary est maussade, peut-être encore plus irrité par son amabilité, parce qu'elle a trompé ses attentes. Il regarde autour de lui, espérant pouvoir trouver à redire au décor, et constate que sa principale critique, c'est qu'il n'a pas les moyens de se payer le même. Je prends la parole.

« Le graffiti sur votre mur…

— Oui, vous nous avez demandé de le laisser. Mais j'aimerais beaucoup ne plus le voir, comme vous pouvez l'imaginer.

— Nous avons besoin d'en connaître l'auteur.

— Je ne veux pas qu'il ait des problèmes. C'est juste une inscription et tout ce qu'il faut pour l'effacer, c'est un peu de décapant et une brosse métallique.

— Ce n'est pas la question, madame Latimer, il ne s'agit pas de lui créer des problèmes. C'est lié à une autre affaire : il se pourrait que le graffiti ait été peint à un moment crucial pour nous et que cette personne ait vu quelque chose qui pourrait nous aider. »

Mme Latimer n'est pas idiote. Elle comprend aussitôt de quoi il retourne. Encore une fois, sa chaleur et sa dignité me prennent au dépourvu : elle ne s'excite pas, ne jubile pas, ne se montre pas curieuse. Elle se contente d'être serviable.

« Je crois deviner de quoi il s'agit et, bien sûr, je ferai ce que je pourrai. Il s'appelle Jack. Jack Glass. C'est un gentil garçon, nous l'apprécions beaucoup, mais Sally est passée à autre chose lorsqu'elle est entrée à l'université : combien de relations de lycée survivent au premier semestre universitaire ? Il l'a pris très à cœur, il a tendance à… dramatiser. Je ne connais pas son adresse exacte. Il est de St Leonard's.

— Pouvez-vous la demander à Sally ? intervient Gary.

— Je pourrais, mais le problème, c'est qu'elle va s'empresser de tweeter la nouvelle, d'envoyer des SMS, de la poster sur Instagram et d'en tirer tout ce qu'elle pourra… simplement pour avoir un rôle dans l'affaire. Les jeunes sont comme ça. Si elle apprend que c'est lié à ce que je pense, alors je crains que cela ne complique beaucoup votre travail et notre vie. »

Elle nous raccompagne à la porte.

« Dites-moi quand je peux sortir la brosse métallique et le white-spirit », ajoute-t-elle avec un sourire avant de nous souhaiter une bonne journée.

« Ça m'énerve quand ce genre de personne s'avère être sympa, marmonne Gary alors qu'il se plie et se recroqueville pour se caser derrière le volant. Tout le monde devrait choisir un stéréotype et s'y tenir. Comme moi : flic blanc obèse de rang intermédiaire. Les gens me regardent et se disent : "Tu vois le type là-bas ? Il y a six chances sur dix qu'il s'appelle Gary." Ça évite de perdre du temps et de se prendre la tête. »

Jack Glass est un jeune homme de dix-sept ans à l'air déprimé, avec une barbe de deux jours clairsemée et un tatouage sur l'avant-bras encore protégé par un plastique. Une ancre à travers un cœur, nous explique-t-il, bien que le résultat rappelle plutôt un morceau de viande sous vide qui a pourri dans son paquet.

« Je venais de le faire. Ça m'a coûté une blinde et ça m'a fait un mal de chien, tout ça pour me faire larguer lorsque je rentre.

— C'est un peu ce dont on voulait te parler, dit Gary. Le graffiti sur le mur des Latimer…

— Oui, je suis désolé. J'avais trop les boules… je me sentais… je me sentais triste, c'est tout, et j'étais dégoûté. Tellement dégoûté que j'ai écrit n'importe quoi et que maintenant, en plus, je passe pour un con. Je vais nettoyer. Je leur ai dit que c'était moi, je me suis excusé, je voulais nettoyer, mais Mme Latimer… elle m'a demandé de le laisser. »

Comme Gary, il a l'accent du coin, et j'imagine les moqueries de Sally et de ses amis, fiers de leur prononciation du Sud-Est mâtinée d'anglais de la BBC, avec une touche de MTV pour le côté branché. Les r roulés, les voyelles arrondies… Ils doivent adorer en rire. Je me souviens que, du temps où j'étais au collège, je n'entendais cet accent que parmi les employés de cuisine et les agents d'entretien, dans le bus en ville ou dans les magasins. À Chapelton, on nous encourageait à nous en moquer.

Mais au moins, à l'époque, il était partout. Aujourd'hui, il est de plus en plus rare. Il se cache dans des parties de la ville que les médias ignorent et que la police connaît trop bien, ou encore dans les maisons de retraite et dans les salles des fêtes où l'on joue au loto. Ce n'est pas tous les jours qu'on rencontre quelqu'un de l'âge de Jack qui en affiche une version aussi pure. Même Gary, qui se fout de l'opinion des autres, a atténué le sien pour ne pas détonner parmi nous, qui parlons tous l'anglais des grandes couronnes périurbaines, l'anglais des villes nouvelles.

« On n'est pas là à cause de ton orthographe, Jack », dit-il.

Je note que son accent est remonté d'un cran : *On est pareils, toi et moi*, voilà le message qu'il fait passer. Est-ce délibéré pour lui tirer les vers du nez ou est-cė inconscient ?

« Nous voulons te parler parce qu'un délit a été commis à proximité, peut-être au moment où tu étais là, et que nous aimerions savoir à quelle heure exactement tu graffais et si tu as remarqué quelqu'un ou quelque chose. D'accord ? »

Jack lui adresse un regard soupçonneux. J'espère qu'il ne va pas deviner de quoi il s'agit. S'il a le moindre doute, c'est un nouvel article en perspective pour Lynne Forester et peut-être pour lui une somme suffisante pour rembourser son tatouage et le faire effacer.

« Je ne devrais pas te dire ça, reprend Gary avant que j'aie pu l'interrompre. Enfin, voilà : il y a eu un vol à quelques numéros de là, entre 23 heures et 6 heures du matin. Cambriolage avec effraction. Nous cherchons tous les gens qui auraient pu voir quelque chose de suspect, ou, dans ton cas, quelqu'un d'autre faisant quelque chose de suspect... »

Décidément, il s'en sort bien : « Tu as dû entendre que la police était sur une enquête beaucoup plus importante en ce moment. Ce n'est pas de notre ressort, mais ça ne veut pas dire que tout le reste s'arrête. Il faut continuer à gérer la petite délinquance : cambriolages, agressions, voitures volées... La routine qui ne fait jamais la une. »

Gary a un petit reniflement désinvolte.

« On aimerait donc savoir à quelle heure tu es arrivé, combien de temps tu es resté et à quelle heure tu es reparti. Et ce que tu as remarqué. Tu rendrais un grand service au simple poulet que je suis et à son supérieur hiérarchique, dit-il, me désignant avec une déférence moqueuse. Comme ça, on n'aura plus qu'à rentrer au poste taper des rapports. Le genre de truc qu'on ne voit jamais à la télé. Réfléchis bien. Ne néglige aucun détail. Il y a un banquier qui s'est fait piquer pour quelques plaques de matériel hi-fi, d'écrans plats et de tableaux de Jack Vettriano, et on nous met la pression. »

Le jeune homme a l'air déçu. Il gratte sa peau piquée à l'encre.

« Eh bien... Je suis parti à vélo à 22 h 30, je suis arrivé vers moins le quart... Je me suis assis sur le banc en face de la maison et j'ai texté à Sally pour qu'elle sorte. Je voulais seulement lui parler. Je lui ai écrit sur WhatsApp, donc j'ai bien vu qu'elle avait lu mes messages et qu'elle ne répondait pas. C'était encore pire. Je ne l'ai pas menacée ni rien, juste dit que j'étais malheureux et que je me sentais comme un con d'avoir fait un tatouage qui voulait dire qu'il y avait un lien indissoluble entre nous le jour où elle avait décidé de me larguer. Je lui ai envoyé une photo.

J'avais économisé pendant des semaines… je l'avais choisi dans le catalogue… regardé ce que ça symbolisait et tout…

— C'est un beau tatouage, il aura toujours de la gueule quand tout ça sera fini et que tu auras oublié cette fille, dit Gary en souriant. Au moins, tu n'as pas fait graver son prénom… »

S'il est déconcertant quand il est en colère, le Gary gentil et rassurant est carrément flippant.

Enfin, ce n'est manifestement pas l'avis de Jack, qui le regarde avec reconnaissance.

« Vous croyez ?

— Et que tu auras révisé ton orthographe. »

Jack hoche la tête en riant. Il l'a mis dans sa poche.

« J'ai attendu environ une heure. Je suis allé chercher des clopes au magasin de l'autre côté du square. Et deux bières. Ils étaient sur le point de fermer. Il n'y avait personne, juste le mec derrière le comptoir. Je suis retourné sur le banc, j'ai vidé la première canette, fumé une ou deux cigarettes. Peut-être un joint, pour être honnête…

— Un joint ou deux, ça n'a jamais fait de mal à personne, répond Gary, imperturbable. Et après ?

— J'ai entendu le cliquetis du rideau métallique du magasin. Quelques voitures. Aucune ne s'est garée dans la rue, c'était juste des bagnoles qui passaient.

— C'est bien, Jack. Très bien. Personne n'a ralenti en passant devant l'une des maisons ?

— Non, je l'aurais remarqué, vu que j'attendais le bon moment pour faire, vous savez quoi… Donc j'en suis sûr et certain, personne ne s'est arrêté, personne n'a ralenti. »

Jack est content parce qu'il est formel. Tous les témoins ont une bouffée d'euphorie quand ils peuvent donner au moins une réponse catégorique parmi les sables mouvants des conjectures. Même l'innocent est soulagé de pouvoir se cacher derrière une vérité toute simple.

Gary prend l'air déçu. Une expression qu'il maîtrise mieux que le sourire.

« Et il était à peu près quelle heure ?

— Chaipas, peut-être 23 h 30.

— Et tu n'as vu personne pendant tout ce temps ? »

Jack réfléchit. Mord l'intérieur de sa lèvre.

« Quelques passants qui venaient du pont, d'autres qui le traversaient. Vraiment au compte-gouttes. Vers minuit, un groupe de mecs un peu bourrés qui rentraient du pub. Une fille avec un sac de courses. Je ne l'ai pas bien vue, elle avait un bonnet. Elle était au téléphone. Je n'entendais pas ce qu'elle disait, parce qu'elle ne parlait pas fort, mais il y avait ce truc dans sa voix, vous savez, quand on sent que quelqu'un parle en souriant. Je m'en souviens. Une voix douce et chaleureuse. Un murmure. C'était agréable. »

Bien que Gary ne bronche pas, je sais que, comme moi, il est tout ouïe, à présent.

« Je me rappelle m'être dit que le mec à l'autre bout du fil avait de la chance. Sinon, il y avait aussi deux ou trois types. Jeans et vestes de sport, genre survêt. Ils se marraient, déconnaient. Il y en a un qui s'est arrêté pour allumer une clope… C'était eux ? »

Sans le savoir, Jack a vu Zalie alors qu'elle rentrait pour la dernière fois chez elle. Elle a parlé au téléphone avec son petit ami qui se trouvait à Saint-Omer à 23 h 18, pendant onze minutes. Elle avait un sac de courses. Gary doit maintenant tourner autour de ce qui l'intéresse sans rien révéler. Il ne me regarde pas, de peur de trahir que, parmi l'avalanche de détails insignifiants qu'il lui a soutirés, la seule information qui compte pour nous est juste là, à portée de main.

« Décris-les, tout ce que tu as pu remarquer.

— Un grand avec une capuche et un autre en veste de survêtement. Ils ne marchaient pas très droit. Et ils rigolaient, bavardaient. C'est pour ça que j'ai pensé qu'ils rentraient du pub. Le Harcourt Arms est ouvert jusqu'à minuit. C'était la soirée bière et burger, il y a du monde en général. »

Il renifle, baisse la tête.

« On avait prévu d'y aller, avec Sally. Ils ne vérifient pas les papiers et elle fait plus que son âge, sans compter qu'elle est mignonne, ce qui facilite les choses… Vous croyez que c'étaient eux, alors ?

— Peut-être bien, oui. Et la femme, tu n'as rien remarqué de spécial ? »

Jack fronce les sourcils.

« Pourquoi vous vous intéressez à elle ?

— Elle pourrait peut-être nous donner une description plus précise, s'empresse de le rassurer Gary. Si on peut la retrouver. Elle les a doublés ou c'est eux qui l'ont rattrapée ? »

Jack réfléchit.

« Elle marchait plus vite qu'eux, vu qu'ils s'arrêtaient toutes les deux minutes pour rouler une clope ou en allumer une, alors… ouais, je crois qu'elle les a doublés. Et c'est possible qu'elle leur ait jeté un coup d'œil au passage.

— Où est-ce qu'elle est allée ?

— Elle a tourné avant eux, dans Elms Road, je crois, ou la suivante, Hythe Street. Du côté de l'école privée. Elle allait par là. Elle descendait la côte, en direction des terrains de jeu. Alors qu'eux, ils ont continué jusqu'au bout de la rue, puis je les ai perdus de vue.

— Et après ?

— Je me suis assuré que la voie était libre et je me suis approché de la maison. J'ai vérifié une dernière fois qu'il n'y avait personne et j'ai fait ce que j'avais à faire. Ça a pris du temps, beaucoup plus que prévu, parce que la pierre était hyper friable… elle buvait la peinture si vite que j'ai dû repasser je ne sais combien de couches. J'arrêtais pas de regarder autour de moi. Pour finir, j'ai balancé la bombe par-dessus le mur et je me suis barré sur mon vélo. C'est pour ça que je me suis trompé. J'étais trop stressé pour réfléchir. Tout ce que j'ai remarqué, c'est un renard qui reniflait les poubelles à côté du banc. Si c'est ces mecs qu'ont fait le coup, ils ont dû revenir sur leurs pas après mon départ.

— Merci, Jack. On te demandera peut-être de venir nous aider à faire un portrait-robot des hommes que tu as vus. Ne t'inquiète pas si tu ne t'en souviens pas pour l'instant, la mémoire s'améliore généralement devant des images. On ne sait jamais ce que l'on sait, dans le fond, pas vrai ? Ce qu'on a enregistré machinalement… Si tu veux bien noter ton numéro de portable ici, s'il te plaît… »

Dans la voiture, je félicite Gary.

« Merci… C'est un brave garçon. Il allait au bahut local, il a arrêté à seize ans, il sortait avec une petite bourge du lycée de filles, qui l'a largué dès son premier semestre de fac. L'histoire de ma vie, la petite amie en moins… Pauvre andouille au *cuoer* brisé… »

Gary ne s'est jamais confié sur son éducation, sa vie amoureuse, sa scolarité. Tout ce que je peux affirmer, c'est qu'il n'y avait ni vin rouge, ni anciens hôtels particuliers du XIXe, ni films suédois. En tout cas, pas des films suédois d'art et d'essai.

« Je ne suis pas certain que ça nous avance à grand-chose, reprend-il. Tout ce qu'on a réussi à établir, c'est qu'elle est passée là vers 23 h 30 et qu'elle rentrait chez elle. Ce qu'on savait déjà.

— Pas vraiment : il y a différentes manières de savoir une même chose. À présent, nous sommes à peu près sûrs qu'elle n'était pas suivie et que ça s'est produit entre chez les Latimer et chez elle. On cerne plus précisément le *quand* et le *où*. On peut se concentrer sur un intervalle de douze minutes et une distance de moins de cinq cents mètres.

— Il ne reste que le *pourquoi* et le putain de *qui*, réplique Gary avec amertume. Et, pour être honnête, le *pourquoi*, je m'en fiche un peu.

— Je croyais qu'on tenait le *qui*…

— J'ai dit *probablement*, Prof, *probablement*. Et si tu veux connaître le fond de ma pensée, ce probablement me semble de moins en moins probable.

— C'est nouveau. Je me figurais que c'était ce que tu voulais.

— Je ne sais plus. Il faut réfléchir, faire un pas en arrière… Enfin, toi, pour ce qui est de rester en arrière, tu te poses déjà un peu là. Zalie mesurait un mètre quatre-vingt-deux, elle jouait au hockey et au tennis. Et lui, il fait quoi ? Un mètre quatre-vingt-cinq à tout casser, il est maigre comme un clou et, en guise de sport, il joue de la guitare et du banjo médiéval…

— Du luth.

— Si ça peut te faire plaisir… La question est comment a-t-il pu a) l'étrangler sans qu'elle hurle ou se débatte et b) la jeter sur son épaule ou la traîner jusqu'à sa bagnole, traverser le pont, prendre ce chemin boueux, la balancer dans l'herbe et revenir. Tout ça sans laisser de terre, de crotte de chien, sans salir ni ses vêtements, ni sa voiture, ni son entrée. Sans parler du fait qu'il ne présente ni griffure ni hématome. Souviens-toi, Prof, on a fait des prélèvements, on l'a examiné et retourné dans tous les sens. Les fringues passées à la loupe, le tambour de la machine à laver analysé, les toilettes démontées et les conduits vérifiés. Que dalle.

— Qu'est-ce que tu veux que je te dise, Gary ? Tu aurais peut-être pu poser ces questions avant.

— C'est un coup bas... C'est toi qui diriges l'enquête, non ? C'est toi qui mènes la danse... Je me contente de suivre. Si tu n'avais pas passé autant de temps à rêvasser à ton adolescence et à chercher des photos de toi en short, tu aurais peut-être pris les rênes. Tu sais, employer ton cerveau à quelque chose d'utile.

— Tu avais pourtant l'air sûr de sa culpabilité...

— Oui, parce que si quelque chose semble évident, je fonce, jusqu'à ce que ça cesse d'être évident. C'est ce que font les types comme moi. C'est notre boulot : dans les maisons et les bureaux du monde entier, dans les films et les romans, c'est à ça qu'on sert. Mais toi... toi, c'est autre chose, t'es un chef... c'est les gens comme toi qui disent à la plèbe ce qu'elle doit faire. Pendant la Première Guerre, tu m'aurais envoyé en reconnaissance pour repérer les tireurs en embuscade, puis, si j'étais revenu vivant, je t'aurais apporté du thé et les journaux à ta couchette et je t'aurais appelé mon commandant. C'est toi qui as le petit blazer, le dico dans le cul et le diplôme universitaire... »

Il a raison. Je n'aurais pas dû me laisser contaminer par sa hâte. Il voulait boucler l'affaire en trois coups : de professeur à excentrique, d'excentrique à pervers et de pervers à meurtrier. Gary a joué son rôle, fidèle à lui-même. J'ai été... indécis, faible, distrait et j'ai manqué de professionnalisme. Flou à l'intérieur. Fidèle à moi-même.

J'appelle Mme Latimer pour lui annoncer que nous avons parlé à Jack et qu'elle peut effacer le graffiti. Nous n'aurons pas besoin de les revoir elle ou Sally.

« Tant mieux », dit-elle d'une voix forte pour couvrir le journal à la radio.

Elle baisse le son.

« Au moins, vous tenez votre homme, maintenant. »

*

L'annonce tombe pile au bon moment pour la grande émission sur l'actualité de Radio 4. Dans les embouteillages, les pubs et autour des tables d'un bout à l'autre du pays, on apprend que M. Wolphram a été arrêté et mis en examen pour meurtre et entrave à l'exercice de la justice. « Entrave à l'excrétion de la justice », comme dirait Gary.

Pour les médias, il ne s'agit plus de « s'acharner un brin », mais de réduire sa vie à néant, de détruire tout ce qu'il est.

Ils ont eu quarante-huit heures pour peaufiner leurs récits et réunir tous les personnages du drame : les « témoins », les « amis et anciens collègues », les « proches qui préfèrent garder l'anonymat », les « élèves qui sortent du silence » et les « voisins qui se doutaient de quelque chose ». Les extraits de l'*Evening Pos*t que Gary m'a lus un peu plus tôt ne sont qu'un avant-goût de ce qui nous attend. Je constate que Lynne a bien géré son affaire et qu'elle est citée en tant que journaliste affiliée par le *Daily Mail*. Elle va recevoir une belle prime de son employeur habituel, en plus de ce que vont lui rapporter les papiers qu'elle a écrits pour les quotidiens nationaux et ceux qui sont repris dans la presse. Tous les journaux et les chaînes de télévision ont des reporters qui campent devant l'appartement de Wolphram, devant le poste de police, devant Chapelton. Ils arrêtent des passants au hasard, interrogent les enseignants actuels, traquent les élèves. Dans les rédactions londoniennes, on épluche les listes électorales et les bases de données pour obtenir avant tout le monde les coordonnées d'anciens étudiants, d'ex-collègues… Tous ceux qui seraient susceptibles de leur fournir matière à un article. La presse étrangère est là, elle aussi, leurs correspondants traduisant des titres repris déjà dix fois et propageant les rumeurs.

« Il vaut mieux se dire qu'il est coupable, sinon, il n'y a plus qu'à se tirer une balle, déclare Gary.

— Si tu es obligé de te dire ça, c'est que tu n'y crois pas. Ça me fait penser aux gens qui sifflent dans une maison hantée pour prouver qu'ils n'ont pas peur. On siffle justement parce qu'on a peur. »

Il a l'air déprimé. La graisse habituellement tendue de son visage est flasque, et sa peau pendouille, comme s'il avait été liposucé par la déception et la remise en question.

Poisson rouge s'apprête à faire un communiqué devant le poste de police, entendons-nous à la radio. Nous n'avons ni l'un ni l'autre la force de retourner au travail sur-le-champ. Gary n'a pas besoin de me le dire : il pense désormais que Wolphram n'est pas notre assassin. La prise de conscience a été si graduelle que je n'ai rien vu venir.

Je me suis garé à quelques rues pour éviter la foule des journalistes et des badauds. Gary a monté le son de la radio. Le chef parle. « Cet après-midi, nous avons mis en examen un homme âgé de soixante-huit ans, pour le meurtre de Zalie Dyer. Nous pouvons confirmer que c'est un ancien professeur d'un établissement scolaire de la ville et qu'il vivait dans la même rue qu'elle. Nous tenons à remercier les citoyens pour leur patience et tous les témoins qui se sont présentés spontanément. Mais surtout, nous souhaitons saluer le courage des parents de Zalie dans ce moment tragique… »

C'est une fin d'après-midi froide, sèche et dégagée. Le fatberg est toujours là, et les ouvriers aussi, mineurs piochant un gisement de blanc de baleine. En revanche, les spectateurs ont disparu. On croirait un léviathan de gras abandonné, l'attraction d'hier remballée dans les camions avant que le cirque ne quitte la ville. Les perches à selfies et les flashs sont partis. Ils sont devant le poste de police, et aussi à l'arrière, si bien que nous devons jouer des coudes pour gagner la porte.

À l'intérieur, dans tous les coins, les téléphones sonnent et les ordinateurs cliquettent. Poisson rouge est en ligne sur ses deux fixes : l'un sur haut-parleur, l'autre avec le combiné à l'oreille.

« Mêmes conneries, autres téléphones », dit Gary en passant au pas de charge devant Mongolito et Petit Écran qui se gargarisent, ravis de ce battage médiatique. Dans leur tête, ils sont les héros d'une mini-série et ils se félicitent au son de la musique du générique. Dans la salle des opérations, les trois téléviseurs sont réglés sur des canaux différents. Le premier sur une radio, le deuxième sur une chaîne d'informations en continu où défilent des photos de M. Wolphram et de Zalie, entre deux directs devant chez Wolphram, à Chapelton ou devant le zoo. Sur le troisième, on assiste aux dix dernières minutes de *Pointless*, le quiz diffusé avant le journal de 18 heures. Le but du jeu est de remporter le moins de points possible. Les blagues et la cagnotte sont insignifiantes, mais rassurantes : en dépit des morts, de la violence, des famines et des guerres, la vie de l'Anglais moyen continue sur les canapés rose pâle du pays.

Le Directeur

Le Doc s'est élevé dans le monde, ou du moins dans son petit monde à lui : il est le directeur de Chapelton College, et c'est là qu'il se tient, l'école semblable à un décor de film à l'arrière-plan : les terrains de sport et le pavillon de cricket, la bibliothèque néogothique avec ses arcs-boutants, le réfectoire et la cour, les statues de généraux et de généraux de brigade. Typiquement le genre d'hommes auxquels Gary pense, quand il imagine des gens comme moi envoyer des gens comme lui à la guerre. C'est un cadre qui a la perfection d'une carte postale, une publicité pour les classes supérieures britanniques : assez imposant pour intimider, sans pour autant être hors de portée, quelque chose dont l'achat reste envisageable. Des épis de faîtage se dressent à chaque extrémité de la toiture, et l'arête est surmontée d'une crête de tuiles, si bien que, à contre-jour, les bâtiments dont la silhouette se dessine sur le ciel bleu semblent découpés dans du carton noir. Le scintillement rouge et or des fenêtres évoque une carte de Noël.

Pour couronner le tout, nous avons droit à un accompagnement musical : si on écoute attentivement, on entend chanter dans la chapelle, dont la grande rosace qui luit à l'intérieur brûle comme un brasier derrière son vitrail au plomb. Ce n'est pas un concert, car l'orgue joue et rejoue les mêmes notes et la chorale reprend chaque fois à mi-cantique, mais une répétition en prévision de la dernière messe du semestre avant Noël. Elle attire toujours une pléiade de dignitaires et à l'occasion un membre mineur de la famille royale. C'est l'une des dates importantes du calendrier scolaire. Cette année, elle sera enregistrée en direct pour Classic FM. L'école doit penser que le meurtre de Zalie est on ne peut plus inopportun en plus d'être embarrassant.

Le Doc n'a pas gagné de centimètres, mais il a parfaitement réglé la scénographie de son intervention. Il se tient sur la plus haute marche du rempart. Les journalistes, massés sur l'herbe du terrain de sport, doivent le filmer en contre-plongée. Il a appris la leçon des statues derrière lui : rien de tel qu'un socle pour paraître plus grand et plus digne. Il porte sa cravate d'ancien chapeltonien, et, à un moment ou un autre au cours des dernières décennies, il a troqué ses costumes trois-pièces en tweed d'intellectuel du vieux monde contre les fines rayures marine du management moderne. C'est l'uniforme qui désormais rassure les hommes d'argent et les conseils d'administration, même si l'école a conservé quelques reliques habillées en professeurs pour le folklore.

Autrefois, les lieux étaient calmes pendant les vacances et le week-end. On ne croisait que les élèves dont les parents habitaient trop loin pour qu'ils rentrent chez eux, et les enseignants célibataires qui venaient pour les repas gratuits. À présent, les séminaires, les événements d'entreprise et les conférences s'enchaînent tout au long de l'année. Il y a même des confettis écrasés entre les dalles de la cour, où un mariage a été célébré récemment. Comment peut-on vouloir se marier dans son ancienne école ? C'est une notion qui dépasse Gary.

Il examine le Doc.

« Ça fait beaucoup de mentons pour un seul visage, décrète-t-il – et il sait de quoi il parle. Il était déjà là, de ton temps ? »

Voyant que je ne réagis pas, il me donne un petit coup de coude.

« Oh oui, réponds-je dans un murmure. Je te raconterai. »

Pour l'instant, nos yeux sont rivés sur l'écran.

Le meurtre est le premier sujet aux actualités nationales : « Il y a eu de rapides développements dans l'enquête sur la mort de Zalie Dyer. Suite à l'arrestation de Michael Wolphram, plus tôt dans la journée, on nous informe que Martin Monk, le directeur de Chapelton College, s'apprête à faire un communiqué au nom de l'établissement. Nous sommes en direct, avec notre correspondante pour l'est de l'Angleterre, Ellie Nash… »

Ellie Nash – je reconnais le nom pour l'avoir entendu sur une série de messages téléphoniques auxquels nous n'avons jamais donné suite – ne ressemble pas à l'idée qu'on pourrait se faire d'une journaliste régionale qui a décroché un sujet national en or. Elle a une coiffure volumineuse de présentatrice télé américaine, porte un pantalon noir avec une veste rouge vif à épaulettes, et arbore un collier clinquant orné de lourds cubes de jade. Elle a l'air de faire un reportage en direct des années 1980, d'un lieu lointain à plusieurs décennies d'ici, où tout est trop bruyant et trop brillant, où tout le monde semble avoir été passé au micro-ondes.

Un peu à l'écart de la foule, elle parle dans le micro d'une voix plus forte et plus essoufflée que nécessaire, mais cela fait partie de l'ambiance qu'elle cherche à créer : la sensation d'un monde où les choses arrivent plus vite qu'on ne peut les dire.

« Nous sommes en direct de Chapelton College, le prestigieux pensionnat qu'une récente affaire a mis sous le feu des projecteurs. Parmi les anciens élèves, on compte des hommes politiques, des acteurs, des présidents étrangers et des Premiers ministres. Des héros militaires, des sportifs de haut niveau et des champions olympiques ont joué sur les terrains de cet établissement qui forme l'élite depuis deux siècles. Mais c'est pour une tout autre raison qu'il fait parler de lui aujourd'hui. En effet, c'est là qu'enseignait M. Wolphram, mis en examen pour le meurtre de Zalie Dyer. M. Monk, le directeur actuel, a connu M. Wolphram et a travaillé avec lui jusqu'à ce que celui-ci prenne sa retraite, au moment où l'école s'est ouverte aux filles…

— Qu'est-ce que tu disais au sujet de la corrélation et de la causalité, Prof ? »

Je n'ai pas le temps de répondre, car le Doc a commencé à parler :

« Tout le monde à Chapelton a été profondément affecté par la mort de Zalie Dyer et nous présentons nos condoléances à sa famille et à ses proches. Au nom du conseil d'administration, je tiens à préciser que M. Wolphram a pris sa retraite il y a plus de dix ans et n'a plus de liens avec l'école depuis. Il n'a enseigné à aucun des élèves actuels et très peu de professeurs se souviennent de lui.

— Vous-même, avez-vous travaillé avec M. Wolphram ? Pouvez-vous nous parler de lui ? »

C'est la voix d'Ellie Nash, invisible à l'écran.

Le Doc hésite. Inclinant légèrement la tête sur le côté, il se tourne vers quelqu'un à gauche, derrière la crête de micros. Les caméras reculent, faisant entrer dans le champ le premier rang des journalistes et plusieurs membres du conseil d'administration à l'air soucieux. Il demande de l'aide à un homme vêtu d'un costume très semblable au sien, qui a la tête d'un avocat ou d'un responsable des relations publiques, et la mise délibérément soignée d'un spécialiste de la gestion de crise. Clairement quelqu'un qui, dans la nomenclature de Gary, appartiendrait à la catégorie des « branleurs de service ». « Les connards en costard badgés ». Le branleur de service adresse au Doc un bref hochement du menton qui signifie « Allez-y, mais si vous ne suivez pas le script à la lettre, débrouillez-vous ». Alors, dans un anglais lyophilisé, le directeur se lance :

« En effet, nous avons travaillé ensemble pendant un certain nombre d'années. J'avais peu de relations avec lui. C'était un homme plutôt solitaire, très secret, très minutieux et très précis dans tout ce qu'il entreprenait… Beaucoup de professeurs, comme moi, gardaient leurs distances…

— Ils le lâchent, murmure Gary. Ces enculés le lâchent…

— Ils n'ont pas trop le choix. S'ils disent qu'ils l'ont toujours trouvé louche, on leur reprochera de l'avoir laissé enseigner, et s'ils prétendent qu'ils n'ont jamais rien remarqué, ça signifie qu'ils ont failli à leur mission de protection…

— Et puis il y a tous les parents qui raquent dix mille livres par an : il ne faudrait pas non plus leur faire peur, renchérit-il, sous-estimant les frais de scolarité de Chapelton avec une candeur désarmante. Tu entends ça ? C'est le claquement des chéquiers qui se referment. »

Il réfléchit un moment, avant de reprendre, à la fois triomphant et désabusé :

« C'est marrant, quand même... Derrière le fric, la richesse, la puissance, ils sont tous pareils... Dès que ça sent le roussi, ils racontent tous la même histoire : "C'est pas nous, m'sieur"... on croirait une racaille en survêt qui vient de se faire choper avec de la came ou un iPad volé... Soudain, personne ne le connaît, personne ne l'a jamais aimé, c'était il y a très longtemps, et le passé est un autre pays... »

Comme pour lui donner raison, le Doc poursuit :

« M. Wolphram était là bien avant la plupart des professeurs employés ici aujourd'hui. Il a toujours été assez hautain et, je le répète, n'avait rien à voir avec la gestion du quotidien. Il ne se mêlait pas des activités sportives et ne participait même pas au tour de garde des dortoirs. Les seuls aspects de la vie scolaire dans lesquels il était impliqué – hormis l'enseignement – concernaient la musique et le théâtre...

— Et vous personnellement ? Vous êtes un ancien de l'école, vous avez été élève ici et vous êtes revenu en tant que professeur après l'université... »

C'est encore Ellie, et elle a manifestement bossé. Elle sait qu'il a étudié à Chapelton et qu'il a été embauché peu après son doctorat. Elle a comparé les dates et a pu constater qu'ils avaient travaillé côte à côte pendant plus de vingt ans.

« Moi ? dit-il, s'interrompant pour prendre une grande inspiration. Personnellement, je le trouvais impénétrable, distant et arrogant. De surcroît, il était colérique, et nous étions plusieurs à nous en inquiéter, même à cette époque, où il n'y avait pas de véritable dispositif pour... discuter de ces questions, conclut-il après un instant de réflexion.

— Dans ce cas, pourquoi ne pas avoir formulé vos inquiétudes ? Pourquoi n'avoir rien dit ? »

Le Doc est tombé – non, pas tombé, il a sauté à pieds joints – dans son piège. Ce n'était pas très subtil, mais les gens intelligents se méfient tellement des chausse-trappes élaborées qu'ils ne prêtent pas attention au traquenard idiot. La crotte de chien dans le sac en feu, la brique derrière le ballon de football... Non pas qu'Ellie Nash soit idiote, au contraire elle est intelligente, en tout cas elle l'est assez pour savoir à quel point il est facile d'acculer les gens intelligents.

« Parce que... »

Le Doc cherche des yeux l'homme des relations publiques, mais celui-ci s'est écarté et il envoie furtivement des messages derrière deux photographes.

« Parce que tout cela n'est apparu clairement que beaucoup plus tard et il ne faut pas oublier que, même si M. Wolphram était peu apprécié et ne jouait pas un grand rôle dans la vie de l'école, il n'y a jamais eu d'accusation spécifique portée contre lui durant tout le temps où il a été employé à Chapelton. Sinon, l'école aurait bien entendu pris les mesures qui s'imposaient. »

Le Doc transpire, son cou semble rouge et gonflé, à l'étroit dans son col serré.

« Nous avons des procédures rigoureuses pour répondre à ces questions, des procédures en place depuis des années. Le bien-être de nos élèves est primordial à nos yeux. Notre bilan dans ce domaine est excellent et tout est mis en œuvre pour qu'il le reste. »

Gary ricane.

« L'homme à la langue de bois. »

Il en faut plus pour décourager Ellie.

« Malgré tout, avec ce que nous savons maintenant, alors que plusieurs personnes ont évoqué la conduite... *inhabituelle et suspecte* de M. Wolphram, comment l'établissement peut-il expliquer qu'il l'ait employé pendant si longtemps, même en faisant abstraction des dernières révélations et de sa mise en examen pour le meurtre de Zalie Dyer ? »

Un bourdonnement d'excitation approbateur parcourt la foule des journalistes, qui n'ont plus besoin de poser leurs questions : Ellie est aux commandes.

« Si plusieurs anciens élèves sortent du silence aujourd'hui pour faire état de rumeurs qui circulaient à son sujet lorsqu'ils fréquentaient l'établissement, la direction n'aurait-elle pas dû s'apercevoir qu'il se passait quelque chose et nommer des personnes à qui ils auraient pu parler en confiance ? »

Le Doc se retrouve isolé comme un pestiféré. Les membres du conseil d'administration qui se tenaient derrière lui, hommes de loi en costume et comptables avec des calculettes à la place des yeux, reculent discrètement jusqu'à la limite du cadre. Ce qu'ils veulent, c'est rejouer Ponce Pilate, se laver officiellement les mains de cette histoire, et laisser la justice – qu'elle soit légale, naturelle ou populaire – suivre son cours loin des terrains de sport et des comptes bancaires de Chapelton.

« Encore une fois, bafouille le Doc, l'école n'aurait jamais toléré le moindre écart de conduite et aurait réagi sans tarder s'il y avait eu l'ombre d'une allégation. Nous invitons la police à nous contacter si nous pouvons l'aider de quelque manière que ce soit. La direction et le conseil d'administration n'ont reçu aucune plainte à l'époque ni depuis. Nous sommes un établissement heureux, florissant et performant. Je souhaite insister sur le fait que M. Wolphram était un membre marginal de l'équipe, que ce n'est pas un professeur dont Chapelton se souvient avec une affection particulière, et qu'il n'a plus rien à voir avec nous depuis longtemps… »

Une clameur s'élève à l'avant de la foule, réclamant des détails, mais il lève la main.

« Merci, c'est tout ce que j'ai à dire… Une fois encore, nous tenons à exprimer nos sincères condoléances à la famille de Zalie Dyer dans ce moment douloureux. Merci et bonsoir. »

Ellie apparaît à l'écran pour conclure. Ses yeux luisent, illuminés de l'intérieur comme la rosace derrière elle. En tant que journaliste, elle a reçu son baptême du sang. Et elle aime ça, elle aime tout : la traque, la proie, la mise à mort, et le sursis avant le coup de grâce qui permet de l'apprécier pleinement.

« Ici, à Chapelton College, la page est tournée, mais pour beaucoup de spectateurs, et certainement pour la police et la justice, ce terrible drame lève aussi le voile sur une période de notre histoire récente – très récente – où les choses se passaient différemment. Dans les médias, à la radio et à la télévision, dans les écoles, les hôpitaux et dans le milieu politique, la société tolérait des comportements qui aujourd'hui seraient inacceptables et même illégaux. Une fois l'affaire Zalie Dyer close, le public exigera sans doute que pleine lumière soit faite sur une culture de la violence et du harcèlement dans nos écoles, et peut-être tout particulièrement dans les établissements d'excellence comme celui-ci. C'était il n'y a pas si longtemps, après tout. Les révélations au sujet de Jimmy Savile et d'autres personnalités, ainsi que l'ouverture d'enquêtes concernant plusieurs cas d'abus sexuels anciens, tirent peut-être la sonnette d'alarme : ne serait-il pas temps de lever le voile sur ce qui s'est passé dans les écoles qui ont produit de nombreuses générations de l'élite britannique ?

— Elle me plaît, décrète Gary. J'échangerais Petit Écran ou Mongolito contre elle sans hésiter... On résoudrait toutes les affaires qui traînent en deux coups de cuillère à pot, si c'était elle qui menait les interrogatoires... Et Poisson rouge lui mangerait dans la main.

— Désolé, je n'y crois pas. Je n'exclus pas la possibilité qu'il ait tué quelqu'un, tout le monde en est capable, mais ça ? Les petits garçons, la puberté, les insinuations sexuelles, les attouchements ? Ça ne tient pas debout. Soit ces élèves mentent – à commencer par Jonny Brochette –, soit ils confondent avec d'autres profs. C'est envisageable, non ? Enfin, peu importe. Ce que je voudrais que tu m'expliques, c'est pourquoi elle, tu l'aimes bien, et pas Lynne Forester ? Elles ne sont pas si différentes, au bout du compte. »

Il réfléchit.

« J'en sais rien, j'ai l'impression qu'elle vise plus haut et qu'elle a un peu plus de classe. Mad Lynne, tout ce qui l'intéresse, c'est de vendre des ragots... »

Le présentateur est déjà passé à autre chose. À présent, il est question des températures inférieures à zéro à Londres, des inondations dans le Yorkshire et du décès d'un animateur de jeu télévisé. Exit le fatberg. À moins qu'on découvre un cadavre dedans, il a eu ses quinze minutes de gloire.

« Tu enseignes dans une boîte pendant plus de trente ans et voilà comment on te remercie, poursuit Gary. Lâché en direct devant des millions de spectateurs... Ça va être un carnage. »

Il sort son téléphone et effleure l'icône de Twitter.

« Tiens ! »

C'est un déferlement : hashtag Chapelton, hashtag Wolphram, hashtag Zalie, hashtag Justice, hashtag Monstre, hashtag violences sexuelles, hashtag hashtags sans fin… il fait défiler la liste interminable des commentaires et des liens, inspire, secoue la tête, ferme les yeux et expire d'un air abattu.

« Qu'est-ce que tu vois, Gary ?

— À ton avis ? C'est Twitter ! Un zoo hystérique et sordide, voilà ce que je vois, et maintenant que son ancien employeur l'a balancé, c'est encore pire…

— Il fallait s'y attendre : l'école ne pouvait pas se permettre de le soutenir. Tu peux le comprendre, quand même ! Un peu, au moins. En plus, inutile d'espérer la moindre solidarité de Monk. Il a toujours détesté M. Wolphram. On l'appelait "le nain maléfique". Éloquent, à défaut d'être original. Tu aurais trouvé mieux, je n'en doute pas. Mais on était des gosses et ça lui allait bien.

— C'est bon, je vais pas te chercher des poux pour ça. Il m'a tout l'air du sadique de base, un peu nain sur les bords, je te l'accorde. Un sémillant petit bonhomme. Portable. Tu sais, le format de voyage, taille bagage cabine…

— Attends, Gary, je vais te parler du Doc… »

Le procès

Monk ordonne à Danny de se lever.

« L'accusé est Daniel Patrick McAlinden, un jeune catholique irlandais originaire de… ah oui : Newcastle. »

Il s'attarde sur *originaire*, et dessine des guillemets avec ses doigts pour l'extraire de la phrase et le ridiculiser.

« Un agent dormant de l'IRA qui a été accueilli à bras ouverts dans une ville anglaise et qui est ici, avec nous, à Chapelton College, grâce à la générosité de nos bienfaiteurs. Alors que vous autres, vous payez. En fait, c'est *parce que* vous payez que M. McAlinden est ici. Il y a toujours quelqu'un qui paie, n'est-ce pas ? Et aujourd'hui, M. McAlinden va nous rembourser une petite partie de sa dette. »

Son rire ne trouve pas d'écho. Ses plaisanteries sont généralement absconses et autocentrées. Les garçons qui veulent rire ne comprennent pas et ceux qui comprennent ne trouvent pas ça drôle. C'est un bon résumé de ses cours. Et c'est le cas aujourd'hui. Il ne se sent pas suivi et cet échec à communiquer avec les autres le rend encore plus vindicatif. Même puni et humilié devant tout le monde, Danny réussit à le faire passer pour un imbécile.

« Premier témoin », appelle-t-il.

Il a mis sa toge noire de l'université d'Oxford, qu'il se débrouille pour évoquer au moins une fois par cours. Danny, Ander, Gwil et Neil Hall ont un jeu qu'ils ont baptisé le loto du péteux, où ils font une croix chaque fois que le Doc, l'œil humide, mentionne au choix : le cercle oratoire d'Oxford, les promenades en barque, les félicitations du jury, High Street, Balliol College, ou encore « mon directeur de thèse avec qui je suis resté en contact »…

Le Doc est au courant puisqu'il a déjà confisqué la carte de loto artisanale de Neil Hall. Mais il est obligé de le ménager, car son père est un avocat célèbre et un ancien de l'école.

Il n'y a jamais moins de haine, de rancœur et de violence dans le monde ; seul le hasard de la répartition fait qu'on a parfois cette impression. Concrètement, cela signifie qu'il y a plus d'agressivité à Chapelton, agressivité dont Danny et Ander, Gwil et quelques autres font généralement les frais. Aujourd'hui, Danny va prendre pour eux tous.

« Je jouerai le rôle du juge, déclare le professeur, pour que le procès soit équilibré et équitable… »

Il regarde la classe : il n'y a pas beaucoup de mains levées, pas pour l'instant, parce que la plupart sont trop timides et ne veulent pas se distinguer. Ils préfèrent attendre que quelqu'un ouvre la voie, s'assurer qu'il n'y a rien à craindre avant de s'avancer.

L'éclaireur sera Jonny Brochette, le vendeur de porno, l'aspirant entrepreneur issu d'une longue lignée de Lansdale qui tous ont étudié ici. Son père possède Lansdale's, l'un des derniers grands magasins indépendants du pays, hérité de son grand-père et de son arrière-grand-père. Il est presque aussi ancien que l'école, et c'est là qu'on achète l'uniforme et les maillots de sport du lycée. Tout le monde passe par

Lansdale's à un moment ou un autre. Chapelton est divisé en plusieurs départements, qui ont tous une cravate et un écusson distincts. Par ailleurs, chaque échelon de la hiérarchie scolaire – chef de maison, préfet, délégué des élèves, délégué adjoint – a également sa cravate et son écusson. Le rayon vêtements au rez-de-chaussée du magasin ne désemplit pas. Certains garçons sont si riches qu'ils se font confectionner un uniforme sur mesure – on les aperçoit avec leur mère distraite ou leur gouvernante devant les cabines d'essayage, tandis que les employés s'agitent autour d'eux. Pour d'autres, le coût de la veste, avec son lourd écusson aussi épais qu'un tournesol de Van Gogh, aux armes du département, de l'établissement ou de l'une des équipes sportives, représente une somme. La grand-mère d'Ander a travaillé d'après photos pour réaliser le sien ; pendant un mois avant la rentrée, il s'est tenu dans son atelier, se laissant mesurer, afin qu'elle lui fasse un costume, deux pantalons et un blazer. Sur le blazer, elle a cousu l'écusson, et aujourd'hui, si quelqu'un remarque que son uniforme ne vient pas de chez Lansdale's ou d'un autre fournisseur agréé, c'est uniquement à cause de la doublure de sa veste, somptueuse et chatoyante, qui scintille comme un écran d'ordinateur lorsqu'il la retire. Les vêtements de Danny McAlinden et Gwil Isaac ont été payés grâce à leur bourse. « C'est nous qui avons acheté les habits que vous portez », leur rappelle le Doc.

Les garçons vont chez Lansdale's le samedi après-midi. Ils aiment le rayon parfumerie et maquillage, parce qu'ils peuvent mater les vendeuses et rêver aux ébats qu'elles dissimulent derrière leurs yeux las.

Les élèves – et leurs professeurs – sont en proie à une obsession adolescente que l'on croit transitoire mais qui ne s'éteint jamais réellement et se contente de suivre la courbe de l'âge : ils passent leur temps à fantasmer sur la vie sexuelle des autres, à imaginer tout ce qu'ils font, ailleurs. La plupart d'entre eux n'ont pas le cran de les regarder et elles ont l'habitude d'être reluquées, si bien que les garçons les frôlent furtivement ou font semblant de chercher des cadeaux pour leur mère ou leur sœur. Ils s'inventent des processions de sœurs pour pouvoir revenir. Ander aime le parfum des femmes : pas la bouffée fraîche qui s'échappe du vaporisateur, mais la senteur patinée, moelleuse, chauffée par la peau, qui a déjà quelques heures, qui a été vécue par un corps et comprimée sous des vêtements, qui s'est mêlée à la sueur ou à la fumée de cigarette. Ce sont sa complexité et sa singularité qui l'excitent. Il aimerait lécher le petit golfe entre la base du cou et la clavicule, car dans son esprit c'est là que se niche l'odeur des gens.

Le Doc : « L'accusation, je vous prie, monsieur Lansdale. »

Lansdale : « Il est arrogant… c'est un monsieur je-sais-tout. »

Il s'est avancé fièrement jusqu'à l'avant de la classe et a gonflé sa poitrine pour parler. Seulement pour réaliser qu'il n'avait rien de plus à dire. Alors, il reste là comme un nigaud, rigide d'embarras. Il implore le Doc du regard.

« Pourriez-vous être plus précis ? La cour comprend l'accusation et sympathise, soyez-en assuré, malgré tout elle a besoin de faits spécifiques pour l'étayer. »

Jonny Brochette réfléchit. Lewis lève la main :

« Monsieur… s'il vous plaît… j'ai…

— Chacun son tour, Lewis. Tout le monde dans cette salle pourra s'exprimer… Je vous écoute, monsieur Lansdale. »

On dit que, en matière de trahison, c'est le début qui est difficile. La suite vient toute seule : une fois qu'on a commencé, on lui obéit plutôt que l'inverse.

C'est certainement l'impression que donne Lansdale.

« Il est assis là, à croire qu'il en sait plus que les professeurs, il répond des trucs qui n'ont rien à voir avec la question. C'est carrément arrogant. Il est arrogant, il nous méprise, il se moque de nous dans notre dos. Il imagine qu'il en sait plus que les professeurs… »

Le Doc se délecte.

« Ce sont de graves accusations, dit-il d'un ton pénétré. Une telle attitude est bien sûr néfaste et préjudiciable à l'école en général, au maintien du respect, et par conséquent à la transmission d'un enseignement solide. C'est aussi l'absence de gratitude qui est irritante, non ? »

Il renverse la tête en arrière, respire, inhale par le nez comme un sommelier humant un grand vin. Ses yeux sont mi-clos. Il est heureux. Il a atteint l'apogée de ce qu'il peut attendre de la vie : un homme qui a réduit son monde à la salle de classe sur laquelle il règne et à la durée du cours pendant lequel il est tout-puissant. Il frissonne de bonheur. On dirait qu'il est massé de l'intérieur. Il se pourrait même qu'il ronronne, bien que personne, hormis Danny, ne soit assez proche pour l'entendre. Il est exactement là où il veut être. Il a le pouvoir, c'est lui qui décide, et il a mis en branle une force qui, si destructrice soit-elle, restera sous son contrôle.

« Continuez », dit-il d'un ton de neutralité judiciaire emprunté à la télévision.

Dans le film qu'il se fait, dans la séance en matinée de son esprit, il est un redresseur de torts, juste mais ferme. Le roi Salomon, peut-être, ou l'avocat de la série *Rumpole of the Bailey*. C'est en tout cas l'image que M. Wolphram emploiera lorsqu'il tentera d'expliquer la conduite du Doc et s'excusera d'être arrivé trop tard.

Une acclamation retentit au fond de la salle, parmi les salopards du dernier rang, comme les appelait M. Lawnder avant de se craqueler et de quitter l'école. Dans leur film à eux, qui s'est transmis de l'esprit du professeur à celui de la classe, ils réclament du sang. Et ils y ont droit, puisque le Doc leur a donné son blanc-seing. Danny est leur proie et tout est permis.

« Il se moque de vous dans votre dos, monsieur. Il dit que…

— Quoi donc, Lansdale ? Que dit-il à mon sujet ?

— Il dit que vous êtes petit… »

Il se rend compte qu'il doit trouver mieux, car il a choisi un qualificatif qui est indéniablement, indubitablement vrai. Il faut rectifier ça ou l'accusation est en péril.

« … que vous avez le complexe des petits, que vous êtes ignorant… et snob, et il dit aussi que vous n'avez que Balliol et Oxford à la bouche, et que tous les hommes politiques célèbres que vous connaissiez du temps de votre cercle oratoire pathétique – c'est lui qui l'a dit, monsieur, *pathétique* –, qui sont maintenant député, ministre ou banquier, ne se souviennent même pas de vous, alors que vous êtes… »

Lansdale cale : il n'a pas pris assez d'air pour finir sa phrase, alors il bute sur les mots et prend une autre inspiration. Sans compter qu'il a peur, car il touche à l'os, à la moelle de ce qui fait le Doc.

« Alors que je suis quoi, Lansdale ? »

Pendant un instant, on ne sait plus qui est sur la sellette : Danny ou Jonny Brochette.

« Alors que vous êtes coincé ici, monsieur, à apprendre les verbes latins à des gamins qui s'ennuient, et à regarder ce qu'il y a dans… »

Il s'interrompt encore, cherche de l'aide autour de lui, en vain.

« Dans leur pantalon… C'est lui qui l'a dit, monsieur, c'est pas moi, c'est lui. »

Jonny Brochette offre une figure tragique : il se comporte comme si c'était lui l'accusé, il se tortille et transpire tel un témoin soudoyé qui s'effondre à la barre dans une série télévisée judiciaire. C'est un garçon malhonnête et effrayé, mais il n'est pas méchant, ou du moins pas foncièrement méchant ; il ne prend pas plaisir à faire du mal. Il roule pour lui et fait ce qu'on attend de lui, en fonction de la personne qui détient le pouvoir ou la bourse. Ce n'est pas compliqué. Et, de toute manière, pense Ander, après avoir étudié l'histoire pendant un ou deux trimestres, comment peut-on encore croire que les êtres humains sont compliqués ? Certainement pas nous. Certainement pas moi. Jonny Brochette s'en veut peut-être même d'avoir attiré des ennuis à Danny, car tourmenter les autres, ce n'est pas son truc. Son truc, c'est l'instinct de conservation. Si aider quelqu'un peut lui causer le moindre problème, il ne bougera pas. Sinon, il le fera. Moralement, il est la bulle au centre du niveau. La neutralité absolue. Tant qu'il n'est pas menacé, n'a pas peur, n'est pas dans la ligne de mire, ne doit pas trouver quelqu'un pour prendre sa place sur l'échafaud. L'armée, la religion et l'économie reposent sur les Jonny Brochette de ce monde.

Il sait aussi que Danny ne lui en tiendra pas rigueur, qu'il est assez intelligent pour se rendre compte qu'il n'a pas le choix, et assez généreux pour ne pas chercher de raisons – en dehors de la cruauté du Doc – à ce qui va se produire. Jonny est… ainsi qu'il le clamera plus tard à qui voudra l'entendre… *autant une victime que McAlinden, dans cette histoire*… Jusque dans la trahison, Jonny raisonne en entrepreneur, il se débrouille pour modifier son image et transformer sa lâcheté en martyre, trouve toujours de nouveaux marchés à conquérir.

Le Doc s'approche du témoin et entame son « contre-interrogatoire ».

« Tout cela est très grave et le prévenu aura la possibilité de se défendre le moment venu. En attendant, il y a d'autres chefs d'accusation, plus sérieux encore, qui sont la raison d'être de ce procès. »

Nul ne sait où il veut en venir. Ils ont compris que Danny allait passer un mauvais quart d'heure, bien sûr, mais ils ignorent quel tour va prendre ce jeu.

« Monsieur Lansdale, avez-vous, au moment des événements de Brighton en octobre dernier, à quelques kilomètres de l'endroit où nous nous trouvons aujourd'hui, entendu McAlinden exprimer de la sympathie pour les terroristes ? »

Jonny croyait en avoir fini, mais non. Il n'avait pas prévu ça. Ce n'est plus une plaisanterie qui déraille, un incident à propos duquel on dira après coup « C'est allé trop loin », en le saupoudrant d'une pincée de regrets avant de poursuivre sa route. C'est une affaire d'un autre ordre, qui va chercher bien au-delà des murs de l'école, dans un endroit où les gens sont tués, mutilés et déchiquetés pour de vrai.

Plus tard, lorsque Ander repensera à ce moment, il comparera Jonny à un enfant qui découvre soudain une arme véritable à la place de son pistolet en plastique.

« Qu'est-ce que vous voulez dire, monsieur ? » demande-t-il, perplexe.

Sa perception de l'actualité est aussi floue que sa connaissance des événements passés. On le voit qui tente de rassembler dans son esprit confus les bribes d'informations parvenues jusqu'à lui par le biais de la radio et des conversations surprises ici ou là. Il s'efforce de trier les affaires politiques des résultats du football, des ragots *people* et des diverses catastrophes naturelles qui sont survenues dans des lieux au nom imprononçable aux quatre coins de la planète. Il se souvient de la minute de silence qu'ils avaient observée ce jour-là. Oui, c'est ça. L'attentat. Bien sûr. L'IRA. Brighton. En octobre. Ou peut-être en novembre. L'hôtel, les blessés sur des brancards. La fureur des gros titres. Le graffiti sur l'abribus à côté du pont : LES IRLANDAIS DEHORS. ENTERMEZ-LES [sic]. Le graffiti devant le magasin de son père un matin : PENDEZ LA RACAILLE IRLANDAISE. Il avait fallu l'effacer avant l'arrivée des clients.

Malheureusement, cela ne l'avance guère, car Danny n'a rien dit, ce jour-là. S'il y avait quoi que ce soit à dénoncer, il le ferait sans hésiter. Sans problème. Certaines personnes ont du mal à mentir parce qu'elles sont honnêtes. Jonny Brochette peine parce qu'il n'a pas assez d'imagination pour s'éloigner de la vérité.

« Je ne sais pas trop, monsieur. On n'en a pas vraiment parlé.

— Est-ce que vous avez entendu l'accusé exprimer son soutien aux atrocités commises par l'Armée républicaine irlandaise ? »

Non, il n'a rien entendu de tel. De toute manière, si Danny avait voulu dire une chose pareille, il ne se serait certainement pas confié à lui. Malgré tout, il a fait un commentaire, ce jour-là. C'était différent, mais peu importe dans un simulacre de procès. Le problème, c'est que Jonny ne s'en souvient plus très bien, et qu'il n'est pas sûr d'avoir compris.

Danny a dit : « Qu'est-ce qu'ils croient ? C'est une guerre. » Ils étaient en train de déjeuner. Il y avait Ander, Neil et deux ou trois autres garçons. Jonny n'a pas cherché plus loin, ne savait même pas qui étaient ces *ils*.

« Comment ça, monsieur ? » demande Jonny Kebab.

Ce qu'il réclame, en réalité, c'est de l'aide : *dites-moi ce que vous voulez entendre et je répondrai oui. Comme ça, je pourrai retourner à ma place et me fondre dans la foule. Je ne peux pas inventer un mensonge, en revanche, si vous m'offrez un marchepied de duplicité et me tenez la main, je grimperai aussi haut que vous l'estimerez nécessaire.*

« C'est pourtant évident, monsieur Lansdale : a-t-il dit devant vous qu'ils l'avaient cherché, que c'était bien fait pour eux ? A-t-il fait une remarque révélant qu'il soutenait l'attentat ? Nous avons plusieurs témoins à entendre, nous pouvons donc nous passer de votre contribution, mais cela nous aiderait à clarifier cette affaire. »

Jonny réfléchit. Le Doc a fait deux choses pour le pousser à franchir la ligne : d'abord il lui a soufflé la réponse et ensuite il lui a confirmé que d'autres allaient parler. Ainsi, il peut être sûr que, quoi qu'il fasse, ce qui doit arriver arrivera : être impuissant et superflu est un immense soulagement pour lui.

« Il a dit qu'ils l'avaient cherché. »

Jonny est content d'avoir pu apporter sa pierre. Il regarde Danny qui secoue la tête mais ne proteste pas.

« Je l'ai entendu.

— Vous souvenez-vous du contexte et de la date de cette conversation ? »

Il n'a pas eu le temps de réfléchir aux détails. C'est un menteur sans scénario. Il a l'air perdu. Comment peut-on être précis au sujet d'un jour et d'une heure quand il s'agit d'un événement inexistant ?

« Juste après l'attentat ! s'écrie-t-il. Le lendemain. Quand on en a parlé aux informations. Il l'a dit après la réunion du matin. Et puis il a dit… »

Le Doc l'interrompt avant que le mensonge ne devienne trop flagrant.

« Merci, c'est assez. Y avait-il d'autres témoins ce jour-là ?

— Je ne me rappelle plus. C'était après la réunion, donc il y avait pas mal de monde.

— Je l'ai entendu, moi aussi, intervient Vaughan, toujours prêt à donner un coup de main au Doc.

— Moi aussi ! » renchérit Hugh Lewis pour ne pas être en reste.

Les huées des sadiques et des brutes fusent au fond de la classe. Puis l'excitation gagne les suiveurs et les veaux, le troupeau qui sent la direction du vent. Leurs chaises raclent le sol tandis qu'ils changent de position pour avoir une meilleure vue ou pour attirer l'attention du professeur. Les mains se lèvent dans tous les sens, comme les fusils d'une armée d'opérette à la manœuvre. Ils l'ont tous entendu, oui, c'est ce qu'il a dit, et il l'a répété : *ils l'ont cherché, c'est bien fait pour eux…* « Il soutient l'IRA, monsieur », lance quelqu'un. Et un autre : « Son père est un terroriste ! » « Tirez-lui dans les genoux ! »

Soudain, une voix rugit : « ON DEVRAIT LE FUSILLER ! » Ander ne parvient pas à la situer, ce qui est bizarre, car il a passé beaucoup de temps à écouter leur accent pour se l'approprier et il les connaît par cœur. Ce cri ne correspond à personne dans la salle. Dans l'école. Il vient d'ailleurs. Il les inspecte un par un : Lewis, Vaughan, Dumbo Daniels, Midgley, Paul, Tristan, Cobbleson, Roger Bowden, et quelques autres dans le fond et aux marges de la classe. La voix qu'il vient d'entendre n'appartient à aucun d'entre eux.

Il se dit que la haine contenue dans ces mots – la haine adulte, réelle, celle qui pousse les gens à tuer, à torturer et à incendier des maisons habitées – exige peut-être une voix différente, une voix qui n'est pas celle d'un enfant, même si c'est d'un enfant qu'elle a dû sortir. Peut-être qu'une chose a pris possession de l'un d'eux et s'est approprié sa bouche. Une haine brûlante et viscérale qui hurle à pleine gorge. Elle est venue et s'en est allée. Mais jamais complètement.

Ou bien il l'a inventée, tout était dans sa tête.

Ander ne l'a plus jamais entendue à l'école, mais elle est de retour depuis qu'il travaille, il l'a vue à l'œuvre dans les rues après la fermeture des pubs, dans les maisons où des hommes battent des femmes, dans les manifestations de l'extrême droite et les matchs de foot. Il y est presque habitué, aujourd'hui ; il la reconnaît. C'est la voix de la haine qui cherche un objet sur lequel se fixer. La haine vagabonde. Elle ne fait que traverser le poste ; après, soit elle se déverse dans les prisons, soit elle retourne dans les rues, les maisons, les chambres et les cuisines. Derrière les portes fermées et les rideaux. Elle est très présente en ce moment, et, bien que les gens qui crient ne soient plus les mêmes, il reconnaît la haine entendue autrefois, quand il était enfant.

Il doit être le seul, car personne ne réagit. Sinon, tout le monde se serait arrêté. Le Doc lui-même aurait coupé court. Il se demande si Danny l'a entendue.

« Ils mentent, proteste-t-il, s'efforçant de garder son calme. Ce n'est pas ce que j'ai dit. »

Son visage est brûlant, son cou surtout, parsemé de taches rouges qui dessinent comme des pays sur une carte.

Le Doc : « Il y a pourtant plusieurs témoins, tous crédibles, et tous d'accord non seulement sur le sens général de votre commentaire, mais sur les mots précis que vous avez employés.

— Ils mentent. Ce n'est pas ce que j'ai dit.

— Silence : vous aurez tout le temps de vous défendre durant le procès, réplique le professeur, que Danny continue d'effrayer. Vous pourrez faire venir vos amis à la barre dès que l'accusation aura terminé. »

Pendant les vingt minutes suivantes, le Doc appelle ses témoins. Ils répètent tous la même chose, collant à son scénario basique : il soutient la cause de l'IRA, les six de Birmingham et les quatre de Guildford[1]. Il n'est plus seulement question de l'attentat de Brighton, mais d'une défense plus large de la terreur irlandaise sous toutes ses formes, en remontant jusqu'à ses débuts. McAlinden nous hait. Son peuple nous hait. Et pourtant nous leur donnons du travail et des bourses scolaires. Lewis, Vaughan, Carter et quelques autres proposent des anecdotes de leur cru sur « l'histoire » de ses sympathies pour l'IRA. « Il a une réputation », dit l'un. Puis ils ajoutent une série d'accusations satellites : « Il est homo », « efféminé », « c'est une tapette, monsieur », « un pédé », « un intellectuel »…

Tout y passe, à présent. Tout ce qu'ils détestent, craignent et envient chez lui.

---

1. Irlandais condamnés pour des attentats contre des pubs en Angleterre dans les années 1970 et dont l'innocence a été reconnue dans les années 1990.

Comment Danny tient-il le coup ? Ander et les autres ne le comprendront jamais. Il tremble et se mord la lèvre. Il regarde la classe et secoue la tête, regarde ses amis comme s'ils étaient sur la rive et lui sur un bateau emporté vers le large. Mais il ne pleure pas.

« Qu'avez-vous à dire pour votre défense ? lui demande le Doc.

— Tout ce que j'ai dit, c'est que c'était une guerre.

— D'après ces témoins, vous avez affirmé que c'était bien fait pour nous, que *nous l'avions cherché*. Vous le niez ?

— J'ai dit : *Qu'est-ce qu'ils croient ? C'est une guerre*. Ce sont les seuls mots que j'ai prononcés. Rien d'autre. Rien sur la question. Et certainement pas que c'était bien fait pour qui que ce soit. Personne ne m'a répondu et on est passés à autre chose. Je crois que c'est Ander qui a changé de sujet. »

Ander se lève : « Oui, c'est tout ce qu'on a entendu, tout ce qu'il a dit, et puis on a parlé d'autre chose. »

Neil Hall se lève à son tour et parle d'une voix forte et calme en regardant le Doc : « C'est vrai. J'étais là. J'ai entendu. Et de toute manière, ce n'est pas bien. Ce spectacle… ça va trop loin, monsieur. »

Gwil : « C'est en train de partir en vrille, monsieur ! »

Dave, en sueur : « Arrêtez, monsieur, s'il vous plaît… ça ne va pas. »

Il les ignore et continue à s'adresser à Danny.

« Donc vous exprimiez bien votre soutien à l'Armée républicaine irlandaise et à ses atrocités ? demande-t-il sur le ton qu'emploient les procureurs dans les séries quand ils ont coincé quelqu'un, lorsqu'ils ont retourné les mots de l'accusé dans tous les sens pour en tirer une signification qu'il ne leur avait jamais donnée. Laissez-moi vous rappeler les faits : cinq personnes ont été tuées le 12 octobre l'an passé, et il y a eu des dizaines de blessés. Les attentats ont fait des centaines d'autres victimes, pas seulement des soldats et des élus, mais des gens ordinaires qui vaquaient à leurs tâches quotidiennes dans des villes un peu partout en Angleterre. Voilà, en réalité, ce que vous défendez. »

Danny se conduit de plus en plus comme s'il comparaissait réellement devant un tribunal. Il pèse ses mots avec soin. Ander pense qu'il commet une erreur en donnant l'impression d'accepter une situation qui est aussi absurde que sinistre. *Va-t'en ! Sors !* crie-t-il dans sa tête, espérant que, par quelque miracle, son ami va l'entendre.

Danny sait que le Doc veut le piéger. Peut-être s'imagine-t-il qu'il peut lui opposer son propre scénario ? Il s'exprime lentement, avec autorité, sans pousser sa voix, ce qui lui permet de conserver le même ton et de prononcer chaque mot :

« J'ai dit que l'IRA considérait que c'était une guerre et que l'État britannique aussi. C'est juste que vous refusez de l'admettre. Vous parlez de *terrorisme*. Mais si un côté estime que c'est une guerre, ça suffit : c'en est une. Pour eux, le gouvernement britannique est l'ennemi.

— L'*Ennemi*, vraiment ? L'ennemi de *qui* ? demande le professeur d'un air gourmand. Vous voulez dire *votre* ennemi ?

— Ce n'est pas ce que j'ai dit. Et ce n'est pas ce que je veux dire. »

Danny semble sur le point d'ajouter quelque chose, puis se retient.

« Vous affirmez pourtant que l'*ennemi* – selon vos propres mots –, ce sont les Britanniques. *Votre* ennemi, n'est-ce pas ? C'est vous qui le dites, pas moi. Sommes-nous vos ennemis, monsieur McAlinden ? »

Danny garde le silence.

« L'accusé ne répond pas. La cour prend note de ce refus. Maintenant, veuillez m'expliquer… »

Le Doc s'interrompt un instant, ménageant ses effets.

« Veuillez m'expliquer en quoi faire exploser des gens dans des gares, mettre des bombes sous des voitures ou tuer des hommes et des femmes – des civils – dans des pubs à Londres et à Birmingham sont des actes de guerre ? Ce n'est pas faire la guerre, c'est du terrorisme. »

Le fond de la classe l'acclame.

« L'Armée républicaine irlandaise n'est pas une *armée*, et l'appeler ainsi est une insulte aux armées du monde entier… »

Quand il est excité, une légère écume apparaît à la commissure de ses lèvres, et elle sert de lubrifiant à cette éloquence de chambre des débats miniature qu'il a acquise à Oxford. Elle est moins collante que celle de Mortata, plus aérée, et, si l'on regarde de près, on peut voir les bulles de salive gonfler et éclater lorsqu'il ouvre et ferme la bouche. Il s'essuie rapidement et avance la mâchoire, présentant une lippe churchillienne, ainsi qu'il le faisait étudiant, après avoir décoché un bon mot à son adversaire.

« Monsieur, dit Danny d'une voix tremblante, s'efforçant de rester digne sous le tollé, toutes les armées tuent des civils, quoi qu'elles disent… et si évoluées soient-elles. »

Une boulette de papier imbibée d'encre rebondit sur son visage et atterrit sur sa chemise. Il a une tache bleue sur la joue et une trace dans le cou et sur son col. Le Doc se dirige vers son meuble classeur et, profitant de ce qu'il a le dos tourné, Vaughan s'approche de Danny et lui crache dans les yeux.

« T'as qu'à te nettoyer avec ça. »

Le temps que le professeur revienne vers eux, Vaughan a regagné sa place. Sourire satisfait sur le visage et bras croisés sur la poitrine, il regarde devant lui, tel un ouvrier fier du travail accompli : de la belle ouvrage.

Le Doc tient à la main un morceau de tissu noir et velouté, qui luit comme la peau souple d'un animal. Il a l'éclat et les ondulations du vison. Personne ne distingue de quoi il s'agit. Seul Danny serait assez proche pour se faire une idée, et il a d'autres préoccupations.

« Vous affirmez donc, monsieur McAlinden, que les bandits de l'IRA sont à mettre sur le même plan que les soldats de l'armée britannique ? Est-ce que vous prétendez également que le terrorisme irlandais est justifié et que vous le soutenez ? »

Danny a l'air hagard. Il ne répond pas. Il cligne des yeux. Rapidement d'abord, puis plus lentement, avec des intervalles plus espacés, espérant que la prochaine fois, il les ouvrira sur autre chose, n'importe quoi, mais pas ça.

« Je ne sais pas pourquoi vous me posez ces questions, dit-il enfin. Quel est le rapport avec moi ?

— Répondez, monsieur McAlinden : justifiez-vous les actes de l'Armée républicaine irlandaise ? Soutenez-vous ces actes ainsi que vos camarades l'affirment ? Et souhaitez-vous contester les preuves présentées à la cour ? C'est votre dernière chance avant que le verdict ne soit prononcé ! conclut le Doc, criant presque à présent.

— J'ai dit que c'était une guerre. Rien de plus. Ce n'est pas une guerre égale entre des armées égales, mais ce sont des armées et elles sont en guerre. Là-bas, on considère que vous êtes une force d'occupation. Leur armée n'a ni char, ni avion, ni uniforme. En revanche, elle a des fusils et des bombes. La vôtre abat des citoyens dans la rue et distribue des armes à des escadrons de la mort qui tuent les habitants chez eux. C'est une guerre, quel que soit le nom que vos journaux lui donnent. Voilà ce que disent les gens. Je ne l'ai jamais pensé, je me suis toujours efforcé de garder mes distances, ça ne me concerne pas, parce que je suis ici et que je suis anglais… mais quand je vois ce que vous êtes en train de me faire, je comprends qu'ils pensent comme ça. »

Personne ne parle. Personne ne bouge ni ne respire. Personne ne sait ce qui s'est passé. Danny n'a jamais rien dit de tel, pas de cette manière. Danny lui-même semble sidéré par les mots qui sortent de sa bouche. Ils viennent d'un endroit tout au fond de lui, dont personne, peut-être même pas lui, ne soupçonnait l'existence.

« Ah ah, fait le Doc. *Votre* armée, dites-vous ? *Vos* journaux ? Je crois que la cour en a assez entendu. Une armée d'*occupation* ? Nous avons tous les éléments nécessaires pour prendre une décision. »

Danny lui a donné ce qu'il voulait. Certes, il ne s'est pas effondré – chaque chose en son temps, songe le Doc – mais il a de quoi être satisfait. Cela vaut bien des aveux. Non, en fait, c'est mieux, car des aveux obligent le juge à une certaine indulgence. Ils jouent en faveur de l'accusé qui affiche sa sincérité et fait acte de contrition. Danny s'est rebellé, et si sa réaction a surpris le professeur autant que les élèves, elle lui offre plus que ce qu'il demandait.

Plus question d'indulgence, à présent.

Le Doc prend l'étoffe de velours noir sur son bureau et la soulève.

C'est un capuchon, ou un sac, avec une petite ficelle à la base qui permet de le refermer pour empêcher la lumière d'entrer ou garder l'obscurité à l'intérieur.

Ander se lève et quitte la salle

Il court dans le couloir. Le soleil qui se déverse par les hautes fenêtres révèle les traces de cire sur le parquet, là où le gardien a oublié de frotter. Les toilettes du rez-de-chaussée sont ouvertes, et il voit les portes des W.-C., toutes entrebâillées, sent leur odeur de bassin d'effluents. Les urinoirs bouchés par des chewing-gums et des mégots qui macèrent dans la pisse. La cuvette au fond de laquelle stagne en permanence une crotte, comme un sous-marin rouillant sur le sable. Il avait l'intention de prévenir le directeur pour qu'il intervienne, mais devant son bureau il réalise que celui-ci ne bougera pas, parce qu'il est le protecteur du Doc et que le Doc est son représentant sur terre, ou du moins sur cette petite partie de la terre. Alors il fait demi-tour. Dans le grand couloir, sol couleur jus de viande et murs crème anglaise sale, il vacille et hésite, puis s'élance dans la direction opposée, revenant sur ses pas et grimpant les marches menant à la salle d'anglais.

Il écoute à la porte de M. Wolphram – le bourdonnement des mots, un rire, le genre qu'on entend quand la plaisanterie est littéraire, un gloussement connaisseur –, puis il frappe. On se tait, mais personne ne répond. Il frappe encore, plus fort.

Le lent et grave « Entrez ». Il se tient là devant une classe de premières. Ils étudient un poème. Bien sûr. M. Wolphram est debout, un livre ouvert à la main, la tranche en équilibre sur sa paume, la couverture posée sur ses doigts écartés et son pouce. Ander remarque une fois de plus qu'il a l'empan d'un pianiste concertiste. Il tient le livre presque à bout de bras, en hauteur, comme s'il s'apprêtait à le lâcher pour qu'il s'envole…

Les élèves ont l'air plus âgés et plus cool. Ils sont décontractés. Et aussi intéressés et motivés. M. Wolphram ne les oblige pas à porter la veste et la cravate en cours. Certains ont ouvert leur col et accroché leur cravate sur le dossier de leur chaise. Quelques-uns l'ont glissée à l'intérieur de leur chemise, entre le premier et le deuxième bouton, copiant les chanteurs pop du moment. Le directeur déteste ça, ce qui représente un atout supplémentaire à leurs yeux : le piquant de la rébellion s'ajoute au prestige de la mode. Wolphram ne fait pas la chasse aux gilets non réglementaires, aux cravates fines et aux coiffures à la Bowie. Quand il a montré aux secondes *Quadrophenia*, ils ont passé le reste du trimestre à imiter les mods, trafiquant leur pantalon pour qu'il ait l'air plus étroit, portant la partie mince de leur cravate à l'avant, troquant leurs mocassins minables contre des chaussures à lacets pointues.

Tout le monde regarde Ander.

« Oui ? » fait M. Wolphram.

Ses yeux sont écarquillés, les sourcils si hauts qu'ils disparaissent presque sous la frange.

« Excusez-moi de vous déranger. Il y a un problème dans la classe de M. Monk et je… Ça ne va pas et il faut faire quelque chose.

— Quel genre de problème ? »

Bizarrement, Ander a l'impression qu'il sait de quoi il parle, ou le devine, ou que ce n'est pas la première fois.

« Un procès », répond-il, suppliant.

M. Wolphram referme le livre et se tourne vers les garçons.

« Continuez sans moi. »

Il fait signe à Ander et referme la porte avec douceur derrière eux. Soudain, il accélère et gravit l'escalier d'un pas curieusement athlétique. Il ne court pas, pourtant, il marche ou plutôt glisse rapidement, et Ander a du mal à le suivre. Il essaie de lui expliquer ce qui se passe, mais il est hors d'haleine et se rend compte que M. Wolphram ne l'écoute pas vraiment. De toute manière, comment expliquer qu'un élève est en train de comparaître devant la classe, avec le professeur dans le rôle du juge ? Alors qu'ils approchent de la salle, ils entendent une détonation qui ressemble à un coup de feu. Elle déchire l'air et résonne dans le couloir. Puis c'est le silence.

Lorsqu'ils entrent, ils voient Danny sur une chaise, le sac noir sur la tête. Vaughan et Lewis le tiennent par les épaules. Il tremble si fort que les mains qui le maintiennent vibrent avec lui. Un petit groupe de salopards forme un genre de cordon policier devant lui, repoussant Neil Hall, Gwil et Rich Nicholson. Gwil a les doigts autour de la gorge de l'un des garçons, et tout le monde est figé, comme dans un tableau.

Assis à leur place, Jonny Brochette et les autres attendent que ça passe, tête baissée. C'est la foule, la majorité grise. Ce qui reste une fois qu'on a retiré le bien et le mal. Ils le savent et s'en accommodent. Ils ne presseront pas la détente, ne vous mettront pas la corde autour du cou, mais ne vous donneront pas non plus la clé de la cellule, ne vous cacheront pas dans leur cave. L'école en produit aussi. Elle produit la plupart d'entre eux, en réalité. C'est sa pâte à modeler humaine. « Si vous n'avez pas assez de talent pour réussir, vous pouvez vous consoler en vous disant que votre médiocrité vous empêchera d'échouer », leur a dit Wolphram une fois.

L'arrivée du professeur d'anglais dissipe l'illusion. Tout se passait bien, mais soudain ce n'est plus un jeu et ils sont du mauvais côté de la barrière.

Le Doc a toujours à la main son énorme dictionnaire de latin, un bloc bleu entouré de tissu de la taille d'un enfant, avec lequel il a frappé le bureau pour imiter le bruit d'une balle dans la tête, conclusion du simulacre de procès.

Ils sont arrivés trop tard pour empêcher l'exécution.

La suite, Ander se la rappellera jusqu'à la fin de ses jours, et, contrairement à beaucoup d'événements importants de sa vie, le souvenir ne s'enrichira d'aucun détail supplémentaire à chaque récit (à qui le raconterait-il, de toute manière ?), pas plus qu'il ne pâlira, comme une photographie oubliée au soleil. Il restera net et vif, entier, bien découpé dans son cadre rétrospectif.

M. Wolphram rugit. Un grondement de rage, puissant et grave. De douleur peut-être aussi. Ander n'en est pas sûr, car la fureur domine, mais il y a peut-être de la souffrance également. Il connaît ce ruban de Möbius de colère et de chagrin, de rage et de douleur. Le rugissement de Wolphram semble aspirer l'air de la classe, l'air de tous ceux qui sont présents. Le Doc sursaute, ils sursautent tous. En un instant, Wolphram a ôté le capuchon qui aveuglait Danny et l'a aidé à se relever. À présent, Ander voit ce qu'il n'avait pas remarqué avant : les mains du garçon sont attachées derrière son dos avec sa cravate ; bien que le lien soit serré, il est là plus pour le symbole qu'autre chose. C'est une humiliation supplémentaire et un autre détail jouissif pour le Doc. M. Wolphram a tant de mal à le dénouer qu'il finit par le faire glisser par-dessus les mains de Danny, plissant la peau et laissant une marque blanche sur ses poignets, là où la circulation a été coupée.

Vaughan et Lewis ont déjà battu en retraite. Le cordon de sécurité s'est dispersé, Rich Nicholson, Gwil et Neil Hall se sont rassis. Seul le Doc n'a pas bougé. Le dictionnaire le soutient, le leste.

M. Wolphram prend Danny par le coude et le guide vers la porte. À Monk, il dit, détachant chaque syllabe :

« Vous êtes un enfant malfaisant caché à l'intérieur d'un homme : un petit pervers, lâche et cruel. »

Il ne veut pas perdre la face devant les élèves, mais il a l'air idiot dans sa robe et ils sentent que le vent a tourné. Lorsqu'il ouvre la bouche pour parler, sa voix tremble et se brise.

« C'est à moi de décider comment gérer la discipline dans ma classe. Je ne me permets pas d'interrompre vos cours pour vous apprendre votre travail. Vous n'avez pas… »

M. Wolphram est déjà sorti, entraînant Danny. Le Doc continue malgré tout. Il doit sauver sa dignité, aller jusqu'au bout, défendre sa position.

« … le droit de remettre en question mon jugement. C'est *ma* classe et ce sont *mes* règles. »

Il donne un grand coup sur le bureau et balaie du regard les garçons, mais les yeux sont fuyants. Plusieurs d'entre eux sortent, bien que le cours ne soit pas terminé : Ander, Neil, Nicholson, Gwil Isaac, tous sont déjà à la porte. Le Doc ne les rappelle pas. Même Lansdale et le reste du troupeau se lèvent.

Le capuchon de velours noir a disparu.

Ils apprendront plus tard que M. Wolphram s'est rendu avec Danny dans le bureau du directeur, qui ne fera rien. Dans un premier temps, il leur assure à tous les deux que cet épisode (c'est le mot qu'il emploie, un *épisode*) fera l'objet d'une « enquête ». Puis il ajoute la petite phrase déprimante que tout le monde connaît, quand quelqu'un est harcelé et que le professeur arrive, déclarant qu'il souhaite entendre les deux côtés de l'histoire : le directeur veut connaître « la version de M. Monk et ne pas prendre de décision précipitée ».

Une main dans le calcif de la nation

Gary ne m'a pas interrompu. Il a écouté en silence, grimaçant à certains moments, en particulier à la mention des mains attachées et du crachat au visage ; c'est étrange, cette façon que l'on a de se focaliser sur des points précis, les détails qui sont les rivets qui rattachent nos émotions à leur cause. Il a l'air pensif, se mord la lèvre, réfléchit à ce qu'il va dire. C'est le genre de situation qui exige ce que M. Wolphram appelle *le mot juste**.

« L'enculé ! »

Il existe différents chemins pour arriver à la vérité, mais, s'il y a un raccourci, vous pouvez compter sur Gary.

« Donc M. Wolphram a débarqué dans son costume impeccable et a sauvé la situation ?

— Ce jour-là, en tout cas. Des histoires comme celle-ci, il y en a à la pelle dans ce genre d'endroit. Mais ça a fini par s'arranger, dans l'ensemble. Enfin, nous étions aussi moins exposés parce que nous étions plus grands. Qui sait si ça n'a pas continué après nous ? Ou alors, il y a réellement eu une amélioration… De toute manière, McAlinden n'était plus là pour en profiter…

— Le petit Irlandais est parti ?

— Il n'était pas irlandais, Gary. Merde, tu m'écoutes ? Oui. Il est parti. C'est une autre histoire. En fait, c'est sans doute la même, mais il y a eu un genre d'entracte entre les deux. Tout ce que je peux affirmer, c'est que ce jour-là, M. Wolphram a emmené Danny pour l'aider à se nettoyer le visage, puis ils sont allés voir le directeur.

— Et après ?

— Il a dit « Laissez-moi m'en occuper » et il s'est surtout occupé de laisser les choses en l'état. Malgré tout, le Doc est devenu plus prudent. Il nous vouait une haine féroce, en particulier à Wolphram, mais il savait qu'il devait se surveiller. Il était allé trop loin, s'était fait prendre, avait enfreint la règle en exposant ses turpitudes intérieures. La situation était donc un peu différente, oui : le Doc nous a lâchés et, après Noël, on nous a transférés dans une autre classe. Tout le monde a fait comme si c'était normal. Ils se sont contentés de brasser les cartes en gardant le même jeu. Nous avions un nouveau professeur avec qui ça se passait bien. C'était un changement.

— Ben voyons. Tu connais la devise des écoles privées ? Plus ça change de main sur ton cul, plus c'est la même chose, lance Gary.

— Il y avait peut-être un peu de ça. Beaucoup de profs étaient violents, quelques-uns nous tripotaient ou nous touchaient – il y en avait un qui avait la manie de nous mettre le doigt dans la bouche –, les autres étaient simplement lunatiques, ils te flanquaient un coup de pied ou une claque, puis t'oubliaient. Pour nous, c'était normal et ça a continué. Un ou deux d'entre eux nous invitaient de temps en temps chez eux pour boire quelques verres et fumer, mais personne n'y trouvait rien à redire ; on regardait des films d'horreur, un peu de porno, et, en ce qui me concerne, je n'ai jamais assisté à quoi que ce soit de sexuel. Même si maintenant je me rends compte que notre excitation devait les faire bander. En tout cas, il n'y avait rien de *pénétrant*, juste une caresse furtive par-ci par-là, la gaule que tu sens dans ton dos comme le pistolet d'un preneur d'otage, ta jambe que le prof effleure quand il se baisse pour ramasser un crayon par terre. Il y avait des bruits qui couraient, mais on ne connaissait jamais personnellement ceux qui étaient impliqués, le prof enseignait ailleurs, le garçon était parti. On avait toujours l'impression que c'était arrivé à ceux d'avant… Les principaux concernés changeaient d'école, les élèves comme les profs, et il n'était pas question de procès, d'aller voir la presse ou la police. *Tourner la page…* C'était une expression qui revenait souvent.

— Alors, tu regardais “Top of the Pops”, histoire de penser à autre chose, tu enviais les gamins invités dans “Jim'll Fix It”, tu voulais appuyer sur les buzzers de tous ces jeux, tournoyer devant les DJ des émissions musicales… sauf qu'il se passait exactement la même chose à la télé, pas vrai ? L'industrie du divertissement anglais avait une main dans le calcif de la nation.

— On ne connaissait rien d'autre. Les dix ans entre nous… C'est bien ça ? »

Je fais un rapide calcul mental. Je n'arrête pas, ces jours-ci.

« Bon, neuf, les neuf ans entre nous font toute la différence. Il régnait une ambiance oppressante de pédophilie refoulée. Refoulée la plupart du temps. Même s'il y avait des moments où elle *contournait les mécanismes de contrôle*, comme on dit en cours de psycho, en règle générale, il n'y avait pas de passage à l'acte. On en respirait les émanations, pour ainsi dire, mais la chose elle-même était enfouie très profond.

— Le poète a encore frappé…

— Les autres profs détestaient le Doc parce qu'il était suffisant et moralisateur. Cela dit, ses désirs… tournaient autour du pouvoir plus que du sexe. Il s'est même marié quand on était en dernière année. Ça l'a peut-être changé, ou c'était un signe qu'il avait changé. Je n'en sais rien. J'ai entendu qu'il s'était amélioré, ou au moins qu'il ne persécutait plus les gamins ouvertement. À côté de ça, il était toujours aussi méchant, médisant et obsédé par son statut. Ce qu'il aimait, c'étaient les rituels, le spectacle. Quoi qu'il en soit, après l'incident, personne ne s'est précipité pour prendre sa défense, mais il n'a pas non plus été ostracisé. »

Je réfléchis un instant.

« S'il a des enfants, ils doivent avoir à peu près ton âge, Gary.

— Arrête, tu me fais flipper.

— Après, on a entendu des rumeurs, comme quoi il avait déjà fait ça, ces petits jeux tordus où il faisait tenir un rôle aux élèves, des jeux qui dérapaient parfois, s'écartaient un peu trop de la normalité et de l'acceptable. Dans le fond, c'était en ne nous touchant pas qu'il prenait son pied.

— En gros, il violait votre esprit plutôt que votre corps. Et Wolphram ? Est-ce que cette histoire a brisé la glace entre vous ? Est-ce qu'il s'est mis à vous taper dans la main quand vous le croisiez dans le couloir et à vous demander si ça boumait ?

— Tu rêves. Il avait des limites très strictes.

— Ce n'est pas ce que je lis dans le *Daily Mail* et dans le *Sun*, Prof : ils viennent de faire un sondage pour savoir s'il fallait interdire aux hommes célibataires d'enseigner…

— Cette histoire comme quoi il posait des questions aux gamins sur leur sexualité et leur puberté ? Une pure invention. Un échange de bons procédés, mensonges contre rémunération. Ce n'est peut-être même pas pour l'argent : certains de ces connards veulent juste se faire de la pub. C'est pour ça que son explosion ce jour-là nous a laissés dans un tel état de sidération. En temps normal, il n'exprimait pas grand-chose. Ce qu'on lit sur son "mauvais caractère", c'est n'importe quoi. Il lui arrivait de te faire une remarque cinglante, alors tu avais honte, mais c'était surtout parce que tu l'avais déçu et que tu t'étais déçu toi-même, pas parce qu'il était cruel…

— Ça me fait mal de le dire, mais il me fait l'effet d'un type bien.

— C'était le cas. Il n'y avait pas de gaspillage avec lui, pas de gaspillage d'émotion, de colère ni de frustration. Pas de sous-entendus sexuels non plus. Pas de bavardage inconséquent. On était encore des gamins, il était un adulte. Chez lui, on ne voyait jamais cet éclat de désir malsain qui brillait dans les yeux de certains, ceux qui clairement aimaient un peu trop les enfants, ou qui au fil des ans s'étaient rabattus sur eux faute de mieux. Ceux-là, lorsqu'ils te regardaient, tu devais t'essuyer la bouche, le cou, l'espace où ton nombril apparaissait parce que tu avais oublié un bouton de ta chemise. Il y en avait qui étaient toujours à chercher la peau nue entre les boutons, entre la chemise et le pantalon. On disait d'eux qu'ils avaient le regard poisseux. Parfois, quand tu t'étirais en classe, tu sentais ta chemise remonter et ton ventre se creuser. Et soudain, tu te rendais compte que le prof était en train de fixer précisément cet endroit, comme s'il avait entendu le coton glisser sur la chair et la peau se tendre. Même ceux qui au départ n'étaient pas attirés par les gamins, mais dont les pulsions n'avaient pour ainsi dire pas d'autre exutoire, faisaient ça de temps en temps. Pas lui. Jamais. Personne n'avait une attitude moins équivoque que M. Wolphram.

— C'est le moment du récit où dans un film je dirais : "Continue…"

— Il n'avait rien à voir avec l'internat ni avec la discipline. Beaucoup de profs enseignaient, point. Il en faisait partie. En général, il évitait de manger au réfectoire. Nous ne vivions pas dans le même monde. À cet âge, on n'imagine pas que les profs ont une vie, et on ne savait pas s'il rentrait chez lui se coucher, ou s'il sortait faire la tournée des bars, s'il retrouvait des copains au restaurant, écoutait des disques, allait au théâtre, buvait du bon vin et conduisait une belle voiture.

— Pour ce qui est de la belle bagnole, on a la réponse. Pour le reste, ça n'arrange pas nos affaires, parce qu'on n'a toujours rien pour prouver sa culpabilité. Plus ça va, plus sa vie semble… pas normale, pas exactement, pas du tout même, mais plus elle semble… reliée : il aime être seul, et en même temps il a des amis. Sans déc ? Appelez la police ! On dit que c'est un solitaire, alors qu'il connaît beaucoup de monde et qu'il a un tas d'intérêts et de hobbies. Sous sa façade bizarre, il y a quand même pas mal de normalité.

— Qu'est-ce que tu entends par *reliée* ?

— Reliée, précisément : tous les éléments sont reliés entre eux. Les dingues, les psychotiques, les meurtriers, les agresseurs et j'en passe… ils sont disjoints, il y a des trous, des putains de failles larges comme la Manche entre les différents morceaux de leur vie. Les parties de leur cerveau. Tu te souviens de ce mec qui conseillait aux gosses sur Internet de se suicider : il y a juste un trou noir entre la manière dont il embrasse ses enfants quand ils vont se coucher et les saloperies qu'il balance aux autres. Tu ne peux l'expliquer qu'en disant qu'il a un gouffre à l'intérieur. Lui, ça ne le gêne pas, parce qu'il est fait de trous, de ténèbres. Les gens normaux peuvent commettre des actes anormaux ; malgré tout, il y a toujours une cohérence, on voit le lien, la pente qui monte ou qui descend, l'endroit dans leur tête qui leur fait faire des sales trucs. Ton M. Wolphram, c'est pareil : ce n'est pas à proprement parler un mec normal, mais dans sa vie, tout est cohérent, chaque élément mène au suivant. Comme dans la nôtre. »

Il s'interrompt, me regarde.

« Bon, comme dans la mienne, en tout cas. »

C'est une explication à la Gary, mais il a raison. Et plus il semble évident que Wolphram est innocent, plus il semble évident qu'il est coupable dans la presse et les médias, pour les policiers et les politiques.

C'est notre faute à tous les deux. C'était peut-être inévitable, mais ce serait arrivé plus tard, et donc différemment.

« J'ai quand même du mal à m'y faire : il n'y a pas si longtemps, tu n'avais qu'une envie, c'était de le voir se balancer au bout d'une corde. Tu as jeté un coup d'œil à son appartement, ses affaires, ses "partitions de tarlouse" et tu étais prêt à le mettre en taule… Tu pensais que le capuchon noir était un genre d'accessoire érotique.

— Et j'avais raison. Ce n'était pas le sien, c'est tout.

— Ce que j'essaie de dire, c'est que tu as foncé tête baissée…

— Ce n'est pas moi, c'est mon conditionnement. Mon éducation. Le système de classes. Tout ce qui fait la grandeur de ce pays. C'est pour ça qu'on met des bouledogues, des lions, la tête à Churchill et des drapeaux anglais sur Twitter… »

Il se fout de ma gueule. OK. Je l'ai cherché.

« Alors, ils sont où, maintenant ? Lansdale, le Gallois et l'intello, tous les profs ? Qu'est-ce qu'ils sont devenus ?

— L'ancien directeur est toujours vivant. Goodship. Je l'ai vu l'autre jour à la télé. Dans le reportage, c'est le vieux au chien qui ralentit sans s'arrêter. J'étais persuadé qu'il n'était plus de ce monde. En tout cas, quand je l'ai croisé à la poste à Noël dernier, il avait l'air d'avoir commandé la mort avec le service “Essayez d'abord, payez ensuite”. Il avait cette expression qu'ont les vieux qui croient reconnaître quelqu'un : les yeux suppliants, qui te demandent de leur dire s'ils se trompent, qui demandent à ta mémoire de faire le boulot, car la leur est toute molle et spongieuse, le sous-sol inondé. Une fois, il m'a frappé sur l'oreille avec un bouquin parce que j'avais dit *kilomètres* au lieu de *miles*. J'étais en Angleterre depuis exactement quatre jours.

— Le premier héros du Brexit. On lui a sans doute élevé une statue à Douvres.

— Il avait une drôle d'habitude : il collectionnait les Mars. Il les apportait dans des boîtes en verre, avec des petites étiquettes et des dates. La plus ancienne remontait aux années 1920. Uniquement les Mars. “Je ne m'intéresse à aucune autre confiserie.” McCloud, je ne sais pas : il nous accusait de “flirter” avec lui, nous menaçait de “retenue sans retenue”. Il adorait ce genre de sous-entendus et il vérifiait qu'on ne “négligeait aucun recoin” quand on se douchait. Mais il avait déjà la quarantaine à l'époque et il n'avait pas l'air programmé pour la longévité. Le Doc est toujours là, comme tu l'as vu. Il est devenu directeur de

Chapelton. Il doit avoir la petite soixantaine et savourer sa prison dorée : la résidence de fonction, les dîners à la table d'honneur. Boutons de manchettes et cravates gratuits. Il doit rester quelques profs que j'ai connus, ceux qui étaient jeunes de mon temps. Je me rends compte maintenant que certains d'entre eux n'avaient guère que cinq ou dix ans de plus que moi… En ce qui concerne les autres garçons, eh bien, Danny est parti, mais j'ai gardé des contacts avec certains, notamment Gwil qui bosse pour la télé au pays de Galles. Il produit une série policière qui se passe dans le massif de Snowdonia, une histoire de meurtres rituels hyper violents…

— Je suis fan ! Je la regarde avec les sous-titres sur le câble. J'écoute le gallois et je lis l'anglais en dessous. C'est génial. Ça s'appelle *La Traque*.

— C'est ça. »

Je me demande combien il en a vu.

« Quatre des neuf premiers épisodes montrent des types qui reviennent à l'âge adulte pour se venger d'un ancien prof ou d'un employé d'un foyer d'accueil… L'une des victimes est l'aumônier, l'autre est le… »

Gary se tape la cuisse.

« Le prof de latin ! Putain, trop fort ! Maintenant je sais d'où il tient toutes ses idées. C'est super glauque.

— Il faut que je prenne le temps de les regarder. »

En réalité, j'ai vu tous les épisodes et j'ai toujours connu l'origine de son inspiration. D'ailleurs, je me souviens de Gwil, un soir, devant une pinte, nous promettant qu'il se débrouillerait pour que toutes ces histoires sortent un jour. Elles sont sorties. Il l'a fait. Même si c'est seulement sous couvert de fiction. C'est peut-être mieux que rien.

« Il y avait aussi Neil Hall, qui s'est lassé d'être un nouveau romantique et a fait une fac de droit…

Je l'ai cherché sur Internet, une fois. Aux dernières nouvelles, il était avocat dans un gros cabinet londonien. Rich Nicholson est allé à Oxford. Il s'est bien débrouillé, a écrit un peu et maintenant il est éditeur. Dave Sweeting est prof – un vrai, lui – de physique dans une université à Londres, l'Imperial College ou UCL, je ne sais plus… on s'est perdus de vue il y a un bout de temps. Vingt, vingt-cinq ans. Au début, on se réunissait une ou deux fois par an, au Folkestone Grand Hotel. Pas Danny, mais Gwil, Rich, Neil et quelques autres, des garçons sympas qui étaient arrivés après le départ de Danny. Au bout d'un moment, les rendez-vous se sont espacés, puis on a arrêté de se donner des nouvelles.

— Je vois toujours mes vieux potes du bahut. On a trois Dave. Dave tout court, Dave le chiant et l'autre Dave. Je suis le seul Gary, ce qui est étonnant étant donné notre milieu social. Il y avait aussi Jonny, Lisa, Sarah, Hannah et Holly… Eh ouais, on avait des filles dans notre lycée et ce n'étaient pas des extraterrestres. On n'avait pas de prénoms exotiques mais on n'avait pas non plus de punitions tordues inventées par des détraqués qui se branlaient à la maison en y repensant. Nos profs ne croyaient pas qu'Allô Enfance était un service de livraison à domicile. Ils ne nous obligeaient pas à nous dépoiler et à nous baigner dans l'eau glacée pendant qu'ils prenaient des photos. À côté de ça, aucun de nous n'est devenu député, banquier, président du National Trust pour la préservation du patrimoine, chroniqueur dans un journal ni directeur à la BBC, alors, on a peut-être quand même raté quelque chose. On se retrouve au Cornmarket Vaults pour l'apéro et on échange des anecdotes normales. S'il est question de mettre un sac sur la tête d'un gamin, d'en suspendre un autre d'un pont ou de vérifier si un troisième s'est bien lavé entre les fesses, c'est parce qu'on l'a vu à la télé. »

Gary aspire les dernières gouttes de son mauvais café et s'essuie la bouche.

« Maintenant que j'y pense, dans l'un des épisodes de la série de ton copain, il est question de trois gars qui enlèvent leur ancien prof, lui mettent un sac sur la tête et le jugent pour toutes les saloperies qu'il leur a fait subir quand ils étaient gosses…

— Ils le tuent ?

— Je vais pas te spoiler la fin. »

Je ris pour la première fois depuis des jours. (Oui, ils le tuent. C'est atroce, interminable et jouissif. Je l'ai vu deux fois.)

« Je ne voudrais pas que tu croies qu'il n'y avait que ça. C'était dur au début, mais ça s'est arrangé en grandissant. Il y avait quelques bonnes choses, quelques bons moments. Et dans ce genre d'endroit, ils ont plus de valeur, parce qu'ils aident à supporter toute la merde. On a aussi vécu des trucs normaux. Au bout du compte. Les petites copines, les tentatives de baise ratées sur un banc, le pelotage sur le pont, les pubs, les cigarettes, le hasch qui s'avérait être du cirage dans du papier alu, mais qu'on ne rapportait pas parce qu'on avait trop la trouille pour protester… Je pense qu'on était normaux, en tout cas. J'avais une petite amie, j'étais aussi heureux qu'on pouvait l'être étant donné les circonstances. On avait le droit de sortir et on faisait des virées sur la côte, à Brighton, à Canterbury, à Londres. Et pour finir, je suis parti. OK, je suis resté, mais différemment.

— De toute manière, partir, c'est très surestimé, Prof.

— J'ai changé de nom, aussi. À mon arrivée, je m'appelais Ander, mais à seize ans j'étais aussi anglais que si on m'avait fait une transfusion. De mots, de langue, d'enfance. Vers quinze ans, on a commencé à m'appeler Alex ou Alexander. Lorsque j'ai quitté l'école, j'avais un nouveau nom et je parlais une autre langue. Wolphram était un type bien et un bon prof. Je lui dois mon anglais. Il m'a dit que le dictionnaire serait mon meilleur ami.

— Je peux pas dire que j'ai vu beaucoup de gens se disputer ce titre… Dans mon collège, ton Doc se serait pris une raclée avant même d'avoir levé le petit doigt. Et c'est les autres profs qui s'en seraient chargés…

— C'est une question qui me hante, Gary : que se serait-il passé si quelqu'un s'était levé et lui avait flanqué un pain, si nous nous étions tous levés et que nous étions sortis… ? Mais ça ne se fait pas, ou ça ne se faisait pas à l'époque. On était programmés comme ça. Des choses qui paraîtraient évidentes aujourd'hui étaient juste impensables en ce temps-là. Je veux dire littéralement impensables. On ne les pensait pas…

— Oui, je sais : j'ai déjà entendu ça. La poésie en moins… »

Gary a enquêté pendant deux ans sur une affaire de viols et d'agressions sexuelles dans un foyer de l'enfance à Oxford. Il a beaucoup appris là-bas, dit-il, uniquement des choses qu'il vaudrait mieux ignorer. À Iffley House. *Iffley House* : un nom qui évoque une école privée chic. En réalité, c'était un centre pour mineurs en difficulté, des adolescents vulnérables qui étaient prostitués par ceux-là mêmes qui étaient chargés de veiller sur eux. Pendant l'enquête, il a séjourné dans une pension sous une fausse identité, et il devait se retenir de hurler pendant que dans les chambres voisines on violait à la chaîne des gamins bourrés d'alcool et de médicaments. Ce qu'il a entendu au Bed and Breakfast de Meadow Lane le réveille encore la nuit. Je n'ai donc pas grand-chose à lui apprendre sur le sujet.

« Et il y a des gens qui paient pour cette merde ? Ils pensent avec nostalgie au passé et disent "C'était le bon vieux temps" ? Autant réclamer le retour des arracheurs de dents, des saignées ou des lobotomies…

— À l'époque, on acceptait sans réfléchir un tas de choses qui étaient absurdes, préjudiciables et seraient probablement qualifiées de sévices aujourd'hui…

— Un emploi audacieux du mot *probablement*.

— Après, une fois parti, avec le recul, lorsqu'on réalise que le monde n'est pas censé être comme ça, qu'il y a des gens qui vivent différemment, on se dit : *Ça a été ma vie, pendant trois, cinq, dix ans… C'était le seul monde que je connaissais, c'étaient les règles auxquelles j'obéissais, c'était ma normalité…* Mais ça ne vient que plus tard, quand on est libre. Et encore, il y en a peut-être qui ne le seront jamais. Certains d'entre *nous*.

— Difficile de savoir avec toi. Si tu es libre ou pas, je veux dire. Si tu es l'un d'*eux*.

— Difficile de savoir pour moi aussi. Il y a des jours où j'ai le sentiment que tout ça n'a plus aucun rapport avec moi : je passe devant Chapelton en voiture, je reconnais un ancien prof dans un magasin, je croise des élèves en uniforme en file indienne dans la rue… et ça ne me fait aucun effet, j'aurais pu ne jamais avoir mis les pieds là-bas. Et il y a des moments où j'ai l'impression de m'observer du dehors ; je regarde une photo jaunie ou un film et c'est quelqu'un d'autre qui vit tout ça, qui va à l'école, s'assoit en classe, se fait tripoter, sent l'haleine des adultes, est témoin de la cruauté, goûte les larmes, éprouve la douleur, essuie les crachats… Et j'ai de la peine pour ce pauvre gosse, je secoue la tête… Je secoue la tête pour de vrai, Gary, en pensant à ce que ces enfants ont subi, j'ai mal pour eux… »

Je me rends compte que ma voix s'étrangle, que quelque chose s'est débloqué en moi. C'est à peine perceptible, mais Gary l'a senti aussi.

« C'est bon, Prof. Je n'ai pas besoin d'en entendre plus, j'ai pigé l'idée…

— … Alors, je regarde plus attentivement et je me dis : *Je le connais*… Si je m'approche encore, je le vois qui se replie sur lui, se renferme, parle un peu, de temps en temps, mais uniquement à lui-même, et je comprends que c'est moi, que je suis face à un miroir, que tout ce que je croyais examiner de l'extérieur était en réalité à l'intérieur, que je suis tellement brisé que je dois sortir de moi pour revisiter mon passé, que j'ai été coupé en deux, que je peux seulement aborder ce qui m'est arrivé par la bande, en douce, comme on s'approche d'un animal sauvage qui risque de s'enfuir ou d'attaquer… que je dois marcher sur la pointe des pieds dans ma propre tête de peur de réveiller les habitants. Est-ce que ça explique des choses ?

— Pas pour moi, pas vraiment, mais est-ce que ce n'est pas toujours le cas ? Une génération en observe une autre et pense : *Comment est-ce possible ? Comment est-ce qu'ils ont pu laisser faire ça ?*

— Je n'en sais rien, en tout cas c'était comme ça à l'époque, dans les années 1980… et, a priori, c'était pire dans les années 1970, 1960 et 1950… En plus, ces garçons, beaucoup d'entre eux avaient des parents qui avaient subi la même chose, dans la même école en ce qui concerne Lansdale et compagnie, dans les mêmes bâtiments, avec le même mobilier… Ils avaient écrit dans les mêmes chiottes, les murs avaient simplement été recouverts de deux couches de peinture. Souvent les profs étaient les mêmes aussi. Imagine ça ! Tu ne peux pas te plaindre à tes parents, parce que ce sont eux qui t'ont envoyé là…

— Ouais, ben tu vois, c'est exactement pour ça que ce pays est tel qu'il est. Si tu veux savoir comment ils fonctionnent, quel est le ressort profond de *ces gens-là*, sur les bancs de leur parlement, dans leurs banques, leurs maisons de campagne, leurs tribunaux, du haut de leur tribune journalistique… ma théorie, c'est que sous tout ce tralala ils portent toujours un short d'écolier. »

Gary jette son gobelet à la poubelle.

« Et Jonny Brochette ? J'aimerais bien lui rendre visite.

— Pourquoi ?

— Par curiosité, par simple curiosité. Encore que, pour être honnête, je suis surtout curieux de savoir combien de dents je pourrais lui casser…

— C'était dans les journaux il y a quelques années, il y a peut-être même eu un article de Mad Lynne, maintenant que j'y pense : le magasin Lansdale's a été racheté, mais il a gardé son nom par arrangement contractuel. Jonny a envoyé ses deux fils à Chapelton. Il faut croire qu'il n'en a pas gardé un si mauvais souvenir. Depuis, il a monté quelques affaires, des restaurants dans les derniers quartiers à la mode…

— Qu'il a fermés peu de temps après… C'est bon, j'ai entendu parler de lui : un fils à papa qui se la joue branchouille. Un profiteur à la petite semaine, adepte de la gentrification. Au fond de lui, il vend toujours des magazines pornos déchirés. Maintenant, je comprends mieux pourquoi il y a autant de détraqués chez les bourges, pourquoi les parlementaires, les juges et les gérants de fonds spéculatifs se font choper avec des jeunes garçons, dans des salons de massage ou en train de s'étrangler avec des bretelles, une orange dans la bouche… C'est parce qu'ils ont découvert le cul par l'intermédiaire de magazines pornos déchirés : un morceau de coude par-ci, un bout de pied par-là, une demi-fesse sur un lambeau de papier mouillé. Depuis des générations, l'industrie de la branlette scolaire et les mecs comme Lansdale transforment notre élite en fétichistes… »

J'éclate de rire, puis je réalise que c'est une explication qui en vaut une autre. Prenez une mesure de honte et de frustration sexuelle, ajoutez une dose de richesse, de hiérarchie et de violence psychologique et physique, agitez et servez dans un grand verre appelé arrogance : vous obtenez… ma foi, vous obtenez ce qu'on a.

Danny

La mort de la mère de Danny nous prend tous au dépourvu. Nous nous y attendions et pourtant nous sommes surpris, car, s'il y a une chose pire que de ne pas être préparé à la disparition d'un être aimé, c'est d'y être préparé. On en vient à se détester : on commence à se faire à l'idée de la mort, alors que l'autre est toujours en vie. Il continue de se battre, mais on a depuis longtemps passé un accord avec la maladie qui l'emportera. On le regarde : il s'assoit dans le lit, écrase les oreillers derrière lui, se penche en avant, essaie de marcher jusqu'au magasin ou au salon. Parfois, c'est une *bonne journée*, et il manifeste un appétit soudain malgré son corps ravagé, son ventre creusé. Il se sent assez bien pour venir vous voir, même s'il doit s'agripper d'une main tremblante à la portière pour descendre de l'auto, même si ses mains ne sont plus qu'os crayeux et articulations, ses muscles des tendons fibreux. Il se fatigue vite, mais il est là et il ne capitule pas. Vous, si. Il est si maigre qu'on a l'impression de replier une chaise longue lorsqu'on l'aide à remonter en voiture. Et pendant ce temps, qu'a-t-on fait ? On a parlementé avec l'ennemi dans son dos.

On s'est *préparé*.

Ce ne sont pas les mots exacts employés par Danny – nous n'avions pas les mots *exacts* à l'époque, car, à moins d'être M. Wolphram, ils arrivaient toujours flous, avec un temps de retard –, malgré tout je suis à peu près sûr que c'est ce qu'il ressentait. Cela faisait des mois que Danny était prêt. Mais il n'était pas prêt pour ce que ça lui ferait d'être prêt.

La maladie de sa mère avait connu plusieurs embellies illusoires – un médicament ou un traitement qui prolongeait ci ou contrôlait ça –, et aussi beaucoup de faux crépuscules : une chute, une plongée soudaine, un râle d'agonie qui n'en était pas un, un ultime déclin qui s'avérait n'être qu'une embardée de plus, le fossé évité de peu. Depuis quelques semaines, cependant, elle flottait dans un éther palliatif censé adoucir le passage de la vie à la mort, afin que le précipice qui les sépare ne soit qu'une simple bosse sur la route, un dos d'âne entre deux mondes.

Danny lui a parlé pour la dernière fois le mardi précédent, du téléphone dans le couloir de l'école. Il y avait la queue derrière lui, d'autres garçons qui attendaient, grommelaient et lui disaient de se dépêcher, pendant qu'il insérait des pièces dans la fente. Des pièces de deux pence qui alourdissaient nos poches quand nous allions téléphoner. Nous les empilions sur la tablette et les voyions diminuer au fil de la conversation. Il n'y avait pas de cabine, juste un appareil accroché au mur, si bien que nous avions pris l'habitude de parler à notre famille d'une manière particulière, mi-privée, mi-publique, sachant que nous étions surveillés. Comme les lettres, c'était une façon d'ôter toute spontanéité aux relations intimes. Que peut-on dire à ses parents dans un couloir, quand d'autres adolescents regardent, écoutent, attendent, rient et s'impatientent ? Parfois, la queue était si longue que le garçon juste derrière touchait le coude de celui qui était au téléphone. On ne pouvait pas pleurer en public et ils s'étaient arrangés pour qu'on ne puisse pas pleurer en privé non plus.

C'est le Doc qui annonce la nouvelle à Danny. Il le convoque et le laisse debout, de l'autre côté du bureau sur lequel trônent les manuels de latin et sa thèse, un pavé relié bien en évidence. Il ne lui offre pas de chaise. Pourquoi le ferait-il ? Quand on doit s'acquitter de ce genre de tâche, si on invite la personne à s'asseoir, on prend le risque qu'elle ne se relève plus. En plus, Danny est *prêt*, il s'y *préparait depuis un moment*, lui rappelle le Doc. « Cela ne va pas vous surprendre », commence-t-il. Pourtant si. Danny s'accroche au bureau. Il se ressaisit. C'est à ce même bureau qu'il se tenait il y a quelques semaines, lors de son « procès ». Le professeur s'efforce de montrer de la compassion, il s'en rend compte. Mais il ne cesse pas de le haïr pour autant.

Il est prêt et il ne l'est pas. Il a l'impression qu'il va tomber, s'évanouir, oblitérer le fait de sa mort. Il prend conscience que ça ne sert à rien, maintenant. Maintenant que ce à quoi il s'est préparé est là. Il aurait eu tout loisir de s'y habituer une fois la chose arrivée. Il se déteste soudain d'avoir perdu du temps à se préparer à une réalité à laquelle on ne peut jamais se préparer alors qu'elle était encore en vie, d'avoir gaspillé le peu de temps qu'il restait à sa mère en s'accoutumant à un futur inéluctable, qui aurait lieu de toute façon, qu'il soit prêt ou non. Ce n'est pas le passé qui nous hante, c'est l'avenir, songe-t-il. Il est inconsolable, en colère et mutique.

Selon ses propres critères, le Doc a fait preuve de compassion. Après tout, Danny est dispensé de cours pour la journée. On est vendredi. Ce week-end, il sera autorisé à rentrer chez lui et à y rester jusqu'à l'enterrement. Une note sur le tableau d'affichage nous apprend que Danny a perdu sa mère. Elle est signée du directeur. Il *transmet* ses condoléances, comme si c'était une maladie. Et c'est sans doute ainsi qu'il les voit. Il les transmet pour s'en débarrasser.

Les garçons sont silencieux pendant le cours de M. Wolphram, car, même si tous n'apprécient pas Danny, le deuil leur fait peur. Tout ce dont ils discutent revêt une nouvelle dimension : la maison de poupées de la littérature, avec ses personnages miniatures et ses meubles miniatures, devient soudain un endroit réel dans lequel ils peuvent pénétrer et où ils se sentent abandonnés, seuls et minuscules. Les livres remplis de figures de papier qui mènent une vie d'encre ont perdu leur pouvoir. Le mot *mort* n'est plus une série de lettres dans un poème ou une histoire. À présent, c'est un trou au milieu de la page dans lequel on tombe et dont on ne ressort pas.

M. Wolphram en est conscient. Il parle d'une voix douce qui porte malgré tout. Pour une fois, il s'écarte du programme. Il leur donne une nouvelle humoristique de Damon Runyon et demande à chacun d'en lire un paragraphe avec un accent américain urbain. Ander est assis seul au premier rang, à côté de la chaise vide de Danny. Les autres se sont mis derrière, redoutant que le chagrin soit contagieux. Ander est infecté par le virus.

Il ne trouve son ami nulle part. Il le cherche partout où ils ont l'habitude d'aller : près des terrains de sport, du théâtre de l'école, sur les Downs et sur le pont, qu'il traverse plusieurs fois.

Danny n'est pas là. Il n'est pas non plus dans son lit au dortoir. Ander le reverra une fois. Il est venu chercher sa valise. C'est M. Wolphram qui le conduit à la gare, et la dernière image qu'Ander a de lui, c'est sur le siège avant de la voiture que le professeur possède encore aujourd'hui et qui a été saisie par la police. Danny le regarde et détourne les yeux, puis le regarde de nouveau et lui adresse un signe, mi-salut, mi-revers de la main, deux ans d'amitié balayés. C'est comme une enfance qu'il essuie de l'autre côté de la vitre.

Courrier des lecteurs

« Ton copain irlandais, il s'appelait comment déjà ? m'interrompt Gary.

— McAlinden. Danny McAlinden.

— Ben, on dirait que l'affaire le touche. Regarde ça. »

Gary se lève de son siège et indique l'écran de l'ordinateur. C'est une lettre d'un lecteur mise en avant par le *Guardian*.

J'ai eu la chance de suivre les cours de Michael Wolphram à Chapelton College dans les années 1980 et j'ai gardé le souvenir d'un excellent professeur et d'un esprit généreux, qui était prodigue de son temps lorsqu'il sentait que les élèves s'intéressaient aux idées. Je le connaissais bien quand j'étais au collège et je suis resté en contact avec lui par la suite.

Cela ne me permet pas d'affirmer quoi que ce soit concernant son rôle dans la mort de Zalie Dyer, ni ne m'autorise à donner mon avis sur la question (au risque de paraître démodé, je pense que la police et les tribunaux sont les mieux à même de nous éclairer), en revanche, je sais que les allégations imprimées aussi bien dans la presse à sensation que dans les journaux « sérieux » sont de grossiers mensonges et que M. Wolphram a été jugé par les médias parce qu'il ne s'habillait pas, ne parlait pas et n'était pas comme tout le monde. Dans l'Angleterre d'aujourd'hui, il faut croire que c'est incompatible avec la présomption d'innocence. En outre, les chances de la famille Dyer d'obtenir une vraie réponse s'en trouvent grandement diminuées.

Mais les journaux populaires et les magazines people *ne sont pas les seuls à faire preuve de cruauté. Les voisins, ces braves bourgeois planqués derrière leurs rideaux, qui se bousculent pour dénoncer son « étrangeté » et sa « bizarrerie » à la télé, le veule directeur de Chapelton, dont la première réaction a été de prétendre que personne à l'école ne le connaissait ni ne se souvenait de lui, les « anciens chapeltoniens » anonymes avides de scandale, trop heureux de vendre leurs mensonges à la presse… tous nous rappellent que, dès qu'il s'agit de persécuter ceux qui ont le malheur d'être différents, la société britannique est parfaitement capable de surmonter les barrières de classes et de s'unir autour d'une cause commune.*

Sincères salutations,
Daniel McAlinden
Newscastle

Je lis la lettre, regrettant de ne pas l'avoir écrite.

« Je parie que tu regrettes de pas avoir écrit ça, Prof. »

Pour aller à Hastings, nous empruntons l'autoroute, un enchevêtrement congestionné de chauffards, d'embranchements et de zones d'activités, de camions-bennes chargés de baignoires et de portes, de camionnettes de livraisons de repas, de taxis et de monospaces en route pour l'aéroport. Je conduis et Gary fixe d'un regard féroce le tableau de bord. Je roule trop lentement à son goût, mais le volant a tendance à le rendre agressif. En fait, il n'a qu'à jeter un coup d'œil à une photo de route pour se répandre en injures. Le simple mot « route » le fait écumer. C'est un de ses *déclencheurs*, comme on dit.

Parfois, nous apercevons des rapaces, des milans peut-être, ou des faucons – de toute manière nous serions l'un et l'autre incapables de faire la différence –, scrutant le bitume dans l'espoir de repérer un mammifère écrasé.

« Rappelle-moi pourquoi on est là ? demande-t-il entre ses dents serrées, lorgnant d'un œil jaloux la voie opposée, où, comme sur toutes les routes qui ne vont pas dans notre direction, la circulation est plus rapide et plus fluide.

— Parce qu'on en a envie, parce que c'est notre jour de congé et parce qu'on nous a dit de ne pas le faire. »

Cette réponse semble le satisfaire. C'était son idée, de toute manière.

Nous sentons la mer avant de la voir. L'Armée du Salut se trouve près de la plage, où les filets et le matériel de pêche s'entassent pêle-mêle autour des cabanes, entre les bateaux traînés sur la grève et gisant sur le flanc. Il y a du plastique partout – bidons, cordes, sacs-poubelle, rouleaux de ligne balayés par le vent, comme des boules d'herbe sèche dans les westerns – et une puanteur de viscères et de têtes de poissons. Les mouettes crient et fondent sur les restes, ou planent dans les nuages, juste au-dessus de nous, à la recherche, selon Gary, « d'une chouette bagnole de police toute propre pour lui chier dessus ».

À notre arrivée, nous trouvons les bénévoles occupés à vider des sacs remplis de vêtements et à dresser une table à tréteaux pour les repas de Noël qu'ils serviront jusqu'au Nouvel An. L'avis à côté de la porte invite les sans-abri, les sans amis, les pauvres et les esseulés à se joindre à eux. Deux journalistes maussades font le pied de grue dans le froid, un autre observe l'entrée, planqué derrière le couvercle d'un carton de pizza. Quoi qu'ils soient venus chercher, ils ne l'ont pas trouvé.

Cela ne semble pas tarir leur inspiration : le *Daily Mail* a publié un article intitulé « Exclusif : la tante de l'accusé dirige une soupe populaire », qui a été suivi d'une tribune expliquant pourquoi les hommes célibataires ne devraient pas avoir le droit d'enseigner dans les écoles. Un autre journal a réalisé un sondage auprès de ses lecteurs. *Les Gays et les Enfants : devrait-on les laisser ensemble ?* Non : appelez le 0845808089 ; Oui : appelez le 0845818181.

La presse se trouve face à un dilemme. Soit elle met l'accent sur la « mère disparue », avec dans le premier rôle « le meurtrier pervers solitaire élevé par des femmes », avec ce qu'il faut de fétichisme religieux pour l'ambiance *Psycho*se. Soit elle opte pour une approche moins tapageuse et plus difficile à résumer en un titre, mais plus perturbante et plus susceptible de s'insinuer dans les esprits : le meurtrier de Noël était *un enfant choyé*, affirme sa tante. Puis : *éducation chrétienne respectable, catéchisme, œuvres caritatives, nous lui avons tout donné*. Et, en conclusion : *nous avons créé un monstre*.

Tout le monde *prend la parole, sort de l'ombre, brise le silence*.

Un homme vend le *Hastings Herald*, dont la une – « L'accusé était au collège à Hastings. Ses camarades de classe témoignent » – est affichée sur le kiosque.

À l'intérieur, il y a une odeur de cire et de détergent. Contre le mur, une dizaine d'étuis d'instruments de musique. Un soubassophone est sorti. Il occupe tout un coin de la salle. Sa housse énorme, ronde et noire semble une ombre qui se serait détachée du corps auquel elle appartenait et tenterait à présent de s'en éloigner en douce.

Gary a une attitude respectueuse, l'air un peu impressionné. Il murmure, un simple réflexe, car autour de nous c'est un tintamarre de casseroles.

Evelyn Price nous repère immédiatement. Elle ne porte pas d'uniforme, n'a même pas eu le temps d'ôter son manteau et son écharpe, bien qu'il règne une chaleur lourde et épaisse entretenue par une dizaine de radiateurs soufflants. Elle est au fond de la salle, tenant une énorme théière à deux anses comme on en voit dans les collectivités. Les musiciens à qui elle verse du thé sont en tenue. Des hommes et des femmes âgés ainsi que quelques adolescents mangent et bavardent, le seau ou le récipient qui leur sert à faire la quête posé à côté de leur assiette. Nous retirons notre manteau. Gary est déjà luisant de sueur.

« Je me souviens de l'Armée du Salut de mon enfance, dit-il. Les fanfares et les gosses à l'avant qui secouaient des boîtes pour réclamer des pièces. Des petites pièces, parce que c'est tout ce qu'ils obtenaient, et que c'était aussi tout ce que nous avions. Ils distribuaient des autocollants, aussi, sur des rouleaux, comme des rouleaux de PQ miniatures. Des badges en forme de bouclier qui se décollaient au bout de deux heures. Je me demandais toujours ce que pensaient ces gamins, quand ils croisaient leurs copains qui traînaient avec une clope et une canette devant les centres commerciaux et les gares, pendant qu'ils se trimballaient déguisés en soldats de plomb sous les moqueries.

— Peut-être que ça ne les dérangeait pas, réponds-je sans conviction. La plupart des bénévoles font ça en famille. C'étaient des enfants, et maintenant ils sont eux-mêmes parents ou grands-parents. Un bon nombre d'entre eux quittent sans doute l'Armée du Salut en grandissant. Ça ne signifie pas pour autant que ça les met mal à l'aise ou qu'ils trouvent ça bizarre.

— J'en sais rien, Prof, c'est juste histoire de faire la conversation, mais il faut que le monde soit vraiment tordu si on se moque des gens qui prennent soin de ceux qui n'ont rien. Surtout à Noël. J'aimais bien certaines de leurs chansons, quand il était question de botter le cul à la pauvreté… Enfin, peu importe. Allons voir mère Teresa et rentrons. »

« Mère Teresa » est une petite femme de quatre-vingt-six ans, preste, les yeux vifs. Elle a le pied agile et l'esprit aussi. Elle pose sa théière et nous emmène dans une pièce à l'arrière, un genre de bureau avec des papiers, des calendriers, des piles de gobelets en polystyrène et d'assiettes en plastique sous cellophane. Il y a une grande banderole derrière la table : Armée du Salut de Hastings. Des pages encadrées du journal de l'association, *War Cry*, sont punaisées irrégulièrement au mur, comme si elles avaient été affichées toutes en même temps par des gens de tailles différentes. Il y a un drapeau avec la devise *Sang et Feu* tendu au-dessus de la porte. Evelyn n'évoque certainement ni l'un ni l'autre, en revanche elle est chaleureuse, intransigeante, opiniâtre.

« Cette femme est une dure à cuire, dira Gary d'un ton admiratif sur le trajet du retour. Sous ses airs de bonne pâte. »

Mais d'abord :

Elle nous offre du thé, que nous acceptons. Toujours accepter quand on vous propose une boisson chaude, et toujours boire lentement : les quelques minutes que l'on vous a accordées s'étirent comme par magie. Les gens peuvent difficilement vous demander de partir si vous n'avez pas fini ce qu'ils vous ont servi.

Gary tient sa tasse entre ses deux mains. Evelyn Price nous laisse engager la conversation. Elle a l'attitude imperturbable de son neveu, la froideur en moins. Je n'ai pas l'impression d'être face à une octogénaire, car ses yeux bleus sont doux, ses traits à peine ridés. Je lui donnerais dans les soixante-cinq ans, pas beaucoup plus que Wolphram, bien qu'elle ait près de vingt ans de plus que lui. Elle nous tend une boîte de gâteaux nappés d'un glaçage jaune et rose vif. Des gâteaux industriels achetés en magasin. Tant pis pour le cake de la voisine Olive. Le thé nous brûle la langue et sa surface se couvre déjà d'une fine pellicule. Le bureau n'est pas chauffé et nos tasses fument. La sueur se refroidit sur notre peau, et nous renfilons nos manteaux.

« Vous venez pour parler de mon neveu. »

Ce n'est pas une question et elle poursuit :

« Mais, dans la mesure où vous l'avez mis en examen et où on ne m'a pas autorisée à le voir, je ne sais pas trop ce que vous attendez de moi. J'ai déjà répondu aux journalistes qui m'appellent à toute heure du jour et de la nuit et ils n'ont rien tiré de moi. Certains se sont lassés… Le seul à qui j'aie parlé, c'est celui dans la voiture, le gros qui a toujours l'air affamé. »

Elle regarde Gary et semble un peu gênée lorsqu'elle réalise que la description pourrait s'appliquer à lui.

« Il voulait que je donne “ma version de l’histoire”. C’est le mot qu’il a employé : l’histoire. Il avait un chéquier et un carnet de reçus.

— Il vous a offert combien ? demande Gary.

— Nous n’avons pas été jusque-là, réplique-t-elle d’une voix catégorique.

— Nous participons à l’enquête, interviens-je, mais ce n’est pas nous qui avons décidé de le mettre en examen… »

Elle nous regarde l’un après l’autre. Elle ne manifeste aucune des réactions auxquelles nous nous attendions : colère, surprise, peur, lassitude, désarroi.

« Dans ce cas, que faites-vous ici ?

— En fait, nous ne le savons pas trop nous-mêmes. Ce n’est pas parce qu’il a été arrêté que notre enquête est terminée. Il reste encore de nombreux points à éclaircir.

— Pouvez-vous nous dire quoi que ce soit qui pourrait être utile ? ajoute Gary.

— Être utile à qui ?

— À tout le monde : à la police, à la famille de Zalie, et peut-être à lui.

— Je me demande comment. Je ne l’ai pas vu depuis des mois : nous nous voyons quatre ou cinq fois par an. Il devait venir ici pour Noël, mais c’est manifestement compromis. Au téléphone, il est toujours pareil, et moi aussi.

— De quoi parlez-vous ? »

Elle semble étonnée.

« De quoi parle-t-on à un parent âgé ? Du temps, du marché de l’immobilier, de la télévision ? De l’immigration ? Les sujets qui selon vous nous inquiètent.

— Comment était-il, enfant ? »

Elle ôte son manteau et s’appuie contre le dossier de sa chaise.

« Mon neveu était un garçon doux et inhabituel… qui est devenu un homme doux et inhabituel. Il ne ressemble en rien aux photos publiées, il n'est ni froid ni arrogant, et rien de ce que racontent les journaux n'est vrai. Rien. Mais vous vous attendiez certainement à ce que je dise cela. Il est juste… Il n'est pas comme tout le monde. »

Elle réfléchit. Ajoute :

« Ou du moins, il n'est pas comme la plupart des gens. Car beaucoup ne sont pas comme tout le monde.

— Pouvez-vous nous expliquer pourquoi vous êtes aussi sûre qu'il est incapable de faire ce qu'ils disent qu'il a fait ? » demande Gary, qui semble avoir définitivement adopté le *ils*.

Elle boit une gorgée de thé, réfléchit encore.

« Que vous a-t-il raconté au sujet de sa vie ?

— Pas grand-chose, simplement qu'il avait été élevé par votre sœur et vous, ici, à Hastings, et qu'il était heureux. Il a toujours l'air heureux. Si on fait abstraction de tout ça », dis-je bêtement.

Si on oublie qu'il a été arrêté pour meurtre, désavoué par ses collègues et ses voisins, que le pays tout entier salive déjà à l'idée de le pendre haut et court. Oui, à part ça, tout va bien.

« Peut-être pas entouré de gens avec qui il a beaucoup d'affinités, d'amis avec qui il partage une communauté de vues et d'intérêts, si je puis dire, mais heureux. Et il est évident qu'il vous aime beaucoup et aimait beaucoup votre sœur. Et qu'il s'est toujours senti aimé. »

Elle baisse les yeux et sourit. Cela lui fait plaisir, même si elle le sait et que les mots sont inutiles.

« Il était toujours à lire, toujours à réfléchir. Il avait un magnétophone, un vieux magnétophone à cassettes, et il économisait pour acheter des albums chez le disquaire. Il a disparu depuis. Le magasin, pas l'appareil. Il garde tout. Il a encore des affaires dans sa chambre. C'est là qu'il dort quand il vient. Mais ça n'a jamais vraiment été une chambre de petit garçon, cela n'a donc rien d'un pèlerinage pour lui. Il s'était inscrit à un club d'achat par correspondance pour la musique, le genre qui vous attire avec une bonne affaire, puis vous envoie des produits dont vous n'avez que faire, et vous adresse la facture. Sauf si vous les retournez sous quinze jours. C'est comme ça qu'ils gagnent leur vie : ils misent sur la paresse des gens et leur manque de mémoire. Mais il ne s'est jamais fait avoir : s'il n'aimait pas quelque chose, il le rapportait à la poste, bien empaqueté. Je me souviens de son enthousiasme quand il recevait une nouvelle cassette, pourtant il la déballait toujours avec soin. Un jour – il devait avoir seize ans –, il a commandé trois enregistrements de la même œuvre. Nous lui avons demandé pourquoi. Pour comparer et choisir celle qu'il voulait garder, nous a-t-il répondu. Nous étions incapables d'entendre la différence ; lui, si. Il peut vous dire qui interprète une pièce, le nom du chef d'orchestre, et où et quand elle a été jouée. Vous vous rendez compte ?

— Ce n'est pas de vous qu'il tient ça ?

— Non. Pas vraiment. Ni de ses parents. On avait l'impression que tout était déjà là. C'est difficile de savoir si c'est notre éducation qui fait de nous ce que nous sommes ou si nous nous inventons tout seuls, vous ne trouvez pas ?

— Ce doit être un cocktail des deux, dis-je.

— Bravo ! Tu te prends pour un barman, maintenant ? me rétorque Gary avant de se tourner vers elle : Est-ce que c'est vous qui lui avez appris à jouer de la musique ? »

Il parle si doucement qu'il doit répéter pour qu'elle l'entende.

« Oui. »

Elle ne voit pas le rapport avec l'enquête, et elle a raison, car il n'y en a pas. Gary a simplement envie de savoir, et c'est un signe qu'il ne croit plus Wolphram coupable.

« Sa mère n'était pas à l'Armée du Salut. Personne dans la famille. Contrairement à la plupart des gens ici, dit-elle en désignant la salle derrière la porte ouverte. Beaucoup d'entre eux sont là depuis plusieurs générations. Pas nous. Je suis arrivée à la fin des années 1940, puis ma sœur Ida nous a rejoints au bout de deux ans environ. Quand Michael était enfant, à la mort de sa maman, nous l'avons recueilli et il nous a demandé s'il pouvait apprendre la trompette. C'était déjà assez tard – il avait dix ou onze ans –, mais il était doué. En moins d'un an, il pouvait en remontrer à n'importe quel trompettiste, ici. Puis il a voulu faire de la guitare. Il n'appréciait pas vraiment la musique que nous jouions, il la trouvait, je ne sais pas, un peu trop simple. Et il n'aimait pas beaucoup jouer avec les autres, avec la fanfare. Alors, je lui ai offert une guitare. Au bout de six mois, il passait ses premiers examens. Ma sœur a fait remarquer une fois qu'on n'avait pas l'impression qu'il apprenait, mais qu'il se remémorait quelque chose appris dans une vie antérieure. Ce n'est pas le genre d'idée qu'on entend à l'Armée du Salut, ces histoires de vies antérieures, et je me souviens qu'elle était gênée et qu'elle s'est empressée de changer de sujet. Il était doué, c'est vrai, mais ne vous y trompez pas : il travaillait dur. Quand il s'intéressait à quelque chose, rien d'autre n'existait. Des heures et des heures, il pouvait passer une demi-journée sans lever le nez de sa guitare ou de ses manuels.

— Ça ne devait pas être facile pour lui, intervient Gary, cherchant un traumatisme quelconque, une tristesse ou une souffrance cachée.

— Pas facile, peut-être, mais pas comme vous le pensez. Il avait des amis, riait aux plaisanteries des autres et en faisait lui-même. Parfois je le voyais réprimer un gloussement pendant qu'il lisait. Si je lui demandais ce qui l'amusait, la plupart du temps, je ne trouvais pas ça drôle. Pourtant, il savait s'entourer de gens qui lui ressemblaient, des jeunes studieux, qui aimaient la musique. Il y en a partout, même dans les endroits comme ici. Des êtres doux et pensifs, qui passent pour des excentriques et à qui cela va très bien. Qui parviennent à se retrouver d'une manière ou d'une autre dans des lieux qu'ils semblent les seuls à connaître. Ils avaient les cheveux longs et ils allaient à des concerts, pas uniquement classiques. Pop, rock ou je ne sais quoi. Vous voyez, ces jeunes qui s'habillaient avec beaucoup d'élégance et conduisaient des scooters ? Les mods ? Il faisait partie de ce mouvement, il n'était donc pas totalement marginal. C'est juste qu'il aimait ça et aussi Mozart. »

Elle nous ressert du thé, nous offre d'autres pâtisseries industrielles de couleur vive.

« Ce n'est ni le solitaire ni l'ermite dont parlent les journaux. Pas du tout. Ils disent ça parce qu'il est différent, mais quand des gens différents se regroupent, ils sont moins différents. C'est pareil à l'Armée du Salut : à l'extérieur, nous sommes des bêtes curieuses, nous avons l'air étranges et nous prêtons à rire, pourtant, ici, lorsque nous sommes entre nous, nous sommes normaux. »

Elle se tait un instant pour mordre dans le glaçage rose fluorescent de l'un de ses gâteaux, prend sa tasse, puis la repose sans boire.

« Il n'a jamais été un souffre-douleur à l'école. Deux ou trois professeurs le trouvaient difficile, sans doute parce qu'il en savait plus qu'eux. Il y en avait un en particulier qui ne le supportait pas ; il l'appelait au tableau et invitait toute la classe à dire ce qu'ils détestaient chez lui. Un genre de tribunal. Nous nous sommes plaintes à l'école et ils ont dû faire quelque chose, car il n'en a plus été question. Quoi qu'il en soit, il n'était pas malheureux. Il évitait les gens qui n'aimaient pas ce qu'il aimait et inversement. La plupart du temps. Il n'y a pas de mystère, rien de caché.

— La sexualité », lance Gary, plus fort et plus abruptement qu'il n'en avait l'intention.

J'ignore si c'est une question ou une affirmation ; en tout cas, elle reste imperturbable. Elle ne sourit pas, mais ses yeux expriment une certaine satisfaction, parce que nous sommes prévisibles.

« Je me demandais quand le sujet viendrait sur le tapis. Je suis surprise que vous vous soyez retenus aussi longtemps… »

Elle a ce petit air de supériorité que nous avons observé chez lui, en plus doux, en moins sarcastique. Elle remplit la tasse de Gary, surtout pour lui faire oublier son embarras. C'est bien la première fois que je le vois gêné par le mot *sexualité*.

« Je n'en sais rien, à vrai dire. Un peu, beaucoup, avec qui… je n'en ai pas la moindre idée. Je ne suis pas le genre de personne à qui on raconte ce genre de choses et il n'est pas du genre à en parler. C'était un petit garçon aimé et aimant, et il était heureux. Ce n'est peut-être pas ce que vous avez envie d'entendre, mais c'est ainsi. »

Qu'avons-nous envie d'entendre ? Elle ne le sait pas et je prends conscience que nous non plus. Nous sommes venus pour assouvir notre curiosité et aussi, d'une certaine manière, pour nous racheter.

Mais pourquoi nous racheter ? Rien ne prouve qu'il ne soit pas coupable.

« Comment s'appelait le professeur qui l'avait pris en grippe ?

— Là, je peux vous répondre sans difficulté : je m'en souviens très bien. M. Goodship. M. Bonté ! Nous trouvions ça très drôle, Ida et moi. Au début, en tout cas, avant de réaliser que ce qu'il faisait n'était pas drôle du tout. Il est parti travailler ailleurs et nous n'avons plus jamais entendu parler de lui. »

Gary et moi essayons de ne pas nous regarder. Nous avons résolu un mystère, même si ce n'est pas le meurtre de Zalie Dyer.

« Il était simplement lui-même. Il n'avait pas besoin d'être protégé, personne ne l'a blessé ni ne le faisait souffrir. Je ne pense pas qu'il était harcelé par les autres élèves, car, même s'il ne se confiait pas volontiers, il ne dissimulait pas non plus ce qu'il ressentait… Je ne sais pas quoi dire de plus. Il se tenait sur la réserve, ce qui ne signifiait pas qu'il cachait quoi que ce soit. Il… il n'était pas exactement comme tout le monde, mais, après tout, qui l'est ?

— Des jouets ? » demande Gary.

Elle le regarde, décontenancée. Puis très vite elle sourit.

« Ma foi, ainsi qu'il a dû vous le dire, même enfant, il n'était pas très enfant. Il avait des jouets, c'est juste qu'il ne s'en servait pas vraiment pour jouer. »

Gary éclate de rire. Il aimerait sans doute avoir une tante qui lui ressemble. Moi oui, en tout cas. Je songe soudain que je ne sais rien de la famille de mon coéquipier, si ce n'est qu'il est célibataire, que ses parents habitent dans un logement social à l'ouest de la ville et qu'il a une sœur dont il n'a jamais prononcé le nom devant moi. En fait, si, mais j'ai oublié. Ou plutôt, je n'écoutais pas.

« Il y a des enfants comme ça, ajoute-t-elle avant de vider sa tasse. Je suppose que vous souhaitez voir sa chambre, maintenant. C'est ce que font les policiers, non ?

— Ce ne sera pas…

— Oui, nous vous en serions…, dit Gary.

— … nécessaire.

— … reconnaissants. »

Interrogatoire

« Donc vous me connaissez… »

On m'a remis sur l'affaire et nous sommes dans la salle d'interrogatoire.

« Mais de quoi vous souvenez-vous au juste ? Je me suis toujours demandé comment c'était pour vous…

— Pour moi ?

— Pas vous en particulier, les professeurs en général : ils vieillissent, alors que les élèves ont éternellement le même âge. Est-ce qu'ils ne finissent pas par se confondre ?

— Non ! » proteste-t-il.

Je l'ai vexé. Ce n'était pas mon intention. Et je suis surpris de ma propre brusquerie.

« Je me souviens de beaucoup de choses, c'est juste que l'ordre dans lequel elles sont arrivées change d'une fois sur l'autre. Sur ce point, c'est le contraire d'un roman, non ? »

Ce n'est pas réellement une question et j'en reste là. Je ne tiens pas à ce que Gary débarque et nous trouve en train de discuter du roman au XIXe siècle.

« Alors, vous êtes de nouveau sur l'affaire, Ander ? »

Il emploie mon nom pour la première fois, et je me sens à la fois démasqué et validé.

« Pardon, c'est Alexander, maintenant, si j'en crois votre badge.

— Oui, dis-je en tirant sur le harnais managérial autour de mon cou. Pour l'instant, en tout cas, mais surtout parce que mes supérieurs ne savent pas quoi faire d'autre.

— Il y a un délai de prescription pour les délits, non ? Ce doit être pareil pour les enquêtes. »

Il n'a plus l'air effrayé. Il est assis très droit, la tête juste assez haute pour devoir baisser les yeux vers ses interlocuteurs. Comme autrefois. On lui a rendu ses lunettes et je l'ai trouvé lisant un magazine de musique classique apporté par son avocat. Il est passé par l'agressivité, la confusion, la sidération, la terreur, l'incrédulité, l'accablement et la dignité. À présent que le pire est arrivé, à présent qu'on l'a mis en examen, il semble plus soulagé qu'effrayé.

Certains s'effondrent, d'autres se ferment. M. Wolphram, lui, paraît libéré, ce qui est le contraire de ce qu'il devrait éprouver. On inculpe les gens, surtout les gens comme lui, contre lesquels on n'a qu'un faisceau d'indices, pour qu'ils sentent les murs se resserrer autour d'eux, pour qu'ils commencent à dire la vérité ou le genre de mensonge qui permet d'y accéder : *c'était un accident, il ne voulait pas ça, n'a jamais rien prémédité de tel, c'est une erreur, elle est tombée, il ne voulait tuer personne…*

Pour la énième fois, je songe que, s'il est coupable, il appartient à cette catégorie de meurtriers qui ne donnent aucune prise, n'avouent jamais, ne livrent aucune information ; il ira en prison et au-delà sans trahir ses secrets. Et pour la énième fois également, je me fais la réflexion que, s'il ne l'est pas, il a l'air un peu trop sûr de lui, un peu trop sûr que son innocence sera reconnue par un jury. Pour l'instant, nous n'avons toujours pas d'autre suspect, la presse l'a jugé et la population aussi. Qu'il se retrouve en détention provisoire, en prison ou libéré sous caution, il est plus en danger qu'il ne le croit.

Le pire pour lui, à présent, serait d'être relâché.

Son avocat n'est pas l'un des « branleurs » d'astreinte chers à Gary. C'est une jeune femme brune, carré court et pantalon tailleur noir. Elle donne son nom, mais je n'y prête pas attention. Il y a des gens comme ça et j'en fais partie : ils cessent d'écouter dès que quelqu'un se présente ou leur explique comment se rendre quelque part. Un écran se baisse, leurs oreilles se mettent à bourdonner. Elle me rappelle les droits de son client, puis m'annonce qu'ils n'ont pas été respectés et qu'elle va en référer à qui de droit. En revanche, cette partie de son discours ne m'échappe pas. Parfait. J'espère qu'elle le fera. Je la soutiendrai du mieux que je pourrai. J'irai jusqu'au tribunal si nécessaire. Sa carte, qu'elle me tend, m'apprend qu'elle est associée dans un cabinet distingué au nom tout droit sorti d'un roman de Dickens, situé à côté de l'école. CPS. Cashman, Price & Saignard. Tout est dit : Gary n'a même pas eu à inventer de surnom. Il se trouve que CPS est aussi l'acronyme du Crown Prosecution Service, le ministère public souvent contrecarré ou contraint à conclure un accord par ce même cabinet, qui dispose de moyens bien supérieurs aux siens.

Lucy Hall, lit-on sur sa carte. Je connais les avocats avec qui elle travaille. Ils avaient déjà pignon sur rue à l'époque où j'étais en pension à côté et passais quotidiennement devant leurs bureaux : deux étages d'une grande demeure du XIXe en pierre ornementée, un jardin avec une fontaine entourée de Mercedes noires et de Lexus. La pelouse agrémentée d'arbustes a été remplacée par du gravier pour accueillir les pneus des 4 × 4 aux plaques personnalisées. L'alliance de la qualité vieille Angleterre et de la technocratie moderne, avec le genre d'influence que seul l'argent peut offrir. Le cabinet est à l'image de tout ce que M. Wolphram achète : ce qu'il y a de mieux, car c'est pour la vie.

J'ignore encore que ce n'est pas lui qui paie Lucy Hall – je ferai le rapprochement quelques heures après avoir quitté la pièce –, mais le père de la jeune femme, Neil. Bien que ce ne soit pas à proprement parler *pro bono*, cela revient au même, car un avocat qui croit en ce qu'il fait en vaut dix travaillant pour de l'argent.

Ces considérations viendront plus tard, quand tout se mettra en place, et que les choses obéiront à un ordre et une logique dont elles semblaient dépourvues au départ. Sur ce point, M. Wolphram avait raison : ce n'est pas comme dans un roman. En attendant, Lucy Hall est une simple avocate, et Gary ne l'ayant pas rencontrée, elle n'a pas de surnom. Elle a l'air intelligente, prévenante et généreuse. Enfin, je m'en rendrai compte au fil de nos échanges car, lorsque je la vois pour la première fois, je ne remarque rien de particulier. C'est une avocate dans une pièce surchauffée avec son client qui a peut-être étranglé une jeune femme contre un mur avant de fourrer le corps dans des sacs-poubelle venant d'une solderie.

Je réalise soudain que jamais il n'aurait mis les pieds dans une solderie, mais on peut difficilement bâtir une défense sur les goûts de luxe du prévenu et arguer qu'il a l'habitude d'acheter des articles plus onéreux que ceux utilisés pour le crime dont il est accusé.

« Puis-je poser à votre client des questions sur l'époque où il était enseignant, des questions sans lien avec l'affaire ? »

Elle le regarde – elle n'est pas surprise, ce qui signifie qu'il a dû lui parler de moi – et il hoche la tête.

« C'est une étrange requête et je conseillerais à mon client de refuser, toutefois, s'il est d'accord, je ne m'y opposerai pas. Je vous demanderai dans ce cas de ne pas évoquer l'affaire et je resterai présente pour m'en assurer.

— Enfin des questions qui ne risquent pas de m'incriminer », dit-il en souriant.

C'est un sourire bienveillant que je ne mérite pas. Son avocate sourit également, mais pour lui, pas pour moi.

M. Wolphram me présente : « L'inspecteur Widdowson est l'un de mes anciens élèves. C'était il y a assez longtemps et il était plutôt doué si j'ai bonne mémoire, bien qu'un peu étourdi. Vague. »

Me Hall : « Nous demandons sa libération sous caution.

— Oui, je sais, mais je pense que le relâcher avant qu'il soit blanchi est une mauvaise idée, réponds-je.

— Ce n'est pas à vous d'en juger. C'est le privilège de mon client. Nous allons demander une libération sous caution et, dans la mesure où il serait risqué de le renvoyer chez lui, nous lui trouverons un logement dont nous vous communiquerons l'adresse.

— Je veux rentrer chez moi, intervient-il. Je suis innocent. Ma place est chez moi et nulle part ailleurs.

— Nous en discuterons. Entre nous, précise Lucy Hall en me regardant.

— Vous désiriez me poser une question ? demande M. Wolphram.

— Oui. Mon ami Danny McAlinden. Vous vous souvenez de lui ?

— Oui.

— Vous l'avez emmené. Je l'ai vu dans votre voiture. Et je n'ai plus jamais entendu parler de lui.

— C'est une manière quelque peu mélodramatique de présenter la chose. Je l'ai conduit à la gare. Il est rentré à Newcastle retrouver son père. Au début, c'était uniquement pour l'enterrement. Mais il est resté. Quelques jours de plus, une semaine, puis deux et la fin du semestre est arrivée… Après… sans le salaire de sa mère, son père avait du mal à joindre les deux bouts. Il avait besoin de lui. Il a renoncé à sa bourse et il est entré en apprentissage chez un orfèvre. Il se peut qu'il n'ait pas eu le choix ; cependant, j'ai l'impression que c'est lui qui a pris la décision.

— Et maintenant ?

— Je n'en sais rien. Nous sommes restés en contact pendant… Oh, au moins dix ans. Son père a pris sa retraite et Danny s'est senti *libéré* : c'est le mot qu'il a employé. Il est revenu ici. Il travaillait au Centre culturel sur les docks. Il y a pris goût. Je pense que si vous étiez allé voir plus de films européens, vous seriez tombé sur lui au guichet, c'est là que je le voyais…

— Très drôle… Et après ?

— Il était à mi-temps et il en a profité pour faire une formation initiale en technologie de la musique à l'école d'arts appliqués. Puis il s'est spécialisé en son et lumière, en acoustique pour les concerts et les festivals. La dernière fois que j'ai eu de ses nouvelles, il était en train de monter un studio d'enregistrement de pièces et documentaires radiophoniques. C'était il y a une dizaine d'années.

— Il est resté combien de temps ?

— Au moins cinq ans, peut-être six ou sept. Assez longtemps pour obtenir un diplôme et acquérir de l'expérience professionnelle. Si ça se trouve, il habite toujours ici. »

Danny était tout proche, à deux ou trois kilomètres de moi, de l'endroit où nous étions. Je croyais que c'était moi qui étais revenu. Même si, ainsi que Gary aime à me le rappeler : « Non, Prof, tu n'es jamais parti, ce n'est pas pareil. »

« Il n'est plus là, mais lisez ça… Je sais que ce n'est pas assez pour rétablir la balance, mais c'est paru dans le journal… »

Je lui montre la lettre de Danny. Il la parcourt une première fois très vite, anxieux, redoutant une autre trahison, puis une seconde fois en prenant son temps, pour le plaisir et pour se rassurer. Il sourit, fier et ému, sans voix. « Merci », murmure-t-il enfin. Il ôte ses lunettes, se frotte les yeux et les clôt. « Accordez-moi quelques instants, s'il vous plaît. »

Si le regard que Lucy Hall m'adresse n'est pas à proprement parler bienveillant, il est moins suspicieux et méprisant que tout à l'heure.

Danny. Depuis le temps, j'aurais pu essayer de savoir ce qu'il était devenu : Facebook, LinkedIn, Friends Online… On peut retrouver n'importe qui. Sans compter que c'est mon travail. De retrouver les proches des autres, en tout cas. J'ai cherché mon ex-petite amie, Claire Brett. Elle vit à quelques rues d'ici. Selon la loi des probabilités, nous aurions dû nous croiser, pourtant je ne l'ai pas ne serait-ce qu'aperçue une fois en vingt-quatre ans. Pareil en ce qui concerne Jonny Brochette. Il habite à St Leonard's, mais on peut le voir aux inaugurations, en général escorté de sa dernière épouse en date, et toujours en bonne place dans la rubrique mondaine de l'*Evening Post*, la chronique *people* au rabais où Lynne Forester parle des bals du Rotary Club et des mariages de célébrités.

L'éloignement et la proximité ne fonctionnent pas comme on s'y attendrait. Dans une grande ville, on peut tomber sur quelqu'un trois fois dans la semaine et se demander si une force surnaturelle nous attire au même endroit au même moment. À côté de ça, on peut vivre à deux pas d'une autre personne et ne jamais la voir. Y a-t-il une science qui l'explique ? Un algorithme ? Ou est-ce une « hantologie » des rencontres, un genre de magnétisme et de contre-magnétisme ?... De même qu'on observe parfois un phénomène d'attraction entre deux êtres, il peut y avoir une forme de répulsion. Existe-t-il une loi occulte qui nous pousse à emprunter la rue et nous permet ainsi d'éviter X, nous incite à nous attarder dans la boutique où nous aurions pu croiser Y deux secondes plus tôt, retarde notre train, nous engage à ne pas entrer par la porte du pub ou du théâtre où nous serions tombé sur Z ? La loi qui provoque les événements peut également leur faire obstacle. Le principe qui gouverne les coïncidences a son pendant : c'est la loi des non-incidences.

Toutes ces occasions ratées, alors que nous étions si proches.

On prend toujours la question à l'envers : on s'intéresse à la manière dont les choses arrivent, jamais à la manière dont elles n'arrivent pas ; on ne pense pas assez à ce qui aurait pu arriver, à ce qui a failli arriver, à ce qui résonne encore, fantôme du peut-être, soupirant après sa vie dans l'anti-fait.

Il était là pendant cinq ans après le lycée et je ne l'ai jamais vu : lui à l'école d'arts appliqués de l'autre côté du pont, moi sur le campus de l'université dans les quartiers huppés. Nous avons souvent dû nous trouver à deux ou trois rues de distance. Je suis sans doute entré dans des pubs qu'il venait de quitter, des magasins où il avait réglé à l'instant. Nous avons dû nous contourner constamment, défiant la loi des probabilités selon laquelle nos orbites qui se chevauchaient auraient dû nous amener à nous rejoindre tôt ou tard.

J'ai certainement eu entre les mains une pièce ou un billet qui était passé entre les siennes, avait séjourné dans sa poche. Il a peut-être bu dans un verre que j'avais utilisé quelques jours plus tôt dans le même pub. La ville est la grande carte labyrinthique de nos non-rencontres, de nos trajectoires qui ne cessent de s'entrecroiser. Pourtant, l'ai-je vu ? Jamais.

« Pourquoi est-ce qu'il ne m'a pas contacté ?

— Je n'en sais rien. Je supposais qu'il allait le faire, mais il ne l'a pas mentionné et j'en ai déduit que vos liens s'étaient rompus… ou plutôt distendus. C'est fréquent à cet âge. Chapelton n'était pas un lieu où il avait envie de retourner. Ne serait-ce qu'en pensée. Pouvez-vous le lui reprocher ? Lorsqu'il est revenu, il paraissait différent. Ce qui n'avait rien d'étonnant, après tout : il avait dix-neuf ans, il avait vécu et travaillé loin des livres et des salles de classe, il avait surmonté des épreuves qu'on affronte en général plus tard. À vrai dire, c'était comme s'il arrivait pour la première fois. Une page blanche. Tout était effacé. L'autre côté de la ville, de nouveaux cercles. Presque une ville différente. Il ne tenait pas à parler des gens qu'il avait connus avant et cela valait aussi pour vous, je le crains. Peu après son retour, il m'a demandé si j'avais de vos nouvelles et je n'en avais pas. Il avait également changé physiquement : plus large d'épaules, les cheveux ras, le visage plus dur, plus anguleux. Veste de cuir et bottes… il ressemblait à un musicien de rue. À vrai dire, je crois qu'il jouait du côté de Cowbridge Road et de Park End Street, et aussi près des docks et des ferries. Avec la construction du nouveau centre culturel, il y avait du passage. »

L'idée que Danny puisse avoir changé physiquement me déstabilise. Je ne l'aurais sans doute pas reconnu si nous avions été dans la même pièce. Je suis sûrement passé devant lui alors qu'il faisait la manche, mais on ne prête pas attention aux artistes de rue…

« Il jouait de quel instrument ? »

Je me rends compte que j'ignorais totalement qu'il pratiquait un instrument ni qu'il avait une quelconque aptitude pour la musique.

« De la guitare, comme tout le monde, répond M. Wolphram chaleureusement, repensant à un temps antérieur aux meurtres et aux accusations, à la mise au pilori et aux interrogatoires. Une guitare qui ne payait pas de mine, mais étonnamment bien accordée pour le peu que j'ai entendu. Il ne jouait pas de classique. Il n'y avait pas de Villa-Lobos dans la rue, en ce temps-là. »

Dans ma tête, Danny est resté tel que je l'ai vu la dernière fois : maigre, triste et éploré. Et sur le départ. Il avait l'air d'être fait pour partir. Penser qu'il était ici déclenche chez moi une forme de jalousie. Jaloux de quoi ? Pas de lui, non, une jalousie plus policière qu'érotique ou émotionnelle : je ne supporte pas de ne pas avoir été *en possession de tous les faits*.

« Et ce dernier jour ?

— C'était très simple et très triste. L'école lui avait donné quelques jours, peut-être une semaine, mais il savait qu'il ne reviendrait pas. Je le savais en tout cas, et il n'avait pas besoin de me le dire. Je l'ai su à l'instant où j'ai surpris ce procès indigne. Les élèves ne possédaient pas grand-chose, à l'époque, n'est-ce pas ? Leur uniforme, les vêtements du week-end pour ceux qui ne rentraient pas chez eux, quelques livres, une ou deux photos de famille.

— Rien d'assez important pour qu'on revienne.

— Rien, non.

— Et personne.

— C'est différent, avec les gens. Ils ne restent pas immobiles, ne s'éteignent pas, ne sont pas rangés en notre absence. Vous avez poursuivi votre vie, lui la sienne, nous la nôtre.

— C'est juste que j'aurais aimé avoir de ses nouvelles. Nous étions proches…

— Oui.

— Inséparables.

— Personne n'est inséparable.

— Nous sommes allés voir Evelyn à Hastings.

— Je m'en doutais. Je suppose qu'elle était en train de préparer du thé dans d'énormes théières et d'organiser des centaines de repas de Noël. Si vous ne m'aviez pas amené ici et accusé de choses qui ne me viendraient même pas à l'idée, je serais là-bas pour l'aider, au lieu d'être assis dans cette pièce, à remuer les cendres de votre enfance.

— Vous n'avez pas dit à vos tantes que vous enseigniez avec Goodship, n'est-ce pas ?

— Non. À quoi bon ? Je n'aurais réussi qu'à les inquiéter. Et je ne savais pas qu'il était à Chapelton lorsque j'ai posé ma candidature. Je m'en suis rendu compte quand je l'ai croisé dans un couloir. Et lui m'a seulement reconnu au moment où nous avons été présentés dans la salle des professeurs. Nous avons choisi de nous ignorer mutuellement. Quelques années plus tard, il est devenu directeur. Il a préféré la voie administrative. C'étaient les années 1980.

— Pas avant d'avoir transmis son goût pour les tribunaux scolaires à son protégé, semble-t-il. »

Il baisse les yeux.

« Oui, ce genre d'école adore la transmission : les traditions, l'héritage… »

Il relève la tête.

« C'est pour cela que les parents paient, non ?

— Désolée d'interrompre cette séquence nostalgie, intervient Lucy Hall, mais mon client et moi devons discuter de la manière dont nous allons le sortir d'ici. Je vous invite donc à poursuivre cet entretien plus tard, lorsqu'il sera libre, que vous vous serez excusés et qu'il sera question de la compensation à laquelle il a droit.

— Je n'ai jamais mentionné une quelconque compensation, lui dit-il gentiment, avec l'air de quelqu'un qui se sent mal compris.

— Vous en voudrez une quand vous aurez lu ça, rétorque-t-elle en indiquant les journaux empilés devant lui.

— Je sais ce qu'il y a dedans, proteste-t-il, sur la défensive, tendant la main vers *Classical Music Today*.

— Non, vous ne le savez pas, dis-je. Vous n'en avez aucune idée. »

*

Le soir, Marieke me fait écouter une voiture qui se gare sur du gravier. C'est le gravier devant la maison de mes voisins. On dirait la mer, commente-t-elle, et elle a raison. Elle me passe ensuite des galets battus par les vagues, un son trouvé sur l'ordinateur, un récif au large de la Cornouailles qui gargouille et écume. Il est presque impossible de les distinguer.

Son autre chouchou : le grondement des voitures sur la rocade, enregistré de la friche industrielle près du pont, haut lieu d'ébats buissonniers. Ça ressemble à une cascade, dit-elle. Et une fois de plus elle a raison ; elle adore quand des bruits similaires se rapportent à des choses très différentes, si différentes qu'elles sont presque opposées. C'est là que nous avons trouvé le corps de Zalie, dans cette interzone urbaine avec sa route sans nom où, en fermant les yeux, on peut imaginer qu'on est dans les Dales ou les Highlands.

C'est une question qui intéresse également Marieke : le fait qu'une voie publique entourée de lieux figurant sur des cartes, des applications et des cartes postales – des lieux *enregistrés*, dit-elle – soit anonyme et puisse le rester. Le pont, le viaduc ou le zoo vus par des milliers de personnes chaque jour, et à côté ce talus boueux inculte, jonché d'emballages de confiseries délavés et de canettes vides, rebuts de la consommation, hochets éphémères du quotidien.

Marieke a une dizaine de cartes mémoire pleines. Elle les a étiquetées et datées : *tourne-disque*, *sonnette*, *montre*, *bourdonnement de pylônes*, *bonde d'évier*, *moteur*, *toux*, *clavier d'ordinateur*…

Elle reconstitue le monde comme un policier.

Sigrid rentre seule d'un rendez-vous via le site de rencontres ÂmesSœurs. La soirée a été courte, si courte qu'elle n'a même pas dîné. Je lui adresse un signe. « C'était si nul que ça ? » Elle ne répond pas, jette son sac sur le canapé, s'empare de la bouteille que j'ai achetée sans prêter attention à l'étiquette et se sert un verre de vin. Marieke regarde un documentaire sur le rock'n'roll, qui lui apprend que le mécanisme de son enregistreur pas plus gros qu'un stylo était autrefois aussi imposant qu'une voiture. Elle prend des notes pour son exposé, qui traite de l'histoire des ordinateurs. Il débute par ces mots : « La mémoire n'a pas de taille, mais l'endroit où on la met doit en avoir une. » Il est difficile de contredire Marieke lorsqu'elle est lancée sur son sujet de prédilection.

« Parle-moi de ces sites », dis-je à Sigrid qui pignoche mes restes de poulet. Elle sent le parfum éventé et la fumée des terrasses de pub. « Soirée bof, mec beauf », répond-elle.

Elle me dit que je devrais essayer : « Faire la cuisine pour quelqu'un, ou du moins apprendre à faire la cuisine pour quelqu'un, ça te changerait peut-être la vie. »

Ça a clairement transformé la sienne : j'ai vu une jeune femme décontractée et heureuse de vingt-neuf ans se muer en épouse au foyer tremblante et effrayée, avec un regard d'animal captif. Son mari surveillait tous ses faits et gestes, choisissait ses vêtements et l'enfermait lorsqu'il allait boire des coups avec ses copains. Il avait téléchargé sur son portable une application qui lui permettait de savoir où elle se trouvait à chaque instant. Ce n'était pas qu'elle allait dans des endroits où elle n'était pas censée être, mais ça ne changeait rien pour lui. C'est le problème, avec les obsédés du contrôle, on ne sait pas ce qu'ils veulent dans le fond : quelque chose ou rien à contrôler ?

C'est arrivé lentement, par petites touches, parfois si infimes qu'il est malaisé d'isoler les étapes, même avec le recul. Du temps où Sigrid et moi en discutions encore, je faisais tout remonter au jour où, au mariage d'un ami, il lui avait ordonné de fermer sa gueule et lui avait dit qu'elle avait trop bu – après deux verres – devant tout le monde. Elle situait ça plus tard, quand elle l'avait surpris en train de jeter tous les livres que lui avait offerts un ex. Pour moi, tout avait basculé le soir où il l'avait traitée de pute parce qu'elle s'était faite belle pour sortir avec ses copines ; pour elle, c'était le moment où il l'avait taxée de cageot parce qu'elle ne s'était pas faite belle pour passer la soirée avec lui.

De toute manière, dit-elle, quand on se rend compte qu'il est temps de partir, il est déjà trop tard. On sait qu'il est temps justement parce qu'il est trop tard.

« Oui, je vais finir par me lancer, lui promets-je. D'ailleurs, je regardais un site l'autre jour… »

Elle lève les yeux, curieuse. C'est clairement plus intéressant que ce que j'ai cuisiné.

Sigrid a rencontré son mari à l'ancienne : c'était un ami d'ami. La première fois, ils ont échangé de part et d'autre d'une table, les deux seuls célibataires au milieu des couples. « On n'a pas spécialement accroché, se souvient Sigrid, mais on ne peut pas dire non plus qu'on n'a pas accroché. » Après ça, ils se sont revus tous les deux quelques fois. Un film, un verre, un restaurant, puis un dîner en amoureux à la maison, un D♥M, comme on dirait sur Twitter. Et après ? Pareil, seulement un peu moins. Un peu moins de tout : de temps, de tendresse, de conversation, de cul. Ils faisaient télé à part, ne se couchaient pas à la même heure. Et après ? La routine : un an de vie commune, un mariage, un enfant, deux boulots, deux salaires moyens et une maison, pas exactement le quartier où ils souhaitaient habiter, mais presque. C'est l'histoire de leur mariage : *mais presque*. Au début.

Pour finir, pas tout à fait la routine, mais presque : la jalousie, les menaces, les soirées entre collègues où elle ne pouvait pas aller, les portes claquées et les assiettes brisées, la famille et les amis bloqués, le courrier ouvert, le téléphone confisqué… séparation, divorce, puis une brève bataille – sans trop de conviction en ce qui le concernait – autour de la garde de Marieke. D'abord il la voyait le week-end, puis une fois par mois et à présent il a pour ainsi dire laissé tomber. Chez les gens de l'espèce de Simon, l'apathie et l'indifférence deviennent des qualités.

« Tu as été sur un site de rencontres ? s'écrie-t-elle.

— Oui et non.

— J'ai l'impression que c'est ta réponse préférée, quelle que soit la question.

— C'est pour l'enquête en cours…

— La fille dans les sacs-poubelle et le prof chelou ? dit-elle, fermant la porte pour que Marieke ne surprenne pas notre conversation, ce qui, dans la mesure où elle doit nous enregistrer, est de toute manière une précaution inutile. J'espère pour toi – et pour lui – qu'il est coupable. Ce que lui a fait la presse est dégueulasse.

— Oui, la fille, Zalie, elle a un profil sur ÂmesSœurs, comme toi. Il n'a pas été supprimé afin qu'on puisse le surveiller, voir si quelqu'un s'y intéressait. Ce serait étonnant que ça n'attire pas quelques charognards, mais la photo n'est pas assez ressemblante pour qu'on fasse le lien. En tout cas, elle reçoit toujours des *likes* et des demandes de conversation… J'ai lu son profil, consulté les messages, regardé si quelqu'un lui avait écrit des trucs bizarres : rien. Ton profil a peut-être été vu par les mêmes types. Tu sais : le mec qui jauge l'offre locale. »

Sigrid estime que c'est plausible.

« Ça ne me surprendrait pas plus que ça : si on cherche une relation, on s'intéresse aux personnes qui vivent à proximité. Elles semblent plus réelles, d'une certaine manière, même si elles ne sont pas différentes de gens qui sont plus loin…

— L'idée qu'ils voient peut-être les mêmes magasins, passent devant le même parc… s'assoient dans le même bus, ça les excite, ça leur donne l'impression que c'est plus concret. Je présume que, dans certains cas, le comportement sexuel normal et celui du pervers ou du harceleur se recouvrent, non ? Je veux dire, cette façon qu'on a d'aller traîner dans certains endroits parce qu'on sait qu'une personne risque d'y être, juste pour avoir une chance de l'apercevoir et de la croiser "par hasard". Pense à toutes ces comédies romantiques hollywoodiennes basées sur le mec tenace qui s'accroche, qui fait le pied de grue devant chez la fille, à son travail, fabrique de toutes pièces une rencontre fortuite... Et c'est toujours un homme, toujours fondé sur la manière de traiter le refus, le *non* comme une position de négociation douce, pour que...

— Merci de m'expliquer les hommes, Ander. Écoute... supposons qu'il s'agisse de types normaux : si tout ce qu'ils cherchent, c'est le cul, ils seront prêts à faire de la route pour tirer un coup. De toute manière, dans ce cas-là, ils sont sur plusieurs sites. Ils font défiler les profils dans un sens et dans l'autre et ne passent pas trois heures à étudier les goûts de la fille, pour s'assurer qu'ils aiment tous les deux le jazz, la cuisine cajun ou la philosophie française.

— Alors, qu'est-ce que tu fais ? Le site te prévient qu'on s'intéresse à toi, et te dit aussi qui, c'est ça ?

— Oui, tu sais qui a consulté ta page et quand. Même si on ne t'envoie pas de message, tu sais qu'on te regarde. Qu'on te mate. J'allais vérifier qui avait cliqué sur mon profil et, la plupart du temps, ils ne me plaisaient pas. Je ne prenais même pas la peine de lire le leur.

— Si elle le souhaitait, elle avait la possibilité de garder une trace de ceux qui l'avaient vue, même s'ils ne lui avaient pas écrit ?

— Oui, et après ?

— Je n'en sais rien, c'est peut-être important : son profil a été consulté par des centaines d'hommes, mais elle n'a pas ouvert la moitié de ses messages, les trois quarts, en fait.

— C'est normal. Les femmes croulent sous les demandes, pas les hommes. C'est mathématique : ils sont environ cinq fois plus nombreux sur ces sites. Apparemment, il existe tout un tas de techniques pour les garder, pour qu'ils n'arrêtent pas de payer. On est plus susceptible de ne pas résilier son abonnement si on voit qu'on suscite un minimum d'intérêt. Certains sites ont des faux profils, des femmes virtuelles qui visent spécifiquement les hommes que personne ne regarde, histoire de leur donner assez d'espoir pour qu'ils restent encore un mois, encore un an. Et pendant ce temps, leur compte continue d'être débité. C'est ce que j'ai entendu, en tout cas. Mais, comme je te le disais, c'est différent pour les femmes. Je n'ai pas lu la plupart de mes messages, pas accordé une seconde à tous mes *likes*, mes cœurs et mes bouquets de fleurs électroniques. Le plus souvent, je ne vais pas au-delà de la première ligne.

— Pourquoi ? »

Je sens qu'on a mis le doigt sur quelque chose, j'ignore quoi et je serais bien incapable de l'expliquer. Je regrette que Gary ne soit pas là. Je suis sûr qu'il en tirerait quelque chose : que plus de gens connaissaient Zalie qu'elle ne l'imaginait ? Que nous l'imaginons ? Je veux dire au cybersens du terme, car jusque-là nous nous sommes seulement intéressés aux personnes de son entourage : voisins, collègues, amis, copains de pub, relations de bureau en open space. J'ai même pensé à un télescope : un voyeur de l'autre côté de la place ou des terrains de jeu. Rien de ce côté-là. Mais un voyeur en ligne ? Je vais appeler Gary pour lui demander de consulter son compte Twitter, les éventuels salons de discussion et forums sur lesquels elle était… Tous les lieux virtuels où on aurait pu la voir ou l'entendre d'une façon qui nous échappe encore, mais dont elle était consciente.

Sigrid parle toujours.

« … En général, on les repère assez vite : trop vieux, trop jeune, il a une photo de sa bite à la place de son visage… ou il fait des fautes tous les deux mots, te fait miroiter une folle nuit d'amour au Best Western, te propose un plan à trois, réclame ton numéro de téléphone tout de suite… Ou crache sur sa femme, son ex, l'organisme chargé du recouvrement de la pension alimentaire… Enfin, ça, c'est plutôt pour le premier rendez-vous, pas quand on tchatte. Ou quand on se fait la cour, comme on dit sur les sites destinés aux plus de cinquante ans.

— En fait, c'est comme un mauvais feeling dans la vraie vie, sauf que c'est en ligne ? Les mêmes signes… le mec obsessionnel, trop curieux, menaçant, qui veut constamment être rassuré, qui traîne des casseroles ?

— Plus ou moins… L'avantage, c'est que tu peux éviter ceux qui sont trop lourds. Tu n'as qu'à les bloquer, les ignorer. De toute manière, ils balancent leurs messages à la chaîne, ils ne savent sans doute même plus à qui ils ont écrit. Et n'oublie pas le ratio : pour avoir une chance d'obtenir une réponse, ces types doivent bombarder massivement. Il n'y a aucun risque : pas d'info perso, sauf si tu es assez bête pour donner ton adresse, ton lieu de travail ou ton nom. Je n'utilise même pas mon vrai prénom.

— En tout cas, Zalie n'a contacté personne. Elle a reçu des centaines de messages, n'en a pas lu le quart et n'a répondu à aucun.

— Ça ne m'étonne pas plus que ça : soit elle a rencontré quelqu'un et elle a oublié le site, soit elle a jeté un œil à tous ces messages qui s'entassaient dans sa boîte et ça lui a coupé l'envie. C'est ce qui m'est arrivé la première fois : je me suis inscrite il y a deux ans, et je n'ai pas pu. Ça m'écœurait un peu. Pas les gens, ça allait, dans l'ensemble, mais tout ce besoin, cette solitude. Et l'espoir, aussi. Surtout l'espoir, si je suis honnête. Y compris le mien. Puis j'ai recommencé quand je me suis sentie plus au clair avec moi-même.

— C'est-à-dire ?

— Une fois que j'ai compris ce que je voulais de moi-même, ce que j'attendais de moi et non de l'autre, un être hypothétique qui transformerait ma vie d'un coup de baguette magique.

— Et c'était quoi, ce que tu attendais de toi ?

— Être bien avec moi-même, avant tout. J'ai un job qui me plaît, une fille… Je suis propriétaire de ma maison, en partie du moins, j'habite une ville sympa et j'ai beaucoup d'amis. J'ai déjà une vie. Je suis partie de là. La première fois, après Simon, je voulais… ou du moins je croyais que je voulais… un autre compagnon, un mari. Je n'imaginais pas ma vie sans un homme à mes côtés.

— Et ça a changé ?

— Oui : je ne demande plus à personne de faire pour moi ce que je ne suis pas capable de faire moi-même. C'est la différence entre celle que je suis aujourd'hui et celle que j'étais juste après Simon et toute cette merde. Maintenant que je suis au clair avec ça, je n'ai plus de problème avec ces sites : j'ouvre l'œil, au cas où je tomberais sur quelqu'un qui pourrait me faire craquer, mais le simple fait de rencontrer des gens en dehors du boulot m'intéresse aussi.

— Dans ce cas, à ton avis, pourquoi Zalie s'est-elle inscrite au départ ? Qu'est-ce qu'elle voulait ?

— Tu pars du principe qu'elle était seule, frustrée ou n'arrivait pas à rencontrer quelqu'un dans sa vie quotidienne, c'est ça ?

— Je n'ai pas d'a priori… Bon, peut-être un peu. Je pars du principe qu'au début on veut être aimé et qu'on finit par se contenter d'être reconnu. Mais c'est peut-être moi. Nous savons qu'elle avait un petit ami – elle a fait sa connaissance quelques semaines après son inscription – et qu'elle n'allait pas souvent sur le site, à part un tour de temps en temps. Elle a consulté quelques profils mais elle en est restée là. En gros, elle s'est inscrite, a rencontré quelqu'un dans la vraie vie et n'a jamais résilié son abonnement. Elle aurait pu ne pas le renouveler, pourtant elle l'a gardé.

— Dans la *vraie vie* ? Je te remercie… »

Sigrid regarde sa montre, boit un peu de vin.

« Peut-être qu'elle était curieuse.

— De quoi ?

— Des autres possibilités ? La grande foire aux hommes virtuelle ? Ou bien, elle voulait savoir s'il y avait quelqu'un qu'elle connaissait… Je suis tombée sur un ou deux types de mon entourage comme ça…

— Je n'ai pas l'impression que c'était la curiosité. Elle avait Tim, elle n'avait pas besoin de continuer à consulter le site. Elle semblait heureuse et équilibrée, et les gens heureux et équilibrés, les gens qui aiment et sont aimés en retour, ils ne sont pas très mystérieux, si ?

— Dans ce cas, toi et moi, on devrait être des énigmes insondables…

— Et pourtant, non.

— Non. »

Rencontres

Sur ÂmesSœurs, Zalie continue d'emmagasiner les vues. Elle est morte, d'accord, et elle serait sans doute la première à l'admettre, il n'empêche, à l'écran ça va bien pour elle. Très bien, même, car ses fans affluent des quatre coins du pays. La plupart savent à présent qu'ils regardent un cadavre, et ils vont sur son compte Instagram pour la même raison qu'ils viennent grossir les rangs toujours plus nombreux de ses demandes d'amis sur Facebook et de ses abonnés sur Twitter : pour un shoot de sa mort, pour être plus près de l'histoire, au cœur de l'action. Comment suit-on une morte ? Où la suit-on ?

Ils ne peuvent pas la laisser en paix. Ce ne sont pas les morts qui hantent les vivants, ce sont les vivants qui hantent les morts.

Si dans le cybermonde il y a des vers pour dévorer les cadavres, alors, ce sont ces gens-là. Dans les vieux poèmes que nous étudiions avec M. Wolphram, il y avait toujours un type pour expliquer à sa mie, dans une langue fleurie où la menace perçait sous la séduction, que, puisqu'elle serait bientôt morte, elle avait tout intérêt à coucher avec lui. Et le plus tôt serait le mieux. *À la fin de ce poème, par exemple, mais tu peux commencer à te désaper pendant le dernier quatrain.*

C'était l'idée générale. Il dépeignait de manière imagée les vers qui creusaient sa chair d'albâtre, éteignaient le feu de ses yeux et grignotaient ses lèvres. Les vers étaient chargés d'incarner tous ces thèmes abstraits – le Temps, la pourriture et l'oubli – que nous étions censés combattre vaillamment en *cueillant le jour*. Ou en le *pillant*. « La tombe est un merveilleux boudoir, mais s'y étreint-on ? Je n'y puis croire[1] », me souviens-je avoir appris. Qu'écrirait aujourd'hui ce poète ? Posterait-il ses *Carpe diem* sur Facebook ? Les laisserait-il sur des sites de rencontres, comme des mines antipersonnel que les femmes déclencheraient d'un clic ? *Cueille le jour* ; le message n'a pas changé, même si autrefois la menace sexuelle avait au moins l'avantage d'être formulée avec une certaine créativité : cueille *mon* jour, cueille-*moi*.

Toute forme de vie connaît une fin qui lui est propre, une décomposition singulière. Voici la nôtre : un profil sur un site, un visage de pixels et un grouillement de clics, tandis que Zalie se désagrège sous un *clip art* représentant une pierre tombale ornée de couronnes d'émoticônes.

Peu importe si elle est morte biologiquement (un jour, la *gamme des options* sera telle qu'il faudra le préciser pour savoir de quelle sorte de mort il est question). Tant qu'on évite de penser à ses parents, à sa sœur, à son frère et à son petit ami Tim, qui eux souffrent dans la réalité, ou ce qu'il en reste. Une souffrance telle qu'ils ont la sensation d'avoir la chair à vif dans un monde de sel. Ils ont été écorchés par l'horreur de la chose, par la presse, les déclarations et les

1. « À sa pudique maîtresse », *Les Yeux et les Larmes*, Andrew Marvell, traduction de Gérard Lacon, Éditions de La Différence.

comptes-rendus qu'ils doivent faire devant des journalistes et des politiciens concupiscents aux tweets de condoléances customisés.

Tim, que nous avons conformément à l'usage commencé par soupçonner, mais qui se trouvait de l'autre côté de la Manche, est maintenant seul et anéanti, honteux sous les flashs et les gros titres, démuni quand ses amis vendent des photos de lui aux médias : souriant pour le Nouvel An à Édimbourg, sac au dos en Grèce, ou enlaçant Zalie sur le pont suspendu. Cette dernière fait un tabac dans la presse. Celui qui leur a cédé le cliché a dû se remplir les poches : Zalie fait une tête de moins que Tim et son visage apparaît au centre de l'image. Elle a de grands yeux gris-eau de pluie un peu tombants, ce qui lui confère une tristesse qu'elle n'éprouve pas, mais qu'elle porte subtilement comme un parfum. Le contraste avec son large sourire heureux est sublime. Je n'arrive pas à détacher les yeux de ce portrait si beau qu'il en est presque douloureux. Elle est totalement *dans* la photo : elle ne regarde pas à l'extérieur ni au-delà du moment présent. Elle l'habite pleinement. Tim aussi. Pas étonnant qu'il soit radieux. Son visage est moins compliqué, ne présente pas ce genre de paradoxe, mais il est heureux et entier, car, pendant un instant absolu, tout ce qu'ils veulent est aligné sur ce qu'ils ont, autrement dit être l'un avec l'autre. Et ça, c'est infini et c'est *maintenant* : eux deux, là, sur le pont avec l'eau qui s'étale en dessous.

On a envie de tendre la main vers la photo pour lui arracher ce qui fait sa magie – l'air qu'ils respirent, une poignée de lumière – et en saupoudrer sur sa propre vie.

Tim connaît tous ceux qui ont pris ces photos. Il leur en veut et ne répond pas à leurs appels, supprime leurs e-mails et leurs SMS. Certains d'entre eux sont peut-être sincèrement malheureux, d'autres souhaitent lui parler parce qu'il y a encore de l'argent à gagner : « un ami raconte… », « selon un proche de Tim Marchant… », « le témoignage exclusif d'un ami d'enfance du fiancé de la jeune fille assassinée… ».

Ils sont à trois, quatre, cinq cercles de lui. Ils veulent faire partie de l'histoire, ils veulent être les ondes de la pierre jetée dans l'eau.

Tim a honte lorsqu'il se trouve en compagnie des parents de Zalie, parce qu'il est conscient qu'il est jeune et qu'il doit tourner la page, rencontrer quelqu'un d'autre, que, de toute façon, son avenir ressemblera à une trahison. Il le sait déjà même au plus profond de sa détresse, il sait : les parents de Zalie et lui sont ensemble, mais seulement jusqu'à un certain point. Ils n'ont pas le choix, ils sont dans un train nommé chagrin qui ne ralentira pas. Et pourquoi voudraient-ils qu'il en soit autrement ? Lui, il doit descendre. Tôt ou tard, il leur dira « C'est mon arrêt » et il sautera.

La rupture, il la redoutera et la souhaitera en même temps.

Gary trie les messages sur ÂmesSoeurs. Il « sépare l'ivraie de… euh… l'ivraie ». Il écarte tous ceux qui sont clairement trop impersonnels. Les autres, ceux qui paraissent désireux de donner ou de recevoir des informations intimes, il les lit. En trois jours, depuis notre dernière visite sur le site, elle a déjà reçu quatre-vingt-dix-huit nouveaux messages.

« Je croyais que je ne savais pas écrire, mais quand je lis ces mecs, à côté, j'ai l'impression d'être Noël Coward. »

On trouve de tout : le désespéré, le minable, le passif agressif, le cérébral, le queutard, le cœur solitaire et le collectionneur. Et les gens normaux, les gens ordinaires, comme Zalie, comme moi, Sigrid, Gary, Poisson rouge et Petit Écran, comme Tim et les parents de Zalie, et Jack au *cuoer* brisé…

Deux heures plus tard, rien.

« Franchement, s'il y a quelque chose de suspect là-dedans, c'est trop subtil pour moi. Je suis même allé voir ceux qui l'avaient simplement regardée, tu sais, ceux qui ont cliqué sur son profil, se sont rincé l'œil, puis sont allés lorgner ailleurs ou racheter des mouchoirs en papier. Je les ai passés au crible : il faut des heures pour examiner chaque page. Que dalle.

— Qu'est-ce qu'on cherche au juste, Gary ? Parce qu'on a tendance à oublier une chose : même si quelqu'un l'a repérée sur un site et s'est pris d'une toquade homicidaire pour elle, il n'avait aucun moyen de la trouver. Il n'y a aucune information qui permettrait de situer ne serait-ce que la ville où elle habitait. Il a pu deviner, mais le Kent, c'est grand. Et pourquoi elle plutôt qu'une autre ? »

Gary se laisse aller contre son dossier et secoue la tête. Il passe la pointe du capuchon de son stylo sur ses dents, puis recueille une pâte gluante blanche qu'il écrase entre son index et son pouce. Parfois, il la renifle d'abord, et l'odeur semble le rassurer. À ce stade, ceux qui n'ont pas quitté la pièce sont malades. Je suis immunisé, ce qui paraît un avantage, tant qu'on ne s'interroge pas sur ce que cela révèle à mon sujet. En tout cas, ce rituel doit aider Gary à réfléchir, car il est soudain d'une concentration redoutable.

« J'ai l'impression qu'on n'arrête pas de se rapprocher et de passer à côté sans rien voir. Revenons au début, quand elle s'est inscrite sur le site.

— C'était presque un an avant qu'elle soit assassinée : ça fait des milliers de messages.

— OK. Avançons, alors. S'il est arrivé quelque chose, ce sera au moment où elle recherchait des infos sur les harceleurs, les voyeurs ou je ne sais quoi, les types qui tiennent leurs jumelles d'une seule main… quand elle a commencé à se sentir observée… Vérifions son activité sur le site à cette période.

— Qu'est-ce que je suis censé chercher ? »

Gary a retrouvé sa niaque. Il ne prend pas de plaisir particulier à l'inversion de la hiérarchie, ce que je trouve appréciable. Il est trop immergé dans sa tâche pour s'amuser à ces petits jeux de pouvoir.

« Ne cherche rien de logique, Prof. Concentre-toi sur l'accidentel, la bizarrerie, la chose qui aurait pu ne pas arriver…

— Merci, ça resserre le champ. »

Ma réponse se voulait sarcastique mais ça ne s'entend pas. J'ai l'air reconnaissant, ce qui est la moindre des choses, dans la mesure où son conseil va s'avérer crucial. Nous nous apprêtons à faire ce que Gary appelle une découverte *phénomentale*.

Elle s'est renseignée sur le harcèlement entre le 25 et le 29 novembre. Si c'est lié à quelque chose qui l'a alertée sur le site, ce doit être juste avant. Quelques heures, un jour ou deux, mais guère plus.

Nous épluchons l'activité de la semaine précédente, en partant du 29 au matin. Elle a reçu vingt-six messages et son profil recense quatre-vingt-trois vues en trois jours. Elle s'est connectée neuf fois, ce qui est plus qu'au cours des trois mois précédents. Elle était avec Tim depuis près de treize mois : assez longtemps pour savoir que les autres hommes ne l'intéressaient pas. Dans ce cas, que cherchait-elle ? Et pourquoi soudain, après des semaines d'indifférence, consultait-elle le site à des intervalles aussi brefs, nerveux et haletants ? Un jour, elle est en ligne à 1 h 38 du matin, puis à 5 h 45.

Gary regarde par-dessus mon épaule.

« Ce n'est pas le comportement de quelqu'un dans son état normal. »

Je lève vers lui un regard vide et il pointe du doigt les heures de connexion.

« Tu ne vois pas ? Elle n'arrive pas à dormir. Elle est inquiète. Si elle avait rencontré un barde inspiré dans mon genre, je comprendrais qu'elle soit accro à ses reparties brillantes et vérifie fiévreusement s'il ne lui a pas répondu. Mais ce n'est pas le cas. Elle n'a pas eu d'échange avec qui que ce soit, ni avant, ni pendant, ni après.

— Ce qui laisse une autre possibilité, la seule, en fait. Il s'agit de quelqu'un qu'elle ne veut *pas* voir.

— Tout juste. Elle a la trouille, la pétoche. Elle se connecte soudain neuf fois en trois jours, après des mois d'absence. Et pendant ce même laps de temps, elle cherche des informations sur le harcèlement. Puis elle oublie. Ou pas.

— Et elle est assassinée.

— Ouais, assassinée, mais pas immédiatement. Chez elle, en plus, pas à l'autre bout de la ville, pas sur un terrain vague au milieu de nulle part, pas dans une ruelle sombre ni sur la rocade. *Dans son appartement.* Quel est le lien ? Et si elle avait peur de quelqu'un en ligne, pourquoi n'en a-t-elle parlé à personne ?

— Je suppose qu'il y a toujours dans l'air l'idée qu'Internet, c'est pour les désespérés, ceux qui sont incapables de rencontrer des gens dans la vraie vie. Tu es sûr qu'elle avait dit à Tim qu'elle était sur un site ?

— Certain ! Regarde les notes : il a déclaré qu'elle lui en avait parlé peu de temps après leur rencontre et qu'elle voulait se désinscrire. Ils n'avaient pas de secret l'un pour l'autre. »

C'est le genre de chose que je devrais savoir. J'ai délégué les vérifications informatiques et j'ai eu tort, car je sens qu'on se rapproche de la vérité, ce qui aurait dû arriver plus tôt.

« Peut-être, dis-je. Il n'empêche qu'elle était toujours sur le site.

— Oui, en théorie. C'est parce que tu paies par prélèvement automatique. Plus tu t'engages sur une longue durée, moins c'est cher. Je sais de quoi je parle, Prof, je suis passé par là… pas longtemps, mais suffisamment. En tout cas, elle avait pris l'abonnement un an, puis l'avait renouvelé pour six mois et il lui restait encore douze semaines. Tu vois les rappels ici. »

Gary pointe son stylo sur l'écran. Ils sont envoyés par « Admin » et l'objet est tantôt « Achetez maintenant et obtenez trois mois GRATUITS », tantôt « Baisse sur l'offre premium ! » ou « Préparez-vous pour la Saint-Valentin ! ».

Ça y est, j'ai compris. Je vois où Gary veut en venir.

« Elle ne cherchait pas l'âme sœur ni qui que ce soit… Elle s'intéressait à quelqu'un qui s'intéressait à elle ?

— Oui. Mais pourquoi ?

— Parce qu'elle le connaissait, ou parce qu'elle l'avait vu, ou parce qu'elle savait qu'il l'avait vue ailleurs que sur un écran d'ordinateur.

— Gagné ! »

Parmi les hommes qui ont consulté sa page, soixante lui ont écrit, et près de deux cents se sont contentés de lire son profil. Il n'y a aucun moyen de deviner ce qu'ils ont fait, ce qui leur est passé par la tête : on ne peut pas voir leurs paumes moites ni entendre leur respiration comme dans une salle d'interrogatoire.

Les messages ne servent à rien. Insignifiants, hormis quelques-uns, si maladroits qu'ils ne peuvent être que sincères. J'imagine Sigrid faisant le tri dans tout ça, et me demande comment elle choisit ceux avec qui elle accepte de bavarder en ligne et ceux avec qui elle envisage d'*aller plus loin*. Selon elle, de toute manière, c'est le corps qui décide en dernier recours. La tête et le cœur ne font pas le poids. On peut aimer la façon dont quelqu'un parle ou écrit, mais on ne sait pas tant qu'on ne le rencontre pas en chair et en os. À ce moment-là, les mots ne comptent pas : c'est son odeur, la température de sa peau, l'ouverture de ses pores. Tout se passe en dessous de ce qu'on dit, en dessous de ce qu'on pense.

Tous ces neurones, toutes ces phrases, toute cette culture pour finalement se laisser guider par son nez.

L'un des rendez-vous de Sigrid : « Il avait l'air génial, il parlait bien, s'habillait avec élégance, était prévenant et drôle… gagnait correctement sa vie… mais il n'avait pas de… pas d'odeur. Je ne pouvais pas… comment expliquer ça ? Je ne pouvais orienter mon corps vers le sien. Il se détournait tout seul. J'ai dû fermer les yeux pour voir si je ne pouvais pas donner un coup de pouce à la machine à fantasmes, mais non… le bide. »

Sur les messages adressés à Zalie, cinq sont géographiquement proches ; le site classe les gens en fonction de la distance : dix kilomètres, quinze, trente, quarante, soixante et plus de soixante-dix. Ils sont de Brighton, Southend, Folkestone, Douvres, Romney, Deal. Et de Londres. Énormément de Londres. Les hommes laissent beaucoup plus d'informations que les femmes : ils ont l'air sincères, certains semblent séduisants et ont peut-être même l'âge qu'ils prétendent avoir. Deux d'entre eux précisent l'endroit où ils travaillent. Un autre mentionne son pub préféré. Au cas où quelqu'un voudrait le rencontrer *hors-site*. Une femme qui livrerait ce genre de renseignements se mettrait en danger. Un homme n'a rien à perdre.

Je regarde qui est allé sur la page de Zalie de manière répétée, ou ne serait-ce que plus d'une fois… tout ce qui évoque de près ou de loin l'obsession ou la fixation. Puis j'essaie de recouper les résultats avec la navigation de Zalie. Ce qui ne prend que quelques minutes car elle n'a consulté qu'une vingtaine de profils en tout depuis son inscription. Et seulement six pendant la période qui nous intéresse. Parmi ceux-là, j'en dénombre quatre qu'elle a vus plus de trois fois au cours de sa première semaine sur le site. Et sur les quatre, il n'y en a qu'un dont elle a vu la page deux… trois… cinq… huit… quinze fois. Récemment. Une semaine avant sa mort.

Le voici.

Mister B. 32 ans. Expert-comptable. Ce n'est pas aussi ennuyeux que cela en a l'air. (Si, ça l'est, mais je ne le suis pas !)

Taille : 1,89 m.

Cheveux : Bruns.

Style : Chic et décontracté. Élégant lorsque nécessaire.

Cherche relation : occasionnelle / sérieuse / sympa / conversation / amitié.

« Il ratisse large », commente Gary.

Aime : cuisiner, le jazz, voyager, les restaurants thaïs, les romans policiers scandinaves. Le cinéma européen.

« Ah, ce bon vieux cinéma européen… pour moi, c'est suffisant : au gnouf. »

Déteste : la politique, les cyclistes, le curry.

« C'est un profil assez basique, non ? Il a consulté celui de Zalie deux fois, ne lui a jamais écrit. Elle est allée voir le sien une dizaine de fois. Elle ne l'a pas contacté ; pourtant, elle n'arrêtait pas d'y retourner.

— Elle l'aurait reconnu ?

— Pas grâce aux photos, en tout cas : il n'en a mis aucune de son visage.

— Est-ce qu'elle aurait reconnu une autre partie de son corps ?

— S'il te plaît, Gary, on n'est pas dans une comédie graveleuse !

— Bien reçu, Prof. Toutes mes excuses. »

Il prend une expression faussement solennelle. Puis réellement songeuse. Il est de nouveau à fond et il trouve :

« Retournons la question : est-ce que lui l'aurait reconnue ?

— Ce serait plus probable, en effet. Mais si c'est le cas, il ne trahit rien : pas de message, pas de demande de conversation, que dalle…

— Regarde à quelle distance il habite. »

Selon le site : zéro kilomètre. La personne la plus proche après lui est à deux kilomètres.

« Merde, souffle Gary. Pour qu'on obtienne zéro kilomètre, il faut qu'il ait le même code postal : ces sites se basent sur le système de distribution postale. Ce type doit vivre à quelques numéros de chez elle… littéralement dans la même rue. »

On y est presque. Gary agrandit les trois photos téléchargées par Mister B : une pinte de bière (mec et fier de l'être), une montagne lointaine couronnée de neige (voyage, plus argent : l'esprit large et le porte-monnaie aussi) et un disque de Miles Davis (ambiance jazzy : classe mais pas élitiste). Il dit à tout le monde : je suis simple, intrépide et cultivé. J'aime les vinyles, la bière artisanale et j'ai les moyens d'aller au ski. Il n'y a pas de visage, mais on n'en a pas besoin pour l'instant.

« La même rue ? Tu parles, la même baraque, oui ! C'est le mec du dessus ! Ben ! Préviens le chef ! hurle-t-il à Petit Écran. On le coffre.

— Pas si vite, Gary. Laissons-le profiter encore un peu de l'hospitalité de Mad Lynne. Qu'il se croie à l'abri. Son appartement est vide. On va demander un mandat pour le fouiller, passer au peigne fin ses appels téléphoniques, son Internet, ses comptes en banque… la totale. Pareil pour sa copine. »

Tandis que nous attendons que Poisson rouge règle les détails administratifs, Gary et moi nous tournons vers la télé.

« C'est M. Lawnder !

— Qui ?

— Don Lawnder, un jeune type qui enseignait l'anglais. Il a fait un genre de dépression au bout d'un an et il est parti travailler aux espaces verts de la ville… Monte le son ! »

La télécommande a disparu depuis si longtemps que personne ne se rappelle l'avoir jamais vue. Gary s'approche du poste pour régler le volume.

« … un collègue aimable et serviable et un enseignant généreux, dit M. Lawnder. La réaction de l'école est inadmissible… Elle l'a abandonné aux premiers soupçons d'une foule assoiffée de sang.

— Croyez-vous qu'il soit innocent ? »

C'est Ellie Nash.

« Il est innocent de tout ce qu'on a raconté au sujet de la façon dont il se comportait avec les élèves, certainement. La chasse aux sorcières est devenue un sport national…

— Et le meurtre ? insiste Ellie, qui clairement se sent des droits de propriétaire sur l'affaire, peut-être plus encore que Lynne.

— C'est à la justice d'en décider. Tout ce que je peux affirmer, c'est que l'homme que j'ai connu était doux, attentif aux autres et extrêmement intelligent. Ce n'était pas quelqu'un de violent. »

Où sont-ils allés chercher Lawnder ? Chaque fois que je pensais à lui, c'est-à-dire pas souvent, mais plus qu'occasionnellement, je l'imaginais se déplaçant lentement parmi des parterres municipaux, procédant à des retouches subtiles que personne ne remarquait.

À l'évidence, je me trompais. Je suis resté coincé dans le passé. C'est moi qui me suis arrêté là où je l'ai laissé. Don Lawnder a continué, lui : il porte une veste de toile bleue et des lunettes rondes comme les poètes qu'il admirait. Il respire la santé. Il se tient devant un manoir dans le Hampshire. Je le reconnais pour m'y être rendu en excursion scolaire : Shapley Hall. Il y a un bandeau en bas de l'écran qui précise qu'il est titulaire d'un doctorat en histoire de l'architecture. Sa voix est toujours aussi douce, mais plus affirmée et, s'il n'a pas grandi, il s'est étoffé et a perdu son air de jeune pousse chétive. Il a la peau presque bronzée de quelqu'un qui vit au grand air, et il paraît en meilleure forme à – quel âge peut-il avoir ? – cinquante-cinq ou soixante ans que moi à quarante-sept. Mince, intelligent, courageux, il ne ménage pas Chapelton.

« Le moment venu, l'école, son directeur et les anciens élèves prêts à mentir pour se faire de la publicité à ses dépens devront rendre des comptes. On ne diabolise pas impunément un innocent. »

Retour sur Ellie Nash, le visage lumineux sous les projecteurs, les cheveux ébouriffés par le vent.

« Alors que de plus en plus de témoins sortent du silence et prennent la défense de Michael Wolphram pour rétablir sa réputation ou simplement pour demander qu'il soit traité équitablement, on est en droit de s'interroger : la police a-t-elle agi avec trop de précipitation ? Dans sa hâte à fournir un suspect au public, s'est-elle fourvoyée dans une impasse, pendant ces premières heures cruciales ? »

Gary applaudit, enthousiaste.

« Oui ! Oui, oui ! »

*

Pour pénétrer chez Ben, nous devons ôter l'un des panneaux de bois qui clôturent le jardin à l'arrière de l'immeuble, et traverser la pelouse. À l'avant, les camions de la télé et les motos des photographes colonisent le trottoir et une partie de la chaussée, obligeant les voitures à klaxonner pour passer. À cela s'ajoutent les curieux et les perches à selfies qui s'élèvent au-dessus de la foule, tels des mâts dans une marina houleuse. Nous avons surfé du fatberg au monstre sur une vague de gros titres. Il y a de nouveaux graffitis aussi : sur les maisons et les murs voisins, car celle-ci est gardée vingt-quatre heures sur vingt-quatre.

On peut lire : *TUEUR*, *sale pédofile* [sic], l'incontournable *BRÛLE EN ENFER* (deux fois, deux écritures différentes) et À L'ÉCHAFAUD en lettres immenses. L'apostrophe dessine un nœud coulant, la partie la plus large tracée avec soin pour représenter le tressage de la corde. Je me demande s'il existe un émoticône pour le lynchage. Sinon, il est tout trouvé. Bien sûr, il y a des fleurs et des bougies, tout un champ qui s'étend dans la rue. La maison de ses parents est prise d'assaut, elle aussi, leur portail couvert d'ours en peluche, de fleurs et de cartes que les caméras balaient comme des codes-barres pour servir de plans de coupe aux journalistes qui fabriquent des reportages en série sur les *nombreux témoignages de sympathie* et les *habitants bouleversés unis dans le chagrin*...

Tout cela forme un mélange paradoxal d'hommages et de souvenirs, d'insultes et de menaces. Il n'y a certainement pas tant de rues où l'on trouve à la fois l'assassin, la victime et le faux coupable. Sans parler du lieu du crime. Il y en a pour tous les goûts : le triste et le respectueux, le mécontent et le charognard, le curieux, l'indigné, le scandalisé.

L'une des chaînes a bricolé un documentaire pour le Nouvel An. On y verra les habituels psys à gages de la télé, des complotistes, des vieux collègues, des amis lointains, des voisins vindicatifs et quelques-uns de ces anciens élèves désireux de *sortir du silence*. On n'y trouvera pas : Danny, Don Lawnder, Neil Hall ou qui que ce soit ayant pris la défense de Wolphram. Ça s'intitulera : *Culture du meurtre ?* La production voulait un représentant de la police et Poisson rouge a accepté.

Même le magasin où elle a acheté son dernier repas a droit à son lot de bouquets et de bougies. Et il a vu sa clientèle tripler. Pareil pour le bureau où elle travaillait, le pub qu'elle fréquentait et son club de sport. Partout où elle allait, ils la pourchassent. Elle est morte, mais ils ne la lâcheront pas.

Ce qui nous frappe – Gary, moi et les six *essperts* de la police scientifique –, c'est l'absence d'âme chez Ben Phelps. Que du chrome et du cuir, un habitat masculin sans personnalité : écran plat géant, lecteurs DVD et Blu-Ray, photographies encadrées de montagnes et de couchers de soleil, une Xbox (une seule console, note Gary), les boîtiers de CD bien rangés dans des tours, le titre du bon côté. Une table basse grise avec un plateau en verre dépoli. Dessus sont posés quelques magazines masculins nettement empilés, le coin aligné sur celui de la table. Il y a deux épais dessous de verre en ardoise tapissés de feutre vert pour qu'ils puissent glisser sans bruit. Le canapé est grand, rectangulaire, profond, recouvert de cuir noir. L'empreinte du corps de Ben marque si nettement l'un des coussins que je pourrais sans doute deviner son poids. Trois télécommandes et la console de jeu s'alignent devant sa place.

La cuisine, aussi immaculée que celle de Wolphram, obéit à la même configuration. La fenêtre donne sur les jardins des maisons situées derrière celle-ci. Dans l'égouttoir, tout va par deux. Et pas plus de deux : deux couteaux, deux fourchettes, deux cuillères, deux assiettes. Deux verres à pied et une chope en étain. Une rangée de bières de brasseurs. Quelques bouteilles de vins néo-zélandais et australiens dont les noms ressemblent à des titres de soap operas : Blossom Hill, Hardy's Crest, Murray's Landing.

Gary ouvre un tiroir. Vide. Dans un placard à côté du réfrigérateur, il y a quelques assiettes et des couverts, encore dans leur boîte. Le ticket de caisse de Lansdale's est scotché sur le côté. Jamais utilisés. Pas d'invités. Personne, hormis eux deux.

« Cet endroit me fout les chocottes, Prof... Ce vide. Je ne parle pas des tiroirs et compagnie. Il y a un trou quelque part où il ne devrait pas y en avoir. »

Je vois ce qu'il veut dire. Cette symétrie parfaite, les assiettes et les verres par deux sonnent faux. Le placard sous l'évier ne contient que des produits nettoyants : trois marques différentes de javel, des sprays antibactériens, des brosses métalliques, un impressionnant paquet d'éponges, du décapant pour le four et de la mousse à tapis. Des gants en caoutchouc – cinq paires, toujours dans leur sac fermé. Je m'apprête à déplacer les flacons pour tâter le fond du placard, mais Gary m'arrête.

« Laisse ça aux *essperts*, notre truc à nous, c'est l'instinct. On doit regarder, pas toucher. Chaque endroit a son atmosphère, son *bouquet**, si tu préfères. Qu'est-ce que tu sens ?

— Un désir de contrôle.

— C'est les dessous de verre. Les obsédés du contrôle adorent les dessous de verre. C'est bizarre, je n'ai pas le sentiment d'être chez un couple. Ni même qu'on a deux personnes ici. »

Il secoue la tête.

« Tout ça, c'est lui. Rien n'est à elle. On a l'impression qu'elle n'habite pas dans l'appartement, qu'elle se contente d'y dormir. »

Dans la salle de bains, les produits de toilette de Ben occupent toute une étagère, bien alignés. Ceux de la fille sont dans une petite trousse dans le placard à miroir au-dessus du lavabo. Le minimum : rouge à lèvres, fond de teint, blush, eyeliner. Un de chaque, alors qu'il a deux bombes de mousse à raser différentes, quatre rasoirs, deux crèmes hydratantes branchées avec des noms censés évoquer l'élégance britannique masculine de Jermyn Street : *Chatterton pour lui* et *Dashwood, produits de soins pour l'homme*.

Dans la chambre, même topo : le luxe et l'anonymat d'un grand hôtel. Je me fais la réflexion que c'est précisément l'idée de l'appartement : copier une suite d'hôtel. Sur sa table de chevet à elle, une photographie de ses parents et de sa sœur avec un bébé. Dans le tiroir, une plaquette de pilules et un livre avec un marque-page à pendeloque venant d'une galerie d'art. Cette table est la seule chose qui ressemble vaguement à son espace personnel. La penderie de Ben est spacieuse, mais réitérative : trois paires de chaussures identiques pour le travail, deux pour sortir, deux pour le sport, cinq chemises toutes les mêmes… que des marques, des grands noms avec des logos.

On ne trouve aucune trace d'elle dans l'appartement hormis dans la chambre, et le peu qu'il y a est impeccablement nettoyé ou rangé hors de vue.

« Elle n'habite pas ici, Prof. Elle déplace son corps de pièce en pièce, et le met au lit jusqu'à l'heure de retourner au bureau.

— Peut-être, mais ça ne prouve pas qu'il soit un meurtrier. »

Gary s'approche de la panière à linge sale, soulève le couvercle.

« Rien. Rien non plus dans la machine à laver ni dans le séchoir.

— Ils ont dû faire la lessive avant de partir profiter de l'hospitalité du journal. Mais je ne vois toujours rien de suspect.

— T'inquiète, fais confiance aux *essperts*. De toute façon, ce qu'on veut, c'est son ordi. Tout doit se passer en ligne avec lui. Dans les vieux films, les flics débarquaient, ne trouvaient rien, puis au dernier moment, alors qu'ils s'apprêtaient à repartir, dégoûtés, l'un d'eux remarquait la clé d'une consigne qui se révélait bourrée de preuves. Plus besoin de consignes, aujourd'hui. On a les ordinateurs. Le problème c'est qu'il est parti avec le sien. »

Je téléphone pour demander une saisie du matériel informatique de Ben et Chloe. Portables, tablettes, tout. Il faut qu'on sache où Lynne Forester les cache.

« Je m'en charge », décrète Gary avant de me planter là.

Les techniciens désossent le lave-linge, glissent les vêtements et les chaussures dans des sacs scellés. Ils prennent aussi la box Internet. Ils passent un aspirateur spécial sur le paillasson, les tapis, la moquette. Dans la cuisine, ils embarquent une paire de gants en caoutchouc utilisés, démontent l'évier, font des prélèvements dans les tuyaux. Ils ont trouvé du ruban de masquage, des sacs-poubelle, du papier bulle. Le genre de chose dont on se sert pour emballer un cadeau, transporter un article fragile. C'est Noël, après tout.

Ce sont des objets ordinaires et paisibles, qu'on trouve dans tous les placards. Mais à présent il émane d'eux quelque chose de maléfique.

*

Pendant que j'attends Gary au poste, je décide de faire des recherches sur mes anciens professeurs.

Je commence par Mme Pizzi. Je tombe sur un avis de décès qui date déjà : *Elaine Pizzi, 1940-2008. Cérémonie au crématorium Bartlemas. Pas de fleurs. Donations à la lutte contre le cancer.*

Angela Mason, 78 ans, Westway Road. Directrice de l'Association française. Je la trouve sur la page Facebook du groupe.

Lawnder, Donald. Professeur d'architecture à King's College, Londres. Sous son nom, la liste de ses publications ; l'un de ses livres s'intitule *Le Zoo de la Medway, chef-d'œuvre du modernisme*. « C'est en grande partie grâce à Donald Lawnder que l'un des trésors modernes du sud-est de l'Angleterre a été classé au titre des monuments historiques », lit-on sur sa page Wikipédia. Il y a un lien vers le site du zoo, qui promet une restauration d'ici deux ans, financée par le loto du patrimoine, et supervisée conjointement par Lawnder et la direction du patrimoine.

Pris de frénésie, je passe à mes anciens condisciples : Neil Hall, Rich Nicholson, George Cobbleson, Flynch, Bowden et Tristan ; Bosworth, Vaughan, Lewis, McCloud, Goodship et Mortata. Il y en a que je ne trouve pas et d'autres dont les noms sont si courants – David Jones, Jonathan Smith – que ce pourrait être n'importe lequel de ces hommes qui se ressemblent tous, avec des emplois qui se ressemblent tous dans des banques et des PME. Le style chambre de commerce, qui a « le costume peint sur le corps », comme dirait Gary. La plupart possèdent un compte Facebook où ils affichent des photos d'eux en maillot de sport avec un dossard numéroté. C'est un monde de semi-marathons et de records personnels. Beaucoup d'entre eux envoient leurs enfants à Chapelton.

Je me demande s'ils ont refoulé toutes les sales histoires, s'ils ont tout filtré et raffiné, jusqu'à ce qu'il ne reste que les bons souvenirs, reliés par… en fait, rien : reliés par des trous.

Mortata est mort en 1991. Une notice nécrologique évasive dit qu'il avait « la main un peu leste ». « Valeurs à l'ancienne et méthodes à l'avenant. » Puis, à la fin : « Il laisse une épouse, deux enfants et trois petits-enfants. »

McCloud est toujours vivant, et dirige un pensionnat à Hong-Kong : *S'inspirant des écoles anglaises traditionnelles, avec des professeurs diplômés des plus grandes universités britanniques, Chapel Down College propose le programme scolaire britannique pour préparer les élèves au monde d'aujourd'hui. La philosophie de l'établissement est* Mens sana in corpore sano *: un esprit sain dans un corps sain.* Il y a une photographie de McCloud qui semble bien conservé, peut-être un rien desséché, mais il est difficile de savoir si elle est récente.

Ce n'est pas que je sois curieux – j'aurais pu les chercher n'importe quand au cours du dernier quart de siècle –, c'est surtout que j'ai envie de sentir leur nom au bout de mes doigts, littéralement, et d'explorer leur traçabilité. Je garde Danny pour la fin.

Je m'apprête à saisir Daniel Patrick McAlinden – j'en suis au petit c de Mc – quand Gary m'attrape la main.

« Arrête, Prof. Fiche-leur la paix. Fiche-*lui* la paix. Le passé est peut-être ton rade préféré, mais lui ne le fréquente plus. En fait, si j'en crois ce que tu m'as dit, ça n'a jamais été son truc. Ce n'est pas parce qu'on peut retrouver les gens que c'est une bonne idée de le faire. Les films et les romans, c'est une chose, mais dans la vraie vie, le *vieil ami d'enfance perdu de vue* reste perdu, ce qui est généralement son vœu le plus cher. En plus, t'as mieux à faire. »

Il sort une longue liste. Des adresses de sites Web, des dates, des durées. Il y a un dossier qui contient des images de pages d'accueil, des relevés de compte avec des prélèvements automatiques et des virements soulignés en rouge. Ils ont travaillé vite, car il y a aussi une pile de papiers avec l'historique des recherches de Ben Phelps.

« Elle est au courant ? Chloe, je veux dire.

— Rien ne l'indique. Enfin, il y a savoir et savoir, n'est-ce pas ? Surtout quand il s'agit des femmes et des petites amies de ces types-là. Il efface ses traces et il a un mot de passe. Parfois, il utilise son portable à elle. Pour les opérations bancaires, les billets de train, ce genre de choses. Pas pour ce qui est compromettant.

Il connaît son mot de passe à elle, mais elle n'a pas le sien. Tout est dit. »

Gary me montre une liste des sites qu'il fréquente. Ils sont violents, effrayants, déments. Je le vois rien qu'aux noms.

« Tu es allé y faire un tour ?

— Sérieux, Prof, il y a des trucs là-dessus que je ne supporterais pas de regarder même si c'était un film et que je savais que c'était faux.

— Excuse-moi.

— Te bile pas. C'est le boulot. Donc oui, j'y suis allé. Rapidos. J'ai soulevé le couvercle. Reniflé la puanteur. *Humé les émanations*, comme dirait le poète. Ça ne prouve rien en soi. On connaît la chanson : regarder ce n'est pas faire, penser ce n'est pas passer à l'acte. Mais selon le contexte, en fonction du reste, c'est le genre de truc qu'on peut verser au dossier.

— Le reste étant de l'ADN, des témoins et des aveux ?

— En ce qui concerne l'ADN, on s'en occupe. C'est pour ça que j'ai envoyé un rappel que ton pote Wolphram qualifierait sûrement de *lapidaire* au labo privé de Cheltenham en leur demandant ce qu'ils foutaient avec les résultats. Je présume qu'ils ont lu les journaux, vu la télé et qu'ils se sont dit : *Ils tiennent leur coupable… pas besoin de se presser*. Ils peuvent se consacrer pleinement à des activités plus rémunératrices, genre les tests de paternité pour la télé-réalité ou je ne sais quoi.

— Et le site de rencontres ?

— Pas grand-chose de ce côté-là. Il a écrit à plusieurs femmes, une dizaine, en adoptant chaque fois un personnage différent. Dans le temps, il fallait une potion magique et un laboratoire pour jouer à Jekyll et Hyde ; maintenant, il suffit d'avoir un smartphone.

Une ou deux ont répondu, ont demandé sa photo, ont eu quelques échanges et se sont lassées. Sans raison particulière. Elles ont simplement décidé que ça ne le faisait pas. J'ai envie de croire que leur instinct a reniflé un truc pas net à travers le cyberespace. Ça me réconforte. Un peu. Un mauvais cyberpressentiment. Toujours le même pseudo, juste des personnalités différentes. Le même nom pour tous les sites : Mister B. Dans un message, il était tout miel, romantique, et dans le suivant il ne s'intéressait qu'aux plans d'un soir avec strangulation érotique. "Jusqu'à ce que tes lèvres deviennent violettes !" il a écrit. Silence radio en face.

— Ce que je ne comprends pas, c'est pourquoi il n'a jamais contacté Zalie. Il a dû reconnaître tout de suite sa voisine.

— Tu as répondu toi-même à la question, Prof : à quoi bon ? Elle était là, à disposition. Lui envoyer un message en ligne ? Quel intérêt, alors qu'il pouvait lui parler dans l'entrée, dans l'escalier ou quand elle sortait ses poubelles ?

— Caché au vu et au su de tous.

— Même pas. Si quelqu'un se cachait, c'était Zalie. »

Il a dû la croiser, l'aborder ou provoquer une rencontre à l'extérieur de la maison, en rentrant du travail, pendant qu'ils prenaient leurs vélos, ramassaient le courrier sur le paillasson. Il pouvait l'observer sans éveiller les soupçons : après tout, il ne faisait rien de mal, il était chez lui. Le problème pour Zalie, c'était qu'elle aussi.

Petit Écran

Ben est sur le pont. Il regarde en bas, mais, à cause du grillage, il ne peut pas passer la tête. Jouer avec la possibilité de sauter, remâcher des pensées suicidaires en contemplant le vide d'un air méditatif, tout ça lui est interdit. Santé et sécurité sont les nouveaux mots d'ordre : plus moyen de choisir son propre dénouement.

De toute manière, c'est un geste symbolique, affirme Gary, pas un réel désir de mort : « Une fin pour le petit écran, Prof. » Ben sait que les ponts sont des lieux paroxystiques. Tous les films qu'il a vus, les jeux vidéo auxquels il a joué lui ont appris que c'était l'endroit idéal pour des adieux. Malheureusement, c'est désormais plus facile de plonger de sous les piles, ce qui signifie crapahuter sur la pente et trouver une saillie rocheuse pour faire le grand saut. Le problème, c'est que personne ne le verrait. On ne peut pas faire descendre les équipes de télé et il n'y aurait pas véritablement de scène. Il n'y aurait personne pour le filmer avec les lumières bleues et blanches des gyrophares reflétées sur son *visage du dernier acte*, pas de négociateurs de la police pour tenter de le dissuader. Il l'a vu à la télé et il veut la totale : les porte-voix, les hélicoptères, les négociateurs.

Au lieu de quoi, il doit se taper les vannes de Gary : « Hé, Ducon, t'aurais dû prendre une échelle ! »

C'est Ben Phelps qui tient le premier rôle dans le film de sa capture. Il n'est pas question qu'il soit arrêté dans un appartement loué par un journal, sous les yeux de sa compagne qui le découvre soudain en meurtrier et se demande s'il était destiné à devenir ce meurtrier, ou si ce n'était qu'une possibilité parmi tant d'autres et que c'est celle qui l'a emporté. S'il aurait pu l'étrangler *elle*. Une chose est sûre, elle le hait. Et à présent elle est libre.

Il a compris pendant l'appel téléphonique. Il a observé Lynne quand elle a décroché – pendant qu'elle était en train d'enregistrer sa *version des événements*, la version où il ne tue pas Zalie, où il est sous le choc, terrifié et empoche le pactole –, et il a vu son visage se décomposer, entendu sa voix trembler alors qu'elle parlait à Gary. C'était agréable de la voir effrayée, enfin. C'était quelque chose. Il aime la peur. Une petite victoire. Dommage pour le fric. Il aurait su en faire bon usage. Et après tout, si ce tordu de Wolphram s'était retrouvé sous les verrous, est-ce que ç'aurait été très grave ? Le Loup. Il a toujours senti que ce type ne tournait pas rond.

Pas question d'attendre la police.

Phelps va donc être capturé sur le pont uniquement en raison du décor spectaculaire, ce qui est une excellente raison dans un monde qui pour lui n'est qu'un écran. Il tiendra jusqu'à l'arrivée de la télé, jusqu'à ce que Lynne, Ellie Nash et toutes les chaînes d'informations du pays soient là pour filmer.

Les voitures se sont arrêtées et les conducteurs – ignorant les porte-voix qui leur demandent de ne pas bouger – sortent pour le prendre en photo avec leur téléphone. Les flashs sourdent à travers le brouillard comme des feux d'artifice au ralenti. La scène est ouatée, hivernale. Festive, même. On pense aux boules de Noël qui reflètent les guirlandes lumineuses. Ils vont tweeter l'événement en direct. Hashtag Pont de la Medway. Hashtag Suicide. Toutes les trente, dix, cinq secondes, et il y a encore dix, vingt, cinquante photos, tweets et mises à jour…

Gary et moi nous approchons lentement. Chaque fois que Ben regarde en bas ou se tourne vers la foule qui grossit derrière lui, nous avançons un peu.

Je me demande si on a annoncé que Wolphram était relaxé et que nous avions un nouveau suspect. Si les gens sur le pont ont entendu la nouvelle, si les titres ont interrompu les émissions de radio qu'ils écoutent en rentrant du travail, les chansons de Noël, les publicités de dernière minute pour les cadeaux de dernière minute. Si à la télé un bandeau ALERTE INFO est apparu en bas de l'écran pendant les jeux et les feuilletons. Gary consulte les sites d'informations routières en temps réel, tape le hashtag du pont, le nom de Zalie, celui de Wolphram… et il peste : « Pourquoi est-ce qu'il faut que je regarde mon téléphone pour savoir ce qui se passe dans ma propre vie ? Devant mes yeux ? » Tout ce que nous entendons en provenance des voitures de police, c'est le central qui demande des rapports sur la situation à tous les véhicules du secteur.

Quel est le nôtre ? *Nous sommes ici et c'est maintenant.*

Nous marchons toujours. Ben se trouve dans le premier quart du pont, à environ quatre-vingts mètres. Il sait que c'est mieux d'être proche pour les caméras : les camions de la télé n'auront pas besoin de faire le grand tour. Gary affirme que Ben ne sautera pas. Je suis tenté de le croire. Pas seulement parce qu'il n'a pas d'échelle. Mais parce qu'il attend ; rien ne se produira tant que la presse ne sera pas sur place.

Il nous crie de rester où nous sommes. Il agrippe le grillage et semble prêt à l'escalader. Nous nous immobilisons. Il le lâche.

Ne jamais sous-estimer l'aspect dissuasif des obstacles restreignant l'accès aux sites de passage à l'acte suicidaire : curieusement, je me souviens mot pour mot de cette phrase que j'ai lue dans un rapport sur les ponts. Lorsque j'étais encore un bleu, la police a été consultée au sujet des mesures anti-suicides. Nous avons proposé ce que nous savons proposer le mieux : des barrières. Les experts ont donné leur accord, et c'est ainsi que, dans les années 1990, on a installé ce grillage aux mailles fines comme le doigt dont le sommet s'incurve vers l'intérieur. Le même que celui utilisé au zoo. Il y a eu des protestations de la Société pour la préservation du patrimoine de la ville, qui a envoyé aux journaux des lettres où le mot *hideux* revenait toutes les trois lignes. Mais le nombre de morts a été divisé par deux. Les candidats au suicide se sont-ils contentés d'emporter leur désespoir ou leur détermination ailleurs ?

En tout cas, on ne voit plus de dépressifs fébriles s'attarder là et parfois sauter. Ou, dans le cas des plus résolus, se diriger d'un pas décidé vers le point précis qu'ils ont choisi, le visage fermé, en mode automatique. Le pont a cessé d'être un lieu dédié aux pensées morbides, un lieu où on pouvait envisager le suicide, même si on savait qu'on ne le ferait jamais, un lieu pour méditer sur la physique des corps jetés dans le vide, ou pour mesurer ce qu'il faudrait pour franchir le pas. Comme du temps où je laissais pendre mes bras par-dessus le parapet et calculais la quantité de souffrances nécessaires pour me faire basculer. J'imaginais la balance à plateaux de la cuisine, quand ma grand-mère faisait de la pâtisserie : moi d'un côté et de l'autre une farine noire lentement tamisée jusqu'à ce que… jusqu'à ce que le plateau tombe et que je m'élève, que mon poids en ombre prenne la place de mon corps.

Si vous croisez quelqu'un sur le pont aujourd'hui, il y a fort à parier qu'il est là pour admirer la vue, sentir la morsure du vent, l'odeur de l'estuaire, ou pour éprouver le frisson d'être si haut que les tonnes de fer et d'acier qui le portent lui font l'effet d'une plateforme d'air. Il n'est pas plongé dans son enfer personnel, désireux d'en finir.

Pendant quelque temps, les gens se sont rabattus sur les piles. Mais ce n'était pas pareil : elles sont bâties dans le roc, le béton et l'herbe caillouteuse, sur une déclivité progressive, graduelle. Obligé de sauter à l'aveugle, privé d'un gouffre photogénique, le corps se brise sur un terrain accidenté qui écrase les os, les fend, les déloge de leur articulation, et, tantôt roulant, tantôt rebondissant, il poursuit sa descente, la peau écorchée, la chair déchiquetée, jusqu'à ce qu'il trouve un à-pic sept ou dix mètres plus bas et culbute. Ça fait beaucoup, même quand on est décidé à mourir. Et il manque la note finale parfaite d'une chute ininterrompue dans le vide.

Si c'est l'irrévocabilité que vous visez, et une identification relativement aisée, vous êtes déjà en train de sélectionner d'autres sites.

La dernière chose que souhaite le futur suicidé, c'est une lutte déshonorante avec les aspects les plus triviaux du lieu choisi : broussailles et rochers, bouts de clôture, crottes de chien, canettes et préservatifs usagés. Tout ça pour se retrouver en vrac sur une route secondaire, provoquant un carambolage à l'heure de pointe, ou pour atterrir à côté d'un vieux four coincé à mi-pente.

« Il ne va pas le faire, Prof. Il est là parce qu'il l'a vu dans des films et des jeux, c'est tout… Ça se finit toujours au bord de quelque chose : une falaise, une voie ferrée, une fenêtre, le toit d'un gratte-ciel et j'en passe… mais on n'est pas dans un film d'action et ce mec n'a pas les couilles de sauter. Ni le temps.

— Je n'ai pas envie qu'il saute et je n'ai pas envie qu'il prononce des derniers mots qui passeront à la postérité.

— Moi non plus. Prêt ?

— Prêt ! »

Prêt à quoi, au fait ? Je n'en ai pas la moindre idée et je sais encore moins si Gary et moi sommes prêts pour la même chose.

Nous continuons à avancer lentement. De temps en temps, Gary s'arrête pour regarder la vue, même s'il n'y en a pas, juste un mince vent froid et l'obscurité en dessous. Nous sommes très visibles. C'est inévitable, avec les feux des voitures qui bouchonnent, bien que les lumières du pont aient été éteintes, conformément à notre demande. Au moins, ça compliquera la vie des vidéastes amateurs.

Gary marche sans hâte, d'un pas de touriste. Phelps nous met en garde, mais il l'ignore et continue. Il a plus de sang-froid que moi : je suis sûr que l'homme va passer à l'acte. Il s'agrippe aux barreaux et au grillage, s'efforçant de trouver une prise pour son pied. Nous sommes à vingt mètres à présent.

Gary me montre son téléphone.

« Regarde, il y a une application qui s'appelle VotrePont. Tu peux aussi scanner le code QR sur les panneaux pour avoir une visite guidée avec la voix de ton choix… »

Il fait défiler la page, puis repart. Devant nous, le suspect crie, mais il a l'air de moins en moins sûr de vouloir mettre sa menace à exécution.

Dix mètres. Phelps a sorti son mobile. Il appelle quelqu'un. Cela nous permet de gagner un peu de temps. Il attend. Quelqu'un répond. Il parle. S'interrompt, écoute, puis se tourne pour voir si les équipes de télé sont arrivées. Toujours pas. Gary si, en revanche. Il le menotte sans un mot et lui prend le téléphone de la main. Il le porte à son oreille.

« Ah, Lynne, Gary à l'appareil… Je suppose que vous savez déjà ce qui se passe et à quel endroit on est. En tout cas, vous tombez bien, ça nous évitera d'avoir à vous appeler tout à l'heure. On vous attend au poste à la première heure demain avec ce que vous avez sur Phelps. Bandes, transcriptions, tout. J'espère que vous ne vous présenterez pas, pour que j'aie le plaisir de venir vous chercher avec un mandat et une voiture de police sur votre lieu de *travail*, si on peut appeler ça comme ça… »

Il glisse le téléphone dans un sac scellé et le tend à l'un des policiers qui sont soudain apparus autour de nous. Il se tourne vers moi.

« Le mec dont les derniers mots sont pour Lynne Forester… tu parles d'un *loser*. »

*

« J'ai une histoire à te raconter au sujet de ce pont, Prof. »

Gary est calme ; je tremble toujours. Les appels ignorés font vibrer son téléphone posé à côté de son verre, qui traverse la table par à-coups spasmodiques. Nous sommes au Harcourt Arms. L'avis de disparition de Zalie est resté affiché derrière le bar, mais une bougie chauffe-plat éclaire désormais son menton. Dehors il y a des bouquets et d'autres bougies. À l'intérieur les clients arborent une mine solennelle tout en tweetant sous la table des photos du lieu baptisé *pub préféré de Zalie* par Lynne Forester.

« Quand on était ados, mes potes et moi, on traînait souvent du côté du pont après l'école. Là ou au zoo. Les animaux étaient partis, mais ils avaient laissé leur merde derrière eux, des touffes de poils partout. C'était un super coin pour faire du skate et fumer, avant que la ville le barricade et mette des caméras. On faisait comme tous les jeunes, toi y compris, sans doute… Le petit magasin où Zalie faisait ses courses, à l'époque, le proprio acceptait de vendre des clopes et de l'alcool aux mineurs. On grimpait en haut de la colline pour boire des bières et fumer des Marlboro qui nous faisaient cracher nos poumons en regardant passer les voitures et les ferries. On vérifiait sous les camions pour voir s'il n'y avait pas un migrant planqué là. On rêvait tous d'être le jeune héros qui attraperait un de ces pauvres gars venus d'un camp de Calais ou du tunnel. On n'en a jamais trouvé, Dieu merci. Tout ce qu'on voyait, c'étaient des petits bourges de Chapelton en survêt qui rentraient d'un match, alors on faisait mine de se branler ou on leur faisait des doigts d'honneur.

— Des petits bourges comme moi, c'est ce que tu veux dire ?

— Des petits bourges comme toi, Prof. Et ça continue. Autres mains, même doigt. Quoi qu'il en soit, souvent il y avait une fille : cheveux blond-roux, visage doux, dix-huit ou vingt ans, je ne sais pas. On avait l'impression que ça faisait une différence énorme à l'époque, alors que c'était rien, en vrai… Elle se tenait là, au milieu du pont. C'était deux ou trois ans avant qu'ils mettent le grillage. Les Samaritans avaient encore leur ancien numéro… 1994 ou 1995. »

Gary jette un coup d'œil à son téléphone, constate qu'il a reçu un nouveau message qu'il ne lit pas.

« Parfois, elle me parlait. Rien de spécial. Le temps, ce genre de trucs. Belle journée. Journée pas si belle. Journée pourrie. Elle me semblait tellement plus mûre que moi, plus adulte. Elle soupirait beaucoup, avait des pensées lointaines d'adulte. Je me demandais : *Est-ce que je penserai un jour des choses pareilles ?* Ses cheveux étaient toujours ensoleillés. Ce n'était pas le cas, bien sûr, c'était juste l'impression que j'avais, comme sur les pochettes de disque dans les années 1970.

« J'étais rondouillard et boutonneux, j'avais un pantalon qui me grattait, une chemise en nylon jaunie sous les aisselles, et une odeur corporelle qui oscillait entre fraîche-et-sauvage, et aigre-depuis-la-nuit-des-temps. Une fois, elle m'a demandé mon nom. Elle était tellement belle et sereine, avec ses cheveux au vent, que j'avais l'impression que j'allais tout gâcher si je répondais Gary. Pourquoi est-ce que je ne pouvais pas m'appeler, je ne sais pas, Oliver ou Jacob ou Gabriel ? Alexander ? Mais tu me connais, je suis incapable de mentir, et Gary j'ai dit. Gary Maffett. De la musique pour les oreilles. On a bavardé un peu. Elle était de St Leonard's et étudiait à l'école d'arts appliqués. Elle avait de la peinture sur les doigts, le bord de son pull et ses chaussures. Je le sais, parce que je regardais partout pour éviter ses yeux tellement j'étais timide. J'ai remarqué ses ongles rongés, ses chaussures éraflées, ce genre de détails. On s'est dit au revoir et je suis parti avec le sentiment d'être un idiot qui n'avait rien d'intéressant à raconter. Puis j'ai senti un truc qui me tirait dans le dos, et je me suis retourné pour lui dire que j'aimerais bien voir ce qu'elle peignait... mais elle s'était volatilisée... Je tenais ma grande réplique, la phrase d'accroche qui tue et je me retrouvais comme un con. Je me suis approché de l'endroit où elle était à l'instant pour m'assurer que je n'avais pas rêvé. Je pensais que son odeur flotterait encore dans l'air. C'était le cas... et ça l'est toujours. Je la sens quand je passe devant, à cet endroit précis. J'ai regardé par-dessus le parapet mais il n'y avait rien. Rien dans l'eau, ni dans la boue, ni sur la route. Disparue.

— Elle avait sauté ?

— Je suppose. Il y avait d'autres gens sur le pont, dont un photographe amateur. Personne ne l'avait vue, personne n'avait vu sauter qui que ce soit. On a regardé en dessous. Aucune voiture ne s'était arrêtée sur la route, personne ne hurlait en pointant un doigt horrifié. On m'a accusé d'avoir tout inventé, on m'a dit que je devrais avoir honte.

— Tu es sûr et certain que tu ne l'as pas imaginée ?

— Aussi sûr que tu l'es de ne pas avoir imaginé tout ce qui s'est passé dans ton école. Tous les jours, je regardais dans l'*Evening Post* pour voir si on avait retrouvé un corps ou signalé une disparition. À l'époque, il n'y avait pas d'ordinateur dans tous les foyers, ce n'était pas évident. Les informations sur Internet n'étaient pas ce qu'elles sont aujourd'hui. Pendant des semaines, j'ai lu le *Post* et je n'ai pas manqué plus de deux ou trois journaux télévisés. Que dalle : ni corps, ni disparition, ni appel à témoins.

— Tu pourrais sans doute découvrir ce qui s'est passé, à présent. On a tout ce qu'il faut au poste, tout est informatisé, connecté. Les quarante dernières années numérisées.

— Tu ne crois pas que j'ai essayé, Prof ? J'ai exploré toutes les archives possibles et imaginables, en commençant par Hastings et St Leonard's. Je n'ai trouvé aucune trace d'elle. Donc soit elle a menti, soit elle ne manquait à personne. Ça arrive, tu sais. J'ai épluché les rapports de coroners, les sites d'informations, les pages sur les personnes disparues et les affaires jamais résolues, d'ici à Londres, puis à Douvres, Folkestone, Ramsgate, jusqu'à Portsmouth et Brighton… J'ai cherché dans les grandes villes portuaires où les gens vont et viennent dans l'indifférence générale. Dans les stations balnéaires, à Margate, Gravesend, Broadstairs, dans le moindre bled au bout d'une presqu'île… je me suis renseigné auprès des équipes de sauvetage des rivières, dans les hôpitaux psychiatriques… mais non. C'est resté le fantôme dans ma tête. Je suppose qu'elle est toujours dans la boue, parfaitement conservée, comme les anciens guerriers irlandais dans les tourbières. On a étudié des poèmes là-dessus à l'école. Il s'avère que certains n'étaient pas si vieux que ça. Ce n'était peut-être même pas des guerriers. Quoi qu'il en soit, de l'eau a coulé sous les ponts, pas vrai ? On est tous potes, maintenant, non ?

— Peut-être qu'elle s'est échappée… réellement échappée : sans laisser de trace, de souvenirs, d'amis, de famille, de corps. C'était peut-être ce qu'elle souhaitait : un moins un égale zéro. Dans ce cas, tu devrais la laisser tranquille.

— Ou bien elle voulait que je la voie, que quelqu'un sache.

— Possible.

— Tout ça pour dire que je n'avais aucune envie que ce salopard saute et qu'il se retrouve en bas avec elle et tous les autres. Ils ne méritent pas ça. »

Gary vide son verre et lève la main pour réclamer une nouvelle tournée.

« Je vais te dire autre chose, Prof. De temps en temps, pas régulièrement ni rien, seulement quand j'y pense et que je n'ai pas la flemme, je laisse un petit bouquet de fleurs pour elle, que j'attache au grillage à l'endroit où on a parlé. Ce n'est pas un rituel, je me la joue pas solennel ni rien… je le fais parce que ça fait partie de moi. »

*

La théorie ? On ne pourra jamais être sûr, mais la voici quand même : Ben Phelps reconnaît Zalie après avoir vu son profil. Il n'a pas besoin de lui écrire : il la voit quand il veut. C'est un peu flou, néanmoins ça a dû se passer à peu près comme ça : il l'arrête, bavarde avec elle, tente sa chance, se prend une veste, mentionne qu'il sait qu'elle est sur le site, la fait flipper. Il continue de l'observer, de la harceler et, un jour, il finit par entrer chez elle.

Il prétend qu'elle lui a ouvert. Il ment, mais on ne peut pas le prouver. Il y a une éraflure à la base de la porte de Zalie qui correspond à la chaussure de Phelps, ce qui nous aidera à plaider la violation de domicile. C'est le genre de marque que laisserait quelqu'un si on lui claquait la porte au nez et qu'il glissait le pied pour empêcher qu'elle se ferme. Le labo a confirmé qu'il s'agissait de sa chaussure, et on a relevé une empreinte digitale à l'intérieur de la porte et des traces de lui dans l'entrée, mais nulle part ailleurs. Ce qui permet de remettre en question sa version, lorsqu'il prétend qu'elle l'a invité et qu'ils ont bu un verre. Par ailleurs, on a trouvé l'ADN de Zalie sur les gants en caoutchouc, et les déchirures du ruban de masquage récupéré chez lui correspondent à celles des morceaux qui ont servi à fermer les sacs-poubelle dont elle était enveloppée. Il a même été établi que la salive sur les bords du ruban était la sienne.

Sa culpabilité ne fait aucun doute.

Nous avons assez d'éléments pour le faire condamner à perpétuité ; pourtant, il semble que son orgueil l'empêche d'admettre qu'il est entré de force. Il s'entête à affirmer qu'elle l'a invité, puis s'est ravisée à la dernière minute. Qu'elle « n'a pas assumé ». Qu'elle a « changé d'avis », « pété les plombs » et l'a attaqué la première. Il restera vain jusqu'au bout : elle avait envie d'aller plus loin, au début du moins, et elle s'est « dégonflée ». Il veut bien être un meurtrier, mais s'accroche à un semblant d'*amour-propre** sexuel. Il prétend qu'il ne voulait pas la tuer, juste l'immobiliser et l'empêcher de crier. Il plaidera l'homicide involontaire pour éviter la perpétuité, présentera la chose comme un flirt qui a mal tourné et se posera en victime d'un malentendu. Il rejettera la faute sur elle parce qu'il le peut, et il le peut parce qu'elle est morte. Elle sera sa proie une seconde fois. Pourquoi pas ? C'est un genre, après tout, et d'autres hommes en ont joué avec succès. Il y a déjà des commentaires sous le dernier article de Lynne critiquant les « signaux contradictoires » envoyés par les femmes, alors que la nouvelle de son arrestation a quelques minutes à peine.

Par ailleurs, il est conscient que semer le doute sur les intentions sexuelles de Zalie sera encore plus douloureux pour les parents. Cela lui donne une forme de pouvoir. Ils ne sauront jamais pourquoi ni comment elle a ouvert la porte. Le caractère aléatoire de toute cette histoire résonnera amèrement en eux, la catastrophe qui dépendait de tant de variables qu'elle aurait très bien pu ne jamais arriver. Si elle était rentrée plus tard, s'était couchée plus tôt, s'il était allé à la fête de Noël du bureau ou si sa petite amie avait décidé de ne pas aller à celle de son travail… Un décalage d'un ou deux degrés, un clic droit ou gauche de la souris et il ne se serait rien passé : Zalie serait toujours là, avec devant elle l'avenir auquel elle avait droit. Mais non, à la place, on a un trou dans la vie de ses parents aussi gros que la vie elle-même.

Au poste, nous faisons l'impasse sur le pot de célébration. L'ambiance n'est pas à la fête. Il y a des bières et du prosecco de supermarché dans un placard pour les situations d'urgence ; il y a un paquet de gobelets en plastique neuf, pourtant personne n'est d'humeur. Même Poisson rouge, qui est sur le point de devenir un héros national, a l'air déprimé. Pourquoi, alors que nous avons offert au pays le cadeau de Noël qu'il désirait ? C'est une intrigue plus dramatique et qui compte plus de retournements que le téléfilm de Noël en deux parties de la BBC avec sa pléiade de stars. Mieux, *la nation* a obtenu justice, et le fait qu'il s'y mêle une dose d'injustice rend l'histoire encore plus palpitante.

Mais personne n'applaudit, n'acclame, ni ne remplit les verres.

*

Le chef de la police veut que l'annonce soit faite le 24 avant l'heure du déjeuner, « pour que les gens puissent rentrer chez eux détendus et rassurés », dit-il, et « profiter pleinement des fêtes avec leurs proches ». Dindes dans leur crématorium de papier alu, tire-bouchons opérationnels, piles neuves dans les télécommandes de *la nation*.

À nouveau suspect, nouvel angle, ainsi que nous le découvrons dans la presse, où Lynne et consorts s'interrogent déjà : *Mise en examen d'un innocent : bavure policière ?*

« Mieux vaut vous habituer à ce genre de titres, décrète Lucy Hall qui est venue chercher Wolphram. Vous allez annoncer que mon client a été *relaxé* et *totalement disculpé*. C'est la formulation dont nous avons convenu avec votre supérieur. Répétez : *disculpé*.

— *Disculpé*, oui. J'ai lu le texte. Le chef de la police fera une déclaration et le service de communication l'enverra aussitôt aux médias. Et j'en dirai autant à la conférence de presse. »

Elle reste suspicieuse, seulement en partie amadouée.

« Et nous voulons des excuses. Je vous suggère de ne pas attendre que nous intentions une action en justice. Je vais également conseiller à M. Wolphram de poursuivre les journaux. Quoi que vous fassiez pour l'aider maintenant, ça ne changera rien à ce qui arrivera quand nous traînerons la police devant le tribunal, c'est clair ?

— Oui ! réponds-je avec enthousiasme, on ne peut plus clair. »

Elle va pour sortir, mais il y a encore une chose.

« Quel est votre prénom ? »

Je note la marque minuscule sur sa narine, là où elle devait porter un piercing autrefois, l'orifice rebouché, la cicatrice à peine visible.

« Alexander. Ander, plutôt. C'est votre père qui pose la question ?

— Oui. Il se demandait ce que vous étiez devenu. Il voulait savoir si c'était vous qu'il avait connu à l'école. Que souhaitez-vous que je lui dise ?

— Dites-lui… dites-lui… »

Gary se gare et ouvre la portière côté passager.

« Faites-le sortir ! » crie-t-il.

Wolphram apparaît, escorté de Mongolito et Petit Écran, qui essaient de ressembler à des gardes du corps dans un film d'action. Ils balaient du regard les toits alentour et parlent dans des talkies-walkies, bien qu'il n'y ait personne d'autre que nous. Wolphram s'est fait couper les cheveux. Il s'est rasé et changé. Il déteste ses nouveaux vêtements, c'est évident à la manière dont il se tortille comme s'il voulait s'en débarrasser : un jean, des baskets et un sweat-shirt à capuche sous un blouson en skaï. Les baskets surtout sont une indignité pour un homme habitué à porter des souliers en cuir, même le week-end. Tout est trop grand pour lui. Il a l'air d'un rocker émacié qui joue dans les bars. Son déguisement est parachevé par une paire de lunettes à verres gris épais, à l'abri desquels ses yeux font penser à ceux des célébrités qui se cachent derrière les vitres fumées de leur limousine.

Gary appuie sur l'avertisseur avec impatience. Je me tourne vers Lucy.

« Vous pouvez lui dire que, cette fois, on a réussi à les arrêter à temps ? »

*

Gary a demandé que la voiture de Wolphram lui soit rendue, mais nous avons deux heures à tuer avant de la récupérer. J'ai vu les techniciens automobiles au travail : c'est une véritable autopsie, les pièces disposées sur des draps stériles, pesées et photographiées, les prélèvements examinés au microscope. Je suis surpris qu'ils n'aient pas besoin de plus de deux heures pour la remonter.

« Je suis en retard pour mes achats de Noël », déclare Wolphram d'un ton aigre quand nous lui demandons où il souhaite que nous le conduisions. Nous l'emmenons donc faire ses emplettes et ne le lâchons pas d'une semelle. Il y a toujours un risque qu'il soit reconnu. Surtout s'il ouvre la bouche.

Avec notre Caddie, nous avons l'air de gardes du corps d'un magnat reclus. Nous l'écoutons parler de sa grave voix de luxe, promenant ses goûts raffinés entre les rayons. Les jingles du supermarché l'irritent. Des chants de Noël sont diffusés en boucle. Tout ce qu'il veut, c'est être chez lui, dans son fauteuil, avec un coffret de Keith Jarrett et un roman de George Eliot.

Au lieu de quoi, il est là, qui navigue entre les offres deux pour le prix d'un et les dindes surgelées aussi dures que la pierre. Il n'y a plus grand-chose à acheter. Le rayon boucherie a été dévalisé et il ne reste que des petites flaques de sang sur les plateaux. Il regarde autour de lui et cligne des yeux.

Quelqu'un le reconnaîtra : aujourd'hui, demain ou dans trois semaines. Et jusqu'à la fin de ses jours. Mais le plus tard sera le mieux, qu'il ait le temps de greffer une nouvelle vie sur la souche que nous lui avons laissée. Qu'il ait le temps de s'habituer à sa vie prothétique, à son visage, à ses affreux vêtements.

Gary est sur le qui-vive, à l'affût d'un éventuel téléphone prenant des photos en douce, de murmures, de doigts pointés. Quelqu'un qui appelle les journaux sur leur *numéro spécial meurtre aux sacs-poubelle*, toujours en service pour récolter les tuyaux et les ragots jusqu'au dernier. Pour l'instant, tout va bien. Tant qu'il ne parle pas trop fort, car une voix pareille, ça ne se maquille pas.

Nous ne pouvons pas savoir si tout le monde a entendu qu'il était relâché, qu'il y avait un autre suspect, qu'il était innocent. *Disculpé*. De toute manière, pour certains, cela ne changera rien. « Et les autres croiront à une nouvelle forme d'exécution, me dit

Gary. Il a été reconnu coupable et immédiatement disculpé par injection létale. »

En outre, les allégations des anciens élèves et des professeurs circulent toujours. Et rien ne les fera disparaître, car on n'est jamais disculpé d'une rumeur. Elle n'a pas de corps et les faits ne sont pas des balles. Autant tirer dans de la fumée. Ce sera l'ombre à la périphérie de son champ de vision, quelque chose qui s'amoncellera à la lisière de son esprit partout où il ira, chaque fois qu'il sera sur le point d'oublier.

« Il est fort, dis-je à Gary, il surmontera tout ça. » Il me rétorque que c'est après la crise, après l'épreuve, après les situations extrêmes que le survivant craque. Quand la vie se relâche et que la monotonie reprend ses droits.

« Il est résilient.

— C'est ce que je veux dire, Prof. Toute cette résilience causera peut-être sa perte. »

Au supermarché, quelques clients l'ont remarqué. Quelque chose chez lui retient leur attention, les incite à se retourner. Ils ne sont pas sûrs, n'arrivent pas à mettre le doigt dessus. Jusqu'au moment où l'un d'eux fait le rapprochement. Une jeune maman avec un enfant calme dans le siège du Caddie et un nourrisson dans un porte-bébé sur sa poitrine. C'est très rapide. *Où est-ce que je l'ai vu ?* Elle lui jette un coup d'œil. Il est juste à côté d'elle dans le rayon des bons vins. *Partout*. Il la regarde. De nouveau, il a peur.

Elle est sûre. Elle hoche légèrement la tête. *Oui, maintenant, je sais*. Il lève les sourcils et son expression lui demande ce qu'elle va faire.

« Est-ce que vous pourriez m'attraper trois bouteilles de ce vin, là-haut ? dit-elle. J'ai du mal avec le bébé. »

Gary s'est rapproché, au cas où. Mais il reste en retrait et observe.

« Bien sûr. »

Wolphram se hisse sur la pointe des pieds, lui tend la première avec précaution, puis place les deux autres dans le Caddie, allongées pour qu'elles ne se cassent pas lorsqu'elle le poussera. Ses gestes sont lents et précis.

« Merci, dit-elle d'une voix douce sans le quitter des yeux. Je vous souhaite de passer de joyeuses fêtes de Noël. »

Et elle s'en va pour rejoindre son mari qui est déjà en train de faire la queue à la caisse.

C'est tout. Il a été reconnu, pour la première fois et certainement pas la dernière.

Wolphram est heureux, car la bonté des inconnus est réconfortante. Son visage amaigri rayonne de fierté, pas pour lui-même mais parce que le bien qu'il pense encore des gens s'est vu confirmé.

C'est une partialité qui ne m'étonne pas : nous avons tendance à accorder à la gentillesse deux, trois ou quatre fois plus d'importance… pour qu'elle contrebalance la méchanceté. Ainsi, le beau geste d'une inconnue suffit à compenser la cruauté routinière d'un pays tout entier. Wolphram le comptera encore et encore quand il fera la somme de ce que le monde lui a infligé.

Ceux-là mêmes qui le pourchassaient pour le lyncher vont le traquer pour fêter son innocence et lui demander de la mettre en scène. Cette femme l'a aidé en ne faisant rien.

On en est là : la bonté, c'est quand on vous laisse tranquille.

« Tu crois que c'est la première fois qu'il met les pieds dans un supermarché ? murmure Gary, soulagé. On dirait un astronaute quand il marche dans les allées. »

C'est vrai, il marche comme s'il risquait de s'envoler. Il regarde partout, le moindre détail retient son attention. Il a l'air totalement dépaysé – dédomicilié, déplanétisé. Loin de ses objets quotidiens, ses livres, sa musique et ses amis, il ressemble à un millionnaire perdu à l'étranger, avec une monnaie qui n'est pas celle du pays, riche d'un argent qu'il ne peut dépenser.

*

Nous conduisons Wolphram à White Cliffs Auto-Forensics, le garage spécialisé dans la criminalistique.

« Ils ont intérêt à vous offrir une révision gratuite », dit Gary.

C'est dans la zone industrielle de Pike Road que l'on trouve les showrooms de salles de bains et les grands magasins de tapis, les centres de contrôle technique et les dépôts où l'on vient acheter des grilles et des portes d'entrée, du gravier et des dalles, c'est là que les chariots élévateurs dorment la nuit, que les bus municipaux sont réparés, démembrés et vendus par pièces ou abandonnés à la rouille, carcasses affichant toujours leur dernière destination en haut du pare-brise : Cheriton, Golden Cross, Hythe Hill. Il y a une camionnette ornée de fanions aux couleurs britanniques qui propose des petits pains au bacon et à la saucisse de 6 heures à 18 heures. *Benji's British Food.* Des gens vont et viennent toute la journée. Pour ceux qui connaissent le fonctionnement des villes, les zones industrielles en bordure des rocades et des parkings relais, devant lesquels les banlieusards qui rentrent du travail passent quotidiennement, sont les lieux d'une autre vie – loin des pains au levain, des mères de famille sexy et des assiettes d'amuse-gueules des quartiers résidentiels.

« Vous êtes méconnaissable, dit l'homme au comptoir, maussade. De toute manière, il me faut une pièce d'identité avec une photo. »

Il a entendu que Wolphram était libre et il est dépité, quand il pense à toutes les histoires qu'il aurait pu raconter.

Wolphram lève les yeux vers la caméra. Puis regarde la cour vide. Tout le monde est déjà rentré chez soi. Barry's Bathrooms, le magasin de salles de bains de l'autre côté de la route, est éclairé, mais c'est pour décourager les cambrioleurs. Tandis qu'il signe une demi-douzaine de formulaires, lisant chaque papier avec attention, un homme en combinaison en plastique franchit un portail automatique de sécurité au volant de la voiture. Lui aussi semble déçu. Ces sociétés d'expertise criminalistique et ces laboratoires privés adorent se voir confier les grosses affaires. Cela fait bien dans leur dossier quand ils candidatent pour des contrats publics.

Il n'y aura pas de grande scène finale avec M. Wolphram. Il ne ferait jamais sa sortie sur un pont. Il veut seulement récupérer sa voiture et aller chez sa tante, passer deux jours là-bas en prétendant que rien n'a changé, même si ce sera partout à la télé et dans les journaux – son innocence aussi est une information, ce qui en fait une forme de culpabilité –, et réfléchir à la meilleure manière de reprendre le cours de sa vie. Réfléchir à ce qu'il en reste, après ça.

« Je ne sais pas si je dois vous remercier ou non. »

Il sourit, ou du moins il essaie. Il est fatigué, traumatisé, vidé par ce qui est arrivé à l'existence qui était la sienne. Malgré tout, c'est plus fort que lui : il est courtois et ne se départira pas de ce qui le relie à la civilisation. Trente ans après avoir été son élève et quatre jours après son arrestation, je réalise que c'est quelqu'un qui attache une grande importance aux petites choses : la politesse, la prévenance, la considération… la menue monnaie de la vie civilisée. Mais l'avantage de la menue monnaie, c'est qu'il y en a pour tout le monde.

« Vous ferez savoir à mon avocate quand vous en aurez fini avec mon appartement ? J'aimerais passer le Nouvel An chez moi.

— Vous n'allez pas retourner dans cet appartement, avec ces voisins cancaniers qui fourrent leur nez partout ? s'indigne Gary. Pas après ce qu'ils ont balancé sur vous ! Changez d'air pendant quelque temps et revenez pour les traîner tous au tribunal ! Vous pouvez même vendre votre histoire aux journaux en même temps que vous les poursuivez : qu'est-ce que vous en pensez ? Carrément postmoderne, non ?

— Je n'irai nulle part… *Gary*, répond Wolphram, qui dit son nom pour la première fois, lentement, avec emphase, comme s'il n'était pas sûr de le prononcer correctement. Je compte rentrer chez moi, conduire ma voiture et retourner dans mes magasins habituels. Les choses redeviendront normales, car moi, je redeviendrai normal. Et il est hors de question que je vende quoi que ce soit. »

*

Lynne nous attend avec les interviews de Ben et Chloe. Là, au moins, Gary a remporté une victoire : elles ont été versées au dossier et elle n'aura pas le droit de les utiliser avant que nous ayons terminé. Elles sont sur une clé USB et elle a déjà tapé les trois premières heures. Je feuillette la transcription. Il n'y aura pas besoin de traduire Phelps en clichés journalistiques : c'est une langue qu'il parle naturellement. M. Wolphram était « un type bizarre », qui « se mêlait de ce qui ne le regardait pas », Zalie était « une jeune femme pétillante, qui avait toujours un mot aimable ». Chloe et lui « sentaient bien qu'il y avait quelque chose qui n'était pas normal chez lui », mais n'osaient rien dire « parce que bon, on ne voulait pas être accusés d'avoir des préjugés ». Et bien sûr, ils frémissent à l'idée que « ça aurait pu être Chloe » dans ces sacs-poubelle. « Je regrette seulement de ne pas avoir pu empêcher le drame. » C'est l'endroit où Lynne s'est arrêtée. Peut-être parce que c'est le moment où elle a pris notre appel. Ou, plus probablement, quand elle a décidé qu'elle tenait son titre.

Lynne porte le même pull en mohair que la dernière fois et s'assied sur la même chaise.

« Est-ce que j'ai droit à un thé, un café ou à n'importe laquelle de vos boissons chaudes qui se ressemblent toutes ? »

Personne ne lui répond, alors elle fait comme chez elle. Elle prend le café posé devant moi et je ne l'arrête pas.

« Cette affaire est un filon inépuisable. Que dites-vous de : *Des journalistes chevronnés croyaient avoir tout vu, mais l'implacable meurtrier qui menait une double vie a réussi à les abuser eux aussi*. C'est ce qu'on prépare pour le Nouvel An. Tout ça pendant qu'il profitait de notre hospitalité. J'étais là, devant lui, et ça aurait pu être moi la victime suivante dans un sac-poubelle. Je raconterai sans doute mon expérience dans un article à la première personne. Chloe va nous fournir un témoignage en plusieurs épisodes : *Ma vie avec un tueur*. C'est de l'or en barre. Non seulement les kiosques sont dévalisés, mais les annonceurs se bousculent au portillon. On a dû embaucher dix commerciaux pour Noël… »

Gary : « Une fois, j'ai lu un rapport de santé publique sur les rats dans les fast-foods de Golden Cross Road… Il paraît qu'ils ont un métabolisme tellement rapide qu'ils chient le repas qu'ils sont en train de manger… Exactement comme vous. Vous n'avez pas honte ?

— Non. OK, de temps en temps. C'est la réponse courte. Vous voulez la version longue ? »

Gary se tait.

« J'en déduis que c'est oui. Je ne crée pas l'événement. Je me contente de le relayer. Je lui donne une forme. C'est tout. Les égouts en ligne grouillent de salopards aigris qui s'acharnent contre la dernière célébrité blessée, le dernier inconnu brisé… Les petites phrases racoleuses, les commentaires haineux, les titres biaisés, les insinuations… ça existe de toute façon, Gary, il n'y en a ni plus ni moins qu'avant, c'est juste que maintenant on le voit. »

Il est rouge, frémit de rage, s'étouffe de colère, mais une part de lui pense qu'elle a raison. Je crois qu'il va renverser le bureau, lui lancer son gobelet au visage. Un exemplaire de son journal est posé sur la table, avec un article d'elle à la une pour le troisième jour d'affilée. *LIBRE !* clame le titre, joliment ambigu : scandale de la libération d'un pervers ou soulagement que justice soit enfin rendue ? C'est tout Lynne, ça : jamais prise au dépourvu.

Gary s'empare du quotidien et le roule en boule dans son poing serré.

J'imagine la suite : il bondit et, alors qu'elle ouvre la bouche de surprise, il lui fourre l'*Evening Post* dans la gorge, si vite et avec une telle force que, le temps de se rendre compte de ce qu'il a fait, le journal est au-delà du larynx, atteint les clavicules, faisant éclater les tendons, déchirant les amygdales, déchiquetant les tissus de la trachée, l'étouffant avec ses propres mots. Son visage enfle, le fond de teint blanc se craquelle de gris, le sang afflue dans ses yeux privés d'air, ses lèvres virent au violet, le bleu de l'asphyxie se mêlant à la nuance *Cardinal* de son rouge… Elle avale ses titres, ses mensonges la suffoquent…

… tout cela uniquement dans mon esprit vagabond. Gary n'a pas lâché l'*Evening Post*, mais son poing se desserre. Je tripote un stylo pour dissimuler le tremblement de mes mains, encore étourdi par les images qui viennent de défiler dans ma tête.

« C'est bon, dit-elle calmement (plus tard, lorsque je me remémorerai ce moment, j'entendrai aussi de la tristesse). Je sais ce que vous pensez de moi. Je m'en moque. De toute manière, c'est terminé, non ? Tout est bien qui finit bien. La balance de la justice et tout ça, le coupable à sa place, l'innocence réhabilitée. »

Gary n'a plus rien à dire. En ce qui me concerne, ça fait un moment que c'est le cas.

« Il faut que je me sauve : j'ai un rendez-vous par Skype avec mon nouveau rédacteur en chef. Un grand quotidien national. Je ne peux pas encore vous dire lequel ; de toute façon, vous le lirez dans la presse demain… Il n'aime pas qu'on le fasse attendre. C'est un homme de peu de mots, mais ses chèques sont éloquents. »

« J'ai une mission pour vous, dit Vera. Il n'y a rien, n'est-ce pas ? » ajoute-t-elle en se tournant vers Marieke.

Ma nièce secoue la tête. Elle tend l'enregistreur numérique.

« Écoutez.

— J'ai écouté. Il a renoncé. »

Nous montons derrière elle. Je n'ai jamais mis les pieds à l'étage. Marieke, en revanche, a enregistré chaque pièce. Elle jure qu'elle a entendu quelque chose une fois, il y a plusieurs semaines, et m'a passé une série de bourdonnements, de murmures et de grésillements. Elle les a même décomposés pour moi, m'assurant que c'étaient les bruits d'une présence. « Ça s'approche, repart, s'approche, repart. » Pas aujourd'hui. Pas depuis un certain temps.

Dans la chambre, celle de Vera et de Victor, il y a trois valises ouvertes, remplies d'habits masculins. Ses belles chaussures sont encore dans les boîtes d'origine, mais ses sous-vêtements et ses pantoufles sont dans un sac-poubelle.

« Je suppose que vous savez ce que je voudrais que vous en fassiez », dit-elle.

Je hoche la tête.

« Est-ce que vous souhaitez récupérer les valises, madame Snow ?

— Non. »

Les livres de Victor, des thrillers en gros caractères achetés dans des magasins d'occasion, sont empilés à côté de sa table de chevet. Je les fourre aussi dans des sacs, en mettant quelques-uns de côté pour Gary.

Alors que je charge la voiture, je remarque que Vera a également jeté la dernière grille de mots croisés de Victor. Elle se trouve en haut du bac pour les déchets recyclables, près de la porte. Je regarde si elle est terminée. Elle l'est. Elle devine ce que je pense et précise :

« C'est bon. C'est moi qui l'ai finie. »

La friperie de la Recherche pour le Cancer de Coles Hill, où Danny, Neil Hall et moi allions acheter des vêtements avant l'arrivée des boutiques vintage qui ont fait flamber les prix, est toujours là. On y trouve surtout des pulls à présent, des rangées de cardigans d'hommes décédés, des pantalons couleur champignon, des chemises en polyester et des costumes bas de gamme, provenant de grandes surfaces. Des manteaux : des portants entiers de manteaux. Du beige en veux-tu en voilà.

Marieke examine les vieilles cassettes et les trente-trois tours. Cinq pour une livre sterling. Elle en sélectionne quelques-uns. Elle n'a aucun moyen de le savoir – aucun moyen normal –, mais je lui ai acheté une platine vinyle pour Noël. Alors que je traverse le magasin avec les valises, je la vois sortir précautionneusement les disques de leur pochette et vérifier s'ils sont rayés. Je l'observe. Elle tient le bord contre le plat de sa paume, lève la galette de manière à ce que la lumière tombe sur les sillons. Elle n'en a jamais écouté, n'en a jamais possédé un seul, pourtant elle a déjà les gestes d'une experte. Comme Wolphram. Comme l'ancien disquaire. C'est de l'instinct, de la prescience, ou les restes d'une vie antérieure qui n'ont pas été totalement effacés par la réinitialisation des paramètres d'usine.

Au fond du magasin, il y a une petite salle de tri, où deux vieilles dames qui n'ont pas loin de l'âge de Victor étiquettent les dons. Je suis heureux que ce spectacle soit épargné à Vera : voir ses vêtements rejoindre le grand océan des fripes a quelque chose de trop irrévocable.

Il n'y a pas de cendres, mais c'est sa dispersion.

« Peut-être que je n'y croyais pas assez pour le ramener, nous a dit Vera. Ou peut-être que lui n'y croyait pas assez. »

*

C'est quand les parents annoncent *Ils vécurent heureux...* que l'enfant éprouve de l'anxiété. Et il a raison : que se passe-t-il après ? Que se passe-t-il dans la Retournité, une fois qu'on a pillé le jour ?

Tout est fini, mais de la manière dont rien ne l'est jamais vraiment : les événements meurent pour entamer une nouvelle vie en tant que conséquences.

Je vais ramener Marieke chez moi et faire cuire des poissons panés sous le gril du four. Elle les retournera au bout de cinq minutes exactement, les yeux sur l'horloge. Je trancherai des tomates qu'elle ne mangera pas et les disposerai sur l'assiette avec une précision futile. Elle s'assiéra sur le canapé, les jambes pendantes. Elle s'endormira vers 22 heures et moi une heure plus tard. Parfois avant. Ce soir, très certainement avant. Je somnolerai. La nuit prendra les os et la sueur du jour pour en faire un bouillon de rêves et, à minuit, le discret déclic du thermostat de la chaudière me réveillera sans que j'aie conscience de l'avoir entendu. Ça peut être n'importe quoi, penserai-je, le glapissement d'un renard, une canette de bière jetée par un passant, une voiture qui change de vitesse ; alors, je la soulèverai pour la porter endormie dans sa chambre. Elle sera déjà en pyjama.

Mais d'abord, tandis que Sigrid boit un verre avec ses collègues de bureau, nous irons sur le pont pour enregistrer. Nous commencerons au niveau des piles, comme tous ceux qui sont venus ici avant nous, puis nous avancerons sur la travée où ils se sont tous tenus : Danny, moi, le pauvre gamin suspendu au-dessus du vide par les grands, la mystérieuse fille à la chevelure ensoleillée de Gary, Ben qui attendait le générique de fin de sa capture.

Et tous les inconnus : ceux dont le corps a été retrouvé et ceux qui ont disparu à jamais, ceux qui ont fait signe, appelé, et ceux qui ont glissé sans bruit, ceux qui ont changé d'avis à temps et ceux qui ont changé d'avis trop tard, ceux qui ont découvert quelque chose de beau alors qu'ils se précipitaient vers la mort, disant adieu à la souffrance et aux erreurs. Ceux dont la vie était meilleure à rebours, qui ont vécu heureux quelques secondes pendant que les années se rembobinaient. Ceux qui sont tombés dans l'eau ou sur la route, et ceux qui ont atterri dans la vase de l'estuaire, dont la silhouette – bras écartés, jambes tendues, repliées ou brisées – a brillé fugacement comme une empreinte sur la plage avant que la mer ne l'engloutisse et que le sable ne la remplisse, laissant la surface de nouveau lisse, sans aucune trace.

Ils sont tous passés ici, poussés dans le dos par la souffrance ou attirés par la paix devant eux ; il y a la dame à la crinoline qui a survécu, et ceux que personne ne connaît, que personne n'a vus, il y a les mouettes et les fantômes, et il y a moi à douze, quinze, vingt, trente et quarante ans, tous mes âges réunis en un seul, regardant en bas et lavant les yeux d'un adulte dans les larmes d'un enfant.

C'est ce que je leur dirai, parce que c'est ce que je me dis à moi :

L'estuaire a tout ce que je veux et tout ce que les fantômes veulent, parce que c'est le contraire du fleuve d'Héraclite : c'est de l'eau qui n'a pas encore coulé, du sable qui ne s'est pas encore vidé dans le sablier. Ensemble, ils forment une glaise qui n'est pas encore passée au feu.

Il est encore temps de tout changer.

pca
cmb
édition pré-presse
livres numériques

44400 Rezé

MIXTE
Papier issu de
sources responsables
FSC® C003309

L'éditeur de cet ouvrage s'engage dans une démarche de certification FSC® qui contribue à la préservation des forêts pour les générations futures.

Pour en savoir plus :
www.editis.com/engagement-rse/

10/18 – 92 avenue de France, 75013 PARIS

Imprimé en France par CPI

N° d'impression : 3045080
X08015/01